扫 码 听 书

离 婚 七 年

LI HUN QI NIAN

晏凌羊 著

山东文艺出版社

图书在版编目（CIP）数据

离婚七年 / 晏凌羊著. —济南：山东文艺出版社，2024.3
　ISBN 978-7-5329-7056-8

Ⅰ.①离… Ⅱ.①晏… Ⅲ.①长篇小说—中国—当代 Ⅳ.① I247.5

中国国家版本馆 CIP 数据核字（2023）第 219284 号

离婚七年
LIHUN QINIAN

晏凌羊　著

主管单位	山东出版传媒股份有限公司
出版发行	山东文艺出版社
社　　址	山东省济南市英雄山路 189 号
邮　　编	250002
网　　址	www.sdwypress.com
读者服务	0531-82098776（总编室） 0531-82098775（市场营销部）
电子邮箱	sdwy@sdpress.com.cn
印　　刷	山东临沂新华印刷物流集团有限责任公司
开　　本	880 毫米 ×1240 毫米　1/32
印　　张	12
字　　数	300 千
版　　次	2024 年 3 月第 1 版
印　　次	2024 年 3 月第 1 次印刷
书　　号	ISBN 978-7-5329-7056-8
定　　价	52.00 元

版权专有，侵权必究。如有图书质量问题，请与出版社联系调换。

自序

我是 2013 年离婚的,而这本书写于 2020 年,当时恰好是我离婚七年。

民国女作家苏青写过一本《结婚十年》,那是一本自传式小说,它讲述了这样一个故事:女主角怀青 18 岁就结婚了,嫁给了同样还在读大学的崇贤。之后他们经历生子、婆媳矛盾、逃难、生活拮据、配偶出轨等,夫妻感情也被磨得点滴不剩,最终两人在结婚十年后离了婚。

我也一直想写这样一本书,但我不想模仿苏青,我希望我写的自传式小说不仅仅是讲述一段故事,而是能对有相同遭遇和经历的女性产生启示、借鉴和疗愈价值。我认为这本书可以做到,因为它讲述的是我的亲身经历和心路历程,而我切切实实因为离婚而实现了成长和蜕变。我相信每一个有过类似经历的人,看完这本书后都会得到共鸣和治愈。

离婚是我人生的分水岭。离婚之前,我觉得自己活在一个啤酒瓶肚子里,从前男友到前夫,不过就是换了一个让我感觉更宽敞一点的啤酒瓶。而离婚这件事,就像是通过啤酒瓶的瓶颈。从那个狭小的瓶颈挤出来,我真的是疼到蜕了一层皮,浑身的骨骼都像是被重新组装了一遍。但是,从瓶颈口挤出来后,天地豁然开朗。再回去看那些待在啤酒瓶的时候,我只觉得它已经容纳不下快速成长起来的我了。而且,看过更宏大、更精彩、更不带滤镜的真实世界后,我也不愿意再回去了。我对这个世界的解释方式发生了改变，不再活在别人的价值体系当中，坚定多了、迷茫少了，我变得比过去更有担当，活得也比过去更自由、更强大，也更丰盛。

现在的我，不再是无根的浮萍，而是长成了一棵树。我的根须，扎实地扎在了土壤中；我的茎叶，舒展地伸向了天空。我不再像过去那般容易害怕和慌张，因为我已经形成了一整套比较坚固、自洽的核心价值观。不管外面是风吹雨打还是烈日暴晒，我都能稳稳地站在那里，甚至还能庇护脚下的小树苗。

这些年来，我是真的很感谢离婚和写作这两件事，它们让我从蛋壳中走出来，跳脱到蛋壳之外看待那个曾经被困在蛋壳中的自己。我坚信，如果一个人足够有悟性和行动力的话，破茧成蝶不是难事。生命中发生的每一件事、我们掌握的每一个技能都能让你收获成长。离婚可以，写作也可以。

必须要声明，这是一本自传体小说。小说中每个人都有原型，但它更多对应的是一种人格、一种价值观、一种生活图景，而不是现实生活中具体的哪个人和哪件事。既是小说，那一定会有虚构的人物和情节，也有大量的想象和艺术加工，因此，这部小说只有艺术层面上的真实性。请让所有的角色只活在小说中，切勿与现实生活中某个人建立强行关联，以免徒增困扰。

写这本书的时候，一个很有智慧的朋友跟我说了这样一席话："羊啊，你要继续往上走，不要往下沉。你是一个写作者，你笔下流溢出来的东西是正面的还是负面的，读者一看便知。既然做了这个角色，你也有你的责任、你的使命，你要带领你的读者远离污浊，走向清明；要让他们通过阅读和倾听你，有所思、有所乐、有所得。你要做的，是要努力飞升，往上走，往高处走，往清明处走，再把你感悟到的人生道理、看过的广阔世界、积累下来的宝贵经验，给到你的读者。这样，你才能吸引到同样正向的人来到你身边，这种正向的能量最终也会汇聚成一股气，滋养到你。

"你要知道，这世间万物，都存在着一股力。你往左往右的方向去使力，这些力也会反牵引你，让你一直身处这个'力网'中。你越是往左往右使力，越不能挣脱。但如果，你往上使力呢？你的力是往上使的呢？上面会产生牵引力，下面会产生推力。你只需要克服自身的重力，你就是在往上走。你人生中遇到的所有人，不管是对你好的，还是对你坏的，都是你的贵人。送你一句话，'有理不争理'。你若是能把这句话落到了实处，以后会成为一个很了不起的人。"

近日，我琢磨他说的话，突然醍醐灌顶，内心一片澄明。因此，我也真心希望所有在这里和我相遇的人，也都能在人生的长河里找到让自己身心俱安的生活方式、找到往上走的路，安然度过这一生。

我们高处见！

目 录

上部：
直面凛冽寒风，熬过万丈孤独 ····· 1

下部：
藏下星辰大海，跨越万里山河 ····· 235

上部

直面凛冽寒风，

熬过万丈孤独

上部

直面凛冽寒风,

熬过万丈孤独

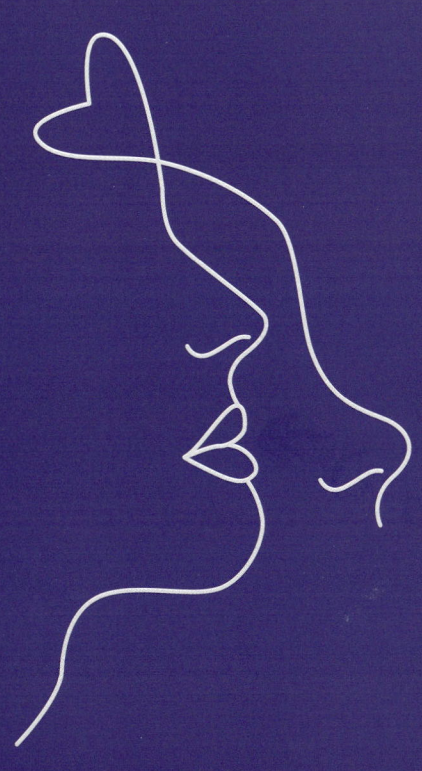

1

我是在 29 岁那年离婚的，在孩子满 11 个月的时候。

那年的 7 月，我在老公的手机里发现了所有的秘密。

那是一个周四的夜晚，我翻来覆去睡不着，鬼使神差地打开了老公的手机……

以前看小说形容一个人极度悲愤时会手脚冰凉、浑身发抖，我以为那是文学的夸张，却没想到艺术真的来源于生活。那一瞬间，我的手抖得连手机都抓不牢，嘴唇发颤，浑身发抖，嗓子干到要着火，心像被揉碎了一样。痛苦如潮水般涌来，几乎将我淹没……

他还在沉睡着，并不知道那个他连上厕所、洗澡都不离身的手机，此刻正攥在我的手里。而我能拿到他的手机，完全是"偶然"，或者说是"命定"。平日里，他就连睡觉都会把手机放在枕头底下，但那个晚上，他刚好要给手机充电。刚好那一夜，我又再一次失眠。我睡不着，半夜起床上了个厕所，发现了他手机的电已经充满了，于是我把他手机电源线拔下。之前我从来没有查男人手机的习惯，但那一夜，我却鬼使神差地打开了他的手机相册，再打开了他的微信，然后我什么都知道了！也终于什么都明白了！

怕被他发现我正在看他的手机，我像是逃命一般躲进了厕所，并且紧锁了厕所门。我坐在马桶上，犹如掉入了冰窖。

那是盛夏，广州的夏夜热得像蒸笼，但是我浑身发冷，一直在打哆嗦，连牙齿都冷得咯咯作响。我不知道这种寒意从何而来，但它却像寒冰一样，把我包裹得严严实实。

我感到口渴，想喝水，但又不敢出去。我担心我一出厕所，他就会听到响声,就会发现他手机已不在枕头旁边。也不知道为什么,当时当下我觉得他还是不要发现这一点为好。

我颤抖着双手,翻看着他手机里的合影以及他和她的对话。有露骨的,也有很温情的。他搂她的姿势,她看他的眼神,他们俩的打扮、动作、对话,从此成为我记忆中的"化石"。哪怕现在已经过去了七年,依然历历在目。

若不是照片里的这个男人还是我法律上的丈夫,那我看到那样的合影,可能都不禁要感慨:帅哥配美女,这是一对多么般配的璧人!

如果我不是这场狗血八卦中的当事人之一,以我这种"喜欢看美女"的德行,我可能会由衷地赞叹一句:这姑娘化妆后的样子确实好看。

可是,当这个姑娘是以这种身份、这种姿态出现在我生命里时,我没法发出这样的赞叹了。

他们在一起很久了,早在我怀孕的时候就开始了,可我现在才知道。

根据两个人的对话记录显示,就在不久以前,他还带她去了三亚。那是我们订婚的地方。在那里,他曾经对我说:"老婆,我爱你,嫁给我呗!"我大笑:"我们都还没结婚,你怎么可以现在就管我叫老婆?"他把双手放在嘴边做了一个喇叭,忽然扯开嗓子对着蔚蓝色的大海大喊:"艾凌,王木木很爱你,你嫁给他吧!"

艾凌是我,王木木是他。

我大笑,搂住他的脖子就跳起来,他顺势接住,我的大腿像两条蟒蛇一样缠到了他的腰上。海滩边的人们纷纷侧目,但我们不在乎。

热恋期,我真的很喜欢像藤缠树一样,缠在他身上。有时候,我会原地起跳，挂在他身上；有时候，我是从远处奔来，他则一早就扎稳马步，等着我挂他身上。那时候，我总觉得他的身上有一股很好闻的青草香，是那种自然的、干净的、清甜的气息，像是他在身体里偷藏了一场春天。

可这才过了多久，他身上这股味道怎么就消失了呢？他居然瞒着我，和另外一个女人去了我们去过的那片海滩。而在那儿之前，我常常因为他匀不出时间陪我和孩子出游而抱怨他。

就在他们出发去三亚的前一天，他还跟我说："老婆，我要出趟差，这次估计要出去好几天，你乖乖地在家带孩子，我多赚点钱回来养家哦，爱你。"当时他说完这句话，还在我额头上留下一个吻。可现在，我都在他的手机里看到了什么？！

"心痛得无法呼吸。"以前我看到这句歌词，还嘲笑写词的人实在太矫情。心脏是推动血液循环的，呼吸则是由肺主导的，两个部位各司其职，心怎么会痛呢？即使会痛，又怎么可能无法呼吸呢？可是，有了这一次的体验后，我发现这是真的。遇到重大的、强烈的创伤性事件时，你的心真的会撕扯着疼，你的每一次呼吸，都会加剧这种疼痛。

奇异的是，那一刻，除了心痛之外，我内心深处竟然有点不自觉的窃喜。这种窃喜来自困惑了我很久的问题终于被我找到了答案。像是遇到一道极其难解的数学难题，你尝试过无数种解法，但都不得要领，突然某日茅塞顿开，你找到了解题技巧并且顺利演算了出来。

我想起几年前看过台湾作家几米的一本绘本，里面有一页画了一个精瘦的人挂在蜘蛛网上。几米给这幅漫画配的文字，是这样写的：掉入蜘蛛陷阱的那一刻，我松了一口气，开怀大笑。我听到自己的声音说："恭喜你，再也不用担心害怕掉入，另一个蜘蛛的陷阱里！"

上部

是的，真相大白的那一刻，我的心情不全然是震惊和悲伤，我甚至有点喜极而泣。我终于找到他在性事上敷衍我且经常夜不归宿的原因了。我甚至听到自己内心深处一个坚定的声音："恭喜你！可以离婚了！"

即便心碎成玻璃碴，我也不敢声张，因为孩子和老妈睡在隔壁。她们并不知道，这个夜晚，我的世界天塌地陷，而我甚至都不知道是否应该让她们知道。我脑袋一片空白，无法思索，无法接受，无法消化，我不知道要怎么办，能怎么办。我倒吸了几口气，告诉自己，要冷静，要冷静，越是关键时刻越是要冷静。

我站起身来，用冷水洗了一把脸，蹑手蹑脚地回到我们的房间。拿到我的手机以后，我再回到洗手间，锁紧了房门。我把他微信里那些露骨的对话截了屏、录了屏，再把他手机里和她一起拍的亲密照片统统通过微信发到了我的手机上，一张不漏。

有些视频和语音消息，我甚至多复制了一份。如果我和他打离婚官司的话，有这些证据也就足够了。然后，我删除了他手机里的截屏照片，并在他跟我的微信对话栏里面选择了"清空聊天记录"。我敢打赌，以当时他对我漠不关心的程度，若不是我主动告诉他这个事，他可能再过几个月都发现不了我清空过他与我的聊天记录。一个早就对我厌倦了的人，又怎么可能产生想翻翻看我之前给他发过什么话的想法呢？

其实，我早就觉察到我们之间的关系出了问题，也尝试过找他沟通。在一个又一个睡不着的夜晚，我给他发很多条微信，讲我的委屈、我的诉求，分析我们的问题，但是他回复我的，永远只有短短几个字："别胡思乱想了，早点睡。"

那时候，我的失眠症已经演变到了一种非常可怕的程度。不知道为什么，我总觉得心里不踏实，一整夜一整夜地睡不着，以至于有段时间一看到太阳落山就开始害怕，害怕当天晚上睡不着。我尝试过各种治疗失眠的办法,甚至换了几套床具,但都不奏效。有段时间,我甚至怀疑起房子的风水来,想着要不要换一套房子。

现在想来,这不过是我自欺欺人罢了。我一直拒绝承认,让我心里不踏实的,并不是外面的车水马龙、电闪雷鸣、风吹草动,而是近在咫尺的枕边人。

2

我已经知道了他手机里的全部秘密,但是,他并没有醒。

他向来睡眠很好,倒头就能睡着。指望他理解我失眠的痛苦,是不可能的。刀没有砍在他身上,他是无法感同身受的。又或者,他早就不愿意跟我感同身受了。

我把手机轻轻地放回到他的枕头旁边,插上电源线,再轻手轻脚爬回床上。看着蜷缩着身体躺在床上的他,我竟觉得他有点脏;就连他的呼吸,都多了一层污浊感;他散发的气息,早就不再是清甜的,取而代之的是一种难闻的油腻味。

我先是背靠着他睡,辗转反侧睡不着。我转过身来,盯着他的背。

不知道从什么时候开始,他永远背对着我睡,看我的眼神也总在躲闪。此刻,看着他随着呼吸起伏的背,我很想插一把锋利的刀刃进去。

可是,这个念头只是在我脑海中闪现了一下而已。我在意念中用尖刀把他的身体捅成了窟窿,可我的肉身却一动也没有动。

把一起感情纠纷变成刑事案件,不是我的做派,倒显得我有多在乎他才会这样丧心病狂似的。虽然头上戴了一顶绿油油的帽子,但我还是想要风度的。在谁面前，我都得这样。

我的心像是被菜刀剁碎了一样，但一滴眼泪都没有掉，甚至连呼吸都没有变得急促起来。我告诉自己：你要冷静，你一定要冷静。在没找到万全之策之前，你要装作什么事也没有发生。如果可以，你先睡一会儿吧。

但是，我哪里睡得着！

那一夜，我爬起来上了无数次厕所。我一紧张就会尿频，这是老毛病了。有一次起床的时候，心慌意乱中碰触到了桌椅，响声惊动了他。

他迷迷糊糊地问我："你没事吧？"

我说："没事。"我的语气出奇地平静，倒吓了我自己一跳。

他说："大晚上的，你不好好睡觉干什么啊，我明天还要出差呢。"

我回答："又失眠了，对不起了。"语气还是温柔而平静，连我都想给自己颁发一个影后奖杯。

我爬回床上，浑身发冷，竟然不由自主地向他的身体靠近了一点。为什么在心碎成饺子馅的时刻，在本应该觉得他很恶劣、很恶心的时刻，我居然从身后抱住了他？

我的脸紧贴着他的背，但我有一种强烈的预感：这是我们俩此生最后一次睡在同一张床上了，这是我今生最后一次主动拥抱他了。

如果他也有这样的预感，我敢打赌，他一定不会在几秒后就嘟囔着"你这样让我不好睡觉"，再一把推开我。推开我后，他翻了个身沉沉睡去，而我就这样静静地躺在他身边，等着天亮。

天快亮的时候，我听到了内心深处的答案：这一世，跟他的缘分到此为止。过了这一夜，他将从老公变成前夫。既然"从此萧郎是路人"，那么这一夜就没必要搞得鸡飞狗跳，不是吗？

东方微亮的时候，孩子在沉睡，我在装睡，他的闹钟却响了。他像往常一样，迅速起床、洗漱，带上随身衣物，准备出门。临到门口，他好像忘记了带手机充电器，折返回来。我的心提到了嗓子眼，怕他发现前一天晚上有人动过他的手机，好在他并没有发现任何异常。在他轻轻地把我们房门关上的那一刻，我叫住他："等等，抱我一下吧。"

他并不知道我一夜没睡，只是有点讶异我怎么醒那么早。他急匆匆地走回床边，跟我说："我要迟到了，都老夫老妻了还抱啥抱啊！"

话虽如此，他还是急匆匆地抱了我一下，然后头也不回地走了。

我一看时间，凌晨五点半。听到了他关门的声音，知道他已经走远，我才开始把压抑了整整一夜的情绪释放出来。我把自己捂在被子里放声大哭。

眼泪流下来的时候，我感觉自己像一片干涸的稻田，终于看见上游的水库泄了闸。

早上六点，我轮番给认识的人打电话。我最想跟闺蜜聂琳联系，因为她也经历过这种事情。她的老公杨帆，因为给她戴了顶绿帽，已经变成了她的前夫。

我必须要找个人说，我觉得自己再不说出来就要爆炸了。但那会儿太早了，还没有人起床。我绝望地坐起来，看着窗外一点点变亮，我的心却一点点沉入了无边的暗夜。

六点半，我打通了闺蜜聂琳的电话，却是她妈妈接的。

我哽咽着问："阿姨，聂琳不在吗？"

聂琳妈妈说："是艾凌啊，我们家聂琳晨跑去了。你找她什么事啊？"

我说："哦，没事，你让她回来给我回个电话。"

挂完电话,我把手机里保存的一部分截图和照片发到了聂琳的手机上。

那些照片和截图,我每看一张,都感觉自己像一只被拔光了毛的烤鸭,活生生地被放在烤箱里炙烤,皮肉都被烤得吱吱作响。

七点半,聂琳回了我电话:"艾凌,微信我都看到了。今天你还上班吗?"

电话那头,聂琳的声音异常温柔。要知道,平日里的她,说起话来眉飞色舞、声情并茂,跟打机关枪一样。

我想了想,这几天我需要想好对策,那就得先假装一切正常,于是我虚弱地回答她:"去。"

聂琳的声音在电话那头显得很低沉,她说:"那好,你记得要吃早餐,我一会儿去你办公室找你。"

挂断电话,我的眼泪像决堤了一样流了下来,但头天晚上定好的闹钟很快就响了。我擦干眼泪,起床洗漱。经过隔壁的房间,我看到老妈和女儿豆丁还在沉睡。收拾完毕,我提上包,像往常一样出门去上班。

我家离单位只需要走七八分钟的路。平日,那条路我走起来步步生风,可那一天早上,我却浑身没力气,双腿像煮熟了的面条一样,我都不知道自己是怎么走去单位的。

人已经坐在办公室里,我的心却疼得像要裂开一样。那是我活这么大以来,最像行尸走肉的一天。

九点钟,我接到聂琳的电话:"我到你楼下了,你下来还是我上去?"

我说:"你上来吧。"

看到聂琳的那一刻,我心里又痛又暖。痛的是,王木木给我这致命的一刀。暖的是,聂琳也要上班,但是她特意请了假,跑那么远的路过来,只是为了陪我。

呵呵,男人如衣服,闺蜜才是手足。

一见面,聂琳就说:"我知道你很难过,但我不知道说什么好,我现在只能陪着你。你别着急做决定,不管发生什么我都支持你的选择,你记得有我在就好。"

她不说这番话还好,一说这些我哭得更厉害了。我的泪水一直不住地涌出来,难以控制。刚刚擦完一波,另一波又涌了出来。我趴在桌子上,心想:如果流泪可以赚钱,那我经此一役,就暴富了。

看我哭了足足有半个钟头,聂琳说:"好了,哭得差不多就收了吧。我真的为你感到难过,难过的时候可以找我。"

聂琳到底也是个过来人啊,她知道现在跟我说什么都没用。

聂琳离开后,我站在我所在的那栋写字楼的窗边,沉默了良久。我们那栋写字楼的对面,是一栋四星级酒店,大概有几百间房。一个念头突然闯入我脑海:这个城市有那么多旅人来住酒店吗?这些酒店的房间,至少有三分之一是给那些住在这个城市里的偷情者用的吧?

这种念头一产生,我便意识到:从今天起,我心里某个角落已经坏掉了,再也回不去了。以前我看到酒店,根本不会想到这一层,我只会想这酒店是什么时候建的,酒店房间的价格是多少,里面有没有好吃的餐厅。可是,现在,我怎么只会想到"酒店数量多,是因为偷情者需要"这一层了呢?

几年后,我在小区里遇到一个挺着肚子独自散步的孕妇,都会无法自控地想:希望她老公没有出轨啊。可是,在我没有经历这些事之前,我看到孕妇,进入我脑海中的想法可能是"她怀着的可能是女孩",抑或是"她这条孕妇裙可真好看"。

如果说,人生中某些不好的事情会给我们留下心理创伤,那么,这就是。

3

发现王木木出轨后,我照例去上班,而此时的王木木,并不知道我已经知道了他的秘密。

早上,我像往常一样,发短信问他:"你安全到达了吗?"

他没回话,只是给我发过来一个定位。这是他惯用的"自证清白"的做法。不知道从什么时候开始,他就没有耐心再回答我的这些问题了。如果我对他的动向表达质疑,他要么发一个定位,要么发一张照片过来。

我明白他的言下之意:我没问题,是你多疑。

有很长一段时间,我曾经也怀疑过自己,怀疑自己是不是太过敏感多疑、是不是掌控欲太强,才会对他的动向追问不休。可是,这一次,我原谅自己了。

不是我多疑,是他心虚。心虚的人,最爱说别人多疑。当他把这种道德压力转嫁到别人身上去以后,自己的良心债就可以减轻了。

是我太迟钝,才会被蒙在鼓里。从王木木和他发小黄原的聊天记录来看,我差不多是最后一个知道真相的人。

这让我感到屈辱,这是对我智商的玩弄和侮辱。

他,她,他们,让我觉得自己活得就像是一个傻子。

戴绿帽的屈辱我可以原谅,但这种对我智商的蔑视,让我无法接受。用网络上流行的话说,就是"伤害性不大,但侮辱性极强"。

我的法定配偶,跟别的女人睡了、对别的女人好了、给别的女人花钱了,能对我形成多大实质性的伤害?他的性、他的心、他的钱,他爱花哪里花哪里,对我的伤害无非就是"得不到",可欺我、瞒我、骗我不一样,这是把我当猴耍。

对于一个高知女性来说，如果你是最后一个知道"丈夫出轨了"这个惊天秘密的人，那么，你最大的痛苦来源不是那个秘密本身给你带来的伤害，而是你没法接受自己那么蠢，没办法接受别人把你当傻子。

我从来没觉得男人的身体、财产是我的。我觉得婚姻中男女双方对自己身体、时间、财产的处置权力最好全部只属于自己。但是，我痛恨欺骗！

到这一步，我知道，我们这婚是非离不可了，没的商量。

整整一天，我什么工作都没完成，什么东西都吃不下，甚至连水都喝不下去。可就是这样，我还是有保留证据的意识。我把所有的电子证据拷贝进了我单位的电脑里，并打印了几份出来。

我当时想：即使你要毁灭证据，你也毁灭不到我单位来。即使电子证据都没了，我还有纸质的。多留存几份，终究不是坏事。

我像个行尸走肉一般，上完了一天班，又回到了家里。回到家里以后，我把自己搜集到的证据挑了几张最具代表性的，发在了我的家庭微信群里，里面有我爸妈、我弟弟。

我说："我要离婚。这不是跟你们商量，是通知你们。"

我妈看完了我发的照片，直接哭了。她说："孩子还小，我不想你离婚，但是我也不想你都过成这样了还不离婚。"

我理解我妈的心情。在她的生活理想里，是没有"女儿会离婚"这样的选项的。要让她接受这一点，确实很难。但是，不接受能怎样呢？她的女儿决定了的事情，十头牛都拉不回来。我说了要离婚，那就一定会离婚，谁劝都没用。

女儿豆丁当时不到一岁，还很黏我，不停往我身上钻，但我完全顾不上她了。我没办法在她面前扮演一个快乐的妈妈。此时此刻的我，只想把她远远地送走，因为我不想让她看到我内心极度虚弱的样子。我残忍地推开她,把她关在门外,任由她在房间外面哇哇大哭。我妈见状,把豆丁抱开了。过了一会儿,我听到门外传来豆丁咯咯笑的声音。这种声音,更让我崩溃。她才不到一岁啊,可是她的爸爸妈妈却要离婚了,而她还什么都不知道。

我躺在自己的床上,身心俱疲,万念俱灰,感觉自己像一条发烂发臭的咸鱼。我什么也不想说,什么也不想做,什么也不想吃,只是把自己蒙在被子里痛哭,我不想让我妈和孩子听到我的哭声。

真的很委屈啊,是那种排山倒海的委屈,可如果这种委屈你都没办法尽情释放,那么这种委屈只会加倍。

我跟王木木提了无数次带孩子去海边玩的计划,他都说没有空,可是他却带着她去了,她穿着他的衣服,他给她拍了很多张照片;每周他在家吃饭的次数不超过两次,我为此抱怨过他良久,但是他陪着她去吃西餐,两个人看起来很有闲情逸致的样子;我那时候拿了驾照但不敢开车,请他陪我练习,可他总是不耐烦,但是他很耐心地教她开车,还拍下了她开车的身影。

他还跟他最好的发小黄原炫耀:"看我泡到的妞儿,多靓。"

黄原回答:"你这样不好吧。"

我们一年都用不完一盒避孕套,每次他回家躺在床上就喊累,我甚至怀疑他是不是应该去看下男科,可真相居然是他在外面吃撑了,回到家不想再吃了。

委屈,愤怒,不甘,伤心,自卑……所有的负面情绪全部涌了上来。我感觉自己像是掉到了一个无比肮脏的沼泽地里,每动一下,就往下沉一截。那些脏臭的泥水已经淹没了我的嘴巴,接下来是鼻孔,最后是眼睛。

我无法说话,无法呼吸,无法睁眼。除了痛哭,我什么都不想做。

我妈看我把自己锁在房间里许久不出来,就到门口叫我:"难过归难过,你还是起来吃饭吧。"

我用沙哑的声音回答:"不用管我,我不想吃。"

何止是不想吃,我简直不想睡。或者说,不是不想,而是我根本吃不下,也睡不着。头一天晚上我已经一整夜没有合眼,可到了第二天晚上我还是无法入睡。

眼泪来了又收,收了又来。我没有给他发消息,也没有给他打电话,更没有像往常一般把孩子抱来跟他视频。

他也没有主动联系我。在很长一段时间里,我们动不动就冷战。互不联系两三天的情况,也是常有的,想必他也早已见怪不怪了。

他可能又是以出差之名和她在一起吧,我和孩子对他而言只是破坏他快乐的不和谐因素。

一想到这一层,我的眼泪又止不住了。

4

从发现真相那一刻起,我就下了离婚的决定。可是,到底要怎么离,这是个问题。

我的心像是被捣烂了之后拿到火上炙烤一般,火辣辣地疼,但我还是最大限度地保持了冷静。我没有打电话去质问他,只是在心里做了一遍离婚预演。

离婚,涉及的无非就是财产和孩子抚养权的分配问题。财产方面,我们婚后就一直住在我婚前买的房子里,离婚了这套房产当然是归我的。婚后他是买了一套大点的学位房,但还没收楼,而且主要是他爸出钱买的,我从来没想过要和他分割。

存款?我们的钱都没有放在一起,有需要时我才会找他要家用。

只要我们都没有欠下巨额债务,财产分割的问题应该不麻烦。

孩子抚养权?我不确定他会不会跟我抢。如果会,那他一定不会得逞。我决不允许我的孩子跟着这样一个只顾自己快活的父亲生活。孩子必须跟我,这一点没得商量。孩子还不满一岁,我有稳定的工作、不低的收入、有帮我照顾孩子的家人、孩子出生以来也一直都是我在带……即使我们打官司,我也是占尽优势的一方。

我要离婚的决心,已经势不可当,但我最担心的是,他不想离,他拖着我……如果这样,他拖多久,我就得继续在这种婚姻中煎熬多久。这种想离婚但离不了的煎熬,是我不愿意付出的心理成本。我必须要用最快的速度离婚,可是我要怎么跟他摊牌呢?要不,等他出差回来吧,有什么话,我们当面说清楚。

可是,一想到这一层,我又退却了。他早就不是当初那个有什么事都愿意当面说清楚的人了。已经有很长一段时间,我没办法跟他聊任何不愉快的事情,如果聊,他一定会回避。我发射出去的信息,就像电筒光射向了夜空,总是消失得无影无踪。他像是一口深不见底的井,任我扔进去多大的石头,都听不到回响。

我必须要考虑一个问题:如果他不愿意跟我谈,我该怎么办?

我怕极了王木木的"不愿跟我谈"。从我们第一次发生冲突开始,我就知道他有比较严重的"回避型人格障碍"。我跟他谈愉快的事情,他的配合度很高。若是谈不那么愉快的事情,那么,他立马会像蜗牛一样,蜷缩进他的"壳儿"里去,只留给我一个一言不发的、坚硬冷漠的背影。只要他感受到人际关系中这种危险的氛围,他就不会再开口。你来软的,来硬的,都不行。这种回避,常常逼得我发疯。所以,这次谈离婚,我必须要考虑他根本不愿意跟我谈的风险。

当然了,即使他不愿意跟我谈,也由不得他了。我现在唯一确定的事情是:我要离婚,并且尽量保护好我和孩子的权益。

怎么保护好孩子的权益？无非就是我的财产我带走，孩子的抚养费多要一点。我的财产部分，法律会保护我的。于情于理于法，我挣来的都应该归我。但是，孩子的抚养费，我真不确定他愿意给多少。又或者，因为气不过我要跟他离婚，他完全不给也有可能。

出了这种五雷轰顶的事情，到了即将要离婚的阶段，我只能把对方想得很坏，并且做最坏的打算。宁为玉碎，不为瓦全。必要时，拼个鱼死网破，要舍得一身剐。

感情已经没了，关系都要结束了，我只能退而求其次，多搞点钱。

我手头有他的出轨证据，也有当初他跟我签署的婚前协议，协议里约定"如果我们婚后任何一方出轨了，要赔偿给另一方一百万"。可是，我是学法律的，我知道这份协议是没法作数的。写这种协议，只是半认真半玩笑的调情。我甚至有点后悔，当初我应该直接让他签个欠我一百万的借条。如果我们走完一生，他自始至终没出轨，我就把欠条撕毁。如果他出轨了，那我就拿着这张欠条，让他偿还我一百万。只是，如果我真这么干了，对方也不愿意签吧。他大概率也知道自己做不到。这年头，谁还能把谁当傻子？

他名下的房子、股份，我当然有想过。他这样伤我的心，却连经济代价都不需要付，拍拍屁股就可以离婚走人，这世界上哪有那么便宜的事？可是，作为一个法学毕业生，我老早就知道，"出轨者净身出户"只是一个一厢情愿的美丽幻想。法律从不保护感情，它只保护财产和未成年人。而法律在保护财产时，基本上只遵循"谁挣来的，就归谁"定律。

一想到如果我就他婚后买的房产、分的股份主张权利，可能会导致他和他们全家的激烈反对，导致我们离婚的流程变长，甚至可能导致他不愿意再付孩子的抚养费，又或者他要求我婚后收入分他一半,掰扯起来也很麻烦,我直接掐断了自己的这个念头。

我告诉自己,如果只是因为愤怒和不甘心去主张这些权利,还是算了。一个有本事的女的,也看不上他那点财产。给我点时间,这点钱我也能挣得来。

我必须要考虑另外一个问题:如果他一分抚养费都不愿意给孩子,我该怎么办?

我有房子,有稳定工作,有不错的收入,即使他不给抚养费,我独立抚养一个孩子也是没问题的,但是,如果孩子也能从她父亲那里得到更多的资源,这对孩子而言终究不是一件坏事啊。我不确定的是,他是否愿意给孩子抚养费,如果愿意的话每个月能给多少,这不是我能控制的。

如果走法律途径索要抚养费,一来我需要付出高昂的诉讼成本,有那些打官司告他的精力,那点钱我可能也挣回来了;二来如果他不愿意多给,他总能找到各种办法让我拿不到钱。想来想去,我觉得我实在没有搞走他大钱的渠道和精力。既然我的第一诉求是赶紧离婚,那么,钱这种东西,能不能搞到,一切随缘吧。

也是这时,我突然想起,前段时间他答应给我两万家用,但一直还没转给我。我心想:等我真正摊牌了,这钱他指不定就不想给了,我先弄到手再说吧。"大钱"我搞不到,但能搞到点"小钱"也是不错的。毕竟,苍蝇腿也是肉啊!我是跟你过不下去,又不是跟钱过不去!

我先是给他发了几张小孩的照片,再跟他说:"前段时间你说给我两万家用,但一直没给我。"

他说:"过两天给你。"

我说:"我没钱了,你马上给我。"

他明显不相信我的话,发过来的文字也透着不耐烦:"你有那么急吗?"

我说:"急。"

他没有再回话,我几乎能猜到他的心理活动:呵呵,一个只把他当成自动取款机的女人,以家用之名、以孩子之名,又从他身上抠钱花。

可实际上,我哪有花钱的爱好?我赚钱、存钱能力倒是挺厉害的。我花在自己身上的钱,不及我赚到的钱的十分之一。

那一夜,我又一夜没合眼。我困倦到了极致,但就是睡不着。巨大的悲伤和痛楚,压得我太阳穴要爆炸了。

周六的太阳升起来的时候,看着镜子里泛着血丝的双眼,我告诉自己:我憋不住了,也装不下去了。我等不到他出差回来了,我必须要跟他摊牌。

我再次发微信问他:"钱给我转了吗?"

几秒钟之后,我收到了到账短信。可是,收到了那两万块钱,我心里却一点都不开心。这点钱,能弥补他带给我的伤害吗?能让我重建对男人、对婚姻的信任吗?我是要不到爱和温暖了,才要了这点钱,这两万还是他应该给的家用。

虽然我也觉得搞到点小钱后再翻脸的行为不那么优雅,可相比他对我做的,我这点"劣迹"算是什么?!我把从他手机里搜集到的证据,发给他了一部分。末了,我说:"我都知道了。"

是的,我要告诉你,我都知道了。现在,换你的世界地震了。

他没有回复,我不确定他有没有看到,于是,我给他打了电话。一开始,我还比较冷静,但随后我像一个疯女人一样质问他。

问出来的问题,却是很常规的几个:

"你们开始多久了?"

"带她来过家里吗?"

他居然没有挂我电话,居然都如实回答,居然任我在电话这头歇斯底里地发泄、谩骂。我把他的那辆车称为"垃圾车",骂他和她是"两个垃圾",他也没有回嘴。我当时甚至还不忘录音,把他承认这些的话全部录了下来,为我将来提离婚积攒足够多的证据。

我唯一没有想过的,就是去找那个女人。我是绝对不会去打小三的,因为我知道,小三没义务为我的婚姻负责。所有问题的根源,都出在男人身上,所以我不撕小三,我只撕他。撕小三对我有什么好处呢?只对他有好处,只让他觉得两个女人可以为了争抢他而打得死去活来,搞不好他还认为自己魅力很大呢。

跟小三争抢他?呸,他不配!小三更不配!

那几天,我活得像只惊弓之鸟,整个人处在一种非常应激的状态,把所有人都想得很坏、把所有事情的后果都想得非常严重。我担心他不同意离婚,担心他不肯给孩子抚养费,担心我们俩会陷入长达一两年的离婚拉锯战,担心他们全家都跑出来骂我,让我本就沉痛的心情雪上加霜……

想到我有可能被他传染了性病、艾滋病,我更是吓得直接从床上跳了起来。从我怀孕开始,我们有过的性生活次数少得可怜,一个巴掌都数得过来,而且每次都有做安全措施,但我还是怕。我不知道那个姑娘是不是干净的,也不知道他是不是干净的,我只能肯定我自己是干净的。我坐不住了,直接跑去医院挂了号。

医生问我:"你怎么了?"

我说:"我老公出轨了,我想查一下我有没有被传染性病。"

医生说:"查哪几项?"

我说:"能查的都查。"

检查结果很快出来了,都是阴性,我也终于松了一口气,算是花钱买了个心安。

在医院门口,我遇到了王木木的一个当医生的朋友周昆。周昆问我来干吗,我如实说了。周昆大吃一惊,邀我到他办公室坐坐,我把我手机里保存的所有证据全部出示给他,周昆马上给王木木打电话,但王木木没接。

他只好发了一通微信过去:"你怎么能干出这种事情呢?外面的那些女人,你玩玩就行了,怎么可以当真呢?你想过没有,病了老了以后,谁伺候你?还不是你老婆。我是医生,这种例子我见多了。"

周昆这话,在当时的我听来有点受用。我真正觉察出这种话术不对劲,是离婚多年以后。妻子的功用,就是等丈夫年老生病以后伺候他们的吗?

周昆拿着我的手机,我担心他会护短或是把证据删除,就找了个借口要了回来。因为不再信任王木木,我也就没办法再信任他的朋友。

周昆突然跟我说:"你等等,这个女的我好像见过。"然后,他给我出示了他手机里的一张照片。果然,王木木都带那个女的参加大型朋友聚会了。

她会是以什么样的身份出席呢?朋友?周昆到底是否认识她呢?周昆刚刚在我面前的讶异表情,是真的还是装出来的?我很好奇,但懒得去探究答案了。

周昆问我:"你想怎么办?"

我说:"离婚。没别的可说的。"

周昆说:"可你们的孩子那么小。"

我说:"是,孩子那么小,他都可以出轨,为何我不能离婚?"

周昆说:"哎,我也跟他谈谈吧。"

我说:"如果你是劝他不要同意离婚,那不必了。"

我知道,男人是很擅长为出轨的朋友打掩护的。在这种事情上,他们总是能达成天然的默契。周昆也好,黄原也罢,他们都是王木木的铁哥们儿,看到铁哥们儿出了这种事情,他们虽然也觉得哥们儿做得不对,但还是会自然而然地跟他站在一边。

周昆和黄原,是围观我们那场婚姻最近的人。

在我还跟王木木拍拖的时候,黄原就跟他说:"这样的女孩子,你怕是配不上人家吧。她条件太好了。高考状元,学历比你高;金融单位工作,收入比你高;婚前买了房子,经济条件比你好;人品和长相也都还不错……我们认识的同龄人中,她是最优秀的了。"

王木木回答:"我会证明给你看,我配得上。"

慢慢地,我和黄原也熟悉了起来,我加了对方的QQ和电话,时不时在QQ上聊几句,内容大多涉及各自的家庭生活。

那时,他深受婆媳关系困扰,会主动找我聊天,问我该怎么处理。

我给他分析:"你千万别有'妈只有一个,老婆可以再找'的想法。有这种想法的男人,没有一个婚姻是幸福的。你是你妈生的,有那么多年的情分在,只要你不做特别恶劣的事,你妈都能原谅你。但若是你对老婆不好,屡次三番让她寒心,你老婆就不是你老婆了。解决这个问题的办法只在你身上,你对你老婆好,你妈看到了,就不会对你媳妇太不好。你老婆感受到了你对她的好,在这个家庭中会更有安全感,就愿意对你妈好或者不在意你妈对她的不好。这样,婆媳之间的摩擦就少很多了。"

他回答:"咦?有道理啊。我想想怎样让理论落到实处。"

我推开键盘,心想:这就是别人家的丈夫啊。同样的话,我的丈夫怎么就听不进去呢?

王木木买了带学位还不错的大房子后,黄原特别羡慕。他说自己和他是发小,可现在自己家住的房子那么偏、那么小,现在孩子也大了,也买不起学位房。

我劝他:"他是有父亲领航,而你一切靠自己。再说了,人的幸福感,真的不是靠房子大小来衡量的。一个买了大房子但基本不着家的人,这房子对他而言有什么意义?而你的房子,虽然小,但那里是你的家。"

他回答:"那倒也是。"

孕期,我体内激素水平升高,特别爱哭、爱发脾气,常常控制不住自己的情绪。有一次,我跟黄原在网上聊天,他说:"今天早上我坐地铁上班,突然想到我老婆怀孕的时候,挺着那么大个肚子,也得这样挤地铁。也不知道有没有人给她让座,只觉得她好辛苦。"他还说:"我突然觉得自己挺没本事的,连辆车都买不起。"

我关了聊天网页,眼泪吧嗒吧嗒直掉到键盘上。

委屈,当时我就是觉得委屈,因为我当时也大着肚子,但我的丈夫却根本不具备这样的共情能力。别人嫁的人是温软的,而我嫁的人却是冷硬的。

黄原曾单独来找过我一次,好像是帮他女儿借什么东西,需要来我家拿。王木木照例不在家,我就在家门口请他吃了顿饭。

吃饭间隙,我说:"你可真是个好爸爸啊,为了女儿跑那么远,又是转公交,又是转地铁的。"

他回答:"总不能让我老婆跑吧。"

回来后,我又失落了良久。没错,我们家若是遇上这种情况,几乎都是我跑前跑后，因为我的丈夫没空。

黄原的学历比王木木高，父亲又去世得比较早，他看起来要比王木木成熟一些。他说他比较喜欢跟我聊天，因为我总能说出一些让他备觉新颖的观点。

可是，他再喜欢和我聊天，他也是王木木的发小，他的立场永远在王木木那边。王木木跟他才真正是无话不谈，而且王木木对他很多时候比对我还要好，以至于我无数次怀疑，他们俩才应该"原地结婚"。

我们刚结婚那会儿，黄原的老婆生了个女儿。一大早，黄原就告诉了王木木这个消息。王木木听了，立马从床上弹跳了起来，兴奋地穿好裤子，直奔医院。

我说："你这么兴奋吗？不知道的，还以为他老婆生的是你的孩子。"

他回答："我最好的哥们儿生女儿了，这是一件大喜事啊。"

后来我找黄原吐槽过这事，我说："我怀疑他真爱的人是你。"

黄原回复："别别别，纵使他有情，我也无意。我最爱的人是我老婆，我不喜欢男生。"

讽刺的是，当我生孩子的时候，王木木并没有出现。他说他要出差，是我一个人忍着剧痛从产床上爬起来，给自己的剖腹产手术签了字。

你看，人生多荒唐啊！

说实话，我能发现王木木的出轨证据，黄原功不可没。一个男人可以隐藏这样一桩秘密多久呢？不说出来，他可能会憋出病来。

男人出轨了，对他自己来说也是个天大的秘密，自己也兜不住的。但这个秘密，他不会跑去职场说，因为这会影响他的职业形象。

在主流舆论里，一个玩出轨、不顾家的男人，始终会受人唾弃的，会让人觉得不靠谱。一旦在别人心里留下不靠谱的印象，势必会影响他的职业前途，他可不能这样自砸招牌。

男人出轨了，更不会让父母、兄弟姐妹知道。敞亮的男人不会干出轨这种偷鸡摸狗的事，他们不爱了，就直接说开然后去办离婚手续，跟老婆好聚好散。只有暗藏私心的男人，既要享受家庭给的安稳和资源，又要享受情人给的新鲜和刺激。他自己也知道这是不对的，就用偷偷摸摸的方式享受齐人之福。如果这些不厚道的事让他自己的父母、兄弟姐妹知道了，他可能会挨批评。这样一来，哪怕在自己的父母面前，他也必须要伪装。

职场和家庭，是一个成年人最重要的两个场合。在这两个场合里都要伪装，那么伪装带来的压抑感去哪里释放呢？没错，好哥们儿那里是最安全的。

从王木木出轨的那一天起，他就不停地跟黄原讲述自己的艳遇。黄原默默地听着，时不时劝劝他适可而止。更多的时候，他就是默默地听着，非常善解人意的样子。

也就是说，黄原什么都知道了，但面对我对丈夫夜不归宿和频繁"出差"的疑惑和崩溃时，他半个字都没跟我吐露过。知道了全部的事情真相之后，他选择了为兄弟守口如瓶。

在给人戴绿帽子这件事上，男人们真的太会为彼此打掩护了。整个孕期，我时不时会打个电话给黄原和周昆，主题只有一个："他在哪儿？在不在你家？"

现在想来，我一个大肚婆，居然不知道自己的老公在哪儿，居然要通过问询他的哥们儿去追踪他的动向，这种婚姻得有多悲哀！

每每此时，周昆和黄原给我的答案大多是雷同的："这么晚了都没回家吗？他不在我这里，我在家陪老婆孩子呢。"

我相信，他们说的可能是真的，他们也许知道王木木去哪儿了，但他们不能说,只能告诉我"不在我家"。每次我给黄原打完电话后,他会马上通知王木木:"你老婆在找你。"

更可笑的是,在王木木借出差之名带那个女人到三亚游玩,回到家后,他发现我不在家,就发微信问黄原:"她去哪儿了?"

黄原回复他:"你真搞笑啊,你老婆去哪儿了,我怎么可能知道?"

两口子把日子过到这份上,早就应该离了。可是,当我窥见那些血淋淋的真相时,我还是会难过。我早就预感到王木木已经出轨,我也知道我早晚会掌握到这些证据,可是当这一天真正来临时,我的心还是像撕裂一般疼。

而且,我感到非常屈辱。为王木木,也为黄原,为他们联手欺骗我。

我接受不了丈夫出轨,原因有二:

首先,对方的行为侵犯了我的知情权,并利用这些信息不对等,继续享受我对他的忠贞以及因忠贞产生的其他附加值。

如果我和对方不是在经营婚姻,而是在做生意,这种行为无异于欺诈。我拿全价买你一件商品,可你以次充好,不如实告知我这件货品的内里已经腐烂不堪,而是将其当成一件正常的商品卖给我。

其次,我无法接受我的伴侣自始至终把我当外人。

只有对待外人,我们才无法做到坦诚。对待自己人,我们会尊重他们对自己生活的知情权。王木木、那个女人、他的哥们儿,都是他的自己人,我才是外人。外面的女人知道我的存在,而我不知道人家的存在。心理上,王木木跟人家还更亲近些,我是他们俩的外人。对黄原和王木木而言,我也是外人,因为他们有共同的秘密瞒着我。古代人称妻子为"内人",意味"屋内之人",可是,有多少丈夫把妻子视为"心内之人"？又有多少妻子，活成了丈夫的"心外之人"？

这种婚姻，留着还有什么劲儿？！

在微信上，我单刀直入地问黄原："每一次，我问你他在哪儿、在干吗的时候，其实你都知道，可是你为什么不早点告诉我呢？你就忍心看我一直被蒙在鼓里？"

说完最后一句，我也在嘲笑自己的天真。怎么不忍心？人家是王木木的朋友，不是我的。再说了，人家有什么义务要告诉我？

我曾经把黄原也当成好朋友，跟他无话不谈，甚至包括我和王木木的性生活频率问题，可是他并没有真把我当朋友，又或者他只能对王木木履行保密职责。他知道那个女人的存在，但他还是不肯向我透露分毫，因为这样做更能保障王木木的利益。这种时候，我对他而言，也只能是个外人。

是啊，换我站在黄原的立场上，这种事确实不好说。别人的家务事，自己横插一竿子干吗？这年头，发现老公出轨后，不敢离婚、不想离婚，反过来怪罪知情人让自己知道真相的人，确实也有很多。

黄原所能做到的，只是不主动帮着王木木骗我。也就是说，他虽知情，但他只是选择了对我沉默，并没有主动帮王木木打过掩护。这是既不得罪好兄弟，也不得罪我的万全之策。

黄原瞒我是应该的，但我生气也是可以理解的。

闺蜜聂琳当年发现杨帆出轨后，看到那个帮她老公打掩护的人，也很生气。一开始，她还是怀疑，但她找不到证据。杨帆的反侦察意识太强了，每天回到家之前，都会把手机清空。

一次，她看了一个网络上的段子，打算依葫芦画瓢，从侧面去印证一下自己的猜测。她趁杨帆洗澡的时候，偷偷跑到阳台给他最好的一个兄弟打了一个电话。电话接通了，她假装问那个朋友："你知不知道我老公在哪里？他现在还没有回家。"

结果，让她大吃一惊的是，对方回答说："你老公在我家喝醉了，正睡觉呢。"最后，他还假惺惺地问她："等他醒了，要不要给你回个电话？"

她刚把电话挂掉，杨帆的电话就响了，正是那个朋友打来的。电话响了几声后，见没人接，那个朋友给杨帆发了一串短信："在哪儿呢？你老婆找你呢，我说你在我家喝醉了，一会儿回去之前别忘了先喝点酒。外面的那些，玩玩就可以了，家还是要回的。"

她气得要命，不仅仅因为杨帆出轨。帮杨帆打掩护的这个朋友跳槽时，还是她父亲帮忙打了招呼，他才顺利找到新工作。她之前一直拿他当朋友，但没想到关键时刻他还是站到了杨帆的那一边。再后来，她发现这个朋友其实也出轨了，瞒着他的妻子。他和杨帆早就结成了"出轨同盟"，甚至曾互相交流如何不被妻子发现的经验。

我在想，到底是什么样的人会主动为出轨的朋友打掩护呢？正常人遇到这种事，不是应该力劝或制止对方吗？哪还会在交流的过程中加深友谊，并且在面对出轨者的伴侣时依旧不动声色，继续和他谈笑风生？

或许他们有着相同的价值观，"物以类聚，人以群分"，所以当你的老公结交了出轨的朋友并乐于为他们打掩护时，搞不好下一个出轨的就是他。

黄原大概也是对我稍觉内疚，给我发了一通他和王木木的微信聊天记录。

他对王木木说:"你不想离婚的话,就去挽回啊。"

王木木回答:"以她的性格,不可能了。她什么都知道了。"

我放下手机,哑然失笑。王木木从来不懂我,也不肯花时间懂我,但对我的脾性和反应倒是摸得很透。又或者,他也在期待这一天的到来。被我发现,也是他隐隐在期待着的结果。

站在他的角度想一想,这何尝不是一种解脱?他再也不必偷偷摸摸了,不是吗?一份他早就想扔了的婚姻,破裂了也好。

人对于自己真正珍惜的东西,是不会乱糟蹋的。你见过哪个爱惜事业前途的男人,糟蹋自己的事业?你见过哪个勤奋好学的学生,糟蹋自己的学业?你见过哪个把爱人和孩子的幸福放在眼里的成年人,糟蹋自己的婚姻?只有那些自以为手里捧着的是破罐子的人,才想要破罐子破摔。有些东西,对有的人来讲,就是破罐子,丢了可惜,拿着又麻烦,那就索性找个由头,让它碎了好了。

也许,对王木木而言,那两天应该也是极其煎熬的两天。他应该是希望这段婚姻早点走到尽头的,但是他没想到这一天会来得这么快。我发现真相,打了他一个措手不及,又或者他也不想这段婚姻这么快散伙,只是想享受齐人之福,但他也知道这种艳福自己从此享受不了了。

有一个老婆给他守住大后方,让他有一个家庭、有一个孩子,再有一个情人给他调剂生活,情人让他烦了,他跑去老婆那里,老婆让他烦了,他跑去情人那里。这样的日子,想想都挺美,我几乎都要羡慕起他来了。都说"妻不如妾,妾不如偷",这又是妾又是偷的,那应该是双重刺激。但是,没有人能一直爽下去。你提前享受过的,事后都得加倍还回来,用痛苦,用补偿,或是其他的方式。

人生有时就是交换和聚散,缘到聚,缘尽散。

6

从发现王木木出轨真相的那一刻起,我对他的信任早已不复存在。

这种惊悚和震动,应该不亚于许仙发现枕边人白素贞的本体居然是一条蛇。那时候,我的想法只有一个:尽快离婚,一天都不要等,以免夜长梦多。

我真的太怕夜长梦多了。这个事情,如果被我家里人知道了还好,反正,在我离不离婚、怎么离婚的事情上,我是完全可以自己说了算的。但是,他家的情况,我真不知道,也不好揣测。一旦这个事情被他家人知道,很有可能七大姑、八大婆会掺和进来,给他出主意,和我对抗。一旦他们采用"拖字诀",那么,每往下拖一天,对我而言都是凌迟式的伤害。

我上了民政局的预约登记网站,本想预约周日的离婚号,但民政局周日不上班,我只好预约了周一的。像是身体某个部位长了个恶性肿瘤,我只想尽快把它切除。我也没办法再和他在同一个屋檐下生活,多一秒都不能。

我发微信告诉了他我的离婚决定,他没回复。

怎样速战速决,把婚给顺利离成?这成了我迫切要解决的问题。

我开始利用周末的时间,收拾他的行李,甚至都等不及他回来。收拾行李的时候,我又心碎成二维码。我有随手给他买衣服的习惯,遇上品牌衣服打折的时候,买得更凶。他向来不是很重视这些,但我觉得他穿得让我顺眼也蛮重要。结婚后,他穿的衣服中,有一大半是我买的。以前我也会帮他收衣服、叠衣服,唯有这一次,我心里五味杂陈。厌恶,怨恨,愤怒,遗憾,悲伤,心碎,什么感受都有。

收拾到他内裤的时候，我内心深处无来由地升起一种厌烦感。一想到这些衣物上，可能沾染了别的女人的体液和味道，我就觉得很反胃。像是捡垃圾一样，我翘着兰花指把这些内裤都拎进一个袋子里。收拾完，我还跑去洗了手，洗了两遍。

我的内心深处有一块区域已经坏掉了，我没办法控制自己不去做这种想象。一念及此，我更是觉得离婚这事，我一秒都等不了了。

我也曾经想象过，如果我们不离婚，这日子该怎么往下过，可脑海里涌现出来的答案却是：没办法往下过了，离婚吧，离吧。

想想也是啊，两个人在一起最重要的是信任。一旦信任没了，感情何以为继？如果我们不离婚，以后他要是再告诉我要去出差，我还信吗？不可能信的。即使他真的只是去出差，我也只会在脑海里想象一幅他和别的女人在酒店床上颠鸾倒凤的画面。往后，他一有个风吹草动，我定会怀疑他背叛了我。

我不想变成一个疑神疑鬼的妻子，一个成天要通过查老公手机来确认安全感的女人。人生那么短，有这些时间、精力，我干什么不好？

信任这事，损害轻而易举，重建却异常艰难，这好比拆毛衣和重织毛衣。即使你有高超的织毛衣手艺，也很难用拆下来的线再织成一件新毛衣。即使织成了，那毛衣也不可能是从前的样子，它只会比从前的样子更丑陋、更脆弱。

重建对一个背叛过你的人的信任，甚至比让你去信任一个陌生人还要难，难很多。就像是在白纸上作画容易，但把一张画好的画擦掉，再在原画纸上画一幅好画就难了，画纸不破掉已是万幸。

所以，连信任基础都没有了，我们不离还能怎样？

王木木的行李并不多，我收拾一两个小时就收拾完了。家里所有他留下的痕迹，都被我打包进了一个蛇皮口袋里。只要他把这些东西带走了,这个家里就像是他从来没来过一样,所不同的是,我心上多了一个大窟窿。往后的日子里,只要一吹冷风,它就会嗖嗖地疼。

周日下午,他终于回了一趟家,是我叫他过来拿行李的。

我那时候并不知道,其实他周六就已经回到了广州,但那一夜,我不知道他去了哪里。也许是睡在办公室里,也许是去住了酒店,也许是回了他爸妈家,但我敢确定的是,他不会去找那个女人。

对于出轨男人来说,妻子是每天都需要的白米饭、白开水,而小三是甜点和可乐。天天吃白米饭、喝白开水,对身体好,但难免会觉得寡淡。当生活中出现甜点和可乐,他们明知道长期吃这些更容易腻歪、对身体也不好,但还是偷吃了。也就是说,只有在有白米饭吃、白开水喝的前提下,他们才想吃甜点、喝可乐。一旦白米饭、白开水没了,他们生活中的核心需求就变成了找白米饭、白开水,也就无暇顾及甜点和可乐了。这些出轨的男人,最怕的事情就是被抓包。一旦被抓包,这种时不时就可以换换口味的逍遥日子就结束了。绝大多数情况下,他们是慌张的,第一反应是要保住自己的白米饭和白开水。

此时的他们,就像慌张的寄居蟹。眼前的这个壳儿眼看就不能住了,而新的、更舒适的壳儿还没找到,能不慌吗?小三肯定不是适合他们寄居的壳儿。越是自私的男人,越是看得清楚哪只壳儿是可以用来长居的好壳儿,哪只壳儿是只适合撩拨一下的破壳儿。这就是为什么所有被抓包的男人,都要在"临刑"之前垂死挣扎一番。

王木木回来的时候,我没让他直接进家门,而是先约他到了小区树下的长椅上坐了坐。天气很热,我穿得很齐整,坐在长椅上等他。看他出现在我眼前的那一刻,我鼻子酸酸的,眼泪差点掉下来,但生生忍住了。他的样子有点狼狈,胡子拉碴的,看起来头一晚也没有睡好。

我坐在长椅左边,他坐在长椅右边,我们中间大概隔了有一米的距离。一开始,我们谁也没说话,后来是我打破了宁静:"你的行李,我都给你收拾好了,你搬走就行了。离婚手续我们明天去办,我已经预约好了。办离婚手续具体需要带什么资料,我也跟你说了。你的户口本、身份证都还在身上吧?"

他回答"都在",但声音沙哑。

我们结婚后,他的户口一直跟他爸妈放在一起。就在我发现真相的前两周,他弄丢了身份证,只好跑回他父母家拿了户口本,补办了一个临时身份证。补办完了,户口本就暂时没有还回去,这给我和他离婚提供了比较大的便利。

想象一下,倘若他的户口本在他爸妈手里,他要跟我去办离婚时,需要先回他爸妈家拿户口本,他爸妈问起他为什么要用户口本,那他怎么回答?如果他回答要跟我去办离婚,那他爸妈又会是什么反应,会不会阻止他?

我觉得他之前丢身份证的行为,是冥冥之中命运送给我的一个"礼物"。为了我们能顺利办离婚,命运已经给我做好了某种铺垫。我唯一担心的,就是不知道在办离婚手续的过程中,临时身份证是不是可以当正式身份证使用。如果不行,那我又得等十几天,可这点时间我都不愿意等了。

多一天,多一分钟,都有不同剂量的煎熬和痛苦在等着我。

当时我也不知道怎么想的,问了王木木一个问题:"你爱过我吗?"

他回答:"爱过。"

我再问:"你还爱我吗?"

他回答:"爱。"

我苦笑了一下。

爱,这是个多么容易说出口的字眼,上下嘴皮子碰一碰,这个音就发出来了。但是,有多少人能把这个"爱"字践行到底?

两个人都已经走到了这一步,还谈爱不爱的,确实也挺讽刺的。也许,他是曾经爱过我,毕竟我们确实有过很好很好的时候。也许,都到了要离婚这一步,他也觉得自己依然"爱"我,只是,这种爱早就跟爱情无关,他或许只是害怕已经享受到的既得利益因为离婚而丢失。确切说,他不是爱,是害怕,对离婚的害怕,对离婚后未知生活的害怕。

他突然开口:"可以不离婚吗?我舍不得这个家。"

他说这话的神情,多年之后我依然记得,是那种犯了错的孩子乞求母亲原谅的神情。我心里一软,鼻子一酸,眼眶里的眼泪又差点滚下来。但是,我回答得斩钉截铁:"不可以。不离的话,我会看不起自己。"

我从来不觉得,女人遇到男人出轨了,一定要勇敢离婚才算有志气,但我真的会因为不离而鄙视自己,因为那个委曲求全的、离不开男人的自己是我所不喜欢的、不乐见的。人不可能和自己看不起的人在一起生活。让你看之不起的人,你也是爱之不起的。倒不是看不起他让你难受,而是你会连带着也看不起自己。一旦产生了后一种心理,你失去的不仅仅是一份爱,而是爱整个世界的动力,是跨越山河、拥抱星辰大海的心。

令我诧异的是,他接着说了一句"下次结婚,我不找有工作的"。听到这话,我差点从长椅上滚下来。什么意思?因为我有工作,所以我有自己的房子,有稳定的收入,那我遇上被戴绿帽这种事,就有底气跟他离婚了?如果我没有工作,那现在出了这种事情,我就只能忍气吞声,原谅了事吗?即使要离婚,也只能他甩我,不能我甩他？合着导致我们离婚的原因，是因为我有工作？

那一刻，我对他失望至极，心里更多了几分对他的看不起。随即，我又想：都要离婚了，还失望什么呢？他还是他，当真是一点都没变。

我那颗刚刚变软和一点点的心，又因为这句话坚硬似铁。我没有直接跟他辩论，只是回答了一句："我们回不去了。"

怎么回得去呢？即使他从此以后改邪归正、浪子回头，成为二十四孝好丈夫，可这些经历，早就像一根刺一样扎进了我的心里。往后，我可能会站在道德制高点上跟他相处，而他像是被抓了现行的贼一样，一到我面前就心虚，这种生活，不是我想要的。

夫妻之间，一旦没了这点平等，就难以为继了。更何况，他骨子深处的大男子主义思想和我这种平权主义思想，简直水火不容。

我们就这样谈完了离婚，甚至都没有谈及财产分割和孩子抚养权问题，大概是因为这两件事情，我们俩谈都不用谈就可以达成共识。当初我们都不是奔着对方的财富去的，离婚时自然也无须为这些事情掰扯。我挣来的，归我。他和他家人挣来的，归他。孩子归我，他出抚养费。

简单得很。

7

现在想来，我真是有点佩服当时的自己。哪怕我的生活中出了这么大的事情，哪怕那几天晚上我连一秒钟都没办法睡着，可我依然坚持每天都去上班，并且按时完成上司交代的工作。爱情重要，但工作更重要，这是我一直以来所奉行的。

24岁那年,前男友夏宇跟我提分手,我心痛得觉得自己随时可能会死去,可我没有一天因为感情耽误过工作。后来,第二任男朋友黎山跟我分手后火速跟一个护士结婚,我得知消息之后,在办公室里哭得稀里哗啦,眼前已经模糊一片,但我居然也能边擦眼泪边把领导交代的文字材料给写完。这份对工作的敬业,不是人人都能有的。

离婚对我来说也是一样的。婚可以离,但工作不能耽误。男人可能会对不起你,但长在你身上的工作技能大概率不会辜负你。

周一,是我和他预约好要离婚的日子。

那时候,离婚冷静期还没出台,离婚还不需要提前抢号,这是我们的幸运。

早上,我用单位的电脑起草了一份简单的离婚协议并打印出来。我婚前的房子,归我,房贷我自己还。他婚后买的学位房,归他,房贷他自己还。他在他家公司里占的股份,归他。我们各自名下银行卡里的积蓄,归各自。其他的,也没了。我们不过结婚了两年,也没有共同打拼下什么共同财产。

孩子抚养费那一栏,我空着,因为不知道到底该填多少,也不知道他到底愿意给多少。我当然是想要多一点的,因为这钱不是为我自己要的,而是为孩子。但是,对于他愿意给多少,我真的没有把握。毕竟,孩子还不到一岁,他跟孩子也不过就是认识了11个月而已。这期间,孩子主要也是我和我妈在带,他对孩子能有多大的感情呢?他愿意给孩子多少钱抚养费,完全看他的良心。

中午吃饭前,我跟上司说:"我下午要请假两个小时去办下离婚手续。"

上司的表情有点愕然,但也只是淡淡地说了句:"你去吧。"

当天早上，天气还好好的。从中午开始，天空下起了瓢泼大雨，大地雾蒙蒙一片，街道上的积水差不多能淹过脚踝。我兜里揣好户口本、身份证、照片，以及所有可能会用到的证件复印件，打了一把伞，钻进了一辆公交车，很快到达了民政局门口。

那天，我最担心的事情是不能顺利领到离婚证或是前夫突然反悔，不同意离。说白了，我是担心我这个决定被他家人知道后，导致离婚手续变复杂。为了安抚他，之前我甚至连"我们现在只是先走个离婚手续，以后你若改了，我们还可以为了孩子复婚的嘛"之类的话术都想出来了。对不能顺利离成婚的恐惧，已经完全支配了我。

民政局还没开门，我就提前去那里候着了。等了十几分钟，王木木还是没来。我担心得要命，不是担心他出车祸，而是担心他反悔了，不肯来。

望着像水帘一样的雨水，我的心情潮湿而焦急，我发微信给他："过去那么多的日子里，我就一直等你回家，可总是等不到；现在，我们都要离婚了，你还是要让我等。"

在王木木暂时没有到达民政局的那一段时间里，我甚至冒着大雨、撑着伞，跑去民政局附近的停车场去视察了一遍车位是否充足，只是不想他因为找停车位而耽误了跟我离婚的时间。直到看到他出现，我心里悬着的石头才终于落了地，像是吃了一颗定心丸。

取了号，很快就轮到我们了。当时，女儿还没满一岁，民政局工作人员要我在离婚协议上注明是我主动提的离婚，我心里还咯噔了一下，担心王木木不同意加这句话。离婚原因，我很想填"男方出轨"，但被他制止了。我心想：那算了，看在你那么配合的份上，给你点面子吧。然后，我认认真真填了四个字：性格不合。

抚养费那一栏，我让他填空，他说："你填吧。"

我说:"那我填了哦。"

我不停询问他的心理价位,但一想到他花在外头女人身上的钱,又实在不想心慈手软。最终,我想了一个数,并告诉他:"就这些?"

他说:"我担心我给不起那么多。"

我说:"不会的。你是大款,你给得起的。"

他说:"那行吧。"

这商量的架势,实在不像是两个要离婚的人。

我依稀记得,他还问了我一个问题:"离婚后,你有什么计划?"

我回答:"我想出去旅游一趟。"

他说:"费用我来出吧。"

我说:"啥意思?还想和我一起出去旅游?"

他说:"不是,是你自己出去旅游的费用,我来出。"

我说:"好啊,我来者不拒,我不跟钱有仇。"

到底是在一起生活过两年的人,即使离婚了,我们也没办法马上变得生分。过去每一次他惹毛我,安抚我的方式就是给我一笔小钱。这一次,他也好,我也好,我们都暂时没能马上从过去的那种相处模式中抽离出来。

办离婚证过程中,我的单人照还是出了点小问题,工作人员说我照片尺寸不对,我急得团团转,心想即使今天天上下刀子,我也要去照相馆把合格的照片速印出来。后来,我在档案袋里疯狂翻找,找到了别的备用照片,用上了,这才长舒了一口气。现在想来,我是有多害怕离不成婚呢,连照片都不忘拿上备用的。

办离婚手续需要复印一堆资料,当天又下暴雨,民政局附近的那家复印店人满为患。以前,办类似这种事都是王木木去跑腿。而那天,我几乎为他鞍前马后服务到家,有的资料我甚至单双面各复印了一份,就是希望能在民政局下班之前,利索地把离婚这事给搞定。

回想起来,王木木当时应该不至于要反悔。毕竟对这段婚姻,他破罐子破摔也很久了。他似乎也在等着我发现些什么,然后我们之间能有个什么结果。他至多只是觉得这事不好跟自己家人交代,又或者他觉得离婚这事是我主动提出来的,折损了他的面子。

也就是说,当时我所有的担心、恐惧,都是多余的。但是,当时当下,我还是怕,怕自己不能顺顺利利地离成婚。

签完字,领到离婚证,花了两个小时左右。

领完证,我让王木木顺路把我载回去。上了他的车,我发现我给他收拾好的行李,都横七竖八地躺在车里,以至于我几乎快挤不进去。

我说:"你不敢让你父母知道吗?"

他回答:"暂时不让他们知道吧。"

我摸着兜里的离婚证,竟觉得比拿结婚证还开心,而且安心。我心想:对不起,婚离成了,老娘要翻脸了。如果让你去解释离婚理由,谁知道你会把我编排成什么样呢?你不敢说,那我来说,反正我也是最后一次跟你家人沟通了。

回到工作岗位上,我把我落下的工作给收了尾,还给同一个办公室的同事们发了个邮件,大意是说,今日我喜提单身,以后请大家多多关照。

我不觉得离婚是一件丑事、坏事,自然也就无所谓遮不遮丑。一个单位,就是一个小江湖,总会有一些八卦和是非。谁谁谁离婚了,更是重磅八卦。与其被别人胡乱议论和揣测,不如我主动坦白。

我的朋友中也有离了婚后讳莫如深的,单位里所有人都知道他们离了婚,但所有人都假装不知道。偶尔遇上一两个不知情的,不小心在当事人面前说出一句"让你老公(婆)来接你啊",事后还得反省自己口无遮拦。可对我来说,这样多怪啊,会给自己和别人增添无谓的心理负担。我还是喜欢过无须伪装的生活,也不想别人把我当成保护动物、用特定的语言习惯将我保护起来。"我离婚了"就是一个事实,在当时的我看来它也是个伤疤,但这个伤疤,从来不会因为自己讳莫如深或别人绝口不提而好起来,那我就无须把事情搞得太过复杂,该咋样就咋样。

下午下班后,我开始写长信,一封写给王木木家人的长信。

在信的开头,我先就扔出了"我们已经离婚了,离婚协议都签了,离婚证也都办好了"这个炸弹,告知他们"请你们放心,你们给他的财产,我没分割走,我只拿走了我自己的那份,并替女儿争取了抚养费",接着又亮出了离婚原因:一部分足以让他们无话可说的证据。

有了那些截图和照片,他们应该没法再说我撒谎或栽赃了。在信里,我回顾了我们的这段婚姻,表示走到这一步,我也有我的问题,但是他的责任更大。

那封信的最后,我打出了亲情牌:孩子现在不到一岁,但是非常可爱,离婚之后我希望还能跟他、跟你们和平相处。离婚的是我和他,孩子跟他、跟你们的亲情不应该断也不能断,欢迎随时来看宝宝。

那封信,我写得很长。我甚至根本不确定他们会看,但是哪怕只看个开头,看到我的离婚通知,那我的目的也就达成了。

写完之后,我发到了王木木家人的邮箱,并给他家人发了一个简单的短信:"我和王木木已离婚,离婚原因已经发你们邮箱,请查收。"

那应该是我此生最后一次跟他的家人联系。哪怕到了现在,我都不知道他们是否看过那封信,因为我没有得到任何回音。可能是对我先斩后奏的言行感到愤怒?可能是铁证当前,他们都不知道要说什么?可能是看到尘埃已落定,不想再起风波?抑或是仅仅厌恶我这个人,觉得多搭理我一下都是浪费时间?我无从得知。但不管是哪一种原因,对我而言都不重要了。

重要的是,从此我将一边疗伤,一边重建我的生活。

离婚之前,我习惯性失眠,哪天要是能连续睡着三四个小时,第二天起床我就像是捡到了宝一样。更多的时候,一沾枕头,我就觉得心里不踏实。离婚当晚,我的失眠症竟然不药而愈。像是卸下了一个沉重的负担,我居然一夜无梦地睡到了第二天清晨,醒来甚觉满足。

若要追溯我的大规模失眠史,估计是从24岁那年被夏宇提出分手开始的。

大学毕业后,因为夏宇给我描绘的美好蓝图,我跟随他来到并扎根进这个城市。他一跟我提分手,整个城市对我而言便变得空空荡荡的。

那是2008年,也是南方遭受冰灾的一年,大雪最南下到了清远。湖南很多地区大面积停电,十几万人滞留在广州火车站无法返乡过年。晚上睡觉时,我盖了厚厚的两层被子,依然冻得瑟瑟发抖。活到现在,大概没有哪个冬天能让我感到如此寒冷了,我心想:这么冷还能提出分手的人,对我何止是不爱,简直是恨之入骨了吧。

我跟夏宇说:"你怎么都等不及过完这个冬天。"

又过了几个月,汶川地震发生了,我在网络上看到地震中遇难者的照片,触目惊心。我给夏宇打电话,很没出息地求复合,对方态度暧昧,却不置可否。我心想:这么大的灾难,依然没能让对方回想起我们这一路走过来的不容易,依然没能让他产生怜惜故人的心,我也该死心了吧。

那会儿的我还很年轻,不知道以后的人生会很长,不晓得爱情只是人生中极小的一部分,但和所有第一次失恋的人们一样,非常没出息地痛哭了几个月,终日面色憔悴、形容枯槁,俨然已到世界末日。

刚开始几个月,我常常失眠,常常半夜爬起来痛哭。再往后,已经不想再流泪了,只是单纯的失眠。一点钟,两点钟,三点钟,四点钟,五点钟,当时针指到六点钟的时候,我知道自己没必要再睡了,起床上班吧。

那真是一段生命退化、灵魂投降、自我丧失的日子,每过一天都感到耻辱,感到心灵被煅烧。我从他那一面镜子里,看到的全是自己的丑陋。活到现在,我大概没有什么时候像那个时候一样讨厌自己。很多年后,我再回想那段日子,第一反应竟然是想把它们从我生命中抹去,像抹去镜面上的污点。以至于这么多年过去了,我能坦然地面对前夫王木木,却羞于再见到夏宇。我真不是怪他,我只是为自己感到羞愧。

那段时光,一个月有二十几天我是失眠的。哪天晚上要是能连续睡着超过五个小时,我就觉得这睡眠完全是捡来的。为了治失眠,我想了很多办法。比如,把几个熟透的苹果放在枕头边啦,勤用木梳子梳头啦,睡前运动跑步泡脚啦,喝补脑液喝牛奶啦……几乎所有能想到的办法我都尝试过了,但这些方法对我完全无效。

最严重的一阵子，我去医院心理科看病。

挂号处的医务人员问我："怎么了？"

我说："失眠。"

"那你要挂睡眠障碍科。"对方面无表情地回复。

我说："我觉得我是有心理问题才导致的失眠。"

"你还是先去睡眠障碍科，看看那边怎么说。"

那是我第一次接触"睡眠障碍"这个词，医生说它的表现形式不仅仅包括失眠，还有多梦、早醒、入睡困难，甚至包括嗜睡。

我坐在候诊区，听着里面的患者跟医生讲自己的睡眠状况。前面几个都是连续一两个星期几乎一秒钟都没法睡着的，其中有一个女患者说她一想到晚上要睡觉，从吃完晚饭就开始焦虑，甚至一看到床就怕。

听到这一句，我简直想冲进去拥抱她，同是天涯沦落人啊！

我听医生在里面说："你这是怕失眠超过了失眠本身。"

我在门外无声地笑了。是的，就是这样的。

见了医生，医生问我："你怎么了？"

我说："失眠。"

"为什么失眠呢？"

"我焦虑。"

"你焦虑什么？"

"什么都焦虑。"

医生大概是觉得这话题进行不下去了，让我做一个焦虑测试，测试结果却处于正常区间，只是有抑郁情绪，但不算抑郁症。

他没说什么，就给我开了一堆助眠药和抗焦虑药，然后跟我说："睡不着的时候才吃，而且吃了会长胖，你要有心理准备。"

那两瓶药，我吃了一部分。每次失眠的时候，就吃一小粒。那些小药片的效果还真是好，前一分钟我还在生龙活虎地给自己倒开水，药片一进入喉咙，过不了一分钟，我就感觉自己意识模糊了。

当然，我也长胖了好几斤。

再后来呢？这些药片全部过期了。因为不久以后，我谈恋爱了，并且顺利地结婚了，和王木木。

结婚后三个月，我度过了人生中最为幸福快乐甚至堪称圆满的一段日子。像是捡来的好时光一样，我做梦都能笑出声来，哪里还会失眠？和王木木一起窝在被窝里看电影的时候，我觉得自己的人生像是得到了某种补偿，那些阴暗凄苦、不被珍惜的时光终于过去了。

可惜，好景不长。考验开始来临，三个月以后，对方开始夜不归宿。刚开始，我不以为意，心想着男人也需要有必要的应酬，需要各种关系的沟通，需要远近朋友的联络，再说了，我也可以做自己喜欢的事情，看书、上网，所以我的表现俨然一个贤惠的田螺姑娘，都是自己先睡，然后留一盏灯贴心地等着夜归人。再后来，发现对方经常到了夜里三四点还在外面玩的时候，我没法淡定了。

过了晚上十二点，就能感觉到时间的指针嘀嗒嘀嗒每一下都嘀在我心里，我的心绪七上八下，起伏不定，担心和愤怒交织。人躺在床上，耳朵却在凝神听着门外的动静。有时候到了凌晨两三点，他不仅没有回家，甚至连通电话也没有打回来过，我的心情又由愤怒转为了担心："难道出了交通意外？还是喝得太多遇到歹徒了？"

常常是到了凌晨三四点钟，门开了，他回来了。而他回家以后，洗个澡就倒头大睡，任由我的愤怒之火熊熊燃烧到天明。

这个事情，成了我和王木木在整个婚姻期间最大的矛盾，它也让我的失眠症再次降临。一个月里，我几乎只有七八天的时间是能完整地睡个安稳觉的。大部分时间，我都在等待中失眠。很多时候是把他给等回来了，可我自己却睡不着了。有时候一个晚上能睡着一个小时，有时候两三个小时，能睡超过四个小时对我而言已经是高质量睡眠了。

你知道失眠的人有多痛苦吗？患有睡眠障碍的人不仅痛苦而且身心都备受折磨。这样连续失眠的痛苦，非亲历者不会明白。

在任何一个家庭中，某个家庭成员经常夜不归宿几乎可以算是一种灾难性的行为，特别是对于整宿焦急等待的妻子来说。睡不着的时候，我觉得那张双人床变成了一口煎锅，每多在上面躺一分钟就多被炙烤六十秒。

很多个夜晚，我几乎都在等待和失眠中度过，时间变得黏稠而漫长。我感觉全世界只有我一个人醒着，而那个本该和我相拥而眠的人却在一个我所不知道的地方、和我所不认识的人在一起玩闹、欢笑。

眼泪不争气地流下来的时候，我想：在这样的夜里能给他带来快乐的女人，才应该是他的妻子。而在这样的夜里，能让我不流泪的男人，才应该是我的丈夫。我们俩，终究还是选错了人。

到了孕期，身体上的不便导致我尿频非常严重，孕后期我每天晚上要起床上七八次厕所，几乎就没有能完整睡一个好觉的时候，我没有一天不是顶着熊猫眼去上班的。对方夜归的毛病似乎并没有因为我的怀孕而有所收敛，反而变本加厉。我心里隐约觉得不对劲，却不知道哪儿不对劲，自然也就没法把觉睡得很安稳。少数几个能一觉睡到天亮的日子，竟让我幸福得想流泪。

孩子出生后，我发现事态并没有好转，日子终于还是过不下去了。领了离婚证当晚，我如释重负。一个人躺在床上的时候，我甚至感到有点幸福，因为我终于不用再整夜整夜地等谁回家了。那之后，我虽然偶尔也会失眠，但不再是常态。对我而言，这是一件多么幸福的事情啊!

睡男人根本不是刚需,但好睡眠是!

我跟聂琳说:"活到现在,我做错过很多事情,但离婚是我认为最对的一件。如果再那么过下去,可能再过几年我就会因为严重的失眠而死掉,又或者我因为忍受不了他的种种,把他给杀掉。比起爱情和婚姻,我觉得睡眠更重要,因为这世界上没什么比命更重要。"

很多年后的今天,我依然这样认为。长期失眠的话,人体各系统失去平衡,严重时可能会导致死亡。现在,我还能好好活着,这最重要。只要你还走得动、吃得下、拉得出、睡得着,就已经是一个很幸福的人了,至于其他的,都是命运的赠品。

当然了,我的睡眠状况是变好了,但某些创伤却藏到梦里去了。离婚后好长一段时间,我还会做一些还没离婚的梦。我时常梦见自己没有离婚,但是又怀孕了。在梦境里,我号啕大哭,我抓着我妈的衣角哭喊:"只要我不怀孕,他就欺负不到我,可现在我又怀孕了,我投鼠忌器,连反抗都不敢太用力,现在我只有任他欺负的份了!"

梦境里的我,不停地跟聂琳表达我的焦虑:"跟他离婚,我养得好一个孩子,但我不确定我是否养得好两个,可这个孩子已经怀上了,怎么办呢?我该怎么办呢?"梦境中我那种焦急以及进退两难、濒临崩溃的心理活动,完全是真实可触的,以至于在我惊醒以后,依然心有余悸。

我经常会做的梦,还有一个:我一个人站在茫茫荒野中,一手忙工作,一手忙孩子,焦头烂额、心力交瘁。而王木木和他的家人,就那样沉默地站在我的对面,像一堵坚不可摧的铜墙,就那么看着我。他们什么话都不说,但这种沉默让我感到一种压迫感。那种被丈夫和婆家人孤立的感觉又回来了，这种压力在梦境里总是来得无比真实。

在梦里，我跟他提离婚，可是他以孩子不能成长在单亲家庭中为由不同意。我急得要尿裤子，不停拷问自己："我不是已经离婚了吗？我有民政局发给我的证，结婚证也作废了，可现在是怎么回事？"梦里有人告诉我："你之前离的那一次婚不算数，要重新去办离婚手续。"一听这话，我就被急醒了。醒来后我还是觉得不放心，翻箱倒柜地把离婚证找出来才觉得元神归了位。

有时候，我还会梦见怀着孕的我和王木木一起逃难，我们身后有很多追杀我的人，可是，每次到了紧要关头，他都把我一个人抛下。还有的时候，我梦见我们俩开着车在逃命，可后来他一脚把我踢下车，说是车超载了，而他自己却开着车逃走了。我大着个肚子，孤零零地站在路边，看着敌人拿着刀子朝我跑来，有时候是看到滔天巨浪向我奔腾而来……在梦境里，我第一反应还是保护好孩子，然后一个人抱着肚子没命地狂奔。

醒来以后，我往往发现那只是一场梦。当我再次确认自己已经离婚了，离婚证和离婚协议已经攥在手里了，才感到安心。像是一个经年被关在黑房间的人，终于见到了阳光。

人这一辈子会做无数个梦。这些梦很多时候都是毫无逻辑的，有些梦甚至很适合拍成奇幻电影。可是，如果你重复做同一个梦，那可能是与你的创伤有关。

一个搞心理咨询的朋友告诉我："那些重复做的噩梦，往往起因于强烈事件后的应激障碍，即心理创伤。"是啊，重复做同一个梦，可能真是因为某些事在我们内心深处留下了心理创伤。这种伤口只是痊愈了，但它一直都在。白天，你可以活得理性坚强、刀枪不入，但是一到夜晚，当你沉睡陷入那个非理性的梦境中，那些创伤就像火山熔岩一样，从你某个最薄弱的部位爆发出来。

上部

不知道大家发现没有？年纪越大的人，越容易做噩梦。少年时期的梦境是最美的，梦里全是粉色泡泡，稍一用力自己还能飞起来。越往后走，我们的愿望是越来越低了，却把梦越做越噩了。少年时期我们无畏，心灵轻盈，敢去追风。中年人心里多少都有点应激性创伤，白天可以表现得无所畏惧，入睡后潜意识里的"怕"就钻进了梦里。

庆幸的是，我们不可能一直沉睡，我们也会梦醒。从美梦中清醒，会让人失落；从噩梦中清醒，却是一种幸福。前者是美梦破碎，后者是劫后余生。这种两种体验，跟离婚带给我的感受是一模一样的。你先是进入一场美梦，但梦做到一半，你醒了，你发现现实千疮百孔，不如梦境那般美妙，于是你选择自欺欺人，沉睡到另一场梦里。没想到这次是个噩梦，待得你从噩梦中清醒过来，你只会庆幸，只会感恩，只会喜极而泣。

很多人总以为，一个离婚的女人必定是不幸的，可这也得看这个女人是谁。就我自己而言，我觉得离婚不是不幸，它只是在结束一段不幸。劫后余生，你只会更加珍惜那份来之不易的平静生活，并从中得到新生。

9

与王木木结婚，对我来说是一场无法回避的错误。而我们这两个根本不适合在一起的人，会在人生的某个时段发生交集，却也是各种机缘巧合的结果。不管是相聚还是分离，都像是命中注定好了似的。

时光得拉回到我和王木木认识以前。

那时候,我刚刚从一段让我筋疲力尽的感情中走出来,内心比较虚弱。王木木的出现,像一道光,照亮了我,而他也因此捡了我这个"漏"。

遇到王木木之前的故事比较长,但一切的一切,好像都是为了遇见他而做铺垫。

在遇见王木木之前,我有个前男友叫夏宇。从19岁到26岁,我的整个青春,基本上都跟他联系在一起。

21岁时,我大学毕业,跟着夏宇到这个城市来找工作。两个身无分文的愣头青,在这个举目无亲的城市里谋生路,这种必须相依为命的关系让我们结成了战友般深厚的感情。

再后来,我们参加工作,开始两地分居的生活。日子像转圈一样循环往复:上班下班,一周见一次面,买菜、做饭、睡觉、分别,然后上班、下班……当然,我们也会吵架,但也会很快和好。我们分分合合很多次,但最终都没有离开对方。

在一起的第五个年头,看到身边的朋友们陆续走入婚姻的殿堂,我也开始心痒痒,想在这个城市有一个家,想跟他生一个小宝宝,然后过上传说中的"大部分日子平平淡淡,偶尔鸡飞狗跳"的围城生活。

想要成家,首先得有房子,我那会儿就是很固执地这么想。而且,早在参加工作的第一年,我就一直在努力攒钱,希望能早日过上不用租房的生活。

2007年底,我查了一下自己的银行账户,大约有十万积蓄。我是个在工作上很努力但生活中很节俭的姑娘,两年兢兢业业的工作,我积攒了十万,而且还是在还清了大学欠下的助学贷款的前提下。那会儿房价还不是很高,广州郊区某些楼盘的三房才卖三十万,我觉得自己是时候要买套小房子了。

我一直想买房子，只是因为房子能给我安稳感，让我觉得自己在这个城市不再是一个漂泊的过客。对我而言，房子不仅仅是个独立的空间，还是座堡垒，是别的女人的禁地。这里只有一个女主人，房子里所有的东西都不可以跟外人分享。

我不喜欢不停地搬家，不想连在墙上钉颗钉子都要看房东的脸色。

我把存折拿给夏宇看："我们要不先把房子买了吧，你看现在房价涨得多厉害，再过几年可能我们就买不起了。我已经有十万了，你那边积蓄有多少？两个人一起买，可以买大一点的。"

夏宇含糊其词地回答："我觉得我们还是各自分开买吧，以后住哪边都方便。你这边房价太贵了，我觉得不划算，同样的钱在我那边可以买好大的房子了。"

我问："结婚以后总不能还两地分居吧，那我们结婚以后住哪儿呢？"

夏宇说："这个问题以后再说。"

我没发话，但心里的不满和不安一天多过一天。

要不要两个人合买一套房子，成为我跟夏宇最大的矛盾。当然，这只是表象。真正的矛盾是，他觉得我太强势。换而言之，他觉得在这段关系中，我的主导权过大。

两地分居的日子，我们就在电话里没完没了地为这个问题吵架。那些恶毒的话语如同毒箭一样，一支又一支射到对方心上。到了周末，我们就依照电话里的约定见面谈一谈，可每次谈都没法达成共识，最终都以上床告终。无奈的是，从床上下来，问题还在。就这样，我们吵翻了，夏宇没有明确提出分手，只是说"分开一段时间"。

那段日子，我和所有失恋的姑娘一样，进入了抑郁状态。

刚刚失恋那半个月，"哭"就是我生活的主题词。我各种哭，使劲哭,拼命哭,大声地哭,撕心裂肺地哭……流了几大缸的眼泪。我可以随时随地崩溃大哭,甚至有时候走在大街上,听到哪家门店传来伤感的音乐,我也会心痛到哭出声来。

平时上班的日子,有工作做寄托还好;到了周末,我感到悲伤全面降临,在这世上多挨一分钟都是煎熬。我像个孩子一样,缩在房间的角落里,用双臂抱着自己,泪如泉涌,号啕大哭……

我开始整夜整夜地失眠。失眠的时候,我就给夏宇的邮箱发邮件。我说了很多很多话,但主题思想只有一个:可不可以不分手?

更让我感到绝望的是,我身边一个要好的朋友都没有。即使有,她们也大多在外地。在这个城市里,夏宇就是我最要好的朋友。我到那个时候才发现:过去的几年,我把夏宇当成了我的全世界。

我开始厌食,两周内暴瘦十斤;我开始厌世,忽然对什么都失去了兴趣;我每天以泪洗面,走在大街上甚至会希望自己被飞驰而过的汽车撞死。我不想活不想死,每晚只能靠助眠药入睡。我拒绝参加任何聚会和活动,没有兴趣约见任何朋友,甚至连电话都不给谁打了,QQ上我也很少主动跟谁攀谈,工作的时候我是那个最沉默寡言的人。到后来我也不哭了,每天下班我回到家以后,就把门一关躺在床上发呆。

我沉默着,安静地坐在自己的房间里,什么都不做,就是沉默着。很多时候,我根本不知道我这样行尸走肉地活着,跟死了还有什么分别。

这样的日子过了有两个月,后来我忽然觉得我不该再这么下去了,就找来各种治愈失恋的攻略来看,希望能通过折腾点什么,让自己尽快从失恋阴影中走出来。

我努力让自己忙起来,开始尝试着去建立自己的社交圈,我跟许久不联系的朋友重新热络起来,热热闹闹地跟他们一起去唱K,

很豪气地请他们看电影，组织老乡们聚会，报团去旅行，一个人去看房子、买房子、搞装修，一个人去学游泳、考在职研究生。我开始改变形象，尝试不同的穿衣风格，戴很夸张的耳环，见到熟人就很不淑女地哈哈大笑……

对付失恋最好的办法，是让自己忙起来，我还去学了车。可能我天生手脚协调能力特别差，跟我一起报名的人都已经拿到驾照了，我还在苦练倒车。教练教的学员，毕业了一茬又一茬，可我却永远在补考。

最夸张的时候，我把车直接开到了稻田里，气得教练都想把钱退给我，让我另聘名师。可是，我敢对着艾家列祖列宗起誓，我真不是不努力。天知道，大台风要刮来的前一天，广州的天气闷热到能拧出水来，我坚持去练车；寒风凛冽的夜晚，我下班后坚持去练车，手都快冻僵了。笨鸟先飞，熟能生巧，练车的时候我样样过关，但一到考试，一紧张，就不行了，每次都要补考。

我就是在这时候认识了聂琳。聂琳是晚我好几茬报名的学员，我们师从同一个教练，但因为我老是补考不过，不停被"留级"，才成了和她同一批拿到驾照的学员。

她见我经常被教练骂到狗血喷头，就注意到了我。在练车过程中，她教给了我很多技巧。一来二去，我们就成了好朋友，并从学车谈到了感情。

聂琳看我垂头丧气，就跟我说："要不你去相亲吧，我跟杨帆就是相亲认识的。"

那会儿，她跟杨帆正处于甜蜜的恋爱关系之中。杨帆比她大十来岁，没房没车，但长得挺帅的，有点像明星。最重要的是，杨帆嘴巴特别能说，总能把聂琳哄得很开心。

聂琳认识杨帆的时候，也刚刚结束一段恋情。她和前男友都到了谈婚论嫁的阶段，但前男友的父母不喜欢她，说她是外地捞妹。前男友的父母一哭二闹三上吊，要求她前男友回老家发展，这位前男友立马缩头了，屁颠屁颠回家了。前男友前脚刚走，聂琳后脚就跑出去相亲，并跟杨帆在一起了。聂琳觉得，治疗失恋最快的方式就是找下家，她能通过相亲认识杨帆，我也一定能。

我听从了聂琳的建议，真的出去相亲了，相了很多次。和所有的相亲故事一样，合适的总是那么少，不是我看不上人家，就是人家看不上我。若是彼此无感倒也罢了，大家一拍两散，可若是对方对我的印象不错，为了给足对方面子，也给媒人有个交代，还是得耐着性子交流。交流几次下来，更觉得索然无味，既浪费时间又浪费精力，还得装模作样，累得要死，只能找个借口拜拜了事。

有时候，看到实在不对眼的人，才坐下不足五分钟，就发条短信给聂琳，让她假扮上司给我打来电话，我借口加班，一走了之。

那些相亲经历，大多都流于平淡，我不大记得了，但有几个人让我印象深刻。

有个男士，姑且称呼他为A男，他跟我在网络上相谈甚欢，遂约好见面。一见面，我微微觉得有些失望，对方看起来比照片上要老很多，带着进一步了解看看的心理，还是跟他吃了一顿饭。

一般相亲饭局，如果我觉得跟对方有戏的话，一般会默许对方买单，但如果我自己一见面就觉得跟对方铁定没戏，我会坚持AA制，我不想让对方觉得我靠相亲骗吃骗喝占男人便宜。

跟A男吃完饭，我准备回家。这时候，高潮来了。正当我把手机收拾进包里准备离开，A男忽然走到我身边，把手搭在我肩膀上说："我看我们聊得还可以，要不等会儿去隔壁那家酒店开间房继续聊吧，三个小时才收费九十块呢，反正这么早回去家里也没人等着……"

我立马警觉地往后退了几步,他的手从我肩上滑了下来。空气凝固了大约有三秒吧,我很严肃地跟他说:"对不起,我从来不跟刚认识的男生开房。"

他追问:"为什么?"

我回答:"脏。"

这还不是结尾。

第二天晚上,A男打电话过来,我挂掉。再打过来,我再挂,后来对方发来短信:"美女,我们去爬山吧。"

我把他号码拉入手机黑名单,总算觉得世界清静了。

开房事件令我相当震撼,为消除那次事件对我心理上造成的阴影,我这次特意找了一个符合标准的梦中情人,姑且称他为B男吧。

B男是各方面和我匹配指数很高的一个。为了去见他,我特意穿上了长裙,想让自己闪亮登场。一见面,我发现对方除了有点小驼背,其他都挺好。他看见我,眼神果真不大一样。我的直觉告诉我,哈哈哈,这下有戏了,他可能对我有点意思。

他边点菜边给我介绍每样菜式的特点和做法,一开始我觉得这人挺好的,健谈,开朗,估计厨艺还很好,岂料后来我发现他根本就是个话痨。整个饭局,他从餐厅服务态度不好开始骂起,接着骂领导,骂同事,骂社会,甚至连自己的父母、小学老师都骂上了,滔滔不绝,义愤填膺,感觉像是全世界都对不起他。

我好几次刚想说话,就被他无情地打断。到后来我索性不再说话,闷头吃饭。就这样,我这次相亲又无果而终了。

C男,是所有相亲男中在我心里分量最重的一个。他比我大两岁。第一次联系我时,我就明显感觉到他是个很有礼貌的人,非常儒雅。跟他见面的地点约在一家西餐厅,那天我先到了,但当时正是用餐高峰期需要排队等座,我就站在门外等。

C男到了门口给我打电话,我问他在哪儿呢,他说就在我身后。我一回头,一个高个子就闯进了我的视线。我对那种大眼睛、浓眉毛、长睫毛的男孩子向来没有抵抗力,一看到他,我的小心脏就开始噗噗乱跳……

由于西餐厅要等座,C男就提议先去旁边的咖啡馆喝咖啡,等过了饭点再过来。他一直表现得特别绅士,我们聊得还挺开心的。喝完咖啡再去吃西餐,吃完出来已经是晚上了。

我心想今天的行程该结束了,没想到他又说:"咱去看电影吧。"

当时我心里窃喜,却又表现得比较矜持,我说:"下次吧。"

C男说:"那好,今天也挺晚的了,我送你回去吧。"

到了我们小区门口,他看我走进我住的那栋楼才离开。回到家刚洗完澡,我就接到他的短信,说他到家了,要我早点休息。我那会儿觉得自己可能真走桃花运了,居然兴奋了小半夜,甚至想象过我穿上婚纱嫁给他的情景。

可后来的事实证明,是我想多了。

密切联系了一个星期,第二个周末C男又约我了。我们从中午见面一直待到晚上,看电影、逛书店、吃晚饭。岂料晚饭吃到一半的时候,戏剧性的事情就发生了。他的手机忽然响个不停,他挂了又响,响了又挂,最后索性关机,然后不停地跟我说抱歉。

女人的直觉告诉我,这应该是他的女友或者前女友打来的电话。

果不其然,第二天晚上,他给我发来短信:"对不起,前女友回来找我了,我心里还是放不下她,对不起。"

看着短信我哭笑不得,C男就这样消失在了我的世界中。

几个月后,我在他QQ空间里发现他晒出了结婚证照和他老婆的孕妇照，看样子他老婆已经怀孕六个月。照片里，他一脸甜蜜地摸着老婆的大肚子。

这是什么概念？跟我相亲的时候，他老婆已经怀孕四个月了？

我满心疑问：跟我相亲那会儿，他和他老婆到底有没有结婚？是在闹分手还是怎么了？他老婆怀的是不是他的孩子？

我差不多想象出了一万字的狗血故事来，但碍于情面不好意思去刨根究底，白瞎了这么好的一个写作素材。

相亲那么多次，我真的遇到过不少奇葩。

有个男的，跟我见面之前给我发了一通短信，介绍了自己的所有情况：哪里人，家里成员有哪些，父母分别做什么工作，他自己在哪儿工作，收入多少，买的房子在哪儿，首付多少，月供多少，兴趣爱好如何，等等。结果一见面，我发现对方完全是个闷葫芦，跟他聊任何话题都聊不到三句。

还有一个，吃饭期间跟我聊得还挺好，结果我们吃完饭出来遇到一个卖玫瑰花的小男孩，对他纠缠不休，他觉得尴尬，就骂人家"小畜生""奴才身子乞丐命"。小男孩不甘示弱，瞬间变为小流氓，对他恶语相向，还上前与他厮打，两个人缠斗在一起，难解难分，引起路人围观。我觉得好尴尬，招呼都没打就沮丧地回家了。

当然，也有一些相亲过的男孩子，后来成了我的铁哥们儿。我们对彼此的印象都很不错，做朋友非常合适，但并不适合成为情侣。一想到要跟对方结秦晋之好，我内心就百般抗拒。

聂琳曾拉着我参加过一次集体相亲活动。我是真相亲，她则是去当"卧底"，因为那会儿她已经有杨帆了。

在这个大型相亲会场，一群男男女女交叉坐在一艘游轮上，人手一本册子，上面注明了男女嘉宾各自的硬件条件以及择偶标准。

活动分十个人一组（五男五女），先互相交流十五分钟，十五分钟后，五个女生坐在原地不动，换另外五个男生过来交流……

我和聂琳被编排开了，整场活动我们只感受到两个字：无聊。

我们翻看着册子，百无聊赖地给彼此发短信：

"嘿，我这有个男的，在册子上写的择偶标准是要求女方没有恋爱经验，他咋不直接写要求对方是处女呢。"

"我这有个女的，打扮得……像是去夜店的，烟熏妆，黑色网状丝袜，超短裙，鞋跟得有九寸，好担心她会摔倒。"

"什么时候可以撤啊？"

"不知道啊，再忍耐一会儿？"

好不容易等到活动结束，我和聂琳从船上跳下来，一起去吃火锅。讲起各自的相亲经历，笑得肚子疼。

还有一回，我和聂琳一起去逛公园，不巧经过一个相亲角，是年轻人自愿参加而不是父母代劳的那种。我们看到某男站在某块高高的巨石上，胸前挂了一个大纸牌，上面写满了他自己的条件以及择偶要求。眼前这一幕，让我和聂琳目瞪口呆。

聂琳也哭丧着脸跟我说："天哪，这跟菜市场有什么区别？我们是人啊，是人啊，怎么可以这么明码标价地卖。"

我说："是的，明码标价地卖就是相亲带给人的感受。"

聂琳说："那你要不要复盘一下，看看跟你相亲过的人，有哪一个给你的印象还不错，然后跟人家相处试试。不然这种奇葩男见多了，你会怀疑自己魅力的，说不定会加倍想起夏宇的好。这可不是一件好事。"

聂琳说的是实话，我跟这些男生相亲的时候，无时无刻不在想夏宇。

10

再胡闹的生活,总有静下来、闲下来的时候。只要留我一个人独处,我就又陷入失恋状态,动不动就潸然泪下。

每当我看着沉浸在小幸福中的女同事,看到电视里关于家庭和婚姻生活的亲密情节,就会伤怀不已;每次走过熟悉的街角,想起曾经有一个人在那里抱过我,更是心如刀绞。

比起这些,更让我难以忍受的,是失恋带给我的挫败感。学习上、职场中,我的纠错能力挺强。某道题、某件事情做错了,那就是错了,它有一个非常明确的、有公信力的衡量标准,我会照着那些标准,不断去修正自己。但是,在感情中,从来没有人教过我怎么爱。

我唯一能长期模仿的对象,就是我爸妈。可是,我爸妈的婚姻是非常不幸的。伴随我整个成长过程的,是我父母的吵架、打架,以及日复一日的彼此怨怼和嫌弃。在漫长的童年、青少年时光中,我听了无数遍我妈对我爸的咒骂、埋怨、威胁、指责。而我曾经对待夏宇的某些方式,跟我妈对待我爸的方式非常相像。

我妈会用故意折磨我爸的方式,去试探他是否还在乎这个家。比如,我妈手里有钱,但因为生气我爸曾经把家里急用的钱借了出去,就逼着我爸到处去借钱。我最作的时候,也会故意给夏宇制造困难,比如下雨天让他大老远跑来看我,看他会不会为了我而克服这些困难。而我,也在作的过程中,感受到了一种被在乎甚至是戏耍小动物式的变态快感。

小时候,我们一家人都不会好好跟彼此说话,总以指责、抱怨替代沟通,甚至连表达关心都是用指责的语气。比方说,我妈看不惯我爸洗碗的程序、见不惯我不叠被子，但从不说"我希望你怎样做"，永远只来一句"我就知道你们是故意折磨我"。这种说话方式，会被家庭成员集体无意识地复制、模仿，可这种沟通方式其实是错误的，可我当时却觉察不到。

再者，习惯了父母之间剑拔弩张的关系，我承受紧张关系的阈值也变高了，以至于我开始恋爱后，竟觉得两个人在一起天天吵架、怨怼，把日子过得鸡飞狗跳也是正常的。

我很庆幸，在和夏宇分手后，我意识到了这些。我觉得我悟到了一些新的理论，我想把这些新理论实践给夏宇看，向他展示我已经变了一个人，但不管我怎么哀求，夏宇都不为所动，拒绝复合。

我一气之下，在相亲对象中找了一个人，谈了一场短暂的恋爱。

那个人就是黎山，他刚结束外派工作，从非洲回来。从认识黎山的第一天起，他就明确跟我表达了想和我结婚的意愿。他对我好，似乎都是奔着完成结婚这个任务去的。但是，我们相处一段时间后，他对我的爱情荷尔蒙大概也分泌尽了，我们之间的问题就暴露了出来。

有个周末，我约黎山去户外爬山，他回复了我一句话："今天要在家陪陪父母。"

我当时一听，火气噌地就上来了，但失恋带给我的教训让我学会了换一种方式去表达内心的感受。我深吸一口气，对他说："你要表孝心我可以理解，但陪你的父母和陪我，这是冲突的吗？我只是想和你在一起而已，不一定非要去户外，不一定非得爬山，你完全可以把我叫到你家里去啊。"

岂料电话那头黎山冷冰冰地回了一句："你一个外人在，我们一家人相处会不自在。"

我气得七窍生烟："外人？原来你一直当我是外人啊。"

见他不说话，我继续发飙："我去你们家，不自在的应该是我吧？"

电话那头黎山明显不耐烦了起来，丢下一句"懒得跟你吵"就挂了电话。

那段时间，黎山一直忙。忙着给朋友做婚礼伴郎，忙着送父母回老家，忙着接妹妹上下班，忙着考证，忙着踢球……就是不大有空见我。

黎山的爸爸那会儿身体已经不大好，但谁都不知道他已经罹患癌症。大部分的时间，黎山都陪在他父亲身边，无暇顾及我。一开始，我觉得这都是合情合理的，但被拒绝的次数多了，我心里也开始有了积怨。

有一回，我终于忍不住了，跟他埋怨："我也需要你陪啊。"

他声音忽然提高了八度，以一种让人无可辩驳和无可置疑的语气跟我说："以后我陪你的时间多的是，但现在我爸身体不舒服，你犯得着吃我爸的醋吗，我又不是出去玩女人。"

我想到了分手，但为了能早日成婚，黎山又把我哄开心了，接着带我去见了他的家人。

第一次去他家，没人跟我唠嗑，我只能百无聊赖地看电视，那种感受只能用"如坐针毡"和"度秒如年"来形容。刚坐定没一会儿，黎山就把我悄悄叫到阳台上，要我去厨房帮忙。

他说："你一个未过门儿的媳妇要好好表现。"

我当时连掀桌子的心情都有。真不是我不愿意干这个活儿，像我这样从农村里走出来的姑娘，做点家务活完全不在话下。我所不悦的，是黎山对我的态度。凭什么我要被列为公婆考察的对象？两个相爱的人若是要结婚，地位不该是平等的吗？他们考察我，我也在考察他们。我第一次去他们家，按理来说我是客人，为什么客人要使尽解数讨主人的欢心?

再后来,我和黎山见面的次数也越来越少。我不想再抱怨,因为一抱怨我们就会为这个问题吵架。我总觉得自己是他家的外人,是一个入侵者。他们才是一个共同体,我是要被排除在外的。意识到黎山根本不在乎我,我想分手。

这时候,夏宇回来了。

他开门见山地跟我说:"跟你分开后,我过了一段自由的日子,真的很自由,但是这几天,我开始疯狂地想你,想起我们在一起的日子。我后悔自己当初那么残忍地跟你分手,想到你这一年来承受的伤痛,我真的觉得心如刀绞。我不能错过你,这次我回来是经过深思熟虑的,我不是因为缺一个女朋友所以找回你,我是真的想和你结婚。"

我直接回绝了,心想:你当我是什么?任你想来就来,想走就走?在我因为失恋而痛不欲生的时刻,你无动于衷。如今我名花有主,你倒找上门来了?这不是爱,这是嫉妒。

不想让夏宇得逞的心理,遏制住了我马上要和黎山分手的想法。可是,我和黎山之间的问题一直都在。黎山是个感天动地的孝子,这我一直知道,但孝顺到这个份上,以后若是真跟他结婚了,我会有好果子吃吗?

我考试考砸了,给黎山打电话,他说他要陪爸爸。我被上司骂了个狗血喷头,想找黎山说一说,他说他要陪爸爸。我发了年终奖,想找他出去大吃一顿,他说他要陪爸爸……到后来,我索性不再给他电话,他说我终于学乖了。只有我知道,我不是学乖了,只是心凉了,想走了。

我在心里预演了一万种跟黎山开口提分手的方式:见面说?打电话?发短信?还是发邮件?分手的理由该说什么?说前男友回来了?说我不堪忍受他那么孝顺?说我觉得自己没爱过他?还是

什么理由都不给？算了，都分手了，还想这么多干吗，直接发条短信算了。

我在手机里编辑好了几个字："我们分手吧。"

正准备要按下"发送"键，我宿舍的门铃响了。我打开门，发现门口站着黎山。他的眼圈红红的，一进门就抱住我，哽咽着说："艾凌，医生说我爸爸情况不乐观，疑似胃癌。明天他要动手术了，我好害怕。"

我呆立在原地，之前想好的分手台词一句都说不出，最后说出口的是这句话："没事的，有我在呢。"

黎山很快平复了心情，跟我说："这几天带我爸去医院看病搞得我很累。在家里睡觉，我爸一夜要呕吐好几次，我根本不敢睡着。我想在你这里睡一会儿，你等会儿叫醒我。"

我已经想和他提分手，可他却丝毫察觉不到。这竟让我产生一种物伤其类的感觉。想当年，夏宇跟我提分手之前，我也半分预见性都没有。如果我现在就跟黎山分手，他会不会也跟我一样痛苦？都说"己所不欲，勿施于人"，我要不要先好好跟他谈谈？

这么一想，我顿时觉得自己变得高尚起来。很多年后，我才知道，那不是高尚，而是伪善。一个无法忠于自己内心的人，才是可耻的。

黎山爸爸动手术的时候，我也去了。对于黎山而言，那可能是他一生中最慢的时光。他爸下午三点开始动手术，却到了晚上九点钟才被推出来。我一直陪黎山在手术室外面等。

他很紧张，每次看到有手术台推出来就跑去看是不是他爸爸，但他的焦虑我很难感同身受，毕竟我跟他爸才见过两三次面。躺在手术室里的那个老人，对我来说，跟那些我有过几面之缘然后被抬上手术台的老人没有分别。我能付出的，只是一点人道主义的关怀。

我把黎山拉到一边，掏出钱包里的银行卡跟他说："黎山，我只有这么多钱了。你拿去用吧,我现在能为你做的只有这些了。"

黎山推辞:"我爸有医保,费用方面我家不成问题。"

黎山爸爸从手术室里被推出来那一刻,黎山一个箭步冲上去握住他爸的手。

医生把他叫到一边,跟他说:"你爸的手术结果很不乐观,现在是胃癌晚期了,癌细胞已经扩散到了整个腹腔。"

医生说得很委婉,但是稍微有些医学常识的人都知道这意味着什么。这个消息,对黎山而言是五雷轰顶,却也让我不知所措。

"分手"两个字,我更说不出口了,我根本不知道接下来该怎么办。

黎山抱住我的时候,我的身体是排斥的、僵硬的,嘴里却说着:"我会一直站在你身边。"

接下来的日子,我每个周末都往医院跑,看自己能不能为他们家做点什么,但每次站在那个房间,我都觉得自己很多余。黎山和他的父母、妹妹压低声音聊天,用我根本听不懂的方言,我一句话都插不进去。只有见缝插针地为他们跑跑腿,比如离开病房去取点什么东西的时候,我才找回了自己。

有一次去医院,黎山刚好有事外出,病房里就只剩下我和黎山爸爸两个人。

我问他:"你吃苹果吗?"

他摇摇头说:"不吃。"

"那你喝水吗?我给你倒。"

他继续摇摇头:"不喝。"

"您喜欢看哪个电视节目?我帮你调。"

"谢谢,不看。"

我尴尬得脚趾抠地,讪讪地笑着:"那我去趟洗手间。"

出了病房,我总算觉得自己活泛了起来,像是一个被搁浅在岸上的鱼,终于被丢回了大海。

这样的细节其实很多。每一次跟他的家人交往,岂是"尴尬"二字形容得了。在飞机上、旅途中,我随便逮着个陌生人都能跟对方唠上半天嗑儿,可唯独面对黎山的家人时,我无计可施。他们对我永远都是不冷不热、不闻不问、客客气气、彬彬有礼、若即若离的态度,加之黎山很少跟我站一边,所以在他们家人面前,我永远觉得自己是个客人。

有一天,黎山忽然跟我提出结婚,没有鲜花,没有戒指,只有一脸凝重的表情。他说:"艾凌,我们结婚吧。下个月我们就把婚房定下来,我想早一点结婚,这样我爸爸心里就可以放下一块石头。结婚后我们早一点要孩子,我爸时间不多了,我很想让他在离开这个世界之前,能抱到孙子。"

我倒抽了一口气,却没敢表达听到这番话时心里的不悦。我心想:原来你想跟我结婚的出发点,只是为了了却你爸爸的心愿,而不是因为你想给我幸福。

见我不说话,黎山继续试图说服我:"艾凌,你看我们交往也有几个月了,我是个怎样的人你心知肚明,我父母你也见过了,房子我们马上就有条件买,可以说结婚的时机成熟了。我爸爸一直盼望我能结婚生子,我们结婚后如果你怀孕了,他说不定会为了能看到孙子出世而撑得久一点。你也很渴望他能活久一点,对不对?"

我能说什么?站在我的角度,我也不希望你爸爸时日无多,但你想结婚的出发点,完全都是从你的角度去考虑的,自始至终没有考虑过这段婚姻能带给我什么。再说,你当我是什么?是冲喜的工具吗?而且这婚都还没有结,就急着想用我的生育功能去取悦你的父亲。孩子生下来,我们是要对他负责的,他不可以也不应该成为取悦谁的工具。

我笑了笑,说:"我当然希望叔叔能够康复,但结婚的事情我还需要再考虑考虑。"

我以为这事就这么过去了,但结婚的事情却一再被黎山提起。我不知道怎么拒绝,但又觉得这时候离开他很不厚道,终日感到煎熬而痛苦。

我约了聂琳见面。那会儿的聂琳已经把自己的美容院开起来了,她的事业、爱情双丰收,和杨帆两个人情投意合,成天腻歪在一起。

我跟聂琳并排躺在 SPA 床上,她听我讲完我的纠结,直接就来了一句:"你跟谁做爱更有感觉?"

我瞪大眼睛:"你再说一遍?"

"哎呀,我这么跟你说吧,性在感情中是很重要的。身体有时候比你的心灵更诚实,你的身体喜欢谁,就是你的心之所属,那你就应该选择谁。"

"大姐,我的问题不在于选择谁,而是我不知道这事应该怎么跟黎山说。"

聂琳一把把脸上的面膜扯了下来,坐起身来对我说:"死女人,你要不要这么蠢?"

我满脸疑惑:"我怎么了?"

"现在的情况是这样对不对?你更想和夏宇在一起,但是黎山的父亲得了胃癌。正常人呢,会直接选择夏宇,但以我对你性情的了解,你选择谁都会不开心。"

"的确是这样。"

"你现在最大的心理障碍是,觉得这时候跟黎山提分手很不厚道。可是,你想想,如果是他跟你提的呢,你的内疚感会不会就减轻了?"

一语惊醒梦中人。

与此同时，我觉得那一刻的自己，像是正跟王婆合计谋杀自己亲夫的潘金莲。

我问聂琳："这样的话，我是不是挺坏的？"

聂琳开始拿起眉笔对着镜子画眉，不以为然地说："这都是命。"

我说："我觉得自己很龌龊、很卑鄙、很无耻。"

聂琳说："对自己不诚实的人，才是真正的龌龊、卑鄙、无耻。"

我还想继续说，聂琳却打断了我的话，她把一张大脸凑到我跟前说："别纠结了。咦，你帮我看看两边的眉毛画得对称不对称？我打算去文眉，每天都画眉烦死个人了。"

我暗藏的心事让我在面对黎山的时候感到痛苦不堪，我决定听从聂琳的意见，跟黎山来一次大的摊牌。我决定告诉他我的过去，也让他了解我现在的想法，我要在他面前做一个没有秘密的、对他绝对诚实的人，然后把分手的主动权交给他，因为只有这样，或许能让我感到一点点心安。

我还是给黎山发了短信："对不起，我们不合适，分手吧。"

信息刚发出去两秒钟，黎山的电话就打了进来。

"为什么？"他问。

"没有为什么，就是累了。"

"你早就不想和我在一起了，我知道，但我还是想弄清楚原因。"

"因为我和你家人无法相处。"

"他们招你惹你了，你这么说他们？你自己又很好相处吗？"

谈话进行不下去了。每次只要一提及他的家人，哪怕你只是在陈述一个很客观的事实，他都像被踩了尾巴一样跳起来，甚至会暴怒。没什么好说的,我挂了电话。黎山再打过来,我没接。再打,还是没接。

过了一会儿,我手机收到一条短信:"你和前男友又联系上了吧?"

我咬了咬嘴唇,回复了两个字:"是的。"

两个小时后,黎山回了一条短信过来,只有两个字:"再见。"

他倒是爽快。

半个月后,黎山就结婚了。我是偶然从他的QQ空间里得知的。分手后,我们暂时没有互删QQ。某日我闲得无聊,看了他的QQ空间,发现一个女生给他留言:老公,你好帅。

我一愣,什么?老公?

顺着那个女生的QQ号找过去,就找到了黎山在民政局登记结婚的照片。照片里,他春风满面,新娘清秀甜美。新娘是个护士,姓李,在QQ空间里放了很多她和黎山认识以来的照片,其中不乏一些很亲密的合影。照片的上传日期告诉我,在我没有跟黎山提出分手之前,黎山已经跟她在一起很久了,并且熟络到了见过对方父母的地步。

怪不得后来的黎山越来越忙!他们到底是什么时候好上的,我居然一无所知!这么说来,他带我去见他的家人,也都瞒着李护士小姐?又或者,他家人也都知道李护士的存在?

虽然我自己也不是什么好人,因为在跟黎山正式提分手前的几天,我也脚踏两条船了,但我还是气得浑身发抖,同时感到奇耻大辱,觉得自己被愚弄了,甚至一度产生想跟李护士摊牌的冲动,让她睁大眼睛看看她嫁的这个男人,到底是个什么货色!

我哭着给聂琳打电话:"黎山在外面一直有女人!"

聂琳说:"谁?外面?女人?"

我一字一顿地说:"黎山在外面一直有女人!"

聂琳开始在电话那边狂笑:"哈哈哈,你不也在外面有男人吗?哎哟喂,你们太前卫了!别人家是'夫妻双双把家还',你们是'夫妻双双把轨出'啊!哎妈呀,笑死我了!"

"你还有心情笑啊!"我哭丧着脸问道。

"跟我说说怎么回事呗,让我乐乐!"聂琳一副幸灾乐祸的样子。

我把时间、地点、人物和起因、经过、结果说了一遍,聂琳边听边笑,最后跟我说:"你才是外面的女人吧?"

"我先于李护士认识他。"

"可人家现在跟他才是合法夫妻啊,你算个铲铲!"

"聂琳,我跟你说,我现在特别想报复他,我想找到那个李护士的电话,告诉她,她的老公脚踏两条船!"

"我说你有毛病吧,她是谁?她是黎太太、黎夫人,是黎山的合法妻子!你是谁?你是前女友!你就是告诉她真相了,人家会信吗?即便信了,难保不会联合起来对付你这个外人,那你此举不是自取其辱?再说了,即便事情真往你所希望的方向发展,他们俩起内讧了,可这么一来,你又能得到什么好处?"

"那我怎么办?"

"凉拌!之前不是你教我的吗?最好去做利人又利己的事情,再不济也是损人利己,损人不利己的事情,你费力气折腾它干吗?!"

"哎,我也不会真去闹了啦,也就这么一说。"

"行了,我懂你。你们这叫'一报还一报',扯平了。而且这不是你一直期望的结果吗?别得了便宜还卖乖啊。"

黎山的这一招,确实让我感到愤怒,但同时也卸下了我的良心债。

我选回了夏宇,虽然我一开始就知道我们也不会有好下场。

跟夏宇在一起后，我明显感觉到夏宇对我的嫌弃和介意，他很介意他来找我的时候，我没有立即和黎山分手，而是在黎山不要我之后，我才找回了他。

我们结不了婚，但也分不了手，只是把彼此活成了对方的床伴。从一开始，他就用各种细节暗示了他不想跟我有什么未来，可当我明确提出想要离开他，他的眼神又充满了挽留和舍不得的意味，可一旦我被他摆到配偶的位置，又会被他横挑鼻子竖挑眼。

在夏宇面前，我也无来由地觉得心虚、惭愧，仿佛自己做了很多对不起他的事情，仿佛现在的自己已经变得残破和无耻，真的配不上他了。

网上说，两个人分手后复合的概率是82%，但复合后能一直走到最后的只有3%。走不下去的，往往是那些分手后对过往那段感情缺少反思，后来又没有获得成长的人。又或者，两个人都成长了，但两个人之间的核心矛盾和分歧依然存在，并且无法化解。

这样的两个人复合，即使还是熟悉的配方，也不一定是熟悉的味道了。你以为是从头再来，可事实证明这只是老剧重播。

我过了好长一段"灵魂投降"的日子，眼睁睁地看着自己活得越来越低贱，越来越卑微。看我因为这种看不到未来的关系而痛苦，夏宇也不好受，但如果我跟他提出结婚，他的表现像是有人逼迫他以全价买下一个残次品一样。

我根本不知道夏宇到底是怎么想的，我能感觉到他也讨厌身处这种关系中的自己。我也觉得我应该要跟夏宇分手，但又舍不得他给的那残存的温暖，就像卖火柴的小女孩舍不得火柴那一点微弱的光，还在火光里想象出温暖的壁炉来。

夏宇呢，出于内疚、出于习惯，抑或是别的什么原因，不大愿意让我彻底离开。他只是对我越来越挑剔，越来越吹毛求疵，越来越暴躁和不耐烦。哪天他要是冲我笑，我都感觉自己是不是中了彩票。

我知道我和夏宇终将结束,但我不知道要何时结束、以什么样的方式去结束,但这种令人绝望和哀伤的关系,实实在在刺痛了我。

有的感情就像是一棵树,这棵树虽然已经生根发芽,但还没有根深叶茂,如果你觉得不合适的话,要拔了它移栽到别处,牺牲的只是一些很小的根须,到别处生根,成活率也非常高。再晚就不行了,再晚一点,树已经进入了壮年,要移栽到别的地方,非得伤筋动骨不可。治愈这个伤,需要几年呢?我不知道。

夜深人静的时候,我一个人待在自己买下的小房子里,感到孤独像海啸一般淹过来。我看自己,就像看一朵枯萎、颓败的花儿。我感觉自己像是陷到了沼泽地里,只要稍一挣扎,就会陷得更深,于是只能闭上眼睛,绝望地等待淤泥一点点把我吞噬。

我不记得是怎么跟他提的分手,只依稀记得那天我站在天桥上,打电话跟他说:"从今天起,我们不要再联系了,好累。"

我心里非常明白,夏宇后来找回我,并不是因为还爱我,只是作为雄性动物,当他看到自己曾经拥有的女人正被另外一个男人拥有的时候,他产生了嫉妒心。他努力追回我,不是想和我共建美好的生活,他只是想赢,像一头好斗的公狮子一样,向另外一头公狮子宣布自己的领地。

我跟夏宇正式提分手后,他回答:"好。"

我暗笑,心想:他就是这种人,连分手都不敢主动说,而是逼我说。

我站在天桥上,看着一辆又一辆车从天桥底下驶过,也从我心上碾过。

现在想来,当年我痛不欲生、辗转难眠、以泪洗面、非你不可、没你不行,全是演给对方看的,目的只是为了引起对方的注意。

　　精明如我,怎么可能会为了一个男人、一段感情伤害自己?就我这种不肯给男人花超过五百块钱的女人,即使要表演绝食,也会事先在枕头底下藏好饼干。

　　一切的一切,仅仅是因为年轻时我的时间不值钱、精力不值钱、眼泪不值钱。感情?也不大值钱。我只是需要一个道具,帮助我完成青春期爱情这一课,至于对方是谁,反倒显得没那么重要。

　　再者,能跟夏宇分分合合纠缠那么久,倒不是因为他这个人有多好,而是他能满足我的身体欲望。只是年轻的时候,我不好意思承认,非得把这种"有所图"美化为"爱情",并痛斥对方渣。俨然这样做了,自己就是更正义的、更有道德的一方了。其实,人家哪里渣了?不过就是不爱了,人家曾经对你、后来对别人,都不渣。

　　世界上本没有渣男,不被爱了才觉得遍地是渣男。而该分手但不分手的关系,一定是一方对另一方还有所图,这不丢人。任何一段关系,都不过是"价值交换"和"各取所需"。这一点,年轻人接受起来比较难,这才有了"爱情"这层面纱,我们这些没皮没脸的中年人,就不必矫饰了。

　　当然,很多年后,我才明白:人的一生中,有些事是注定的,比如一个人的出现或者离开。那些注定好的事情会一点一点地发生,导向最终的结果,像一场躲不过的劫。

　　如果不是经历夏宇和黎山,我也不会遇上王木木啊。

11

　　和夏宇分分合合七年,我真是筋疲力尽,但再次失恋并没有让我惧怕爱情，反而让我非常渴望婚姻。像是一个长期上网的人，突然被断了网，我的戒断反应很强烈，而我采用了饮鸩止渴的方式，去缓解这种戒断反应。

那时我的想法很简单，青春消耗完了，爱来恨去的也累了，我只想找一个品行温良的人结婚，和他平平静静地度过后半生。如果跟一个人结婚了，就能得到一份安稳，大家都不会随便提分手，毕竟分手真的太伤人了。我再也没法承受轰轰烈烈、伤筋动骨的情爱，我只向往简简单单、平平静静的世俗生活，渴望给漂泊的、疲惫的心灵找一个温馨的家，而这些，婚姻里可能会有。毕竟，别人的婚姻好像都是这样的。

28岁的我，怎么会懂得——婚姻不过是另外一段旅程的开始，它并不是归途。

我跟聂琳说："我想结婚，不想再谈恋爱了。我想找个人在这个城市安一个家，去过充满油烟味的鸡毛蒜皮的日子。"

聂琳也非常认同这一点，因为她当时和杨帆都准备要去见双方父母，见完以后就订婚。我和她那时候都没有认真地思考过婚姻到底是什么，只是单纯地想结婚。

聂琳跟杨帆准备见父母的计划，被未婚先孕这事打断了。

某天，我突然接到了聂琳的电话："亲爱的，我要结婚了！"

我说："我没听错吧？"

聂琳在那边斩钉截铁地说："没听错。"

"你确定？"

"哎呀，我跟你这么说吧，我怀孕了！"

"啊?!"我下巴惊得合不上。

"是的，我怀孕了，所以我要结婚了。"

两个重磅炸弹，让我一时半会儿难以消化。

胎儿已经在腹中两个月，聂琳吐得昏天暗地，她和杨帆先领了证,婚礼则一切从简。

聂琳的资产全都投去了开美容院,杨帆虽然做销售,但早些年特别爱玩,并没有存下什么钱,所以,他们结婚的时候都没有买房子。

我问聂琳:"那孩子出生了怎么上户口啊?"

聂琳瞪大眼睛:"先在老家上呗。再说了,树挪死,人挪活,你让房子来决定你在哪个城市生活吗?"

他们的婚礼在一家小酒馆举行,日子定得很急,仪式也很简单,气氛也不是很热闹,甚至都没能给我留下太深的印象。简单的仪式后,新郎新娘开始敬酒。我是伴娘,跟在新郎新娘屁股后头帮着拿东西、倒酒。伴郎是杨帆的哥们儿,但我都不认识。大家吃吃喝喝了两个小时,差不多也就散了。

婚礼过后没几天,聂琳给我打来电话说:"艾凌,我孕吐反应实在是太严重了,根本无法正常工作和生活,我得回老家去养胎。"

接到电话的时候,我正在北京出差,我问她:"打算什么时候走?"

"明天。"

"怎么不早点说?我都来不及去送送你。"

"哎,又不是一辈子不见了,孩子生了我会回来的啊。"

"杨帆跟你一起回去吗?"

"是啊,一起。"

"他的工作呢?"

"他辞职了。"

"那你的美容院谁帮你打理?"

"先关了吧,客户预交的钱款我都退给她们了,反正这一两年内我也没法工作。再说了,在外面打拼了这么多年,也累了,趁怀孕生子,想回家休息一两年。"

"回去啃老啊?"

"当然不是。会做点小买卖,只不过是想把生活慢下来。"

"哦,那你要小心点。"

最好的朋友聂琳已经不在这个城市,我感到孤独。从北京出差回来的那一天,飞机一在机场降落,我就哭了。

在这个举目无亲的城市生活,白天我像个女金刚一样在职场厮杀,晚上回到家里,每天迎接我的,不是热汤热菜,而是黑灯瞎火。特别是每次出差回来,回到空荡荡的家里,想喝口热水都还得自己烧,我就崩溃了。我心酸地觉得,这个城市闪烁着万家灯火,可没有一盏灯是为我亮着的。我真的好想有一个家,想要有一盏灯是为我亮着的。

也许,每个都市大龄女青年,可能都有过这么一个恨嫁的心理阶段。你看着身边的朋友们一个个迈入婚姻的殿堂,孕育了新的生命,热热闹闹地开始在社交圈里聊丈夫、聊孩子、聊婆媳关系,只有你一个人每天下班以后面对空荡荡的房子,开着电视度过一个又一个孤独而寒冷的夜晚。特别是生病的时候,亲人朋友不在身边,这城市会变得愈加的狰狞和冷漠,你会觉得,这里多一分钟都待不下去了。

身边的亲戚、同事、朋友会不停地问你"打算什么时候结婚",更有甚者会怀疑你心理变态或者性取向有问题,如果这时候你的内心不够强大,就非常容易产生恨嫁心理。

我也不能免俗。

我的同龄人一个又一个结婚生子,就连我弟都结婚了,还生了个儿子,取名叫丁丁。丁丁一笑起来,脸上有个大大的酒窝。我光看着他的照片,心里就觉得开心。才几个月大的孩子,都还没学会爬,就已经可以顺着墙根站一会儿了,这让我母性大发,心里柔软地升起一些暖暖的希望:我多么希望自己也能有那么一个可人儿,看着他慢慢成长。

去弟弟、弟媳家的时候,看着他们一家子幸福快乐、吵吵嚷嚷地生活,我竟恍然不知道自己身处何处。我睡在他们隔壁的房间里,心里说不出是什么滋味,只任凭眼泪爬满脸颊。

我天生喜欢小孩子,小时候玩过家家都喜欢扮演"一个女孩的妈妈"。小时候,我对未来丈夫没有很具体的想象,但是对我的孩子有:最好是个女孩,她最好眼睛大大的,最好头发带点自然卷,最好长得活泼可爱性格好。过了 26 岁后,我的母性开始复苏。看到别人家的小孩,总忍不住去抱一抱、逗一逗。在街上看到漂亮小孩,也会忍不住多看几眼。

可是,我找不到合适的男人生孩子啊。

我平时认真地工作,到周末心里就空空荡荡的,因为我身边几乎所有的朋友都结婚生子了,她们变得很忙,而我自然也不好意思再去叨扰。大部分的时间里,我只能一个人去旅行,一个人看电影,一个人吃饭,一个人逛街。我又一次升了职,但恨不能天天工作、加班,因为我不想过周末。

职场里,同事们也陆续结婚生子了。有时候,大家中午围坐在一起吃饭,聊的话题全是丈夫、孩子、婆媳关系,我一句话都插不进去,只能闷头吃饭。

那时候,我简直感觉到了全世界对我的恶意,我身边居然真的一个单身的女性朋友都没有了。过去那么多年,我的时间、精力都拿去跟夏宇纠缠了,除了聂琳之外,我身边真没有几个像样的闺蜜。真有,她们也都远在他乡。

有一段时间,我不断地接到喜宴请帖,每一次参加的婚礼都让我感觉喧嚣却羡慕。我想:我大概是已经累了吧,所以想停靠下来。我特别想在广州有一个家,每晚有个懂得疼我爱我的老公拥着我入眠,我们一起去过安静的、稳定的、充满烟火味的世俗日子——简简单单,平平淡淡。即使有争吵,他也不会轻易离开,毕竟我们是经济共同体、精神利益共同体,横竖是一条绳上的蚂蚱。

这种关系,相比随时可能会分手的恋爱关系,应该是稳固得多的。我再也不想在爱来恨去的这种低级恋爱关系中打转转了,但是那个人为什么还不出现呢?

以前心里还装着夏宇的时候,我过的是画地为牢的生活:别人进不来,我也走不出去。现在,当我觉得心里那个人已经走远了,却发现属于我的盛夏光年已经过去。等待我的,是万物萧条的秋天,我的择偶选择面大幅收窄。

举个例子,25岁以前,我的办公电脑出了故障,单位的"技术宅"们都会争先恐后地跑过来帮我维修电脑。现在,他们都围坐到公司新进来的更年轻的小妹妹们那里去了。在择偶市场上也是一样,以前我被绿叶包围的盛况已经不再,陡然已变成了一朵无人问津的即将凋谢的残花。

我没有去相亲,夏宇第一次跟我提分手的时候,我就跑出去相过亲,我实在忍受不了自己像一块放在菜市场上的肉一样,被人挑来选去。我也惧怕遇到相亲场上各式各样的奇葩男。

如果那个时候我有今天这样的心理成熟度,也许我就不会急着想要结婚。我有吗?没有。所以,该发生的还是会发生。

很多人总说,一段感情结束后,不要着急开始另一段感情。这一点,在理论上是正确的。可是,怎么样才叫"不着急"呢?如果这期间,你有爱的意愿又刚好遇到了让你心动的人,你是很难拒绝的。毕竟在我们的人生中,同时具备"有爱的意愿"且"遇到让你心动的人"这两点的时刻,并不多。非要为了这种"理论上的正确"而拒绝,才是反人性的事。

和夏宇彻底分手后,我也会有反省过度的时候。有的时候觉得自己简直差劲透了。我觉得自己贪婪、自私、任性、势利而冷酷。某天聂琳来看我的时候，我正在哭。她只是来广州办点手续，过两天又要回老家去，就先来我家住两天，却把杨帆赶去了酒店。她总是知道我什么时候只是气愤、什么时候是真的伤心。

她抱住我，温柔地跟我说："昨晚我梦见有男人欺负你，很想替你出头，但我找了一晚上都没找着欺负你的男人，急醒了。"

一听她这么说，我的眼泪跟决了堤似的涌出来："聂琳你告诉我，我是不是很差劲？"

"哪有？我一直以认识你为傲。在我心里，你一直很优秀，虽然情感上时常犯迷糊，但事业上，你从来没松懈过。你看看你才27岁，就已经完全靠自己的能耐在这个城市买下了一套房子。你再看看我们身边的人，谁有这本事？"

"可我很蠢啊，我觉得自己是个人渣。"

"你有你的难处和性格缺陷，但骨子里，你是个很善良、很率真的人。要我说，跟你好过的男人更像是人渣。相信我，他们不会是你生命中的真命天子。"

"怎么办，我今年27岁了，我想结婚，我想在这个城市有一个家，我累了。"

"不要慌，不要着急，安静地等待幸福的来临。你现在最好抛开一切的纷扰，让自己沉静下来……"

"我是不是很失败？"

"有的人是这样的，要在情感路上吃很多苦，吃很多亏，最后才能修成正果。亲爱的，你别难过，也别妄自菲薄，这都是命。"

"谢谢你，亲爱的。"我哽咽着抱住聂琳。

"行啦，行啦！别肉麻了，今晚我陪你睡！"聂琳抱了抱我，然后把我推进洗手间，"快去洗澡，洗白白了在床上等我。"

我破涕为笑，心里觉得温暖。

那一晚,我跟聂琳都把手机调成静音,唧唧哇哇聊了很多。以前我们聊天,聊的多是男人和爱情,但那一次,我们从童年聊起,聊到自己的父母,聊到学生时代,聊到职场和工作,聊到茫茫不可知的未来。凌晨一两点钟,聊到肚子饿了,我们起床煮泡面。两个人拿着筷子在一碗方便面里抢面吃,连汤都喝了个干干净净。

聂琳怀着孕,但此时孕吐反应大为好转,胃口还特别好,很少忌口。吃完泡面,我们继续聊,感觉像是有说不完的话题。聊到大约凌晨五六点,才沉沉睡去。

第二天是周末,我们睡到肚子饿得咕咕叫才起床。一看时间,下午一点了。聂琳的手机一开机,杨帆的电话就打了进来:"哎呀,我的姑奶奶,都什么时候了还没起床啊。赶紧洗漱收拾下,我现在开车过来,搭你们去吃饭!"

多体贴的男人啊!

聂琳开始梳妆打扮,这是一个怀了孕依然不放弃化妆的女人。跟聂琳相处几年,我最受不了的就是聂琳梳妆打扮的时间,没一两个小时出不了门。很多次,我等她等到气急败坏,她倒理直气壮:"美女都这样!你是才女,咱在这一点上没有共同话题。"

我看聂琳一时半会儿出不了门,就用她的手机给杨帆打了电话:"你直接买外卖送我家来吧,我估计你老婆两个小时内出不了门,我都快饿死了。跟我一样饿的,还有你儿子。"

孩子还没有出生,但杨帆总是戏称那是自己的儿子,所以,跟他沟通时,我也顺口称聂琳腹中的胎儿是"儿子"。

杨帆说:"哈哈,好!她就这德行,我都习惯了。"

聂琳画好眉毛的时候,杨帆已经提着外卖站在门口了。一进门,他左看看右看看,赞叹不已:"呦,一个人买下这么套房子,不错哦。"

走到阳台的时候,他接了个电话,回来就跟我说:"我听说你搞了一个草根公益活动对吧?听聂琳说,好像是十几个人联合起来资助几个贫困生上学什么的。"

我回答:"是的,怎么了?"

"我有个哥们儿,向我打听过你的情况,我跟他说你是很善良的一个人,还搞了个助学活动。他貌似对助学活动比较感兴趣,打电话问我他是否可以参加。"

我问他:"哪个哥们儿?"

杨帆说:"王木木。"

他又解释说:"我跟王木木也只是点头之交,也就在烧烤摊上见过两回面。他什么情况我不是很清楚,你自己判断。"

杨帆口中的王木木,我确实有点印象。

那时候,聂琳和杨帆两口子还在广州生活。她见我心情不好,老想把我带出去玩,还劝慰我:"天涯何处无芳草,何必单恋一枝花?放弃一棵歪脖树,你还有一片森林。走,姐今天带你去见见森林。"

我每次都婉拒,实在是没心情。

有一天,我一个人待在家里发霉,聂琳打了电话过来:"出来吃烧烤吧,我就在你楼下。"

"在哪儿吃?"

"你下来再说吧!"

想着烧烤摊就在楼底下,我穿着拖鞋和睡衣就下楼了。坐到聂琳的车里,她却载着我满大街找吃的。

"心情不好是吧?没关系啊,我让杨帆找了他几个哥们儿,让他们陪你吃吃烧烤,聊聊天,喝点小酒就好了!"

"大姐!我穿的睡衣!"

开着车的聂琳转过头来认真看了我一眼，才发现我连内衣都没穿。

"哈哈哈，我哪知道你会穿睡衣出门，不过没关系，夜色朦胧的，谁看你啊！"

"我以为就在楼下吃烧烤，哪知道你要带着我满大街跑，还要去见男人！"

聂琳扔给我一件男士外衣："披上！"

于是，我只好穿上了杨帆的衣服。

一下车，杨帆和他的几个哥们儿就迎了上来，我穿着男士外套站在风中，想钻地缝的心都有。

杨帆很会搞气氛，上蹿下跳的，很是闹腾。年轻人在一起，总觉得特别热闹。

我注意到现场有一个小伙子，很学生气的样子，但我没大记清他的长相，只觉得模样倒是清秀，就是比较腼腆。

"学生哥"很少插话，在众人中并不活跃，大家笑的时候就跟着笑，自己也不怎么吃东西，却总跑前跑后给大家倒啤酒、拿好吃的。我很讨厌话多的男人。人群中，我总是比较容易注意到那个话最少但看起来最勤快的。

酒足饭饱之后，大家依然觉得不尽兴，聂琳提议去唱K，于是我们一众人呼啦啦全跑去了KTV。"学生哥"依然是那个殷勤地为大家点歌、倒酒、递话筒的角色。待到大家都唱累了跳累了的时候，他拿起话筒唱了一首歌，是林宥嘉的《说谎》。

我被这歌声震住了，因为唱得真诚至极！

一曲完毕，我跟他说："你唱得可真好啊。"

他索性坐到我身边来。

我问他："你叫什么名字啊？"

他羞涩地回答："王木木。"

木木？屠格涅夫写过一篇名叫《木木》的小说。在那本书里，木木是一条忠实的狗的名字。

我问他："你看过屠格涅夫的小说吗？"

他回答："屠什么？是中国人还是外国人？"

这位"学生哥"连屠格涅夫都不知道，这让我对他心生一点鄙夷，但我还是岔开了话题，问他："你刚毕业没多久吧？"

"毕业快两年了。"

"我都参加工作五六年了，所以我一看你就是个新兵蛋子。"

"你怎么知道的呀？"

"我也年轻过啊。"

"别这么说，我可能还比你大呢。你哪一年的？"

"我属鼠。"

"我也属鼠啊。"

"啊？看不出来！你看起来好小啊，你几月份的？"

"七月。"

"啊？我也七月。"

"不会跟我同年同月同日生吧？"

我们一对出生日期，发现他还比我大十五天。

"有缘！干了！"我碰了一下他的酒杯。

我问他，为什么我们同一年出生的，但我都参加工作四五年了，他才毕业？他回答说，上学晚，而且学习成绩一直很差，最后也没上成好的大学，只上了一所三流专科。他说他羡慕我，一直觉得自己没上过正儿八经的大学是个遗憾。

除了"同年同月生"这个环节让我印象深刻之外，我跟王木木第一次见面时的情形，现在都记不大清了，我甚至连他的长相都没记住。那会儿的我哪里想到，这个人会成为我后来的丈夫，再成为我女儿的爸爸，现在又成了我的前夫。毕竟，我之前找男朋友,学历是硬性要求,我总觉得学历比我差的人,智商和毅力可能也比我差。

现在,杨帆又提起王木木的名字,我才约莫记起曾经见过这么个人。既然人家想参加我的助学活动,那我当然欢迎。

我回答杨帆:"当然可以了,来者不拒,多多益善。"

杨帆说:"那我把你电话给他了?"

"好,你让他直接联系我就好。"

杨帆把我的电话号码发给王木木后,把盒饭打开送到聂琳和我跟前,还亲自下厨煎了三个鸡蛋,炒了一叠花生米。

聂琳和我则像个地主婆一样,窝在沙发里看电视。

吃饭的时候,他们俩互相喂食,被我几次喝止:"喂,你们两个注意点形象,考虑下我这个失恋女人的心情!"

送他们出门的时候,这俩亲密得都快长到一起去了。

两人走后,整个屋子顿时变得空空荡荡。

短信响了,是王木木发过来的,内容只有这几个字:"你好,我是王木木,我想参与你发起的助学活动,请给我一个助学银行卡账号。"

我至今都不知道,当初他就是想参加助学活动,还是想借此机会跟我联系。

我把账号发了过去。三分钟后,就收到了银行卡入账几百元的提示短信。我心想:这小子刚参加工作不久,估计收入也不太高,但在捐献爱心这方面,倒挺痛快。他都不大认识我,就把钱转到我账上,真不怕我是个骗子啊。

那是我跟王木木的第二次接触。

之后,他偶尔也会在 QQ 上跟我发起聊天,但我反应淡漠。我没心思跟任何异性说废话,因为那时候我心里有个巨大的黑洞,呼呼地冒着冷风。

12

圣诞节那天,整个城市似乎都在狂欢。

下班后,我坐在家里电视机前,边吃泡面边看一个庆祝圣诞节的节目。笔记本电脑就放在电视旁边,我的QQ在线,却没有一个人找我。手机通讯录里有三四百个名字,但这时候我不知道要打给谁。

电视里的热闹团圆和电视外我一个人凄清的生活形成鲜明对比。想起这些年一个人走过来的孤独和辛酸,我趴在沙发上哭了个天昏地暗。

电话响了,是王木木打过来的。一般而言,只有在他想给我发起并组织的那个助学活动捐款的时候,我们才会联系,有时候是电话,有时候是QQ,这一次也一样。如果当初我能在情绪稳定以后再接他的电话,也许就不会有后来的一切,但是人生怎么可能有"如果当初"。

我接了电话,带着哭腔说:"喂!"

王木木觉察出我的异样,在电话那头问我:"你怎么了?"

"我没事,回头跟你说。"

说是没事,但我已经在哽咽了。为避免失态,我直接挂断了电话。

电脑上,王木木的QQ头像忽然亮了。

"刚才我好像听到你哭了,你没事吧?"

我回复了一个微笑的表情过去。

他再问:"心里有什么不痛快的,可以跟我说说。"

用文字表达自己,是我的强项。我在QQ对话框里输入了一段话,大意是说,我身边几乎所有的朋友都结婚了,今天圣诞节,找不到人可以陪我。这个冬天,我每天下班回到家都是一个人,没有谁开着灯等我,也没有热汤热饭。今晚圣诞节,我一个人吃的泡面,现在一个人坐在电脑前面边打字边流泪。

如果我不想跟人家发展,那我实在不应该说这些,可当时当下,不知道为什么,我竟然对他和盘托出。

王木木只回了这么几个字:"你别哭了,我好心疼。"

看着"心疼"这两个字眼,我哭得更凶了。有多久?有多久没有人跟我说过这个字眼了?

情绪平复以后,我为自己的矫情感到可笑,不就是圣诞节没人陪吗?多大点事,何苦要哭得天昏地暗呢。

之后几天,王木木一直在QQ上主动跟我说话,倒是我为那天晚上的失态感到很不好意思。我们在QQ上有一搭没一搭地聊天,聊聊各自的家庭和工作,聊聊过去的成长经历,但在我心里,我一直只当他是个未成熟的小男生。不管是阅历、学历、成熟度,他都跟我不在一个级别上。

那时候,我根本没有想过要和他发展,只是把他当成了一个免费的情绪垃圾桶。我对他的不满意,是显而易见的。

有时候,我跟他聊起我一个在长春的朋友的故事,他忽然来了一句:"长春在哪里?"又比如,我几乎完全没法跟他聊历史、音乐、电影、文学、旅行,更不要说什么社会学、心理学、哲学、宗教等范畴之内的问题。

跟他对话,我常常被他一些缺乏常识的言论惊得下巴快掉下来。也难怪,王木木一直以来都是"学渣"体质,他根本不爱看书,也坐不住。

对他,我说不上喜欢,但也谈不上反感,可也就是那晚他说的那句"心疼",让我觉得他在我心里和别人有那么点不一样。

终于有一天,他鼓足勇气在 QQ 上跟我说:"艾凌,我们约会吧!"

我直接回复:"你没吃错药吧?"

"开玩笑了啦,其实我也觉得自己配不上你。"他发来一个委屈大哭的表情。

我回复了一个安慰的表情过去,再别无他话。

那段时间,我写了很多博客。某天登录博客,忽然发现上面有很多评论,几乎每一篇都有条评论:"已阅,但看不懂呀。"

我一看评论者正是王木木,哭笑不得。

又过了几天,王木木说要请我吃饭,感激我为助学活动做的一切。我想了想,反正下班回家也没什么事,而且对他并不十分反感,那就去吧。

王木木见到我,很紧张,不停给我斟茶倒水,还险些踢翻了凳子。我点的菜,有些我不爱吃,就都剩在了盘子里。他说"别浪费呀",然后把我的剩菜吃光了。

他吃我剩菜的这个动作,让我感到十分惊愕。在我看来,两个人的关系得发展到一定程度,才能吃得下对方的剩饭,我们现在的关系,不至于的呀。但是,他这个行为传达给我一种信息:他喜欢我。而我不排斥他吃我剩饭的心理活动,也让我确认了一件事:我对他,不反感。想象一下,若是一个猥琐男吃我的剩饭,我可能立马拂袖而去了。

我们聊一些无关痛痒的话题,例如杧果。我说我老家也种杧果,他表现出很惊讶的样子:"啊?我以为全国只有我们这里这么热的地方才能种植杧果。"然后,我开始像教小学生一样,给他解释什么是"垂直气候带"。

吃完饭，王木木坚决不给我买单的机会。我曾经在博客上写过一句话：如果我出去吃相亲饭但没看上人家，我会选择AA；如果看上人家了，我还有回请的机会，才会默认让男性买单。王木木记住了这一点，几乎是抢着把单给买了。

吃完饭，他执意要送我回家。我说不用了，他说太晚了，女孩子一个人回去不安全。就这么僵持了两分钟，他直接招了个出租车，给了司机五十元，跟司机说："请你把她送回家。"

我上了出租车，而他自己就站在冷风里，等候回家的公交车。

那次见面，除了感觉王木木知识面太窄以外，其他的确实也让我反感不起来。

有一天晚上，我肠胃炎又犯了，这次倒是没有上吐下泻，只是胃疼，有气无力地躺在床上。打开手机QQ，只有王木木一个人给我发来消息："在干吗呀？"

我说："没干吗，胃疼。"

"怎么会胃疼呢？"

我懒得回答这么无聊的问题，下了线。

次日他继续在QQ上问候我："胃好点了吗？"

我没回话。

第三天下班回到家，我接到王木木的电话，他说："我给你送胃药来了。"

"啊？"

"我现在就在你楼下，你下来吧！我送完就走，不会耽搁你时间的。"

我想着，人家都到楼下了，我又不想让他知道我具体住哪个房间，再不情愿也得下楼一趟。

出门之前，我忽然觉得人家大老远给我送药来，加上上次请我吃饭和给我打车,怎么着我也得把这个人情给还回去,于是我在屋子里搜索了一遍,翻出来一些准备送给朋友的土特产给他拿了去。

那天天很冷,是广州入冬以来最冷的一天。王木木穿的羽绒服比较单薄,他手里拿了一瓶胃药,瑟瑟发抖地站在冷风里。这幅场景,不可能不让我内心有所触动。

一见面,我问他的第一句话是:"你怎么知道我住这儿?"

"上次吃完饭以后,我也打了一辆车,跟着出租车师傅来的。"

"你跟踪我?"

"我不是故意的,其实就想知道你住哪儿。"

"杨帆不是知道我住哪儿吗?你们不是哥们儿吗,给他打个电话不就行了,何苦这么大费周章?"

"哦,对哦,我没想起来。"他不好意思地摸了摸后脑勺。

我无语了。

他把一瓶胃药递给我,跟我解释:"刚好有个朋友从香港回来,他说这个药好,所以我让他给你带了一瓶。"

我问:"谢谢你,多少钱?"

"就知道你会这么问,朋友之间别这么见外。"

我把土特产往他手里一塞,说:"就知道你不会收我钱,所以这些土特产给你,算是我还了你这个人情了。"

"啊?"王木木不知所措,不知道是接还是不接。

我说:"愣着干吗啊,拿走吧,我不欠你人情了哈。谢谢你今天给我送药,但今天我身体不大舒服,就不送你了!"

"不用,不用。"

我笑了笑,拿着药就回了家。回到家,打开药一看,发现药不对症,我就把药扔一边了。想到王木木送药是假,想见面是真,不禁哑然失笑。

坐下来没多久,接到王木木的短信:"艾凌,我在公交车上,还有几站才能到家。你给我这么多土特产,让我觉得很不好意思,你真的太客气了。"

我只回了一句:"话说你吃过饭没?"

王木木回过来:"没有呢。快到家了。"

到家之后,王木木又发来短信:"我妈妈看到这些土特产,问我说这是谁家的姑娘啊,给我送那么多东西。他让我以后穿好一点出去约会,她怕姑娘们看不上我。艾凌,我现在感到很幸福呀。"

跟王木木的关系由暧昧走向明朗,起源于一次"小事故"。

我算不上是女强人,但在职场里,也算是半个"白骨精"(白领+骨干+精英),平时也很喜欢交朋友,拓展自己的人际圈。就这样,除了职场的领导、同事之外,我以兴趣爱好为纽带,通过网络、社会组织、公益团体、朋友介绍等途径,认识了不少别的行业的人。

文学影视圈里的范总,是这些人中最欣赏我的一个。那时候,他刚辞职创业,特别需要我这样文笔好的人帮他润色、修改一些文章,我就在业余时间帮帮他的忙,他也会付我一些报酬。

我跟夏宇的分分合合,他都知道。他也经常宽慰我,但自始至终用的都是大哥哥对小妹妹的那种口吻。我们一开始只是在网上聊天,后来发展到了线下见面、交往。

范总四十多岁,秃顶,凸肚,有老婆孩子。平时在人前表现得憨厚,甚至对女性关爱有加,但举手投足间还是透露着暴发户的范儿。有时候,他也会跟我讲讲他那一行的前景,并几次鼓动我辞职跟他干。每一次,我都婉拒了,我可不是别人给我随便画几个大饼,就愿意为那些遥远虚幻的大饼肝脑涂地的人。

那年冬天,我去范总所在的城市出差。范总听说了,放下手头的工作去机场接我,还一口气把我送到了酒店。看我住的只是普通的标间,还和其他人住一间,他直接给我升级了套房,都没问过我的意见。

我说:"标间的住宿费,我单位是可以报销的。超额的部分,得自己担。"

他说:"你难得来一趟,不能让你受委屈。"

那时候,我真的没有多想,只是觉得范总真是太热情了。

那天,我开完会,百无聊赖地躺在酒店的床上看电视,突然收到范总给我发的短信说:"艾凌,今晚在酒店房间等我,我有要事跟你商量。"

我心想:我既不是你的合作伙伴,又不是你的客户,不过就是你一个兼职的助手,你有什么要事好跟我商量的呀。

范总进门后,把房间门给关上了,我跑过去再把门给打开了。对我来说,这是基本的避嫌,我和范总不是情侣更不是夫妻,在酒店房间聊工作,当然得把门一直敞开着。没承想,范总借上厕所的机会,把门给带上了。

他把门关上的这个动作,并没有引起我的多心,因为当天酒店正在举办儿童才艺会演活动,一群小孩子在酒店走廊"哇啦哇啦"乱叫,确实会影响到房间内的谈话。

范总坐在书桌旁,让我坐他对面。他也不直接切入正题,只是眯着小眼睛看着我,意味深长地说:"像你这样的知性女人,没有男朋友实在太可惜了。这么些年来,我什么女人没见过,但像你一样,长得不算漂亮,但是给人感觉很有味道的,不多。"

他说这些话的时候,我心里感到有点不适,但还是笑着回答他:"范总,你恭维起人来还真不用打草稿,感谢你的赞赏,但我真的没你说得那么好啦。"

我住的酒店就在江边,夜幕降临,凉风习习,吹得酒店房间的窗帘随风飘动。江边,有流浪歌手弹着吉他唱着情歌,他的歌声被风送到了我的房间，房间里顿时有了点暧昧的气息。

范总站在窗边看了好一会儿，忽然神情哀伤地跟我说："你知道吗？虽然我现在不愁钱，但我有一个智障儿子，今年12岁了，依然分不清楚衣服的正反面。"

这让我大吃一惊，原来家家有本难念的经啊。

他从兜里掏出手机："我给你看看我儿子的照片。"

我礼貌式地凑上去，看到他的手机相册里有很多他和儿子的合影，一个长得还算乖巧的孩子滴着口水扬着头傻呵呵地对着镜头乐。从孩子脸上看不到什么愁苦，反倒是范总，一脸的愁眉不展。

"范总，我不知道您家里居然有这样的事。家家有本难念的经，我明白你的不容易。"我说。

范总像找到了知音似的，忽然拉住我的手说："真的吗？你真的这么想吗？"

我飞速地抽出手，扒拉了一下头发，认真地说："是的啊。"

范总没有觉察出我的不自然，反而急切地跟我讲他的故事："儿子出生以后，我老婆就辞职了，全身心扑在了孩子身上。这么多年来，我非常明白她的不容易。虽然我现在钱赚得越来越多，却总觉得日子越过越苦闷压抑。"

虽然对这种价值观无法苟同，但我并不想惹范总生气。我这人，有时候真的蛮滑头的，尤其是对认识的人，我不想为小事情跟他们翻脸，也不想随意树敌。

我只是附和着说："唔，这的确是个问题。"

"有时候我在想，如果当年我找一个智商高一点、学历高一点的女孩子结婚，可能就不会生下这个智障儿子，现在也不会过成这样子。"这一席话听得我脊背发凉，心里已经在骂他是个禽兽。

我没接他的话茬，只是问了他一句："你今天不是想和我聊工作吗？"

已婚男人找一个单身女人倾诉这些，我当真不是很想听。谁知道他们说的话，有几成是真的？有多少小姑娘就是被他们的谎言给骗了，一步步沦陷，成为小三。

我对已婚男人在婚姻中遭受的"苦难"当真没多大的兴趣，日子真要过不下去，他们早离了，在外头找红颜知己倾诉个什么呀。

范总回答："其实也没什么，就是心里觉得苦闷。"

我看了看手表，然后跟他说："那没什么事的话，你早点回家呗。你老婆、你儿子肯定都盼着你回家。"

范总不说话，露出很哀伤的神情："你就不打算安慰安慰我吗？"

我当然懂他的"安慰"是什么意思，只是皮笑肉不笑地说："范总，你在我心目中一直是个很坚强的人，你吃过的盐比我吃过的饭都多，我觉得你不需要我这样的小年轻来安慰。"我站起身来，准备去给范总开门，却不小心起猛了，撞倒了桌子上的水杯。

我手忙脚乱地开始用纸巾擦拭桌子上的水渍。范总也站起身来，去洗手间拿毛巾。桌上的水渍差不多擦完了，范总也拿着毛巾走了过来。他把毛巾往桌上一扔，就从我身后抱住了我，我甚至闻到了他身上的汗味和口腔里散发出来的烟臭味儿，感觉到他裤裆里有个硬东西顶着我。

那一刻，我身体和他身体接壤的面积都起了几层鸡皮疙瘩，我突然觉得自己被污染了。我吓坏了，试图挣脱他，没想到他却把我搂得更紧。

我脑子里回旋着几种自救方法，首先映入脑海中的是"顶胯"，但人家是从背面抱住我的，我没法用膝盖顶。

怎么办？低头间，我看到了自己穿着高跟鞋，然后抬起脚，使劲往他脚面上一踩。他吃了痛，手也松开了。我急忙奔到门边，把门打开，站在门外，对他说："你再不走，我就报警了。"

范总愣住了,神情一下子变得很颓然。他忽然蹲在地上,手捂着脸痛哭。

他的反应结结实实超出了我的意料。这下换我不知所措了,我不知道是该继续下逐客令,还是给他递上一包面巾纸。愣了大约五秒钟之后,我选择了后者。

看到一个四十几岁、创业成功的男人像个脆弱的孩子一样蹲在地上大哭,我莫名其妙感到有点抱歉。

等他哭得差不多了,我说:"范总,今天就当什么事都没发生过,你回去吧!"

我把他扶了起来,这回他对我没有再进一步的举动,只是不停跟我说"对不起,对不起",然后佝偻着背,走远了。

我回到房间,迅速收拾好行李,跑到酒店前台把套房退了,重新又开了一间标间,住了进去。住进新开好的标间里,我越想越闹心,心里很是堵得慌,很想找谁说说,但最后拨通的,却是王木木的电话。

接到电话的王木木又意外又高兴,他说:"做我女朋友吧,这样以后就不敢有人欺负你单身了。"

我说:"你落井下石啊,趁这时候占我便宜。"

"以后不开心的时候随时给我电话,我二十四小时为你开机。"王木木说。

我心里再次觉得暖暖的。

坦白说,一个姑娘有男朋友,并不能让她与被性骚扰这事隔绝,但可能会让她受到性骚扰的概率降低一些。在"不欺别人妻"这一点上,很多男性有一种心照不宣的默契,但面对单身女性,他们就没有这种自觉了。

给王木木打完电话,我心生感触:到我这个年纪,来来去去遇到的都是些已婚男，而我根本不想跟已婚男有任何瓜葛。他们一个个都开始变油腻了，那我还不如试试跟年龄相仿、看起来特别青涩纯情的王木木相处看看呢。

在答应做王木木的女友之前，我还进行了一番心理建设。做心理建设时，我用到了苏格拉底的麦穗理论。

传说古希腊哲学大师苏格拉底的三个弟子曾求教老师，怎样才能找到理想的伴侣。于是，苏格拉底带领弟子们来到一片麦田，让他们每人在麦田中选摘一支最大的麦穗，但规则是：不能走回头路，且只能摘一支。

第一个弟子刚刚走了几步便迫不及待地摘了一支自认为是最大的麦穗，结果发现后面的大麦穗多的是。

第二位一直左顾右盼，东瞧西望，直到终点才发现，前面最大的麦穗已经错过了。

第三位把麦田分为三份，走第一个 1/3 时，只看不摘，分出大、中、小三类麦穗，在第二个 1/3 里验证是否正确，在第三个 1/3 里选择了麦穗中最大最美丽的一支。

麦穗理论也是博弈论的一种，应用在择偶过程中，就是"不求最好，但求更好"。

在选择人生伴侣的这件事上，闪婚肯定是不行的，太挑剔也是不行的。我们要找的不是最出色的，而是最适合的。这就需要我先在众人中选定一个人，然后去验证他是不是自己的理想伴侣。

13

和王木木第二次见面，是他请我看电影，看的是冯小刚导演的

《非诚勿扰 2》。我去到电影院的时候,王木木已经买好了票,我一看是贵宾场的。

想着王木木收入也不高,我说:"干吗买这么贵的?"

"电影刚上映比较火爆,其他场次的票没有了,我怕你等太久了不愿意看,所以买了贵宾场的。"

现在想想,男人在追求你的阶段,确实好舍得,舍得花钱,舍得花时间,舍得花精力,舍得花心思。舍不得孩子,套不住狼。这种阶段,他们愿意拼尽全力,只是为了能博得你一日欢。

坐定以后,他忽然跟变戏法似的从包里掏出一个小玩偶。还没等我反应过来,他就把玩偶塞到我手里,边塞边说:"送给你的!"然后,他又赶紧把手缩回去,神情很不自然地拨弄着衣角。他送给我的物件我定睛一看,是一个跟大拇指一般大的塑料小熊,上面还贴着价格标签:18 元。

我再次被他的滑稽逗笑了,同时觉得这小男生青涩得很可爱。

电影散场,他问我:"下次我还可以约你吗?"

这时候不摆谱,我什么时候摆谱?我说:"那得看我有没有档期了。"

一般而言,王木木约我三次,我会出来一次,但他还是锲而不舍。

再一次见面,是看另外一部电影。他早早就买好了电影票、可乐和爆米花等着我。电影看到一半,我起身上厕所,不小心踢翻了可乐和爆米花。散场以后,他蹲在地上把爆米花全部捡起来了。这个细节让我对他好感倍增。不是所有的男孩子,都会体谅到清洁工的辛苦。换很多人,可能会想:反正清洁工会扫,我们先走吧。

看完电影以后,我们去吃饭。我点了一道饺子,闲聊的时候跟他说:"我有个坏习惯,吃饺子我只喜欢吃饺子皮,不喜欢吃馅儿,但是单吃饺子皮又不好吃,必须要包过肉馅儿的饺子皮才好吃。"

话刚说完，王木木用筷子把饺子皮全部给我剔了出来，自己就着白饭吃起了肉馅儿。我瞠目结舌："你喜欢吃肉？"

"是啊。你知道什么是幸福吗？幸福就是我爱吃肉馅儿，而你爱吃饺子皮。"他接着说，"互补是最圆满的幸福，是一个爱吃蛋白的女人找到一个爱吃蛋黄的男人，再生个爱吃蛋壳的孩子。"

随着两个人越来越熟悉，王木木已经不似前几次跟我见面时候那么紧张，说话也变得有趣起来。

我被逗乐了，问他："你这话是从网上看来的吧？"

他瞪大眼睛："你怎么知道？"

我笑了："哪个孩子爱吃蛋壳啊？"

王木木认真地说："那你爱吃蛋白还是蛋黄啊？"

我说："蛋白。"

"那就对了，我爱吃蛋黄！以后蛋黄都给我吃，蛋白你吃。"王木木看我的眼神，有试探的意味。

我嘴上说着"谁跟你有以后啊"，但心里觉得甜蜜。

可我喜欢他吗？还真谈不上。虽然他为我做的，让我很受用，但结婚非同儿戏，我是要找一个"人生合伙人"的，不想被他这种廉价的小心思收买。

两次看电影，王木木给我买的饮料都是很甜腻的那种，我喝一次就腻了。我还是喜欢白开水，无色无味的。第二次看完电影，他把我送回家以后，自己坐公交车回家。

我给他发了一条短信，大意是说，我不喜欢很甜的饮料，那让我觉得腻，我还是喜欢白开水，而你显然不是。我想一个人安静一段时间，我也很想弄清楚自己到底想要怎样的伴侣，是不是真从前一段感情带给我的负面影响中走出来了。

王木木收到短信以后，回了这样一条信息："两个人刚刚在一起肯定是会让人觉得甜腻腻的,因为还没到白开水的境界。如果到了那种境界,已经是结婚生娃、细水长流的那种了,当然,我也很向往。我一直想你好好的,并没有想太多,你要是找到更合适的人,并且跟他结婚过得幸福的话,我也会为你高兴。我只是单纯喜欢看你笑,喜欢听你说话,能看着、听着我就觉得很满足了。我等你不纠结了再联系我,但你一定要好好的。"

他的这番回话,倒让我觉得自己很无耻,仿佛我的行为就是在找备胎。

那段时间,王木木给我发了很多短信,说我可爱,说他喜欢我的一切。他说不要求我回报什么,看我开心就好了,身体好就好了,没有想过其他的。

在我面前,王木木总是很容易紧张过度,生怕说错什么话,做错什么事。跟他吃饭,我说我买单,结果他急得不行,说怕我买了单以后就不肯再见他了。他跟我相亲过的那些男人还真不一样。那些男人总让我觉得有点油腻,但王木木那么干净,让我不忍心拒绝他。

王木木的表白,让我觉得挺有压力,也让我感到害怕。我有时候也怀疑他是不是一个感情骗子,这到底是不是一场阴谋,但又觉得不可能。毕竟,在我面前,他看起来单纯得像个孩子。

我告诉他,他对我的不是爱,仅仅是仰慕,就像粉丝对偶像。一个都没有深入了解过我的人,能对我有多爱?也许只是一时冲动,也许只是因为我是他当时能够得到的女孩中,最优秀的一个。

那段时间,我活得挺纠结的,因为我对我们的未来没有什么信心。王木木就是一个从没离开过家、从没独立生活过的乖孩子,也没吃过什么苦,他是在强势的父亲和温柔的母亲的呵护下成长起来的。

我有很大的顾虑。一方面，我们俩虽然同年同月生，但毕竟他阅历比我少太多，心智也没我成熟。在我眼里，他完全就是一个学生哥，人格都还没定型，而我那会儿已经参加工作六七年，算是个实实在在的社会人了。另一方面，前一段感情结束没多久，我还处于满心是伤的阶段。我分不清楚我是真喜欢他，还是仅仅把他当成是一个治疗情伤的创可贴。如果是后者，那对人家也是非常不公平的。

在追求我的阶段，王木木不可谓不卖力，而且他是真有一腔赤诚之心的。放在过去或者现在，王木木根本不可能是我考虑的人选，因为他离我预先设定的择偶标准相差很远。但是，冥冥之中我又觉得，就是他了，该是他了。也不是说他有多好，只是他出现的时候刚刚好。

那时候，我觉得自己可能再也找不到那么单纯的人了。一个小男生，居然有勇气跟我说想跟我结婚，想和我一起生一个孩子。他的年纪并不大，但他却不像夏宇一样恐婚（实际上是恐我），甚至很想当爸爸。

而他打动我的，正是这种单纯和赤诚。我总觉得，成熟到一定阶段的男孩子就没勇气向我那样表白了，因为他们会算计，他们会计算成本和产出，可是，王木木不去考虑这些，他心里怎么想就怎么说、怎么做。

我是一个相亲过很多次的女人，越是到后来，我越发现男人对我，都只是量入为出。如果我说胃疼，他们首先考虑的可能是我的身体不健康，以后怎么照顾人，怎么生孩子。但只有王木木这样的会单纯地关心我，希望我不再疼。

我们女人究竟该图男人什么呢，不就是对自己好吗。虽然这种好未必会永久，但至少此刻是真的。像王木木这样单纯的小男孩，如果到了一些比较恶毒自私和虚荣的女人手里，得受多少伤害,要不,干脆我收了他吧。但我还是想让他再追一会儿,反正他还那么年轻,浪费他几个月时间不算什么事。再说了,轻易得到的,男人都不珍惜。

带着这种心态,我和王木木开始拍拖。

我先找来朋友当参谋,让王木木请我的朋友吃顿饭。

这种吃饭邀约,肯定不能找聂琳,因为杨帆肯定会帮王木木说好话,很有可能杨帆的说辞会影响聂琳的判断,于是我找了好友梅芳。梅芳是聂琳的高中同学,我们是经由聂琳认识的。有段时间,梅芳被着急卖房、言而无信的房东赶了出来,一时找不到新的房子,我就让她搬过来,跟我住了一段时间。

梅芳住进来没多久以后,我觉得自己的生活总算恢复了一些生气。两个单身女人住在同一个屋檐下,从来没有过不快。对我来说,独居的时间太久了,现在家里忽然多了一个可以跟我说说话的人,我更多的是感激。

梅芳也是很懂感恩的那类人,她总说是我在她危难之际收留了她,因此,在家里,她总是各种抢着打扫卫生、做饭、倒垃圾。我和梅芳也都是属于"极好相处"的类型,从不干涉和指责室友,也没有怪癖和强迫症,更不在乎多干点活,相处很融洽。

梅芳找到新房子后,就搬出去住了,但我们也成了无话不谈的好朋友。我说要找梅芳做参谋,梅芳二话不说就来了。

约王木木吃饭的地点,是一家私厨餐厅,不是广泛对外营业的那种。外面的人想去吃饭,都得提前找老板预定位置。

王木木一早就到了,先摸清具体的位置后,再下楼来接我。他还是穿着那件单薄的羽绒服,我见了他,就揶揄他:"你是没钱吗?天天穿这件衣服。"

他腼腆地摸着后脑勺回答:"我妈也说我要穿好一点,不然出去跟人约会,可能会被女孩看不起。"

吃完饭,我问梅芳:"你觉得这个男孩怎样?"

梅芳回答:"挺好的,比之前那个好,但还是再观察观察吧。而且他经济条件不大好,我怕你婚后吃苦。"

梅芳说的"之前那个",就是夏宇。梅芳见过夏宇一回,她和我一起搭夏宇的顺风车回家,但整个过程中,夏宇都没正眼瞧过她一眼。

后来梅芳跟我说:"这个男的,你不要跟他在一起。如果他真的爱你,他会尊重你的朋友,可是你看他对我那态度,拽得像是我欠了他钱似的。"

王木木大概是意识到,想搞定我就得先搞定我的朋友,所以,对我的朋友们更是热情有加。我的朋友乔桑从外地来广州游玩,住在我家,王木木得知这个情况后,鞍前马后为她服务,恨不能辞掉工作,当人家的向导。

我带乔桑夜游珠江,王木木全程作陪。中间不知道是因为什么事,王木木惹得我生气了,我垮着脸,一言不发。他意识到我情绪不大对,一直亦步亦趋地跟在我旁边,费尽心思逗我笑。

"你怎么连生气都这么可爱",这是王木木那天晚上跟我说的话。那会儿,他正处于"情人眼里出西施"的阶段。

乔桑玩了几天,要回去了,王木木不惜重金,给人家买了一大堆广州特产。

乔桑临行前,跟我说:"你还是跟王木木在一起吧,多好的小伙子。"

我也有朋友不喜欢王木木,说他各方面配不上我,甚至问我好男人都死光了吗,为什么要找这样一个根本没定型的,而我开始自我洗脑:幸福的女人都是善于妥协的。妥协,其实不是向别人妥协,更多的是跟自己握手言和。即便他达不到我的择偶标准和要求,但那又怎样呢？至少，两个人在一起，放松和开心是重要的。

朋友帮我考察，肯定是不够的，还要过亲人这一关。刚好那一年我爸妈带着三姨来了广州，我就把王木木带上，拉着他去接站。

从他们到站开始，王木木的表现就特别给力。他几乎把所有的行李都扛在自己身上，自己提前问好了路、买好了地铁票，不让我操任何心。把我爸妈和三姨接回家里，他看我家被褥不够，又迅速坐公交车回家，从他家里扛了两袋寻常用不到的被褥过来。

那会儿，我刚买完房子，兜里的钱几乎全部付了首付，每个月还有几千块的房贷要还，经济上紧迫得很。他也不富裕，每个月就拿几千块的工资，很多地方我们能省则省。

我爸妈和三姨看到我找了这么勤快的一个小伙子，赞不绝口："小伙子挺不错啊。人好，又勤快，对你也挺好的。"

我爸妈和三姨回家后，家里又变得有些空空荡荡。王木木立马跑过来陪我，那时候，我对他其实已经有相当程度的好感了，但他还是不敢跟我有肢体接触。

我知道，他是怕我反感。从我们认识到我们结婚，再到现在离婚都七年了，我觉得他对我永远有一种隐隐的"怕"。在我面前，他永远不敢太过造次。我不知道这种"怕"从何而来，但离婚多年后我似乎明白了点。

他的"怕"，可能是源于自卑。他在我面前多多少少是有点压抑的。只有在那些他觉得自己配得上或是能让他产生优越感的人面前，他的腰杆才挺得直、他的自信才回得来。

跟王木木约会，都是在冬天。
他会问："我能牵你的手吗？"
然后，我很尴尬地把手递出去。

我说:"我冷。"

他脱下外套给我。

我说:"我还冷。"

他说:"再脱我就没衣服穿了。"

我心想:这世界上真有这么蠢的男人吗?女人都已经暗示你到这种程度了,你还不来个拥抱?

我只好直接说:"那你抱抱我吧。"

他愣在原地,一脸愕然,我说:"你干吗?嫌我胖啊。"

然后,我也不管他是否乐意,直接冲上前去,抱住了他。

他当时手里正拿着一杯饮料,根本不敢抱住我,只是本能地把饮料拿开一些,怕饮料洒出来,溅脏我的衣服。

见他迟迟不把另一只手环绕过来,我说:"你嫌我高啊?"

我个子跟他差不多高,若是穿了高跟鞋,就比他高小半个头。我说这话的意思,是提醒他回抱住我,可他还是站在原地不敢动。

我抱了他三秒,又弹开了,嗔怪道:"你干吗呀?"

没承想,人家回答了一句:"我在想,如果你要邀请我上床我该怎么办,会不会太快了。"

那一刻,我真想跳起来打爆他的头。见过迟钝的男人,但没见过这么迟钝的。但是,也正是他的这种迟钝和青涩,让我觉得他可爱极了。

相处期间,我也会考察他的消费观,然后跟他一起去逛超市,观察他会不会大手大脚花钱,会不会不舍得给我花钱。他逛商场、逛超市的表现,比较符合我的预期,这不是一个纨绔子弟,平日里还是挺节俭的。

时不时地,我们也会发生点误会。有一次,他陪我出去买鞋,我觉得我们的关系已经到了他为我付鞋款的地步,可他陪我挑完鞋,就坐在原地等着我结账。

我当下有些生气,问他:"这双鞋三百块,你舍不得给我买吗?"

他委屈地回答:"怎么会不舍得?我以为你还要挑选,不知道你已经选定了这一双啊。"

还有一次,我跟他说:"如果查出来胃癌,我就立马消失。如果查出来只是一般的胃病,我就好好跟你在一起。"

王木木沉默了一会儿,来了一句:"不管结果如何,只要你愿意,我都会和你在一起。"

我就当这是一个小男孩冲动的甜言蜜语,但说实话,我还是被感动了。

有时候,我也会忍不住想整整他。

我拿出十二分的演技,假装特别痛苦和纠结地跟他说:"我可能怀孕了。"

王木木不知所措、难以置信地看着我:"是谁的?"

那会儿,我们根本没有发生关系。我这么说,对他来说无异于是在他生活中放了一颗核弹。

我说:"可能是前男友的。"

他说:"你想生吗?"

我说:"不知道。"

他居然认真地回答:"如果你想生的话,就生下来吧。我可以当这个孩子的爸爸。"

这回换我大跌眼镜:"这都可以?!"

他的回答让我大受感动,我觉得这个人是真爱我的。我怀了别人的孩子,他都愿意"喜当爹"。虽然现在想来,这不过是他陷入恋爱后,智商下降为零的体现。

那时候，他只是单纯想和我在一起。只要能和我在一起，什么条件他都能接受。未来？至于那些残酷的未来，他根本没有想过。

人们都说，考察一个男人是否适合自己，还要去考察他的朋友圈。

在拍拖阶段，王木木迫不及待想要把我介绍给他的朋友。他先是带我认识了黄原、周昆，又带我参加他的朋友聚会。他的朋友们，看起来都还算比较正常，都有体面的工作、健康的爱好，为人也还不错。

我那时哪里知道，他让我认识的朋友，只是他想让我认识的。除了这些人，他还有另外一个不想介绍给我认识的圈子。

他带我参加的这类聚会，无非就是一堆年轻人唱唱K，他大大方方向他的朋友介绍"这是我女朋友"。在KTV里，他会一直紧握着我的手，甚至连出去自助餐区拿吃的，也是牵着我不放。

他喜欢听光良品冠的歌，到了KTV却最喜欢唱林宥嘉的《说谎》，还唱得极认真、极动情。

> "是有过几个不错对象，
> 说起来并不寂寞孤单，
> 可能我浪荡让人家不安，
> 才会结果都阵亡……"

唱歌的时候，他一只手拿着话筒，另一只手握着我。我看着他眼睛里闪烁的星星，像是拥有了全世界。我想：他可能也被爱情伤过，不然怎么能把这首歌唱得那么动人呢。

参加这种聚会，如果我想中途撤走，他随时配合，马上跟哥们儿告别，送我回家。

那段时间，只要我半夜给他发短信、打电话，他都能秒回、秒接。有时候，我半夜做噩梦，心里难受得很，就给他打电话。他总是耐心地陪着我说话，有时候还会在电话那头给我播放电视剧《蜗居》的主题曲《我想大声告诉你》。

我们无数次依偎在一起，彼此紧握着对方的手，把这首歌听了一遍又一遍：

> "我想大声告诉你对你的爱深不见底
> 用力紧紧抓住我们的回忆
> 屏住呼吸心跳的频率有一种魔力
> 它让我们慢慢地靠近
> 我想大声告诉你
> 你一直在我世界里
> 喔……用力抓住我们的回忆
> 若有一天我看到的是你的背影
> 只因我爱你没有告诉你
> 我爱你真的很爱你……"

我在这样的歌声里，在他的温柔里，感受到了久违的被爱的感觉，感受到了满满的安全感。

是啊，对于一个经历了一段乱七八糟感情、内心已经千疮百孔、只想靠岸的我来说，他就是我想要的港湾。

我真的有好几年没有感受过这样暖和的爱了。

14

边拍拖边考察的阶段,我当然不会忘记考察王木木的家庭。

怕直接见他爸妈,我会表现得不适应,他先找了一个他家人都不在家的时间,邀请我去他家。那时我住在珠江新城边上,他家则住得稍远一点。

他的姐姐王朵朵已经出嫁,他和弟弟王果果与父母住在一套楼梯房里。一进门,就看到满地凌乱的鞋子。房子装修风格是二十年前的,光线也不大好。我心想:如果我跟他结婚了,才不要住在这里,必须要住我自己婚前买的房子。虽然小,但至少装修风格是我喜欢的,而且离我上班的地点很近。

他翻出他以前的照片给我看,又翻出他前女友给他写的信给我看。他只是在真诚地分享,不是炫耀。虽然对他的过去,我没有那么强烈的兴趣,但他的这个行为还是让我觉得他没把我当外人。

在这一点上,我们俩价值观倒是挺类似。现任的过去,是现任生命中的一部分历史。我们都不介意跟彼此分享过去有过的经历。对于前任,我们不刻意提起,但也无须刻意回避。

有一次,一个朋友告诫我俩:"不要跟你的现任谈起前任,对方会介意的。"我和王木木相视一笑,根本不觉得这算是什么雷区。

那会儿,王木木很愿意跟我分享他生活中发生的一切,真的把我当成他"最好的朋友"。

在街头看到个乞丐,他都会拍下来给我发条彩信:"胖妞,这个人好可怜,我捐了五块钱。"

回老家,他用手机拍下邻居小孩吃柠檬的画面发给我:"胖妞,你看这个小孩子被柠檬酸到的表情有点好玩。"

我真的很喜欢他叫我"胖妞"。这个昵称一出口,我就觉得生活沸腾了起来。

当时我会跟他在一起,也是因为他某些时候确实想得周到,对自己的家人也足够好。拍拖的时候,他妈妈要回老家,他会想办法提前给他妈妈买好票,我陪着他去买,他连买票时都牵着我的手。我用一种满意的眼光看着他,他秒懂,问我:"你是不是觉得自己更爱我了?"

被说中心事,我只好回答:"你干吗抢我台词?"

听人说,一对情侣想要考察对方是不是能与自己白头偕老的人,一定要一起出去旅游一次。一起出游的过程中,我们可以从各式细节中,看出对方的品行如何、解决问题的能力怎样、两个人是否合拍。我当然不会错失这样的考察机会,一次不够,至少得两次、三次。

就这样,我们相约第一次出游。旅行的第一站就是韶关丹霞山。

那会儿,武广高铁刚刚开通,我们从广州去到韶关,就是坐高铁去的。下了高铁站,还得转车,当天去的话,有点晚了,我们决定第二天再转车过去,就先在市区找了家宾馆住了下来。我们俩都没什么钱,自然也不舍得住价格很贵的宾馆,只是找了一家还过得去的。我们开了一间标间,一人睡一张床。

我心想:会发生点什么吗?还是再拍拖一段时间吧,不然太快了。

就连去洗澡,我都一而再、再而三地叮嘱他:"你不可以过来哦。"一进浴室,我就把浴室门关得紧紧的。

在要不要上床这种事上,女人永远吃亏,因为怀孕的风险都是女人担的。

整个晚上,他果然很乖,只是在睡前说了一句:"半夜你害怕的话,不要找我哦。"

我说:"我从 11 岁开始就住校,一个人赤手空拳来到这个城市打拼,一个人住了不知道多少个日夜。出差的时候,也大多是一个人住一间房,我害怕什么呀?只要你不动我,我就不害怕。"

我没说出的下半句话是:"如果你动我,那我就让你出去买套。"

可是,他就是不动我。我按捺不住了,主动跑到他床上。我钻进他的胳肢窝,命令他抱着我睡。他伸出胳膊搂住我,但不敢有进一步的动作。

敌不动,我也不好意思动。我心想:今晚就先好好睡吧,明晚我再测试下,看看你的性取向是否正常,反正相处到这一步,早晚都是要上床的。然后我就沉沉地睡去了。

第二天起床,我说:"坐怀不乱啊,好样的。"

他这才说,昨晚没睡好。被我枕着胳膊,上半夜不敢动,怕我会醒。睡到下半夜,看我睡得死沉,他胳膊实在麻得不行,才轻轻地把我头挪开。我差点笑岔气,随即觉得自己找到了一个全天下最懂得尊重女孩子的男生。

如果一个男人在热恋阶段,都能忍得住这种诱惑,那么结婚后,他可能也能抵挡住别的女人的诱惑。我当时确实是这么想的。

次日上午,我们先是逛了南华寺。下午,才坐车去到了丹霞山下,并找了一家民宿住了下来。当天是来不及上山了,我们随便找了家档口吃了点饭,就住进民宿房间里休息。

这一次,我自作主张订了间大床房。我的意图很明显,我就是想发生点什么。

那家民宿里连个电视都没有,我们那会儿又没有智能手机可以玩。山下很冷,入夜后天更冷,我蜷缩成一团,往他身上钻。他身体僵直着,一动不敢动。

我说:"你带套了吗?"

他回答:"没有。"

他这操作也对,如果他随身带着套,会让我怎么想啊。

我说:"那你现在出去买吧。"

他立马懂了,飞快地钻出被窝,麻利地穿上衣服和鞋,咚咚咚就跑出去了。

过了几分钟,他又跑了回来,把门关得很严实,躺回我身边:"那我来了?"

那一夜,我觉得浑身哪儿都很别扭,身体像是生出很多的枝丫来,感觉到处都戳得慌、硌得慌,手手脚脚都不知道该往哪儿搁……反正,就是觉得别扭。

事毕,我说:"我感到不舒服。"

他说:"没关系,你这是不习惯。"

我心想:算了,虽然体验不好,但这事也是需要磨合的吧。

我再问:"你会不会觉得我很随便啊,才认识没多久就跟你上床。"

他说:"别这么说。你情我愿的事情,你要随便,那我更随便。"

我心想:很好,这个人不双标。

因为这两个答案,他又成功地把我给他打的印象分,往上加了两分。

一夜无话。

次日一早,我们爬丹霞山,王木木把我们所有的随身包都背在自己身上,走在前面给我开路。怕荆棘划伤我皮肤,他不停地扒开灌木丛,让我畅通无阻地通过,自己的胳膊却被荆棘划出一道道伤痕。

我们俩一路爬山,一路给彼此拍照。天很冷,但我们心里是热的。山很陡峭，但我们连爬山都没放开彼此的手。爬到山顶，大概是下午四五点的光景。夕阳从西边照过来，染得群山一片金黄。我们在山顶遇到了一个玩摄影的大叔，让他帮我们拍了很多合影。大叔走后，我们在山顶静静地依偎着站了一会儿。那一刻，我感觉全世界的光和暖，都汇聚在了我心里。

认识他的时候，全国几乎每个省份，我都去过一两个城市，而他从小到大没有出过广东，他也不是很喜欢旅游，只是在追求我的阶段，假装自己很爱旅游。可是，相处到这种时候，我早就不在乎他肚子里没几两墨水。只要他能哄我开心，我管他肚子里有没有墨水呢，我有就行了，不然到了这种场合，他要是抢我台词，我得多烦。

我会喜欢上王木木，有两方面的原因：

一方面是因为我觉得他长得好看。男人好色，很容易遭遇"美女蛇"。女人好色，也很容易遭遇"美男蛇"。现在想来，我的这段婚姻之所以失败，很大程度上是我太好色了。

另一方面，我会喜欢王木木，是因为他控制欲不旺盛、包容性又很强。我很烦话多的男人，很烦知道点知识就跟我显摆的男人，更烦动不动就跑来教训和指点我的人。尤其是对后一种人，我真的是一秒都没法忍。在一堆动不动就喜欢说教的男人中间，我觉得拥有这种不好为人师品质的王木木，简直就是一股清流。他从来没想过要控制我、干涉我，给我充分的自由。在他面前，我可以轻松地做自己。这一点，我之前交往过的男友，很少能做到。

一起出门，他全程帮我背包、提包，而我的包又是女式包，他丝毫没觉得尴尬。换夏宇，这是能上纲上线到男性尊严的事。帮我提一下女式包，就会让他觉得自己不爷们儿了。可是，被行人侧目完全是他的幻觉，又不是帅得惊天动地，谁爱盯着他看？

王木木个子并不高,但我这种主要看脸的人,倒不是特别介意男人的个子。但是,很多男人介意女方比自己个儿高,仿佛这样,男性的尊严就受到了挑战。

　　就这个问题,我曾经问过王木木:"你会嫌弃女的比你高吗?"

　　他说:"不啊,只要人家不嫌我矮。女方个子高点,还能改良后代基因。"

　　种种细节,让我觉得他是一个心胸宽大、懂得尊重女性的人,至少不会动不动就为点鸡毛蒜皮的事上升到男性尊严。

　　我们最终会被谁吸引,跟自己的喜恶高度相关。我知道我喜欢的是王木木的长相和性格,但是,我真的至今都不知道他为什么那么喜欢我。也许,仅仅是因为,以他那时候的外在条件,我是他能够到的综合条件最优秀的女孩子。

　　第一次跟王木木出游回来以后,我边看照片边感慨:这男生,多青涩啊,多赤诚啊。

　　年轻时候的一腔赤诚,是不可再生资源。成年人的世界就只剩彼此设防、算计以及随之而来的倦怠。有些事,只适合在某个年纪做。过了那个年纪,就再也没有那个心境、再没有那个味道了。

15

　　拍拖阶段,王木木的家人待我还算友好。

　　第一次带我去他家吃饭,他几乎把我当皇太后供着。他妈做了一大桌子的菜招待我,他则随时观察我的脸色,生怕哪里怠慢了我。在饭桌上,我听不懂他们的方言,他们就不停叫我吃菜。他姐姐王朵朵那时候生病住院了,他去陪床,会跟他姐聊起我,说我过去曾经在感情里受过伤害，现在有点害怕开启一段恋情。王朵朵也会鼓励他，多对我付出一点耐心。

我抗拒不了王木木对我的好，但因为之前在情感中受过很多伤，我也随时在准备逃跑。

那年春节，我父母和三姨过来陪我过春节。过了春节，他们就回老家去了。王木木邀请我去他的老家，我带了些礼物、买了一张火车票就去了。下了火车，王木木早早就等在火车站接我。他家那时候也没车，只在老家有一辆摩托。他开着那辆破旧的摩托车，带着我穿过充满烟火气的、乱哄哄的街道。若不是因为他，我可能一辈子都不会来这个小县城吧。

王木木家的经济条件并不富裕。他们回到老家，住的也是比较破旧狭窄的房子，我一去，根本就住不下。在那个阴暗的小房子里，王木木跟我说他就是在这套房子里长大的，说他爸妈为了能让他们姐弟三个突围，吃了很多的苦。我心想：你这出身，也比我好不了多少嘛，咱俩谁也别嫌弃谁。

王木木的爸妈分别给我包了一个红包，每个红包里放了一百元。广东某些地区的风俗就是这样的，对这点我倒是没什么想法，总比黎山的父母发二十块红包要大方得多。但是，到了晚上，当他把我带进一个脏兮兮的旅馆时，我真的生气了。

那个旅馆，春节期间价格一个晚上不超过八十元，平时可能更便宜。房间里没有窗户，屋内潮湿得很，连被子都是发了霉的。墨绿色的霉斑，就那样开在被子角上，枕头也是一大股霉味。旅馆的门还是那种带插销的门，墙壁一点都不隔音，洗手间里的水龙头都生了锈，里面甚至都没有洗手台，店家只是在地上放了一个脏兮兮的盆。

我一进房间，就感到浑身不适。我坐到床上，感觉屁股都是脏的。那里脏、差、吵，还让我感到不安全。唯一的优点，就是离他家很近，步行可达，而这是王木木把房间定在那里的主要原因。

我越想越生气。这种酒店，我刚刚参加工作的时候也住过，但那会儿是因为我真的没钱。可现在我都参加工作五年了，我早就已经支付得起好一点的酒店费用了，可他却带我来住这个。我出差住的都是星级酒店，平日里自己出游，再不济住的也是快捷酒店。虽然床品不一定很高级，但至少干净。他带我来这种地方，是什么意思？

不是嫌贫爱富，是他的这种行为让我觉得我只配得到这样的待遇吗？

我没办法掩饰自己的不快，直接冲他发飙："你没钱的话，我有啊。我大老远来你家一趟，你就那么害怕我多花你一点钱？"

我甚至想好了要分手。一个大男人，在拍拖的阶段都只舍得让我住这种脏兮兮的酒店，以后结了婚，那还得了？

所有拍拖期间的不愉快，我都想起来了。王木木有很多优点，但也有很多我不满意的地方。

比如，学识太低，连"长春在哪儿""垂直气候带"这种知识点都需要我去解释。我总觉得，一个不爱看书、不爱学习的人，内心更容易变贫瘠。

比如，我觉得很多时候他脑子有点拎不清。就拿我第一次去他老家、他定下这样一间旅馆这件事来说，我觉得他在考虑问题的优先级有问题。"就近""便宜"是他的优先级，可他似乎并没有考虑过远道而来、第一次去他老家的我的感受。

比如，很多时候，我们是没有共同话题的。我说的很多话题，他根本接不住。

比如，我已经是一个看过世界、只想靠岸的归船，而他才开始准备扬帆出海，对整个世界蠢蠢欲动。

我真的没有信心和这样一个人走一辈子。最后一点，还真的不幸被我言中了。

在他一无所有、只能靠对我好来获取我的好感的时候，他拼尽了全力；可是，在我们婚后，当他兜里有点闲钱，也有了不被父母管束的自由后，他就开始膨胀了、飘了。我们的关系也在他飘了以后，变得越来越不稳固，直到最终分崩离析。

当一个人对世界不再蠢蠢欲动时，可能对你也不再蠢蠢欲动了。这也是人生的悖论。

我对王木木的不满，因为那一次订旅馆事件彻底爆发了。我一直在数落他，而他一直在道歉。看着他可怜巴巴的样子，我又心软了，没有再计较。

我不知道王木木怎么看待我的发飙。也许，站在他的角度，我是一个嫌贫爱富、爱慕虚荣、面目可憎的女人。可是，第二天，他托人订了那个小县城最新最好的酒店，费用也不过就两三百块。据说他爸知道了他带我住那么差的旅馆以后，还骂了他一顿。

次日晚上，他带我吃了当地的特色菜，带我去了他一个朋友开的酒吧。见我不喜欢待在酒吧，他立马撤退，陪我去到一个广场上放烟花，还给我拍了一些照片。

即便如此，我内心里想要跟他分手的念头还是没压住。

那个冬夜，特别寒冷。入夜后，我们只能在酒店的被窝里待着，胳膊伸出去就觉得冷。他见我躺在床上，也凑了过来，说是"抱着胖妞，会更暖和"。

在本该相互依偎在床上看电视的场合，我却郑重地跟他提出了分手。

我说："我觉得我们可能不大合适。我们俩虽然是同年同月生，但我算了一下，我去北京上大学一年级的时候，你还在读初三。跟你在一起，我总有一种搞姐弟恋的感觉，我担心你根本担负不起我们的未来。"

我当时真想和他分手的,并且准备买最早的一趟火车票回广州。

说完分手后,我没看他,只是将头看向窗外。突然,我听到一阵沉闷压抑的啜泣声。我一扭头,发现他满脸的泪。我有点慌了,问他怎么了。不问倒好,这一问,他突然哭得很大声,越哭越伤心。

我突然心疼起他来,因为他的这个举动,让我想起了在过去的感情里那个压抑、委屈、伤心的自己。那一刻,我觉得自己就是一个始乱终弃、玩弄别人感情的渣女。我靠近他,拥抱他,给他擦眼泪,像是在心疼曾经那个被男人嫌弃、伤害的自己。

我说:"我跟你开玩笑的,你怎么还当真了。没事了,我不走,我们不分手。"

现在想来,当时我要是内心再坚决一点,或许也就不会有后面那些事了。

我们这个社会中的女性啊,总是被教导要柔弱、要顺从、要宽容、要慈悲,男性则被教导要坚强,要够爷们儿。于是,女人的眼泪不值钱,男人的眼泪则成了稀世珍品。大家都觉得"男儿有泪不轻弹,只是未到伤心处"。如果一个男人痛哭流涕了,女人们很容易理解为人家是真的"到了伤心处"了。如果他的眼泪为你而流,女人们甚至会产生一种"他这是爱我爱到骨头里了"的幻觉。网络上不老流行"一个男人爱你的最高境界,就是为你而哭"这类说辞吗?还有人说,一个男人能为你哭,这代表着你已经触动了他心底那根最柔软的弦,他已经为你倾注了全部的爱,毫无保留。

不得不说,我当时就被这种理论给迷惑了。事实上,一个男人哭了,仅仅就是哭了,根本代表不了什么,我们无须为它赋予那么丰富的意义。

很可惜,那个年纪的我,不懂得这些。当时当下他把我捧在手心上,也许是真的;但后来不爱了,丝毫不顾虑我的感受,在我孕期悍然出轨,也是真的。

但那一刻,他的哭,让我想起曾经付出真心却被辜负了的自己,也让我觉得他可能真的爱我,我不该错过这样一个爱我的人。

我们快速和好了。

次日,他又陪着我在小县城里逛了逛。知道我喜欢去一些人文景点,他还带我去了祠堂、古代私塾,带我遥望了一下他曾经上过的小学。

回到广州后,王木木天天在QQ、短信、电话里找我,跟我有聊不完的话题,虽然他懂得不多,有时候根本接不上话。跟我说话,他总是诚惶诚恐的,也许因为太在乎我,所以他紧张。我看他在跟别人打电话的时候,不会这样小心翼翼的。

"分手风波"就这样过去了。

16

"分手风波"后,王木木很着急想和我结婚,生怕我再次跟他提分手。

我告诉自己,王木木经济条件一般,人也不完美,但我不想挑剔那么多了,因为本身我自己也不完美。至少某些场合,他能让我感到幸福。或者说,至少认识他以后,我没有再哭,噩梦也少了。

会赚钱、有上进心的确是男人的优点,可这些优点,放到婚姻之中,不见得会让女人幸福多少,因为过日子靠的是两个人的生活能力,而非工作能力。疯狂喜欢赚钱的男人,女人是觉得有前途,但这类男人往往意味着爱的能力低下。所谓的高端男人,真不见得能让女人过得舒服。

王木木给我的感觉还算可以,那就去爱吧。或许他没有我期望的那么好,但应该也不会糟糕到哪里,他有一种纯朴的可爱就足够了。我要知福、惜福,要好好珍惜,多跟他说关怀话,少说责备话。也许,很爱很爱的感觉,是要在一起经历了许多事情之后才有的。人生不过百年,幕起幕落而已。我只想要现在。

天气暖和一点的时候,我又策划了一次出游活动。这次,我把时间拉长了一点。

去韶关丹霞山,我们只短暂相处了两天;这次,我专门休了年假,准备跟他相处一个星期。一个星期,足够我们在相处中暴露出更多的问题了。

之所以选择三亚,有四个原因:第一,三亚我去过,比较熟悉。第二,三亚离广州不是太远,费用不会太贵。他说他来负担来回机票的费用,我则主动负担了住宿和在当地游玩的费用。第三,三亚靠海,够浪漫,他也说了想找个浪漫的地方跟我求婚。第四,他从来没有坐过飞机,而去三亚的乘机时间刚刚好。

王木木的发小黄原看我们去完韶关又去三亚,在QQ上跟我说:"你真的改变了他很多,他以前从来不出去旅游的。"

我问王木木:"真的吗?你不喜欢旅游吗?"

他回答我:"你喜欢的,我都喜欢。"

现在想来,我太大意了。王木木所谓的喜欢旅游,只是在追求我的阶段。我们结婚后,在感情出现很大危机的时候,我要求他跟我出游,但被他拒绝了。

那时候,我跟他说:"我们暂时脱离熟悉的环境,去另外一个地方好好谈谈,重拾面对未来的信心,行吗?"

他回答:"要去你去,我觉得没必要。"

他是真的不喜欢旅游，他觉得全世界的风景都一样，没什么可看的。他最喜欢干的事情是和哥们儿一起去酒吧玩。在那里，他更容易感到快乐。可这些，在我们拍拖的阶段，他半分都没暴露出来，我天真地认为他和我兴趣爱好类似，我们婚后应该合得来。

去三亚的时候，我带着王木木去赶飞机，像一个姐姐带着弟弟。在飞机上，我问他："第一次坐飞机的感觉如何？"

他说："没感觉。"

我说："没感觉没关系，反正你的这个'第一次'给我了。"

到了三亚，我们排队等出租车，但前面突然有人插队。明明我们在队伍中已经等了很久，马上就要轮到我们了，有个男的却一个箭步冲了过去，抢了先。

我是个暴脾气，换平时我肯定要嚷嚷的，但那一次，我想看看王木木的表现。王木木果然不负我望，冲上前去，把插队那人从出租车上拽了下来，边拽边说："我们先来的！"

那一瞬间，我觉得他气场两米八，心想：此人可嫁。

择偶的话，对方是不是有血性、不怕事当然也应该成为考察标准之一。要是将来跟他结了婚，他遇到点事情就往后缩，那我不得活成女汉子？

那时候，我们也没什么钱，我订的是干净一点的民宿，每天晚上的价位大概也就两三百元，但胜在足够干净、离海边也近。

整整几天的时间，我们都在三亚晃荡。我们去哪儿、吃什么、几点出门、几点回酒店，这些都是我来安排的，他配合得挺好。吃的、住的、玩的，他不挑剔任何。

他的这种柔软、宽大和随和，给了我很强的愉悦感。我设身处地地想了一下，如果换作是夏宇跟我一起出游，他一定会一路上不停挑刺。当然，我忽视了一点：王木木也只是处于追求我的阶段，才能做到这样。当年夏宇追求我的时候,比他更宽大、更随和、更以我为尊。

在三亚,我和王木木去了《非诚勿扰2》的拍摄地。上山的时候,我们坐的是电瓶车,每次遇到坐着电瓶车下山的游客,两拨擦肩而过的人都在车里"啊"一声大叫,一路欢声笑语。

下山的时候,王木木给我拍了很多照片。我们在三亚拍了很多合影,几乎每一张他都牵着我的手,身体和我靠得很近。

晚上,我们就牵着手在海边闲逛。

在那里,他对我说:"老婆,我爱你,嫁给我呗!"

我大笑:"我们都还没结婚,你怎么可以现在就管我叫老婆?"

他把双手放在嘴边做了一个喇叭,忽然扯开嗓子对着蔚蓝色的大海大喊:"艾凌,王木木很爱你,你嫁给他吧!"

我说:"行了行了,我答应你了。"

他给我戴上的求婚戒指,还是我付的款。两只对戒的价格,也就188元。

在南海观音像前,我和他一起跪下许愿,我问他许了什么愿,他说:"要给你幸福。"他这么说,我觉得挺不好意思,因为我许的愿是变富婆。

我们没太多钱打车,去哪儿都是优先坐公交。有时候,公交上没有位子,他就抓牢扶手,让我挂在他身上。车厢里又挤又热,三亚的气温本就不低,我一头一脸一身的汗,但他心里只有我,自然也不会嫌弃我一身的臭汗。

直到现在,我依然很难把当初追求我的那个男孩,和那个在我孕期偷腥,还嘲讽我不肯喷香水,不愿意碰我的男人联系起来。我也没有想过,有一天他居然会瞒着在家带孩子的我,带着另外一个女人去我们曾经去过的地方,做了我们曾经做过的事情。

他背叛的是我吗?并不是。他背叛的是曾经的他自己。

17

三亚之行，王木木完成了求婚仪式。那段时间，我是被幸福包裹着的，我相信他也是。

经过几个月的相处，我觉得自己也考察他考察得差不多了。他的朋友圈子，确切说，是他想让我见的那一拨朋友，我考察过了。他的家人，我见过了，没有让我特别不舒服的地方。对自己的父母，他还算孝顺，却不要求我孝顺。对待我的父母和家人，他也谦逊有礼、友善体贴。他的知识结构、品性乃至性能力，我也都考察过了。

考察他的经济状况时，我只是问了下他的月收入是多少，他回答说"月薪七八千"。虽然比我低很多，但只要他不让我养，这点收入也够我们生活的了。而且，他不是正在他爸的指引下创业嘛，男人只要够上进，收入会慢慢涨起来的。他没房子，我有；他没钱，我有稳定的收入。只要他不吃软饭，我觉得真没什么大问题。

当时的我，以为自己已经考察得很全面了，可事后想来，只是我以为而已。我默认他已经经济独立，没有考察他真正的兴趣爱好是什么，更不知道他还有另外一个震惊我三观的朋友圈子。那时候，我觉得他没有太大的问题，可嫁。更何况，他对我还算不错。更何况，他还有那么多的优点。

自然而然地，我们就想到了结婚。

从认识到决定结婚，大概不到小半年。我们的结合应该算是闪婚，但是那时候我不觉得闪婚有什么问题。好多明星夫妻不也闪婚了吗？我身边也有很多朋友闪婚的，他们婚后过得挺幸福的。我实实在太害怕恋爱长跑了,和夏宇那场分分合合七年的恋爱长跑,搞得我筋疲力尽,我再也不想和另外一个人磨合那么长的时间,磨到激情散尽,磨到两看相厌。我想要自己的爱情有一个结果,而结婚就是我想要的结果。

那时候的我还是太天真了。人生哪有什么结果?所有的结果,都不过是人生路上一个又一个的疙瘩。

我想结婚,是倦鸟归林,是远航的船想靠岸。而王木木想结婚,或许是因为他想拴牢我,而结婚是一个很不错的、能套牢我的方式,也是一个可以逃离原生家庭对他管控的方式。

我们预约了结婚登记的日期,但跑去照结婚登记照片时,我又有点害怕了。我没尝试过婚姻,我不知道我婚后会面临什么。

我跟王木木说:"我有点害怕。"

他说:"你可千万不要逃婚啊。这样的话,我这辈子都不会结婚了。"

看着他惶感的神情,我说:"女子一言,驷马难追。"

领证很顺利,填表、登记、宣誓,我们的心情一路轻松。在那之前,我甚至还带他去做了婚检,确认了双方身体没问题,才去领的证。

结婚前一天,我还半开玩笑半认真地让他签了一个婚前协议,内容跟财产无关,只是约定了婚后不可以逼我生儿子、生二胎,主要由男方负责节育以及双方婚后都不能出轨,如果出轨了要赔偿对方一百万之类的事项。我知道这些条款根本没有约束作用,但我还是想试探下,他是否愿意签。我总觉得,如果他愿意签,那大概也能做到吧。

可以说,要和这个人结婚之前,我的考察工作做得还算周全,只可惜啊,百密一疏。而且承诺这玩意儿,本就是用来背叛的。

领了证,当天下午我们去拍婚纱照。婚纱照,我选的是最便宜的套餐，担心让他破费太多。天气有点热，我们的婚纱照整整拍了一下午。两个即将踏入婚姻殿堂的男女，在摄影师的指引下，摆出各种甜蜜的互动姿势。

照片出来时，他没空陪我去取，我自己去挑的，然后自己打车扛回家，挂在了我的小房子里。

取照片的时候，我还在想，把婚纱照挂在床头有什么意义呢？现在我明白了，意义可能还是有点的，主要就是镇宅和辟邪。两个人结婚是一个新家庭的起源，挂在床头的婚纱照是拿来镇宅的。夫妻一方若是出轨，出轨的人在家里偷情时，看到床头的相片定会瘆得慌，这时候的婚纱照是拿来辟邪的。

王木木出轨后，没有把那个女人带到我床上来，他们没有在我们的婚纱照下面干那些苟且之事，这是唯一能让我感到欣慰的事情了。

离婚时，婚纱照成了一个比较尴尬的存在，我丢也不是，留也不是。丢出去，我担心垃圾场的污渍污染了画面上我的脸。不丢吧，放在家里又闹心。我只好先把我们的婚纱照从床头取下来，扔到了床底下，搬家时才扔进了垃圾桶。

领证后，王木木正式搬过来跟我住。来之前，他爸妈、姐弟都来我的小房子里看了一圈。房子虽小，但离我上班的地点近，一对小夫妻住的话，也够用了。

我安排两家父母见面，请王木木的家人吃云南菜，虽然双方语言不通，但对彼此的善意都挺充足，双方父母都为儿女终于找到对象而感到高兴。

和王木木领证结婚后，我确实度过了一段幸福得发晕的时光。我甚至觉得，自己上辈子肯定是拯救了银河系才会遇上王木木那么"好"的一个人。那时候，他已经辞掉了上一份工作，准备要创业，但新的公司地址没找好。有一小段时间，他都在家里办公。他做的工作，我不大懂，但我很喜欢看他认真工作的样子，觉得我们这个小家发财致富的希望都在他身上了。

工作日我没有回家午休的习惯，但因为他在家里办公，我还是每天中午跑回去，和他腻在一起。我们会相约一起看电影，哪里有便宜的电影看就去哪里。当时各大团购网站的厮杀很厉害，我们总是能秒杀到很便宜的东西。

有一次，黄原秒杀到一张一元钱的电影票，但他没空去，就给了我和王木木。我们愣是转了几趟公交去看，看完电影再手牵手回来。看电影过程中，他总是紧握着我的手，这让我感到幸福和安全。

每天晚上入睡前，我们都会听一段音乐。那会儿，王菲和陈奕迅唱的《因为爱情》很火，我们俩就在睡前听这首歌。我们也会一起做饭，我变着法地研究各种好吃的，他也会帮着洗碗、做家务。时不时地，我们还会邀请他的朋友、他的姐姐来家里玩，吃我们做的家常菜。

我真正找到了一种正在过日子的感觉。

结婚之前，我很忐忑，但真闭着眼睛嫁了以后，反倒没有了纠结和挑剔。反正，是好是歹也就那么一回事了，就安心去过日子吧。

从一段让我筋疲力尽的感情中逃出来，我很珍惜婚后的幸福。我早就不希求什么刻骨铭心、天崩地裂的爱情，就是发自内心地觉得，晚上回家有人陪吃晚餐，做噩梦的时候有人抱紧我，平素里有个人对我嘘寒问暖，就够了。过日子，要寻死觅活的干什么？又不是演戏。我也不想上电视表演什么此生只有你，俩人能恰巧补充上对方的弱点，让日子过得顺当，别老出岔子就行了。玩过山车、海盗船式的爱情，那是我 25 岁前干的事情。

日子就是很平淡地过，当然也会有一些感动穿插其间。这些感动，在我未曾经历过去七年的情感劫难之前，我可能觉得习以为常，是男人该做的；婚后，我却很感恩，因为我知道，这世界上没有人有义务无缘无故对你好。

王木木那时候对我好到哪种程度？他开始上班后，每天都起得比我早，他最常跟我说的一句话是："胖妞，你就是我奋斗的最大动力。"每次晚上洗澡完，他都会在被水蒸气蒙上一层雾的镜面上写字：我爱你，艾凌。

他说天天写，但我没注意过。有一次我注意到了，跟他说："你太幼稚了，写这个有什么意思呢？还不如直接把我的牙膏挤好实在点。"

说者无心，听者有意，以后每次我去刷牙，几乎都能看到他帮我挤好牙膏，甚至连刷牙杯里的水他都给我接满了。

每天早上七点四十，他会准时打电话叫醒我，一天不落。我说："我手机可以设闹钟的呀。"他说："我叫你起床和闹钟叫你起床，能一样吗？从现在开始，我希望你每天早上一起床就能听到我的声音。"

跟一个阅历比自己少、想法比自己幼稚一点的"弟弟"过日子，撒娇固然不可少，省得他与生俱来的男子汉气概无处施展。有时候，我也会在他面前示弱，让他觉得自己很有力量。

有几天，他回了老家，但因为和我分开了几天，比较想念我，又提前跑了回来。恋爱荷尔蒙还没有分泌完的人，都是这样的。

有点不好意思的是，那会儿前段感情留给我的后遗症还在。我总是做梦，经常会梦见夏宇。一梦到他，我就会做噩梦，噩梦醒来以后就觉得很悲伤。有天晚上，王木木就躺在我身边，但我却梦见自己在跟夏宇吵架，吵得筋疲力尽、泣不成声。在梦里我说错了一句话，夏宇就来掐我脖子。我想哭哭不出，想逃逃不了，想叫叫不出声。将醒未醒之际，身躯和四肢难以动弹。几经挣扎，我才完全清醒过来，整个人像是被人打了一顿似的。

我还梦见过黎山，在梦里我根本不敢正眼看他，他一直追着我要个说法，我不停在逃。

事实上，不管是夏宇还是黎山，他们虽然曾带给我很多不快乐的回忆，但好歹都曾陪我走过一程，也暖过我的心。但不知道为什么，他们一出现在我梦境里，永远是一副凶神恶煞的样子。婚后我还会梦到他们，总觉得有点对不起王木木，可是做梦是我无法控制的。

肉体的伤其实是最好治愈的，因为它显而易见，而心灵的创伤却隐藏在看不见的地方，不易察觉。那时候，我体会着新婚的幸福，但其实内心深处还是有以往情感经历留给我的创伤。

有天晚上，我梦见跟王木木吵架了，我们谁都没搭理谁。早上起床，我看到他背对我睡着，半睡半醒之间以为是真的，居然哭了起来。王木木被惊醒，抱着我哄了半天，但我的眼泪还是忍不住吧嗒吧嗒掉下来。我也不知道自己是怎么了，就是觉得人生无常，随时都会变天似的。

我的恋爱经历告诉我：每当我刚啮摸出幸福的滋味时，总会发生一些突如其来的事情，让幸福骤然中止。我甚至已经习惯了这样的生活，以至于我觉得只要我一幸福了，必定会有不幸的事情接踵而来。和王木木过得这般幸福，我也很害怕，有一种深深的不配感。

想想也是啊，我都不知道自己是怎么从前一段让我筋疲力尽的感情中爬出来的。那时候，我只觉得那条暗黑的隧道好漫长啊，像是永远都看不到光明似的。

王木木摸了摸我的头，告诉我："过去的，都过去了。我在呢，有我在呢，胖妞。"然后，我真的心安起来。和夏宇关系最差的时候,我吃了那么多的助眠药和抗抑郁药,那些激素类药物导致我不断发胖,可王木木居然没嫌弃我,还亲切地叫我"胖妞"。

我供职的单位,有领证结婚后就要给同事们派喜糖的习俗。领证后几天,我和王木木一起去采购了一批喜糖,又采购了一批喜糖包,晚上就坐在灯下包喜糖,准备第二天给同事们。

王木木不让我插手,说他搞定就行了,他娶我就是为了让我做皇太后的。我乐不可支,躺在沙发上,看着他坐在地上包喜糖的背影,再次觉得自己真是嫁对人了。

第二天早上,那些喜糖都是王木木帮着提到单位的,虽然都不算沉,但他还是很坚持。我跟他说:"装修房子的时候我一个人都抬过很重的瓷砖,这点我能搞定。"他说:"现在有我在,就不一样了。你是我老婆了,我该对你更好。"

我看着他又想哭,真希望可以一直这样走下去,我不求百年好合,只求不要再分手。

话虽如此,我还是觉得这幸福来得太快。一个人坐着的时候,我有点恍惚:这是真的吗?从此以后,我是不是可以不用再一个人孤独地坐着哭到深夜了?我的生命里真的多了一个疼我、爱我的人吗?

我安慰自己,在这个世界上,总有一些人是来"耗"你的,他不给你那些伤害,你就无法收获成长。也有一些人是来"渡"你的,他像一艘船,将你渡到彼岸。河岸,象征着一个航程的结束,一段旅程的开始。我惊魂未定地站在那里,难免会涌起后怕,但这是正常的。而且,有了王木木这个"渡"我的人,我不应该再害怕了啊。

上部

18

婚后，王木木智齿发炎，拔过一次智齿。他拔智齿的时候，我根本没空陪他，但是他每隔一小段时间就给我发来一张照片，不停跟我汇报进展。

"老婆，我刚拔完。"

"老婆，你看我的腮肿得多大，都不帅了。"

"老婆，我今天嘴巴疼，吸气都疼。"

"老婆，我感觉好多了。"

"老婆，我今天长这样，你记住我的样子了吗？"

之前我跟他说过，每次他不在我身边时，我总是感觉自己记不清他的样子。他就真的听进去了，时不时通过彩信发他的照片给我。

结婚后，我想要个孩子，为此我还去做了全面的身体检查，包括牙齿。医生见到我两颗全埋伏智齿，建议我拔掉。在那两颗牙齿不疼不痒的前提下，我还真做了拔除智齿的决定。

拔第一颗智齿的时候，遇上一个手艺不大好的医生，拔完后我疼痛无比，那是一种惨绝人寰的体验。我低烧不断，嘴张不大开，吃东西的时候感觉满嘴牙齿没一颗是自己的，足足疼了我四五天。疼到最极致的时候，我哭着在床上打滚。

王木木自始至终陪着我，给我煮粥，给我冷敷，"贤惠"得很。

拔第二颗智齿，我不敢轻视，我妈也叮嘱王木木要照顾好我，所以，是他陪着我去的。这回我选对了医院和医生，没什么感觉。

婚后三个月，是我觉得人生中最岁月静好的一段时光。

和夏宇在一起，起初是因为无法抗拒他对我的好，而不是我有多喜欢他。和黎山在一起,是因为我想证明离开了夏宇,照样有人爱我。我跟他们两个人,都谈不上真心相爱,但婚后三个月,我在王木木这里体会到了真心相爱是什么感觉。有时走在半路上,一想起王木木,我心里就觉得温暖,想笑出声来。

有一天,我跟王木木去逛宜家,走到卖香烛那里,他忽然说了一句:"来吻一下吧。"

我看周边没人,凑上去"吧唧"亲了他的脸一下。他愣在原地,笑嘻嘻看着我,手指着一个广告牌。我转过身去看,才发现他当时其实正在念香烛的广告,广告语是:来闻一下吧。

当下,我各种囧,心想:没见过普通话说得那么不标准的人。

那时候,我很喜欢听刘若英的那首《当爱在靠近》。歌词有这样一句:如果我是真的,决定付出我的心,能不能有人告诉他,别让我伤心。王木木说:"我知道你在情感中吃了很多的苦,但你现在有我了,我不会再让你伤心了。"

那时候,我真的觉得自己找到了全世界最好的男人,而且他有一颗单纯地爱着我的心。

一个朋友知道我结婚了,在QQ上问我为什么选择的是他,而不是一个更成熟的男人。

我在对话框里打了一段长长的话:

"随着我们年纪越来越大,我们的择偶范围会越来越窄。而且人的心也会在挑剔和选择中改变。谁没有个过去呢,谁没有个沧海桑田呢?男人经历多了,也会跟我们一样变疲了的。如果他们对别人的那种'笨笨的好'已经被榨干,我们要那样一个饱经沧桑的躯壳有什么用?

"我相亲很多次,见过各式各样的男人,事业有成的、成熟踏实的、有事业心的、才貌双全的，甚至有基本能达到我所有预先设定择偶要求的，但我总觉得他们缺了点什么。是的，他们缺的就是一份单纯的心，他们世故地看我的眼光，让我害怕。我总觉得，那样的爱不是纯粹的，我怀疑那样的婚姻的质量。

"过去的很长时间，我不断去相亲，而且在相亲的时候，首先把条件摆在桌面上，但我发现，所有预设的标准和条件，都是为了挡住你不喜欢的人。等真正让你能接受的人出现了，什么条件啊，都是浮云！女人考虑婚姻的唯一条件，应该就是你爱不爱他，他爱不爱你，他是不是真心真意对你，你跟他在一起会不会有压力、会不会快乐，而不是他拥有什么。在这个世界上，没有任何一个人可以无缘无故对你那么好。也正因为如此，那些不计回报的付出，才更值得珍视。

"过去的，已经过去，不再属于我。未来的完美，属于未来，属于我自己的想象。完美的男人，我未必有运气遇到，遇到了人也未必会爱我。我不再拿王木木去跟前男友做比较，也不拿他去跟我心里幻想出来的完美男人做比较，因为我觉得他就是最完美的。好吧，我承认，这么长时间过去，我总算活得遵从内心了。现在，跟王木木在一起，我感到安心并且温暖，这就够了。只要爱对了人，每一天都将会是情人节。"

婚后三个月，我和王木木基本上没有闹过别扭。

我动不动就想挂在他的身上，动不动就想扑过去亲吻他。两个人就躺在沙发上瞎聊，我也经常被他笑到要岔气。他叫我"胖妞"或是"老婆"，常跟我说一些很"中二"的话，而我在智商上完全可以碾压他。

王木木知道我喜欢听许巍，还给我找了一些CD。他知道我和夏宇就是因为许巍而结缘的，但他没有丝毫的控制欲、嫉妒心，依然愿意投我所好。

我不喜欢吃的饭菜,都会丢他碗里,他一一笑纳,还跟我表态说:"胖妞,以后你不吃的东西,都给我吃。"

那时候,我觉得他连走路的姿势都很帅。每天早上醒来,我甚觉爱他。

这种感觉,是过去没有过的。欢喜,圆满,就是那段时间我唯一的感受。

有一回,我偶然偷瞄到他和黄原的聊天,他居然在背后跟黄原说:"艾凌这一路走来,真的挺不容易的。她一个外地人,来到这个城市,什么依靠都没有,一步步靠自己的努力打拼到今天。之前,她感情也不大顺利,受了很多伤,我很遗憾那些年没有遇见她。现在,她成为我的妻子,我发誓要让她幸福。"

看到这些话,我哭了。是幸福的眼泪,因为他说的这些话真的治愈了我内心的脆弱。

我不到一岁就被送去了外婆家,6岁才回到父母身边上学,寒暑假又去了外婆家,父母缘确实比较薄;11岁,我开始住校,而家里穷到每学期一开学我就担心自己会因为交不上学费而辍学;17岁,连火车都没见过的我一个人杀去北京上大学;找工作、买房装修等,从来没跟父母要过一分钱,没跟父母叫过一声苦。大学毕业刚到广东找工作的时候,我睡过火车站,住过拥挤杂乱的城中村,抱着一大堆简历汗流浃背地跑过招聘会。当时我压力特别大,我觉得全家人的命运都在我身上了,如果找不到工作我还不如去死。在招聘会上,简历送上去又被丢出来的时候,我蹲在路边涕泪滂沱。

没有被命运毒打过的王木木,居然能看到我的这些"不容易"。

一个人能"看见"你,就是一种疗愈力量。对于胃口很大的大象来说,它需要的可能是一座金色的宫殿,但对我这样的蚂蚁而言,一点小面包屑就让我很满足了。王木木就是我的那点小面包屑,而他还是我的丈夫，这是多幸运的一件事啊。我再也不必担心会随随便便被提分手了，再也不用担心哪个男人只把我当备胎和床伴了。我和王木木，就是合法的夫妻，我们可以肩并肩、手牵手地走在阳光下、走在人群中，接受全世界的祝福。

那时候，我真的很认同这么一段话："要死要活的爱情，不过是你死我活。而婚姻则是不辨你我，变成一根绳上的蚂蚱。这种情势比起爱情这种情绪，显见来得稳定多了。作为命运共同体，一定要在你爱我、我爱你之余，找到类似同谋共犯的感觉。这样，你才会珍惜他所有的好，而轻易原谅他所有的不好。换句话说，从此不辨是非。"

有朋友恐婚，我还这么去劝她们：婚姻这事就好像蹦极，很多人往往在下面看的时候就被吓死了。事到临头站在悬崖边上，也会腿肚子转筋，但是只要忘记那个"怕"字，咬牙狠心朝下一跳——得咧，您就爽吧。之后的日子里，就更不知道什么叫怕了，因为无论再有什么事再有什么情绪，都有另外一个人替你分担着，你们也由此从恋人变成家人。不会再有"我"对"你"，只有"我们"对"其他"。你们的注意力转移了，一致对外了，那两个人之间还有什么可计较和纠结的，从此过上了互相依靠、耍赖、扶植、陪伴的日子。多好啊。

我跟聂琳说："结婚对女人心理的影响是不言而喻的，我目前觉得一切都挺好的。我相信未来也会挺好的，即便有不好的地方，我也不怕了。"

婚后，虽然还会有诸多的小紧张和小怀疑，但我清楚地感觉到自己的心变得越来越平和。我很庆幸，我终于可以过上白开水一样平淡的但是细水长流的生活了，可我并不知道，这门婚姻已经暗藏危机，只是兀自还沉浸在幸福之中。

19

婚后有一段时间,我突然对做菜产生了浓烈的兴趣,变着法地研究新菜。

有一次,去公婆家吃饭,我还带了我自己捣鼓的新菜式过去。席间,我听不大懂婆家人说的方言,但我还是能猜出来大概意思。

我听到他妈妈说了一句:"你看你都瘦了,你老婆是不是不给你做饭吃?"

我一听这话,心里就感到不舒服,但我没有当场发作。从婆家离开的时候,我扯着他理论:"你妈什么意思?什么时候给你做饭吃,变成我的义务了?"

他就不停地打哈哈,说他妈不是这个意思。现在想来,他妈是他妈,他是他,我计较个什么啊?不过,这一顿吵,也让他大概明白了我不是一个会服侍男人的主,尤其是外人觉得我有义务服侍男人的时候,我更会掀桌子。

那时候,王朵朵正在闹离婚。那个男人也曾经发誓要对她好,但后来却因为她生了一场病,就开始嫌弃她,担心她没法为他们家传宗接代。

对这种男人及其家庭,我是发自内心鄙视的。这些婆家真的只把儿媳当成是生育工具,媳妇对他们而言只是稻谷的糠皮,稻米出来了,糠皮也该弃了,真当自个儿家是在选妃呢。

早在我们拍拖的时候,王朵朵就生病了,王木木去医院陪床,当时我就很讶异:"这种事情不应该是你姐夫做吗?为什么是你?"

王木木回答:"姐夫很忙。"

我说:"他再忙,自己老婆生病了,不应该陪在旁边吗?就做着一份普通的工作而已,还能忙上天?"

那时候,王木木是会把我当成自己人的,他把我拉入一个QQ群,参与对这件事情的讨论。我则用自己的婚姻法知识,解答他姐姐离婚时可能会涉及的财产分割问题。

对于王朵朵来说,那应该是人生中最灰暗的一段时光。自己生了病,不知道能不能治好,又被丈夫和婆家厌弃。光想想,我都觉得挺气愤的。如果她是跟我相处多年的闺蜜,我可能真会忍不住跑去臭骂男方一顿。

姐姐的婚变带给王木木很大的触动,他跟我说:"老婆,我们可一定要好好的,我觉得离婚是一件很恐怖的事情。"

我摸摸他的头说:"不会的。我们不会离婚的。"

有个周末,我感冒了,我希望王木木能在家陪陪我,可他却回了自己家,说是他姐姐很伤心,在家里哭,他要去陪姐姐。我顿时有点不悦,因为我觉得他把我排在他姐姐后面。

我问他:"你是我老公,在我这里具有不可替代的唯一性,而你是她的亲人,你不陪她,你其他家人也会陪着她。再者,陪我和陪她,这两件事是冲突的吗?你不能一起陪吗?"

王木木连连解释:"我是担心我们的甜蜜会刺痛她。"

到底还处于情人眼里出西施的阶段,听他这么一说,我顿时没气了,只觉得这男人心思细腻。而且那一次,陪完姐姐,他很快就坐公交车回来了。王朵朵给了他两张电影票,王木木拿了票就邀我出去看。那部电影非常难看,但我们全程手拉手,甚感甜蜜。

还有一次,我们相约出去短途旅游,算是短途蜜月游。去到目的地,我们去泡温泉,还做了鱼疗。我正玩得开心呢,他突然跟我说:"如果把姐姐带过来就好了。她心情不好,应该出来放松放松。"

我说:"可是,这是蜜月游啊,你带你姐姐干吗?我更需要跟你独处的时间。"

他用开玩笑的口吻说我小气,我说:"这不关小气不小气的事,是你没搞清楚每次出游都有一个主要目的。"

离婚后的某一天,我突然意识到,王木木之所以会爱上我,可能也是因为有心理投射,他把"一个姐姐"的形象投射到了我身上。在他面前,我永远只能是姐姐,一旦我表现出有妹妹才会有的脆弱和无助,他就会对我退避三舍。

我也有通过吵架来确认他是否还在乎我的时候。

我去公婆家吃饭,公婆从不让我帮手,只是不停叮嘱我多吃,可是因为婆婆听不大懂普通话,我跟婆婆几乎没办法交流。在公婆家待着,如果王木木不搭理我,我就感到有点孤独。

有一次,我百无聊赖待在他的小房间,他在客厅里跟家人热火朝天地聊着些什么。我感觉自己像是被全世界遗忘了一样,突然难过了起来。

我不由自主地拿我的老家跟他们对比了起来。老家人对待远方来的客人,那叫一个热情好客。哪怕语言不通,他们也会对外来人充满好奇,不停问东问西,帮客人减少局促感。相比之下,他们家待人就冷淡很多。当然,你也可以说他们只是慢热。这也让我想起自己在黎山家被排挤在外的时候。

过往的生活经验告诉我,某些上了年纪的老人家,多少会有点排外心理。即使家里条件不怎么样,如果儿子娶的老婆是外省的,也会本能持不看好的态度。在他们眼里,说普通话的人都是"北佬",外省都是贫穷的、落后的。很多老人家会对本地人抱有天然的亲近感,对外地人则抱有敌意,虽然他们本身可能都没出过省,但这并不妨碍他们认为外地人都是捞女、捞仔。在他们的逻辑里,北佬们若不是特别穷,怎么会不在自己老家好好待着,而要跑到老广们的地盘上谋食呢?哪怕你是北京人、上海人,他们也会认为你是被北京、上海淘汰掉的那一类。你若是想嫁给自家儿子、女儿,那你一定是有所图,想捞点什么。

像我这种考过状元、上过大学、在金融行业工作、收入不低、婚前就购入房产的"北佬",在一些老人家眼里,可能还不如一个高中毕业、在超市里做收银工作、会说本地话、会做本地饭的本地姑娘金贵,让人放心。

我不知道王木木的父母是怎么看待我的,但那一次我的心情顿时变得低落了起来。王木木和他的家人在客厅聊得越是开心,我在小房间里越觉得孤独。

想到我离父母这么远,却不能陪伴他们左右,而王木木对我的热度肯定会随着时间流逝而消散,我眼泪就滚落下来。王木木发现了,进房间来哄我,但他大概是觉得我矫情,哄了两分钟就又出去了。

他一走,我更是觉得房间冷如冰窖,一刻也不想待。

我心想:你不是不在乎我吗?那我走还不行吗?我二话不说,收拾好随身物品,连招呼都没跟他家人打,就直接跑了出去。我是希望王木木出来追我来着,可是我都跑到楼下了,依然不见他人影。

我在楼下徘徊了一分钟左右,还是不见他追来。怎么办?我不可能又灰溜溜地跑回去吧?这一下,我的赌气变成真生气了。直到我都快走出了小区,我才看到他穿着拖鞋远远地追了出来。

那会儿我在气头上,我就是想测试他能对我耐心到哪种程度,就伸手打了个车,让司机把我载回家。我坐进车里,偷偷往后瞄了一眼,发现他根本没有再打车追我的迹象,而是傻呆呆地站在原地。

回到家里,我打开QQ,发现他发来长长的一段解释的文字,大意是说，他看到我走了的时候，心都要碎了。他解释说，他跟我在一起，不是看上我的外在条件，而只是单纯地喜欢我。看到这些话，我没有回复，只是心满意足地睡去了。知道他还是在乎我的，我也就放心了。

而我那时候并不知道，我不打招呼就赌气跑出去的这个行为，在婆家人看来是极端无礼的。原本是小夫妻之间闹的一次别扭，一旦你要上纲上线给它下一个定义、扣一顶帽子，谁也挨不住。我那时竟没觉得这是多大的问题，只是觉得自己"小作"了一下而已。

我也知道，作也得讲个度，小作、少作怡情，大作、作多了伤心。一个女人作，大多是因为她还年轻，有力气作，而且她的作那会儿还有人愿意买单。真要是年纪大了，或是没有观众、对手了，她也就作不起来了。

我是从什么时候开始发现多作无用的呢？大概是婚后两个月，为了一个鸡毛蒜皮的事情，我和王木木吵了起来。吵完以后，我就去了阳台，等着他来哄，结果等了老半天，我腿肚子被蚊子咬得满是包，他还是不来。

我气呼呼地走进卧室，发现他蜷缩着躺在床上，一副可怜巴巴等着我哄的样子，当时我就被气得七窍生烟。从那以后，我就不想作了。跟这种小弟弟结婚，也别指望他能来哄我，他不需要我哄，就万事大吉了。

20

从认识到结婚，我和王木木从来没有为经济问题吵过架。结婚之前，我们都没觉得这是一个多大的问题。我真的是害怕独居生活，才会觉得婚后有人陪我吃住也就是多双筷子的问题。我原先一个人住的时候，房贷、养家等这些花销，也都是要出的。婚后，这些钱由我继续出，我不觉得有什么问题，何况我供的也是自己婚前的房子。

和王木木结婚的时候，我正在读在职研究生。在认识他之前，我买房子没多久，后来刚有点积蓄，又都借给弟弟买房了，以至于婚后有好长一段时间，我在经济上一直处于捉襟见肘的状态。和王木木出游，我都不敢选省外的地方，怕贵。我们的求婚仪式定在三亚，但两个人来回的机票也就花了不到三千元钱，是他出的钱。剩下的住宿、吃饭、游玩则主要是我花钱，花了两千来块。

花钱一时爽，没钱火葬场。很快，我才想起来，在职研究生的学费要交了，三年的总学费是7.5万，最后一笔是2.5万，可我数了数兜里的钱，还差1.5万的缺口。

婚后我们有谈到钻戒问题，虽然我不觉得这是结婚的必须，但看别人都有，我也想拥有一个。可是眼下我们都没什么钱，还有更要紧的用钱的地方，而钻戒不实用，想必买来以后我也不喜欢戴。我突然想到如果把买钻戒的钱拿去交学费，那么学费就是"钻戒"，就是金钱资源配置的最优化。

我把这个想法跟王木木一沟通，他也同意。就这样，不知道他从哪儿弄到了一万多块钱给了我，我兴冲冲跑去把学费交了。

我当时还想，别人结婚有钻戒，而我结婚的钻戒是读研的学费，这是一个多有意义的结婚礼物啊，根本不落俗套。再一想到王木木这么支持我学习深造、提升自我，我做梦都要笑出来。我根本没想到，这会成为以后我和他家人产生矛盾的一个导火索。

而这一切的根源，就在于王木木当时根本没钱，但是因为我提了这种要求，他觉得他有义务要满足我，但是又不好意思跟家里人拿钱，只好向别人借了这笔钱。事后，他借钱的事情被他爸知道了，于是我就成了一个不停从丈夫那里搞钱的拜金女。而我也是在后来和他家人发生冲突的时候，才知道他瞒着我借钱的事，才知道他甚至没有实现真正意义上的经济独立。

对于已建立小家庭的夫妻来说，任何一方经济不够独立，都是一个很严重的问题。但是，在婚前考察阶段，我太以己度人了，我总以为他跟我一样，每花一笔钱都可以自己说了算。

而比这个问题更严重的是，在遇到这些事情的时候，他并没有对我坦诚相待。我甚至连他每个月真实的收入水平都不知道。如果我知道他没钱，就那么点学费，我找领导、同事周转一下，也就周转开了。我已经参加工作六年，而且又是在平均薪资水平较高的金融机构工作，我何须为了区区 1.5 万元背负上那么沉重的骂名？

每次我们的婚姻遇到了问题，他的第一反应是隐瞒，而不是开诚布公跟我沟通，这也成了我们这段婚姻最终走向溃败的原因之一。

只是，虽然丧钟已经敲响，但那时的我浑然不知，还沉浸在自以为是的幸福里呢。

和王木木领证之后，办婚礼的事情也被提上了日程。

那时候，我也是一个"简婚"支持者，觉得两个人这么累地办一场婚礼，意义何在？把这些钱省下来去旅游或者买个单反多实在。小两口自己过好日子就行了，为什么要如此兴师动众？

可是，领了结婚证，得到了法律的认可后，我老听亲戚朋友们在耳边念叨："你们什么时候摆酒啊？领证不算结婚的，你还是得办一场，不然将来变老变丑了，再穿婚纱就不好看了。"

聂琳跟我说："结婚仪式，可以不讲排场、不奢侈，但绝对不是可有可无的。你想啊，大家通过一系列烦琐的流程庆祝新人的结合，也会让新人们感受到婚姻的神圣，强化彼此的责任感。"

我问她:"可也有很多婚礼办得挺好的人,最后离婚了啊。婚礼与婚后幸福似乎并没有必然的联系,婚礼只是一种形式,而婚后的日子才更重要。"

聂琳说:"那我说句不中听的。比如殡葬仪式,一个人死了就死了,直接埋了不得了?弄个仪式,一是因为对死亡的敬畏之心,二是因为对死者的尊敬之心。至少在那样一天,他的人生才有了一个像样的谢幕。就连我们参加各类比赛,都会有一个颁奖仪式,都是为了强化一种庄严的感觉。婚姻对女人而言是大事,草草了之,未免让人觉得这件事情不重要。"

聂琳和杨帆办婚礼的时候,我也去了。他们那会儿也没有太多钱,婚礼办得简单却有趣。婚礼司仪让杨帆和聂琳抢吃苹果,杨帆之意却不在苹果,他找准机会就往聂琳脸上狂啃的样子,逗得所有人哈哈大笑。

或许也是因为婚礼带给聂琳诸多美好的回忆,她希望我也能有。我顿时也觉得聂琳说的很有道理,想象了一下婚纱穿在身上的样子,竟然有点兴奋。再看了看自己的粗胳膊,我做了一个伟大的决定:减肥。

婚期定在领证后的第三个月,我开始节食,每天晚上坚持少吃或不吃晚饭。但是因为王朵朵生病,要做手术,我们的婚期被连续推迟了两次。第一次被推迟的时候,我还不太在乎,推迟就推迟吧,我也能争取多一点的时间去做准备。第二次被推迟的时候,我心生不悦,那会儿我已经发出去了一部分请柬,而且一场婚礼,新郎新娘才是主角,一而再、再而三地推迟,实在没什么必要。何况,要跟已经收到请柬的朋友解释,也有点麻烦。当然,这并没有太影响我的心情,因为那时候我发出去的请柬并不很多。

那期间,我还跟王木木一起参加了他一个亲戚的草地婚礼。一群人就简简单单地在江边一家餐厅里吃了顿简餐,围观了一下新人的结婚仪式。

王木木家的亲戚知道我们领证了,就问我们:"你们什么时候办呀?"

我们笑眯眯地回答:"快了,到时候你可得来啊。"

天气凉起来的时候,我陪王木木和他妈妈去见了他的舅公。我们在公园里晃荡了一下午,回到家里我还往QQ空间里上传了照片,其中有一张婆婆的合影,我跟朋友们说:"虽然我跟婆婆语言不通,但我觉得她人很好呀。"

延迟了两次的婚礼,终于要到来了。

王木木家给了我9999元的彩礼,我表达了一下惊愕:"这么少?"

话一出口,我又觉得自己情商很低。我发誓,我当时只是觉得有点惊讶,因为在我老家,这点彩礼钱确实很少。老家农村过彩礼都是好几万,我觉得像广州这样的城市,怎么着也得三万起。我并不知道,在他老家,大部分人给新娘子过的彩礼也就是一万左右。

事实上,在我们感情还算浓烈的阶段,我根本没在乎过这个问题,只是心直口快。即使他们家过的是几十万的彩礼,我爸妈也一分钱不会要,会全部返回到我们夫妻身上。但是,我的反应明显让王木木不愉快了。

他突然说:"那你家是卖女儿吗?我姐姐结婚的时候,姐夫家过的彩礼也就是一万。"

我简直气到想打人,我连说一句"这么少",他都要上纲上线。不过,到底还处于蜜月期,这种不愉快的小插曲,说开了也就过去了。我只是没想到,他居然把我的这个反应原本原样地告诉给了婆家人。换而言之,婆家人对我的不喜欢,从那时候就埋下祸根,而我却不知情。

婆家请人算了卦后,最终婚礼的日期定在九月末,一个星期五。

好事多磨,这次应该是来真格儿的了,既然已经确定了日子,那就去准备结婚用品吧。我嫌租婚纱太麻烦,就跑去婚纱批发市场挑,挑了一件香槟色的,成交价格三百块。

那天的太阳特别大、天气特别热,我和王木木手牵手在婚纱一条街逛了老半天,选购了很多结婚用的礼品。回到家时,我的腿都要断了。

王木木的哥们儿打来电话,约他出去玩,他就先把我和东西送回家,屁颠屁颠跑去赴会了。我那时候没想到,这种状态后来竟成了我们婚姻生活中的常态。他总有一堆令他丢不下的哥们儿,总有一些聚会缺了他就没法运转。

婚纱快递到家以后,我试穿了下,觉得小了,就找了个下班后的时间,跟王木木一起去改婚纱。那地方很远,而那会儿我们还没有车,两个人都没来得及吃晚饭,坐公交、转地铁,终于到达一个制衣作坊。在人潮汹涌的地铁里,我搂着他的腰的时候还在想,命运真神奇啊,以后我就要和这个人在一起一辈子了。

去到目的地的时候,天已经黑了,我们先在一家小食店买了一点萝卜牛杂。两个人吃一份,他照例把肉都给我吃,自己光吃大萝卜。我们牵着手沿着那条逼仄而污水横流的路,一直走到尽头,才找到一个泛着昏黄灯光的作坊。我让老板娘在婚纱背后加了一些布料,再钻进一个物品摆放得杂乱无章的、到处散发着布料刺鼻味道的试衣间里试穿了下,感觉这下总算合身了,于是挽着他的手心满意足地回家。

有了婚纱,还需要一个皇冠。没什么钱,我只能在网上看。卖皇冠的网页,做得美轮美奂,文案是这么写的:结婚,一生只有一回的美好日子。新娘,一生需要相依相伴的女人。要不就是这么写:

情定一生，我们有了爱的人生。海枯石烂，你是我心中最美的灿烂。一生一次，我要让你做我最美的新娘……

文案写得那么美，卖的却是定价九块九的新娘皇冠头饰。我兴奋地挑选着，想着都是一次性用品，自然一点也不觉得寒酸。王木木大概是觉得不该这么委屈我，在我生日那天给我买了一个质地好一点的皇冠，作为生日礼物送给我。对当时的他而言，大概也是他经济承受能力范围内能买得最贵的了。可是，拿到礼物的时候，我竟有点生气，因为我觉得他买贵了，我们为此又吵了一架。

他想给我最好的，我却不领情，所以他觉得委屈。而我却只想着婚后花钱的地方很多，这种就用一次的东西，不该这么浪费钱。

不过，这只是寻常情侣间的一点点小矛盾。我知道他是为我好，他也知道我是为了我们将来的小家好，不至于会升级成大矛盾。

婚纱和皇冠都有了，我还得买一件敬酒穿的红旗袍。我在网上淘了两件，寄到以后发现上身后像个饭店的迎宾小姐，索性退了。

那会儿，物流还没有现在这般发达，在网上买一件东西，往往需要等待个四五天，不合适再退掉，这样一来一回得好几天。我把这事跟聂琳一聊，她说："结婚这么大的事，你就别省了。给账号来，我打钱给你，我送你套好的。"

几分钟以后，我账户上多了一千块。她还陪我去逛商场，我挑中了一件红旗袍，售价一千三，那是我长那么大以来，买得最贵的一件衣服。

聂琳说："艾凌，你穿上这衣服真的很好看。"

乔桑寄给我一套全新的餐具，她说："看你这一路走过来，可真不容易，情感上吃了那么多的苦头，如今觅得好郎君，日后好好跟他过日子吧，愿你以后三餐一宿都有人陪。"

酒店是我和王木木亲自去挑选的。大热天的，我们坐公交考察了好几家酒店，最后确定了珠江边的一家。

为考察酒店环境和设施,我专程跑了两趟。考虑到经济承受能力,我们点了那家酒店最低端的婚宴菜牌,并下了定金。获知酒店还附送婚车,两个人像占了大便宜般兴奋了很久。

万事俱备,只欠东风。我花两天的时间精心制作了一封婚礼电子邀请函,配乐是苏打绿的《相信》。

聂琳看了之后说:"我太感动了,生活中已经比较少你们这样单纯的孩子了。"

乔桑看到我在电子邀请函里写了"幸福就是,在一起,走下去"几个字后,大为触动,也说:"艾凌,我太感动了,你要幸福。"

我把请柬发给了所有我这边的人,包括我的同事、领导,我还邀请了我的领导当我的证婚人,领导也特别欣喜地答应了。半个职场的同事,都答应来参加我的婚礼。

我还给大学同学、老乡、朋友都广发了请柬。也就是说,只要是关系跟我尚可的人,几乎都知道了我要办婚礼了。我那时所想和所有初婚人士一样,人一辈子就结一次婚,既然要办,那就好好办一场吧。

那会儿的王木木忙着创业,大部分关于婚礼的准备事宜,全是我一手操办的。我也愿意做个贤内助,让他腾出精力去做他的事。

现在想想,什么是贤内助?贤内助主要助的是谁?横竖不是自己。所谓的贤内助,干的多是燃烧自己,照亮别人的活儿,到头来得一个贤内助的好名声。至于你干了这些活之后,人家会不会感恩,完全看良心。

可那时候,我到底是年轻,到底是没有这种做主角、不做配角的觉悟,我还真把做贤内助当成自己的婚姻理想来着。我也并不明白"一个人只会珍惜自己投入了精力的东西"这个道理。我的大包大揽,客观上助长了王木木对家庭事务坐享其成、置身事外的心理,也让他后来毫不珍惜我的劳动成果。

21

距婚礼还剩十几天的时候，我这边的请柬已经全部发完了，王木木也给他的朋友们发了请柬，但他家人还没有邀请任何人。

可就在这个节骨眼上，我和王木木爆发了一次非常激烈的争吵，为的当然是我一直无法说服自己容忍的老矛盾，也是我们两年婚姻中最大的也是最无法可调和的，甚至最终导致我们离婚的矛盾：他屡次和哥们儿玩到凌晨两三点才回家。

结婚后，他第一次玩到凌晨三点才回家，我忍了。男人嘛，偶尔出去玩一下，不小心喝大了也是可以理解的。那一次，他喝醉了，回家就跟我道歉，还抱着马桶吐。我给他准备了毛巾，扶他躺到床上，又给他倒了一杯热水，然后默默地爬到床上，躺在他身边，摸着他的脊背睡去。

第二次他又凌晨三点才回家。虽然我心里已经有些不爽，但还是努力说服自己要大度一些，婚姻不该成为彼此的牢笼，我们都可以去找各自的乐子。他轻手轻脚躺回到床上时，我还往他怀里钻了钻。

第三次他凌晨两三点钟回家，我已经憋着一股气，想要发作了。

我是一个睡眠很浅的人，甚至有过长达一两年的睡眠障碍，需要靠助眠药才能入睡。王木木玩到那么晚才回家，他再蹑手蹑脚，我还是能听到声音——他拿钥匙开门的声音，他走进房间的声音，他跑去洗澡的声音，他回到卧室、爬到床上的声音，我听得清清楚楚。

但我终究没有发作，只是想着睡觉要紧。他大概是觉得我的表现很乖，还在我额头上吻了一下。可是，他倒是呼呼大睡了，我被他这么一吵醒，就再也没法睡着。第二天六点多，他又爬起来去上班了。这体力我不得不服，但睡眠严重不足的我，只希望他原地爆炸。

第四次王木木凌晨两三点还不回家，我心里开始七上八下。

我很不喜欢这种感受，因为我不知道都这么晚了，他去了哪儿，他到底跟谁在一起……我完全睡不着了，心里的火气也越来越大。我已经无数次告诉过他，我睡眠不好，不要那么晚回家，但凡他能照顾一下我的身体和感受，都不会超过十二点还不回家。有哪个女人喜欢自己的丈夫经常玩到凌晨两三点钟都不归家？这还像个家吗？

等他回到家里，我开始跟他闹。我问他去哪儿了，他说一个哥们儿从外地过来，是很多年没见的朋友，大家去KTV里玩，这才晚回家了一些。

我说："我和你结婚之前，根本不知道婚后你会这样子。如果知道，我绝对不会嫁给这样的男人。你一次两次这样可以，但现在经常这样子，这日子我是跟你过不下去的。如果你改不掉，我又忍不了，我们只能离婚了。"

他说："不，老婆，我不想和你离婚，我是想要和你过一辈子的。"

他开始道歉，各种说好话。我看他可怜巴巴的样子，心头一软："你可以出去玩，但十二点之前必须给我回家。我睡眠浅，你不要扰我睡眠。"

他答应了。

直觉告诉我，他经常凌晨两三点钟才回家，就是我们婚姻中的一颗定时炸弹。如果能把它清除掉，我们就可以走下去。如果不可以，那它一定会成为我们婚姻中最大的毒瘤。

也就是说，如果这段婚姻要继续下去，要么我能忍，要么他能改。指望我忍，是不可能的。我们已经领了证，对彼此还有感情。事实上，只要他不出去玩到凌晨两三点钟才回家，我们平日里的生活还是很恩爱的。我不想失去这段婚姻，只能寄希望于他改。

我曾经把这事跟身边的朋友一讲，有两个女性朋友劝我："男人不都这样吗？我老公也是这样子的，几个大男人晚上出去打个牌、吃个烧烤啥的，能出什么事啊？男人都得要应酬的，天天待在家里你又会嫌他不上进。过日子，不就得睁一只眼闭一只眼嘛。"

这个劝说口吻，是不是很熟悉？在很多女人眼里，男人只要不搞外遇或者暂时没被你发现，只要还知道回家，那就还是好男人。如果你因此不爽，那就是你作、矫情、不给男人自由。

到底是年轻，我当时还真相信了这套话术。可我当时真的不认为男人到了凌晨还不归家、和哥们儿混在一起的行为，那叫上进。有了"上进"这层皮做包装，男人就可以玩得理直气壮。而在他外出期间，所有的家务、育儿责任都是女人的。

当这些话从男人嘴里说出来时，我还可以理解，毕竟他们要合理化自己的行为，但是，当女性自动自觉站出来要求你也跟她一样"识大体"时，我万分不解。

几年过去，这两位女性朋友的遭遇是怎样的呢？

第一个，前几年离婚了，因为她身体查出来有毛病，医生判定她很难受孕，丈夫没法接受她，非要离婚，她挽回无果，只好离了。

第二个，前段时间在微信上跟我吐槽说她想离婚，她说："我跟男领导、男同事一起出个差，早上起床稍微化了点淡妆，他就问我是不是出轨了。几年了，两个孩子全是我一个人带大，他天天晚上出去打麻将不归家，我就是有心，可哪里找得到空子出轨？这日子我算是过够了。"

而我只能感慨，自私的男人考虑问题的逻辑是同一的。他们永远只看得到自己的利益,并通过打压你、控制你、给你洗脑的方式巩固自己的利益。而且他们背后有一个非常稳固的社交圈,圈里每个人都会支撑他的价值观。

我敢打赌,王木木之所以一次又一次玩到凌晨两三点才回家,是因为他也有一个固定的圈子,而那个圈子里的男人都是这样的,这些男人的妻子也都能对此睁一只眼闭一只眼。这样一来,我可不就是不懂事、不识大体、把男人管太死了吗?

只可惜,在婚前,他像是知道我能接受哪些、不能接受哪些似的,把这个朋友圈子跟我彻底隔绝开了。他带我接触的,是另外一个朋友圈子。那个圈子里他所有的哥们儿,有好的学历、稳定的工作、文艺的爱好、相对儒雅的谈吐,并没有"夜店咖"。

人生的一部分无奈,就在于有些事情,你真的要等到结婚了才有机会发现。要不怎么会有那么多女人感慨"男人婚前婚后两个样"呢?被追求阶段,你以为自己是个独一无二的存在,婚后才发现自己不过是一个猎物、一个山头而已。人家到手了,征服过了,也就没有兴趣了。

有意思的是,整个婚姻存续期间,王木木除了在外面出差的日子,不管玩到多晚,他都会回家。有时候是凌晨一点,有时候是两点、三点,甚至是四点,这种时候,他不敢回自己的家。我一直不知道原因,后来大概明白了,在他的原生家庭里,玩到那么晚才回家也是不被允许的,而他跟我结了婚,和我住在一起之后,就可以摆脱父母的凝视和管制了。他也不肯去住酒店,一方面是因为那时候我们都没什么钱,酒店的花销太昂贵,另一方面是因为他有这样一种观念——只要我回家了,不管多晚,我都是好男人。

我们曾经因为他夜归的问题吵过无数次,可一旦我提他夜不归宿,他就跟我急,说:"你去查一下'夜不归宿'是什么意思?我哪一天没有回家?我只是回家有点晚而已。"

我明白了,在他的概念里,一个男人只要最后肯回家,那就是个"顾家好男人"。而"夜不归宿"是"根本不回家",是"在外面睡",这是非常严重的指控。

可在我眼里,这根本没有区别。我们这辈子可能会跟别人吃很多顿饭,但是能跟我们盖一个被子的,也就是伴侣。两个人一起入睡、一起醒来,是夫妻生活中比较重要的一件事。你把这段时间给了别人,疏于跟自己的妻子沟通,就会让两个人的心越来越远,这算不算是对自己承诺的背叛?

美国心理学家 Esther Perel 曾发表过这样一番言论:"在一段两性关系里面,并非只有实质性的红杏出墙才是不忠,动暴动粗,婚内强奸,用性冷淡作为惩罚,冷漠自私,拒绝谈话沟通……这些都是不忠和背叛,即使不是对婚姻这种契约关系的背叛,也是对爱和两厢愉悦的背叛。"

我一个人躺在床上,想着不知道他在哪儿鬼混……到头来,他觉得自己只要最后回家了,就是一个好男人。好男人这么好当啊?而好女人的标准怎么这么高啊?

我曾经用离家出走的方法"治"过王木木,但很快宣布无效。

有一天,我给他打电话,让他当天晚上一定要回家吃饭,他答应了。我想给他制造一点浪漫和惊喜,还提前给他准备了礼物。一下班就早早回家做好烛光晚餐等着他,结果我左等右等,他都没有回家。

后来我忍不住打去电话,才知道他已经跟哥们儿去另外一个城市玩了。我气得当场挂了电话,然后再不接他电话、不回他短信。

第二天下班回家,我直接去了我弟弟家。王木木回到家里,看到我不在家,给我打来电话,我正在气头上,没接。他发来短信,我也没回。到了晚上,我怕他担心我,就回短信告诉他:"我也离家出走一次,让你尝试一下回到家里看不到的感受。"他说:"我知道了,那我回家了。"我的惩戒措施就这么失败。

他见我不在家,就回了自己家,那是他的退路。再之后,我们每一次吵架,他觉得不爽了,就回自己家。

这是一种极其不对等的惩戒。我,一个赤手空拳来到这个城市里打拼的外地人,靠自己一点点在这个城市立足。我在这个城市有闺蜜,但我不好总去叨扰。弟弟远在另外一个城市,也有了自己的家庭。他若是不在家,我就是一个人。而我不在家,他随时随地可以回家,可以在家里住很久。他的家人全部都可以是他的后援,而我在这个城市只有他这么一个亲人,一个因为姻缘而发展出来的亲人。

那一次惩戒,以我灰溜溜回了家而告终。他见我回来,也从他家里跑了过来,我们继续过着大部分时间如胶似漆、时不时会因为他夜不归宿而吵架的小日子。

王木木第 N 次凌晨三点才回家的时候,我爆发了。

那是一个周五,到了晚上 11 点,我给他打电话,提醒他已经十一点了,到了十一点半,我又给他发了短信。他回复:"知道了,马上回。"

革命靠自觉,可那会儿的我天真地认为男人要调教,真以为自己是所学校,可以把一个差生调教成为一个好学生。但事实是,这个差生根本达不到我的录取线,是我一时脆弱,让他乘虚而入罢了。成年人的定义是能自我负责。如果你都还没成年,还需要人调教,那谈什么恋爱、结什么婚、当什么爸爸?

时间一分一秒过去,到了十二点钟,我坐在客厅里,凝神听着外面的动静。突然听到电梯的响声,有人朝我们家走过来,我的心跳到了嗓子眼,心想如果他真的这么乖,那我一定要跳到他身上,奖励他一个吻。可是,事实让我失望了。那个声音不过是隔壁邻居回家的声音,听到邻居把门嘭一声关上,我的心也沉了下来。

我给他打了电话,电话那头传来嘈杂的声音,他回答:"好了好了,马上就回来了。"可过了凌晨一点了,他还是没有回家,我开始感到有些愤怒,是一种被双重背叛的愤怒。第一重背叛来源于他之前答应过我十二点前会回家,第二重愤怒来源于他当天晚上一而再、再而三爽约。我的怒气上来了,我决定去找他。我给他打电话,问他在哪儿,他不肯回答。

我说:"你不肯说,那我去找你。"

他说:"你来干吗啊?这里全是男的。"

我说:"我就想知道你在哪里,和谁在一起。"

他说:"那你来吧。"

但是他坚决不告诉我他在哪儿。我再打他电话,他干脆关了机。

换我现在遇到这种男人,直接二话不说就踹了,可那会儿我太年轻了,内心也有很多的脆弱,我咽不下这口气,也对自己差点信心。

凌晨一点多,我打了个车,直奔他的家。去到他家时,已经是凌晨一点半。他父母都睡了,我不好意思砸门,只是打了他弟的电话。他弟果然没睡,给我开了门。

我单刀直入地问:"你哥在吗?"

他弟回答:"他不在,他没回来啊。"

他弟让我进他的房间,房间里果然没人。

我说:"他这样已经好几次了。我不知道发生了什么事,你知道吗?他是不是在外面有人了?"

他弟说:"应该不会,我哥不是这种人。"

现在,我完全不记得那天晚上我到底住在哪儿了。我只记得那一晚的大街很空,车窗外的风呼呼地吹进来,但吹不散我的怒气。我坐在出租车里,不知道自己在干什么,不明白自己为什么大半夜要跑出去找老公。

我只记得第二天我和他大吵了一架,我当时的愤怒之火足以把整个房子都烧了。我像个疯子一样,歇斯底里地质问他头天晚上到底去了哪里,为什么一而再、再而三地玩到那么晚才回家,问他有没有想过我的感受。

我说:"我跟你说过一万次了。如果你一直这样子,我们俩这日子过不下去。我忍不了,你改不了。"

他没说话,只说为什么他哥们儿的老婆都能接受,而我不行。

是啊,身边那些哥们儿结了婚以后也都在外面玩啊,也是经常玩到凌晨三四点才回家啊。为什么就我不能忍呢?我是长角了还是长翅膀了,比那些女人高级吗?事实上,这真不关高级什么事,无非就是一个女人面对这样一个经常夜不归家的丈夫,产生了强烈的不安全感。我也不相信,他那些哥们儿和他们的妻子有几个是感情好的。

谁不需要释放压力?谁不需要朋友?可凡事讲求一个优先级。你永远把自己的老婆放在哥们儿的后面,哥们儿一个电话就能让你赴汤蹈火,常常在外面玩到凌晨都不回家。这样下去,夫妻俩的感情必定会受到重创。

我感受到了"山雨欲来风满楼"的危机,我不想这份感情就这样走向尽头,才会变得歇斯底里,而他完全没有,他还觉得委屈。听他说别人的老婆都可以忍为什么我不行的时候,我愤怒地把手里的玻璃水杯直接砸到了地上。

满地的玻璃碴子,四散溅开。意识到自己的行动太过激了,我又把扫帚找了出来,扔给他打扫和收拾。他沉默了一会儿,开始打扫那些碎玻璃。我气嘟嘟地坐在沙发上,像一只气鼓鼓的刺鲀一样看着他收拾碎玻璃碴,心里的怒火却燃烧得更加炽烈。

每次我们吵架,他永远都是这副受了我欺负的鬼样子。

外人要是看到我们吵架的情形，只会觉得我是《渔夫与金鱼》那个寓言故事里贪得无厌、专断跋扈的渔婆，而他是那个可怜的渔夫。任我打、任我骂，他一句话不还嘴。

一想到此，我更加怒不可遏。他永远认错态度良好，永远采取息事宁人的态度去解决问题，却永远不想改。

我说："你是不是改不掉了？"

他没说话，但我知道他沉默背后的抗议和坚持。

我说："我忍受不了，干脆别过了吧。趁现在还没办婚礼，我们离婚吧。"

我开始疯了一样收拾他的衣物，把他连人带行李赶出了门外。

这一赶，就触犯了他的自尊。房子是我婚前买的，我们领证后，他搬过来和我住。"房子是我的"这个意识，在他和他家人心里根深蒂固。我的这个行为，在他们看来是严重地伤害了他的自尊。虽然在我这里，即使这套房子是我们租来的，即使这套房子是他买的，那我气到扭曲的时候，可能也会这么干。

把他赶出去那一刻，我有点后悔，觉得自己有点过分，但是狮子座女人就是后悔到要吃农药，也绝不会在"敌人"面前表露出半分。

把门关上后，我侧耳凝神听着他在外面的动静。我希望他敲门，然后我打开门，他就跟我说："老婆，我错了，我知道你深夜一个人在家等我的滋味了，以后我即使出去玩，也要早点回家。"

是的，那会儿我最大的希望，不过就是即使他出去玩，也能早点回家。对于一个睡眠障碍患者而言，老公能在十二点之前回家，就已经算是福利了。

王木木没有再敲门，他只是在门外站了一会儿，就拖着行李回了自己家。这样一来，原本是夫妻俩的矛盾，最后演变成了我和公公的矛盾。

王爸爸一看王木木被我赶了出来，怒不可遏。我大概能猜想到他的心理活动：什么意思？有套房子了不起？哪有这样赶人的？你这是打我们的脸啊。

我不知道他们跟王木木说了什么，也不知道王木木到底是怎么想的，但我可以肯定的是，他回家以后，在那里得到了很大的心理支持。

过了一天，他没联系我。再过了一天，他还是没联系我。眼看婚礼日期越来越近，我开始慌了。这场婚礼到底还办不办，总得有个交代吧？不然，到时候所有的宾客都去了酒店，唯独不见新郎新娘，这成何体统？

最终促使我主动去联系他的，不是因为面子问题，而是我有点内疚，也有点想他。只要不是玩到半夜三更才回来，他还是一个很好很好的暖男啊。

都说"小别胜新婚"，那会儿我们才结婚三个月。他回他父母家去了，可是，他的好，我全部都想起来了。我也意识到他好歹是个男人，男人都是要面子的，我这样把人家赶走，确实不对，我得把他找回来。

我给他打了个电话，他秒接。

我说："你回家吧，我想你。"

他说："你不是已经把我赶走了吗？你不是要跟我离婚吗？"

我说："我错了，我不是故意的。"

他说："你不来接我？我爸妈都不让我回去。"

我说："我不好意思去，你自己回来。"

过了一天，他又回来了，带着骄傲的神情。门一响，我就去迎他，整个人跳起来挂在他身上。他在沙发上坐下以后，我又黏他身上，捧着他额头猛亲。

就这样，原本一场因他贪玩夜归引发的吵架，因为我赶他出门的过激举动,最后反倒变得像是我矮了他一头。

到底还处于"床头吵架床尾和"的阶段,我们很快忘记了这些不快,又腻歪在一块了。婚礼,我们俩还是决定照办。可是,如果老天不想让两个人在一起,它会给你设置很多很多的障碍。当障碍多到你们根本跨不过去,也不想再把时间浪费在这些上面,那么,你们的缘分差不多也就尽了。

22

如果把感情也比喻成一个爱情储蓄卡,那么,那会儿我们的感情余额还算比较充足。他偶尔几次在外面玩到很晚,虽然让我很不爽,但相比他平日里待我的,这点不爽我尚且可以忍受。而且,那时我也相信他贪玩晚归的问题一定能被解决,毕竟我们还有爱啊,还可以用爱发电,爱可以战胜一切困难啊。

"小别胜新婚""小吵胜蜜月",我们的感情反倒比以前更好了。每天睡觉之前,我们还要很腻歪、肉麻地跟对方说一句"我爱你"。

小年轻和好了,可老头子的气头并没有过去。王爸爸可能觉得,我把王木木连人带行李往外扔出去的行为,是王家的奇耻大辱。就是因为王木木婚前没有买房子,他才会被我这样欺辱。而他跟我妥协,是对王家的背叛,是胳膊肘往外拐。于是,王爸爸提出来要取消婚礼,理由是我们认识没多久就结婚,感情根基不深。

如今想来,那时候我和王木木及时离了婚,倒也好了。可是,王爸爸这一站出来反对,反倒让我和王木木团结得更加紧密了。我们一时都慌了,决定亲自打电话给王爸爸,央求他收回这个决定。为这场婚礼,我和王木木做了很多准备,物质上的,行动上的,心理上的，婆家人根本看不到。

婚礼一取消，我感觉自己像是为一场考试准备了几个月，但到了最后一节课，我被通知无资格参加考试。而且，我的结婚请柬已经发出去了，我圈子里所有人都知道我要办婚礼了，其中一部分人还知道我的婚礼已经被推迟了一次，现在婚礼又直接被取消。天啊，那我的脸该往哪儿搁。再者，现在我和王木木都决定要办婚礼，我们才是这场婚礼的主角，王爸爸站出来叫停算什么事呢？何况我们都已经领证了，难道这个婚姻事实就不存在了吗？

我让王木木去跟他爸沟通，他说他爸决定的事情，他没办法，但他知道我的委屈，他很心疼我。听到他说"很心疼我"几个字，我立马缴械投降了。

在耳听爱情的年纪，我根本没有意识到王爸爸之所以会成为这个恶人，不是他本身有多恶，他只是站在护崽的立场上，想让儿子的"损失"降到最低，只是他用错了方式，结果当然是适得其反。

这一切的一切，归根结底是夹在中间的那个男人虽然已经结婚了，但是远未真正成年。他若是真有担当，为何连自己的婚礼都没法自己说了算呢？又何须我越俎代庖地跟他爸爸沟通？

我的父母，对婚礼被取消的事感到无比的震惊和不解，他们也非常担心我的处境。虽然我爸妈也并非绝对意义上的好父母，但在不干涉儿女这事上，一直做得很好。当然，一个很大的原因，可能也是因为他们都是农民，给不了儿女太多的资源。而王爸爸可以给王木木一些资源，所以，即使他爸说得不对、做得不对，他也不敢反抗。

我以为王爸爸只是在气头上说说而已，行动上不会来真格儿的，才给他打了电话，在电话里，我哭得梨花带雨，我说我觉得自己实在丢不起这个人，因为请柬已经全部发出去了之类的。

结局当然是未获允许。

那会儿的我还年轻，不知道相比充满磨难的漫长人生，这只能算是一次小小的难堪。二十几岁的我，心量显然也不如现在这般宽大，自然也并不懂得该怎么不卑不亢地去处理这样的事。王爸爸这么一棍子打下来，自己就先蒙了大半。

我也是打了那通电话才知道，我交学费的钱是王木木借来的，于是我被他们误会为了一个"捞女"；我把他赶出家门的行为，让他父亲觉得伤了自尊，于是我又被视为一个脾气暴躁的"恶女"。在婆家人眼里，我就是一个不孝顺、不好相处、品行有问题的儿媳妇。

为何他们会对我形成这种印象？可能与我喜欢用文字跟他们沟通有关。普通话，他们说得不大利索，而他们说的方言，我又听不懂。没办法，只好用文字沟通。

那时候，我也在文字中跟他们提过王木木屡次夜不归宿的问题。我之所以这么说，是因为相信自己可以得到婆家人的支持。在我看来，婚后夜不归宿就是不对，婆家人如果真盼他好，应该会站我这边。而且，我也在我父母和弟媳的相处过程中，看到了这样一种相处智慧：但凡我弟弟和弟媳出现了矛盾，我爸妈会公开站在弟媳那边。他们的想法很简单：弟媳是外人，如果他们站儿子，很容易让弟媳有一种被孤立的感觉，因此不管儿子是否有理，他们都无条件站弟媳这边。小夫妻吵架，能有多大的矛盾，过一会儿气也就消了，但如果公婆站儿子这边，小夫妻和好后，必定会恨上公婆，何苦呢？

可我没想过，这世界上还有一种公婆，护崽心理很严重，他们很难接受外人说自己的儿子不好，哪怕这个外人是儿媳。我跟公婆提及王木木夜不归宿的事情，公婆不大相信。他们只看到我在邮件里字字句句都在声讨王木木的不对，认为这是在打他们的脸，自然对我充满了敌意。另外一方面,王爸爸对我印象那么恶劣,多多少少有"心理应激反应"的影响。据王木木说,王果果也曾谈过一个女朋友,两人在尚未谈婚论嫁的阶段,女方就花了他家很多钱,他弟弟刷信用卡给女方消费,而且据说女方有点任性,女方父母也不大讲理,最后闹到双方父母在电话里对骂。我的种种表现,可能让王爸爸想起了这些,并迅速判定我这个外地人,也是个对他儿子不怀好心的捞女。我也是在那时候才知道,原来王木木的家人对我的评价竟如此之低,而一旦人家对我形成了不好的印象,那么我再怎么解释和表现都扭转不了。

比如,我跟王爸爸解释:"我把王木木赶出家门的起因是他屡次夜不归宿。"话还没说完,我就被怼了回来:"我儿子住我这里的时候,从来不这样。"言下之意就是,要么我在说谎,要么他跟我结婚之后才变成这样子的。

对王爸爸在电话里说的"结婚之后,别的媳妇都是住在婆家的,你周末来过我家几次?我不是娶媳妇,我这是在嫁儿子",我更是完全没法苟同。我觉得男人和女人结婚了,就只是结婚,根本不存在谁嫁谁娶的概念。我们就是两个平等独立的个体,共同建设新家庭,对各自的父母尽孝。若有余力,再帮助对方的家庭。我跟公婆还不熟,跟他们的感情也是需要培养的,为什么结婚之后我每周都得跑去婆家报到?若是我爸妈也这样要求王木木,王木木烦不烦?他若是不硬性要求我,那我还乐意多去几次;若是硬性要求我,认为这就是我的义务,那对不起,我牛脾气上来了,我不会去。

王爸爸还跟我强调"结婚是两家人的事情,不是两个人的事",我也并不苟同。结婚就是两个人的事,七大姑八大婆就不应该掺和进来。很多父母喊着这样的口号,包办子女的一切,即便是子女结婚了,他们也要亲自操刀处理子女的各种问题,理由当然是为子女好，怕子女走错路、走弯路。他们自认为可以减少失误，降低损失，结果只会把情况越搞越糟。在这种环境下长大的男人一旦进入婚姻，其本质还是个"妈宝"或"爸宝"，根本不具备独立处理家庭事务和婚姻矛盾的能力。

说实话，王爸爸是一个特别有奋斗精神的人。他出身农村，没什么助力，很多年前单枪匹马从老家跑到广州闯荡，为孩子们闯下一片天，是真正的白手起家。五六十岁的年纪，他又带着儿女们创业，工作起来废寝忘食、没日没夜没周末。他自己省吃俭用，却给几个儿女都买了房子。

他的这种奋斗精神，和我颇为类似。从本质上来讲，我和王爸爸是同一类人，是货真价实的"农二代"和"创一代"。

在上段婚姻存续期间，我一直想不通这个问题：我比同龄人独立、优秀很多，可为什么王爸爸就是不待见我呢？

离婚多年后，我突然想明白了：如果我是男生，我的角色不是他的儿媳，那么他看待我的方式、对待我的态度绝对不会是那样的。王木木的朋友中，也有和我一样有奋斗精神的人，王爸爸对他们可是欣赏有加的。坏就坏在，我是女人，而且是他的儿媳妇，那他就只能以看待女人、看待儿媳妇的眼光来看待我。而王爸爸那一代人看待女性的标准很传统，王妈妈是家庭主妇，也是非常贤惠的传统女性。早些年王爸爸在外闯荡的时候，她带着几个儿女留守在老家，完美地履行了贤内助的职责。王爸爸和她结婚以来，一直比较和睦，都没怎么吵过架。我可以想象得到，王爸爸认为的好媳妇的标准到底是怎样的。我这一款独立、有主见、平权意识浓烈的女性，处处在挑战他对女性、对儿媳这个角色的固有认知。我婚前买房的行为，挑战了男人的自尊；我的独立、有主见，在他们看来是强势；谁惹毛我，我绝不忍气吞声，也不撒娇示弱，而是激烈反抗，在他们看来是克夫。从传统眼光来看，我真的不是一个宜室宜家的女人，可如果我是男生，如果我只是王木木的男性朋友，也许我会成为王爸爸鼓励儿女们去学习的榜样。

跟王爸爸求情被拒后，整整三天，我吃喝不下，每天下班回家都要痛哭一顿，王木木则是各种赔罪和安慰。每天一回家，他看我躺在床上哭，就急匆匆地跑过来抱住我，跟我说："胖妞，对不起，我知道你受委屈了。"

如今的我，回望那段往事，竟有些羡慕自己当时的小女孩心性。彼时，因为年轻，屁大点事就觉得天塌了。你吃痛了就敢大声哭喊，不过是仗着还有人疼，还有人愿意跟你一起去面对。

我不知道，婚礼取消这么丢人的事，我该怎么去跟收到请柬的亲朋好友解释。这太难堪了。再一想到不被他父母祝福的未来，我越想越怕，我跟王木木说："要不我们明天就去离婚吧？我很害怕你爸爸。"

我害怕的原因，还跟另一件事有关。当时王朵朵正在闹离婚，他姐夫想离，但他爸爸正在气头上，无数次支着说"就不离，就要拖死他"。我很害怕这种情况会在我身上发生。如果将来我想离婚，但是王木木也听了他爸爸的话，不肯跟我离婚，而是一直拖着我，那我可怎么办。

王木木听我说想离婚，先哭了起来。他一哭，我也跟着伤心，想到茫茫不可知的未来，我们俩还抱头痛哭了一顿。我抱着他，他也抱着我，我们给彼此擦眼泪，就像两个受伤的动物在给彼此舔舐伤口。眼泪流到一起去的时候，我居然感到幸福。

我说："你别哭了，看你哭，我就越想哭。"

他说："好，我们都别哭了。"

两个人就这样带着泪痕，相拥睡去。

23

婚礼被取消事件，让我陷入全面的惶惑之中。既然连我们的婚礼，都可以由他爸爸说了算，那以后呢？以后怎么过日子呢？以后是不是都得听他爸爸的呢？

他父亲是他的亲人，也是他的引路人、铺路人，而我是谁？我不过就是一个半道上认识的女人而已。他怎么可能会为了我，去忤逆他的父亲呢？

那时候我只觉得王爸爸很坏，婆家人也是，他们都很可怕、邪恶。一提起婆家人，我就恨到咬牙切齿。这种恨，一方面是源于我觉得王爸爸越界了，干涉了我们小家庭的内政，另一方面是因为我不断被他们误会，却始终没有机会澄清。

在爱情多巴胺还没有分泌完之前，王木木对我依然温情有加。王爸爸这时候出来当头棒喝，只会让我们把自己代入"罗密欧与朱丽叶""贾宝玉与林黛玉""焦仲卿与刘兰芝""陆游与唐婉"等角色，本能反应便是要维护自己的爱情。如果没有长辈反对，也许我们有足够的时间和空间去看清我们之间存在的问题，可惜后来却又硬生生往前走了一段，还生下了孩子。

不可否认的是，我和王爸爸的代际冲突，也给我和王木木的相处带来了无形的、巨大的压力。从那一天开始，我就觉得我们的头上笼罩了一片乌云。我一想起婚礼不被祝福、他爸爸完全不待见我的这事，就特别闹心。这也使得我们再没法像从前一样，轻装上阵地面对彼此，更影响了两个人对未来的信心。

预定婚期到来的前十天，我跑去酒店退了定金，赔了点违约金，然后鼓起勇气通知了所有收到请柬的人。通知完以后，我发现这个

上部

事情虽然令我很尴尬，但不管是我还是听到消息的亲朋，接受起这件事，好像也没有想象中那么难。

但婚礼被取消的这个事情，还是在我心目中留下了一个巨大的心结，也让我和前婆家的关系彻底走向了冰点。

梅芳看我实在郁闷，拉我去K歌。我一反常态撕扯着嗓音唱了好几首高音歌曲，唱到飙泪。陷入愤怒和不甘情绪的我，哪里知道当时我以为能要命的事情，几年后看来不过只是个笑点和闹剧。

那时候，我做着体制内一份稳定的工作，婚假是我们每个人除产假外能请到的最长的假期了。但是，原本为了婚礼请好的婚假，也没法用在办婚礼上了，我决定回老家。

我问王木木："你家的婚礼取消了，那我老家的婚礼要不要办一场？"

他踌躇了半晌，然后说："我可以跟你回老家，但办不办婚礼，得询问一下我爸的意见。"

听到这个答案，我失望透顶，直接回复他说："那不办了。"

他像是松了一口气似的，说："行吧，那我刚好不用去问了。"

因为贪图他提供的情绪价值，因为我觉得那时候我们在一起总体上开心比不快多，在这个事情上，我又一次选择了睁只眼闭只眼，说服自己女人糊涂点挺好。

之前我跟我爸妈提过要不要在老家操办婚礼的事情，我爸妈说看我的意见。如果我想办，他们就筹备；如果不想办，也尊重我意见。我直接打电话告诉他们不办了。

就这样，那个国庆节，王木木跟我回了老家。那是他第一次跟我回老家，也是此生最后一次。和我们同行的，还有我弟弟、弟媳和三岁的小侄子。一路上，王木木对我和我家人嘘寒问暖、照顾有加。如果我想靠他肩膀上睡觉，他为了避免吵醒我，可以保持一个姿势，一动也不动。只要和他在一起，我不用拿任何行李。

在老家玩了几天，我们都挺开心的。我抬着单反相机给每个人都拍了很多照片，也让王木木给我拍了几张。照片里的我，穿得很随意，但笑得很开心。

王木木还跟我们一起去赶集，争先恐后地帮我爸妈背抬东西。我们老家人称女婿为"姑爷"，老家人看他人长得端正，手脚又那么勤快，都在背地里夸我"好眼光"。

从结婚以来，王木木一直忙着工作，我也东忙西忙，我们难得有那么闲适的时光。在家待了几天，我说要带他去丽江古城玩一趟。本来嘛，人都到了丽江，不去古城多少有点遗憾，而且我想多创造一些美好的回忆，往后余生可以回味。王木木有点不想去，因为他觉得就在我老家宅几天也蛮好的，但又不忍心扫我的兴，就听从了我的决定。

我联系了在丽江的朋友阿京，跟他说了我婚礼被取消的事情，他说："这有何难？我给你们办一场特别的少数民族婚礼。"

我说："好啊，我跟王木木说一下。"

王木木一听，也觉得好玩，也答应了。

那会儿，丽江交通还不方便，我们从老家到丽江古城需要在镇里的集市口候车。当时，智能手机都还没兴起，微信支付、网上购票等更是没影儿的事，我们想要去市区，都得从认识司机的人那里要到司机的电话，再给司机打电话预定位置。适逢国庆，到市区的直达车票都被提前抢光了，我们只能去县城转车。老家的公路，那会儿都还没铺柏油，一有车经过就扬起一层风沙。我们提着行李箱，等候在烟尘四起的路边。

王木木哪吃过这种苦？开始不停抱怨，问我为什么非得逼着他去丽江，就宅在老家不也挺好的吗？我也觉得他大老远陪我回老家一趟，我却没能安排好他，心下有些内疚。后来，我决定去县城转车,可在县城买票也不是很顺利,但好歹我抢到票了。在盘山路上绕了五六个小时,我们终于到达了丽江市区。丽江早已不是我上高中时的模样,我已经不熟路,出了客运站又没打到车,只好坐了一个小三轮去古城。王木木还是一路在抱怨,而这次我终于忍不住发飙了,怼了他一顿,就没再搭理他。

我其实特别能理解他的心态,他跟我回一趟老家,只把自己当我邀请来的贵客,而不是我的丈夫、我的战友。他觉得自己在我的老家,人生地不熟,是需要被特殊照顾的对象。旅途中发生了让他觉得不爽的事情,他就认为我没有安排好他,就要冲我发脾气。

离婚后,回想起这一出,我恍然大悟:一个遇到问题就想埋怨你,而不是和你一起解决问题的伴侣,确实迟早得离。夫妻关系的核心是什么?是遇到什么事情都能并肩作战。两个人只有真正地"肩并肩",才能跟其他人"面对面"。所有能被外力拆散的感情,都是因为感情内部先发生了裂变,是你们本该"肩并肩"的时候,却选择了"面对面"。

带他去古城那次,我有什么错呢?在家里,我应该尽地主之谊,但出了家门,我的角色不该是他的导游。只是,当时他一理直气壮地指责,我就以为自己真的做错了,是我没把这个千里迢迢跟着我回老家的人安排好。

这种情况其实不是第一次出现了。刚结婚那会儿,我没钱买好的家具。聂琳要搬家,淘汰了一些家具下来,让我去搬,我就把王木木叫上了。到了聂琳家,我们发现搬家具有点麻烦,回来还得拆装,王木木也是各种抱怨,说他很忙,而我却把他的时间花在这种事情上。他一抱怨,我就莫名其妙感到有些内疚,但事后想想又觉得不对,他到底在抱怨什么?是觉得跟我出来搬一趟家具,自己就吃亏了吗?这家具他不用吗?是帮我一个人搬的吗?

他的这种心理惯性,甚至延续到了离婚后。我们约定了在某个新的地点交接小孩,若是他找不到路,他必定会冲我发脾气,不管我当时的处境是什么。他大概觉得是我叫他来的,那我就得为他找不到路负责。我一开始也忍,后来直接跟他发飙:"交接孩子的地点是我们一起确认的。找不到不是我的问题,我没义务当你的导航。"再后来,每次交接孩子之前我就跟他约法三章,第一条便是:遇到问题,合力解决问题,别指责抱怨。我本性良善,不是故意要刁难你。善意点想问题,你自己心情也会变愉悦。离都离了,别再找彼此的不痛快。

那天进了古城后,我只顾往前走,他拖着行李颠屁颠跟在我后面。我心里很生气,却也担心他是不是真的跟得上来,会不会迷路。于是,我时不时通过古城两边店铺的橱窗上的倒影,观察他到底走到了哪儿。

进了客栈,坐了一天车的我们都有点筋疲力尽,但我还是不想搭理他,总不能就那么枯坐着吧?我觉得客栈房间里的氛围有点让人窒息,就不打招呼地跑了出来。

我是希望他也跑出来追我、跟我道歉来着,可人家没有。我在外面晃荡了半个多小时,给阿京发了一通短信说:"明天就要办少数民族婚礼了,可我们今天还在吵架。"

过了一会儿,我跑回客栈,看到他可怜巴巴的、好像很受伤的样子,只扑闪着一对长着长睫毛的眼睛,就忍不住兽性大发,把他给摁倒了。

磨合期,我们的相处状态就是"床头吵架床尾和"。

国庆长假到了最后一天,外地游客主力都撤走了,古城没有小长假期间那么拥挤了,我们就开始办一场过家家式的少数民族婚礼。整场婚礼,没有一个亲戚参加,就来了几个朋友。我们穿着少数民族的服装,骑着大马在古城招摇过市,后面跟着的是摄影师和临时聘请来的送亲队伍。游客们大概没见过这样的阵仗,只觉得好玩,围观的人越来越多。

送亲和迎亲部队走到河边,按照仪式要求,我们要给鱼放生,而王木木要把我抱到河边,但抱了没几步,他就憋红了脸。我实在太沉,他抱不动了,只好放了下来……围观人群哄堂大笑,到处洋溢着快乐的氛围。

老东巴给我们主持了婚礼仪式,发给我们用巴东文写成的羊皮纸婚书。到了晚上,大家围着篝火跳锅庄舞,玩游戏。主持人是个纳西族小伙子,他把王木木的眼睛蒙住,让他在一群姑娘伸出的手中间,找出我的手。

一个男性朋友特顽皮,也站到了姑娘们中间,结果王木木拉着人家的手说:"就这个了。"

我又觉生气,又觉好笑。

婚礼的最后一个环节,是放河灯。我看着被点亮的河灯慢慢漂向远方,心想我们会幸福的吧。

此时,王木木说了一句特别煞风景的话:"这个婚礼,拢共才花了五千块,真是又好玩又划算啊。"

次日,我们去看了我四姨。四姨家住在一个很破旧的地方,王木木看到了,同情心大起,一定要多给四姨一些钱。四姨见了他后,转过头就教训自己那个年纪轻轻就混酒吧的女儿:"你以后要找老公,就找你表姐找的这种,戴个眼镜,斯斯文文的。"

那一年,古城开始办菊花展,整个古城美不胜收。我们到达古城的时候,国庆人流已经撤退得差不多。古城天高云淡,溪水潺潺,金菊随处可见,还有穿纳西服的老奶奶在晒太阳。夕阳照过来,青石板上映了一双人影,我用单反相机拍了张影子的照片,取名"永远在一起"。

王木木待了两日，就坐飞机先回去了。他们家那会儿买了第一辆车，二十来万的经济型轿车，他很着急想要回去玩这个"大玩具"。

我则在老家待到了婚假结束，后来陪我妈做了个小手术，再坐火车回了广州。倒不是没钱买机票，只是婚前买的房子还在还房贷，我舍不得花。到站后，王木木开了车来火车站接我，跟我说："胖妞儿，我们美好的新生活就要开始了。"

从老家回到广州，我一眼就看到了挂在衣柜里都没穿过的婚纱、旗袍，心里又是气，又是难过。走在街道上，看到别人家的婚车，我心里一阵酸楚。大学室友蕾蕾在QQ空间里上传了婚礼照片，我看着看着，忽然泪流满面。

本来我确实对办不办婚礼没什么所谓，但两次推迟、一次取消，搞得我一肚子气，婚礼也变成我心上一个必须要解决掉的疙瘩。

王朵朵曾劝我："就一个婚礼而已啊，不办也没什么啊。"

我就觉得，她是办过婚礼，但最终那段婚姻也没能善始善终才这么说。就像我们去爬山，到过山顶的人可以对着正在爬山的人说"嗐，山顶也就那样，没什么意思"，可问题是，你是爬到了山顶之后，才觉得没意思的；而人家还在攀爬过程当中，人家对山顶的渴望是浓烈的、真实的。

婚姻确实是要过日子，每个姑娘婚礼过后都要成为平凡的主妇。在她漫长的一生之中，能做回主角，理直气壮地接受所有人瞩目的日子并不多。我想，很多人不是不渴望一场婚礼仪式，而是被当下中国大多数婚礼弄出了心理阴影，所以心生反感。敛财大于宴请，炫耀大于分享。婚礼最原始的意义，好多人都忘了。

仪式感到底是什么？是为了突出某个特定的时刻，突出一种与众不同。

一个电视节目主持人让几个五十多岁的丈夫送一束花给自己老

伴,虽然很多阿姨数落自己老伴乱花钱,但是她们会买一个花瓶来把这束花放起来,直至完全凋落。

所有的仪式,有些人当年不在意,不代表以后不在意;嘴上不在意,不代表心里不在意;一个人不在意,并不能让另外一个人也不在意。

我认真地跟王木木说:"不行,我还是很想办一场婚礼。不办的话,这个坎我过不去。婚纱都买好了,你总得让我穿一次。"

我还说:"婚礼你爸妈来不来我无所谓,不来更好,我也不想看到他们。我现在就要你一个态度。你敢背着你爸妈补办这场婚礼,我们就继续过。不敢,那就离吧。"

我当时都想好了,如果他不敢忤逆他的父亲,那我就跟他去领离婚证。岂料,他犹豫了好长时间后,给我一个字:"办!"

看来,他还是在乎我的感受的。考虑到他的两难,我说:"偷偷办吧。"

被迫中断的婚礼筹备事宜,又接上来了。我们兴冲冲地跑出去买气球、布置婚房、租车、邀请亲朋好友充当工作人员。婚礼被取消前,我已经买好了婚纱、婚鞋,还买了一个粉红的纯棉四件套。我当时买四件套时就怕过了婚礼还用大红的床品,会有点违和。可是,一想起心里的疙瘩,我就愤愤不平,所以接下来我买的结婚用品,几乎都往招摇里买。我嫌之前买的四件套太低调,就又斥巨资买了一套大红色的绣花四件套,比之前的四件套价格贵出五倍,花了差不多我半个月的工资。

我嫌之前准备的高跟鞋颜色太素雅,蕾蕾听闻了,二话不说,上专柜给我买了一双粉红色的婚鞋。我想把这些珍贵的回忆都留下来,还特意请了制作短片的兼职摄像师。

婚礼的筹备工作,我们做得偷偷摸摸,根本不敢向婆家走漏半点风声。

婚礼前一天晚上,他说:"按照我们那边的风俗,今晚我们得分开住。"

我紧张得浑身的汗毛都要立起来:"我不要你回去住。如果你一旦回去了,明天就来不了,那我一个人该怎么办。"

对于这一点,王木木也不是很确定。他觉得他应该知会父母一声,但他似乎也不敢确定自己知会了之后,会发生什么不可控的事情。

在我们办婚礼的前一天晚上,我们才决定把这个事情告诉王朵朵和王果果,邀请他们来参加婚礼,并叮嘱他们严格保密。

王朵朵打算叫上自己的男友、后来的丈夫前来观摩,还问我会不会介意她的离异身份,因为按照某些地方的风俗,离异人士是不能参加别人婚礼的。

我大吃一惊:"怎么会有这种习俗?这太欺负人了!我不忌讳,欢迎你来!"

当晚,我还是很忐忑,一场婚礼,两次延期,一次取消,如果这一次还出岔子,那我真的再丢不起这个脸,我们俩可能也走不下去了。

婚礼前夜,我抱紧他,说我害怕,他说:"别怕,有我在。"

这句"有我在",以前能让我感到安心,但经历过婚礼取消事件后,它再也没了能让我心安的力量。

我说:"我紧张,要不我们做个床上运动吧。"

盛情难却,王木木只好从了我。

事后想来,也就是那一夜,我中招了,从"新娘"升格为"娘"。

这是一场小得不能再小的袖珍婚礼,好在全程都是我自己的创意,虽然仪式有点乱,但终究还是显得够特别。

早上,我去楼下画了新娘妆。闺蜜们则把房间布置一新,到处贴满喜字,布置好了彩色气球。王木木则假意回避,等我们布置差不多了,婚鞋也藏好了,再带着他的兄弟们上门接新娘。一行人接上新娘后,就往公交车站跑,大家七手八脚把租来的公交车装饰一新后,就往宴席地点赶。我还请了同事做主持人,在车上跟大家一起做互动游戏。

那时候,广州已是深秋,天空蓝得不像话,珠江边种的波斯菊开得正灿烂。我们的公交车在车流量还很少的临江大道上奔驰,我平生第一次有了一种当女主角的感觉。

到了交换戒指的环节,我才发现忘带戒指了,只好临时借了现场朋友的。红酒,我们买的是29块一瓶的,最后不够喝了,还掺了雪碧。到场的来宾72人,小小的餐厅都坐不下。

帮那家特色餐厅老板打理宣传事宜的姐姐,知道我们是因为被男方父亲取消了大婚礼才办了这场小婚礼,深受感动。她私下掏腰包,给我们布置了婚庆鲜花,婚礼现场的婚庆氛围一下就有了。婚礼现场播放的音乐和视频,都是我把自己的笔记本电脑和电视机抬过去,才勉强出了点效果的。没办法,那时候,我们是真的没钱。

播放现场音乐时,跟在范玮琪唱的《最重要的决定》之后的,居然是梁静茹的《分手快乐》。

一朋友提醒我:"播错了,赶紧切换。"

我说:"不要紧。我们都有前任,这歌说的是我们跟前任分手快乐。"

没有酒店司仪帮搞气氛,我自己设计了几个小环节:交换戒指,写下心愿条绑在氢气球的绳子上,然后放飞氢气球。交换完戒指,他用力地抱了我一下。那一刻,我的眼泪差点掉下来。

简单的仪式过后,我脱下婚纱,跑去一间简陋的洗手间换上红旗袍,准备给来宾敬酒和分发喜糖。那个洗手间到底有多简陋呢?就是一个临时的厕所,用一扇大铁门关着,里面连灯光都没有,只是胜在还算干净。两个星期后,我看到一条新闻,就是我换衣服的那个厕所,有个女孩子不小心在里面触电身亡。我觉得自己还是福大命大。

那场小婚礼办下来,总费用只花了不到一万元。等来宾们都走了,我手忙脚乱拿着收到的礼金去结账、收拾残局。

我不知道来宾们怎么看待这场稍显寒碜和狼狈的小婚礼,但我倒不觉得心酸,整个人还是很兴奋和幸福的。

不得不说,办婚礼过程中,也是有一些细节事后想起来是不大愉快的。

比如,上门接新娘的时候,王木木和兄弟们需要回答几个问题,伴娘团们才肯开门,其中一个问题就是让他说出我的生日,可他竟然记不住。

又比如,我们的婚宴地点确实有点难找,但我的朋友们大概都能预估到我当天可能比较忙,都是靠自己问路或给餐厅打电话等方式,顺利到达了婚礼地点。而王木木却没有事先告知朋友们寻路方法,以至于交换戒指等婚礼仪式都开始了,他还在接他朋友的问路电话,这让我觉得他不是很尊重我。

还比如,他重哥们儿、轻老婆的本性开始暴露了出来。小婚礼早上十点开始,下午三点就结束了。宴席结束后,我们自己把相关物品拉回了家,我想去理发店把头上的发胶洗干净,希望王木木能帮着把家里的物品都归整好,但他说他哥们儿是从外地过来的,他得一个个亲自开车去送,然后他就那么扔下我,送哥们儿去了。

洗完头回到家里,我看着满地的狼藉,只好一个人收拾,收拾到了晚上十一点多,他都还没回家,想必是在送哪个哥们儿的过程中，又被人家叫出去聚会了。

我当时就在想，我自己也有闺蜜，我闺蜜也有从外地来的，但为什么她们一个都不叫我去送呢？她们都能自己搭乘公共交通工具回家呢？人比人，气死人；友比友，也是。

但是，那一天我实在太开心了，这些细节根本没去多计较。而且，筹备婚礼期间的一些事让我觉得幸福比不快要多得多。我说我不喜欢玫瑰，喜欢向日葵，他就陪我去买向日葵，准备在婚礼仪式上用。担心新鲜向日葵买回家容易凋谢，我们买了仿真花。买完花以后，我们又手牵手坐公交车回家……

婚礼次日，我还写下了这样一段文字：我最喜欢夜里和你一起坐公交车回家，窗外是辉煌的灯火和匆匆赶回家的人群。车内的移动电视播放着广告，你把我手里提的东西都拿过去，让我坐得更舒服一些。我们不说话，看车驶过一站又一站。我想着，这个拥挤而空荡的城市，也总还能容得下这么一对相互取暖的小夫妻。我不知道这车会开向哪里，但我希望我们能一直在一起。

看得出来，对未来，我还是有点最起码的信心。

婚礼过后，我告诉自己：心结已解，接下来安生过日子吧。

24

我不知道王木木是从什么时候开始飘起来的，大概是在有了一辆车之后，也可能是在办婚礼之后，反正就是在那段时间。

婚礼，就是我们的极乐之宴。在那之前，我们的日子尚属甜蜜；在那之后，幸福就逐渐离我远去了。

仔细想想，那会儿的王木木的确有膨胀的资本。他才 28 岁的年纪，就娶了年龄相仿、条件又不差的老婆，又当上了公司的法人代表——虽然当时没挣多少钱，但"总经理"这名头多好听。他的父母健在，父亲还能为自己的事业领航，母亲照顾他的衣食起居。他从小又没吃过什么苦，人生中最大的磨难就是没考上个正经的大学。现在又有了车，我能想象得到，他开车走在路上，可能会觉得整个城市都匍匐在自己的脚下。最重要的是，因为结婚，他终于摆脱了父母的管制，可以放飞自我了。

我们的关系走向恶化，当然也有我的原因。当然最主要的原因还是婚前我对他了解不够。这种了解不够，让我在日后和他相处的过程中，连他屡次说谎都察觉不到。

离婚后，我去俄罗斯旅游，认识了同行的一个姐姐，我还去过她家里拜访。我跟她讲了自己的故事，她老公当时也在一旁倾听。

听完我们的聊天，她老公突然插话："我觉得男人最好是早年或晚年发达，这样婚姻会稳定一些。只可惜大多数男人都是在婚后发达，婚后膨胀。"

我秒懂他的意思。男人若是早年发达，享受过钱带来的好处，见识过花花世界，那他进入婚姻后，就不再轻易受外界的诱惑，毕竟他想经历的基本也都经历了。若是晚年才发达，他遭遇过太多前半生的坎坷世情，明白哪些人是真心为他好而哪些人只会看"钱"面，自然会更懂珍惜。

可是，王木木当年的情况，哪头都不占。早些年，他家也不富裕，他爸妈也是付出了很多汗水，才打拼下一份能维持小康水平的家业。相比我，你只能说他没怎么吃过穷的苦，更没怎么吃过凡事都得靠自己打拼的苦。认识我的时候，他也是个能坐公交就不敢打车的主儿，他的经济状况稍微发生好转，真是在我们婚后……总体来说，他28岁时得到的一切，真的来得太过容易了。就连孩子，也来得非常容易。我们不需要求医问药,不需要做备孕,仅仅在举办婚礼头一天晚上做了一次床上运动,我就有了。

发现自己怀孕的那天,我并不开心,因为头天晚上,王木木又出去玩到凌晨两三点才回家。我实在不知道怎么处理自己的愤怒,就给王木木制定了家规:晚上十二点之前不回家,每超过一个小时给我两百元。

那天晚上,他差不多到了凌晨三点才到家,很自觉地给了我六百元。可是,拿到钱的我并不开心,因为这意味着我当天晚上又因为他晚归而失眠。

从医学角度说,睡眠障碍是一种病,但身边的人永远不会觉得你是病人。去医院治疗感冒和腹泻、挂产科号等,病患可能都有人陪,但唯独睡眠中心,所有病患都是无人陪护的。是的,你感冒了、发烧了,大家都当你是个病人,但你要是失眠,所有人都觉得你是作的。失眠能有什么症状?外表能让人看到的最严重的症状也无非就一黑眼圈。你甚至会因为睡不好而发胖,但在有些人眼里,消瘦才是生病的症状,发胖说明你很健康。

如果你的枕边人,为了自己的快乐,无视你日益严重的失眠症,你的安全感、幸福感从何而来?我认识的男性朋友,几乎没有一个会经常性地跟哥们儿玩到凌晨两三点才回家。真的,几乎没有。我的大学男同学大多是学霸,他们爱好健康,毕业后大多拥有相对体面的工作。男同事,跟我在同一个单位工作,他们下班后回家都很准时。哪怕是跟我泡一论坛的男网友,也没有这样的。

测出怀孕的当天,王木木照例跑出去玩了,我都没办法在第一时间跟他分享"我怀孕了"这个消息,我心里早就憋着一团熊熊燃烧的怒火。而就在这个关口,王朵朵向我发出邀约:"今晚来家里吃饭。"

可是,我哪里有心情?我怎么可能在和她父亲没有和解的情况下屁颠屁颠地觍着脸跑去吃饭?我缺这顿饭吗?

正在气头上的我,只回了几句话:"我怀孕了,昨天晚上他又夜不归宿。我是不会再去你们家吃饭的,如果不是他,我跟你们本就是陌生人。"

我觉得我这话说得没错。一个女人跟一个男人缔结了情侣、夫妻关系,才认识了婆家人。如果不是中间这个男人,她跟婆家人本就是大街上见面都不会打招呼的陌生人啊。但是,"陌生人"这三个字以及我气势汹汹的态度还是刺痛了王朵朵。我们在短信里闹了个不欢而散,王朵朵在气头上说的一些话,也气得我不轻。

过了几个小时,王朵朵大概才反应过来我说的"我怀孕了"这句话,又发了条短信过来:"那你注意身体,吃点好的。"

我和王爸爸的关系因为婚礼被取消事件直接降到了冰点,我再也没去过他们家,他们也不会来我们这里走动,所以,整个孕期,我跟那边几乎零走动。除了王朵朵说的那句"注意身体",我再没收到过婆家人任何一句针对我的关心。那边有个什么情况,我有个什么情况,完全靠王木木在中间沟通,可是,很显然,在这个过程中,他并没有起到正面作用。

跟我吵架的时候,王木木会把婆家人对我的负面评价都转述给我听,只是为了让自己的论点得到有力的支撑:你看,连我家那边的亲戚都说你不好相处,你应该反省下你自己。

可是,我和他的矛盾是比较容易解决的,我们可能吵一架就过去了,但是他家人对我的负面评价,却一直留存在我心里。

那会儿,社交媒体刚刚兴起,他家有个亲戚也关注我,经常看我在网络上抨击一些负面现象,回头就跟王妈妈说:"你这个儿媳啊,一看就不好相处。"

王木木跟我吵架时，又把这些话转述给我，试图联合他家亲戚一起打压我。我们吵到最激烈的时候，王木木甚至说他们全家都劝他跟我离婚。他的本意是想表达"这么多人劝我离婚，我都不听，说明我还是在乎你的"，可他转述的这话对我的杀伤力是巨大的。

　　整个孕期，对婆家人，我只有怨恨，只剩怨恨。他们对我，大概也只有看不起。我们都把对方想象成了十恶不赦的坏人。我在他们眼里，爱慕虚荣，贪财势利，脾气暴躁。他们在我眼里，强势专断，不讲道理，抱团欺负人。

　　因为王木木的屡次夜不归宿，因为和婆家的关系没有好转的可能，因为怀孕，我又开始失眠了，频繁失眠，但因为怀了孩子，这次我没办法再吃助眠药了。

25

　　我刚怀上孩子的时候，聂琳已经怀孕八个月，但她出事了。

　　那一天，她并未感觉有什么不寻常，只是感觉孩子在肚子里不爱动了，好像一整天都在安静地睡觉。她有点慌，第二天就叫了杨帆陪她去医院。到了医院一查，被医生告知，孩子心跳已经停止了。

　　可是，怀孕六个月的时候，聂琳去做四维彩超，胎儿还是好好的。聂琳和杨帆不相信，换了一家医院继续去检查，结果还是一样。

　　聂琳给我打电话，问我怎么办。我没经历过这种事情，不知道该怎么安慰她。

　　我说："我去你老家看看你，好不好？"

　　聂琳说："你怀孕了，你好好在家待着，别乱跑。我没事，真的没事。"

聂琳嘴上说着"没事",但我听到电话那头的她在哽咽。听她哽咽,我也难受,反倒是我先哭了出来。

聂琳开始住院检查,因为孩子的月份太大了,要做引产。聂琳痛了大半天,到了下午七点多才进产房。孩子被引产出来,是个男孩,差不多有五斤了。聂琳还恳求医生让她看一眼,可就这一眼,成为她日后的噩梦。

孩子长得很好,医生把她装进了一个分类袋,聂琳没敢问孩子最终会被送去哪里。听医生说,胎儿死亡的原因是脐带绕颈。胎儿的脐带已经在脖子那里扭成麻花了。脐带绕颈导致胎儿缺氧,孩子就没能留住。

聂琳这时候才想起来前几天胎儿动得特别厉害,可能那个时候它就特别难受了。她陷入无限的自责之中:如果那个时候自己能多长个心眼,赶紧去医院检查一下,可能胎儿还有获救的希望。

她觉得是自己的疏忽大意害死了孩子。整整三天,杨帆告诉我,聂琳不吃不喝。

我发短信告诉聂琳,多多少少要吃一点。聂琳说她不想吃,说她和其他的产妇待在同一个病房里,别的产妇在喂奶,只有她自己的怀里是空空的。她跟我说,妇产科病房时不时传来阵阵新生婴儿的啼哭,她觉得每一声啼哭都像是针一样,穿刺进了自己的心脏。

我摸着自己还没有凸起的肚子,突然害怕了起来。怀胎十月,要过很多个关卡。任何一个关卡越不过去,都可能出事。聂琳有那么乐观、强大的心态,有特别懂得照顾她的杨帆,尚且如此,我怎么办?

杨帆对聂琳有多好啊。聂琳怀孕五六个月的时候,杨帆还去孕产体验机构体验了一下男人怀孩子的苦痛,把五十斤面粉绑在肚子上坚持了小半天,回来后,他就抱着聂琳说:"老婆,怀孕很难受吧,你辛苦了。"

"怀孕的女人更要忍让,要心疼,要呵护。"那时候杨帆经常这么说,也是这么做的。

怀孕后,聂琳的性格变得急躁了,还多愁善感,爱哭,爱和杨帆吵架。她每次哭得稀里哗啦的时候,杨帆总会把她抱在怀里。她无理取闹的时候,杨帆也会守在她身边,忍受她的小脾气,还总是安慰她,说是等儿子出生了,就好好帮她揍他。

怀胎几个月,杨帆没让聂琳下过厨房、做过一次家务,更没让她受过什么气。可是,就在两个人满心期待的时候,这个新生命却没有如期到来。

引产后的聂琳,情绪一度非常不好。她整个人变得狂躁不安,出现手抖、失眠症状,还因为自责而打过自己的肚子,把自己的头往墙壁上撞。一个月后,她被确诊产后抑郁,开始吃抗焦虑和抗抑郁的西药。

在激素的影响下,她胃口变大,经常暴饮暴食,体重也飙升到140斤。对于一直很爱美的聂琳来说,这真是一个非常大的坎儿。

我死也没想到,杨帆会在这时候出轨。

在聂琳面前,杨帆多多少少是有点自卑的。聂琳是独生女,人长得漂亮,小时候家庭条件尚可。她学习虽然不大行,但智商不低,还很有商业头脑。大学没上完,她就辍学跑去做网店了,虽然曾经遭遇过仓库浸水这样的重大挫折,但整体是赚的。网店开始走下坡路后,她又开美容店,后来扩大成美容院,赚钱能力还行。但是,她赚钱的目的,似乎就是为了玩赚钱游戏,而不是为了囤积钱财。正在赚钱的美容院,她也能因为怀孕说关就关。

杨帆呢?老家在农村,是家里最小的儿子,是个高颜值"凤凰男"。大学毕业后,他做着一份普通的工作,赚得远不如聂琳多。两个人在一起的大部分开销,也都是聂琳承担的。不过,聂琳的精明就表现在，她绝不会支付超出杨帆消费能力的开销。比如，如果她有实力买五十万的车，但如果这辆车是她和杨帆共同开的话，她最终只会买了一辆十几万的车。又比如，她和杨帆出去下馆子，也不会挑太过高档的餐馆，毕竟有时候，她也会为了照顾杨帆的面子，让他买买单。

有人劝她："杨帆这是要吃你软饭，觊觎你的钱，说不定会把你的钱都骗走的。"

聂琳嗤之以鼻："得，这是把女人都当成没脑子的人呗。"

在聂琳看来，她和杨帆在一起，很划算啊。杨帆个子高、颜值高、提供的情绪价值也高，包括性价值。

认识王木木之前，我、聂琳、梅芳和杨帆曾相约一起出游，去的是湖南衡山。晚上住酒店，我和梅芳住一间，聂琳和杨帆就住我们隔壁。酒店的房间不是很隔音，他们俩传来很大的叫床声，气得我和梅芳直接打电话过去，让他们注意点影响。

次日一早，聂琳丝毫不觉得尴尬，还在饭桌上主动提起这事，轻描淡写地说："不好意思，昨天晚上来了兴致，吵到你们了。"

聂琳和杨帆在床上是真的很合，只不过后来她怀孕后，两个人都变得小心了很多。现在孩子没了，聂琳陷入强烈的自责中，还患上了产后抑郁。我也没想到，曾经那么乐观的一个人，遇上这种事竟迟迟走不出来。

直到后来，我学到一个新词：微笑抑郁症患者。和普通抑郁症患者不同，这类人大多数时间面带微笑，可是那并不是他们内心的真实感受，不过只是一种伪装。这就是为什么有时候看起来越乐观的人，越容易得抑郁症。

从认识聂琳以来，我就发现相比我，她最大的特点是能笑的场合，她绝不哭。我难过的时候，哭一顿就好了，可聂琳却选择笑，于是大部时间我总是看到她在笑。

就连发生胎死腹中这样的事情,她也没怎么哭过,只是把大部分时间拿来沉默,只是不停地自责"我要是早一天发现,孩子或许就有救了"。好在她也没有放弃自救,一直在寻求心理医生的帮助,配合医生吃抗抑郁药。

杨帆为什么会出轨呢?当然也是机缘催发。

之前,聂琳怀孕,虽然偶有小情绪,但总体上不需要他付出太多。现在,聂琳抑郁了,变成一团让他背负不动的"死能量",让他只想逃离。

杨帆后来解释聂琳的沉默让他慌张和害怕,他不知道该用怎样的方式跟聂琳相处。有时候聂琳看着他,就像是看空气一样。每次她望向他,他都觉得她望向他身后某个深不可测的深渊。这种眼神,让他害怕。

你看,男人出轨了,想找个理由,总能把自己说成是受害者。

可笑的是,杨帆的出轨对象是性工作者,而且不止一个。

聂琳抑郁后,不再参与工作,对消费也失去了欲望。杨帆那点积蓄,很快就花到要见底了,他又不好意思直接找聂琳拿钱,就赶紧出去找了一份工作,还是做销售,但在小城市做销售,他经常需要应酬、喝酒。

有的客户要找小姐,他就陪着。一开始,只是陪,他不去,但后来经不起客户的"激",他还是"下水"了。

想想也是啊,在那种环境和氛围下,当所有人都去,你不去,就显得你很另类,你不够仗义,不够哥们儿,你很有可能因此受排挤,之前那么多的酒也白喝了,那么多的饭局也白去了。

那段时间,杨帆的销售业绩确实挺厉害。回到家里,他对抑郁的聂琳更有耐心,他很慷慨地给聂琳买这买那,还扬言说要在广州给聂琳买套房子。当然了,那套房子根本就是没影儿的事。

聂琳抑郁后，根本没有和杨帆上床的心情。那段时间，杨帆像是脱了缰的野马一样，疯狂地在外面找小姐。起初，他找小姐是因为要陪客户应酬；后来，当他嫖上瘾之后，干脆主动去找她们了。

聂琳的病情时好时坏，她是在我生下孩子之后，才发现杨帆已经出轨多时。

不过，这都是后话了。

26

我和王木木的关系，时好时坏。只要他没有夜不归宿的行为，我们平日里几乎不会吵架，还是岁月静好。

我怀孕后，他没让我下过厨房。如果他不在家，一定会找来我闺蜜梅芳照顾我。刚开始，他也会陪我做产检，跟我一起学习育儿知识，他发誓要每天陪我散步。

我那会儿还在读在职研究生，只要他有空，他就会送我去上学，再接我回家。我让他帮我跑去学校拿一趟试卷什么的，他也是挺勤快的。学校布置了作业，我到家附近的大学自习室里做，他也跟着去。但他是学渣，看不进去一个字，也坐不住。我说我想吃什么东西，他就像得了大赦似的，麻利地跑去给我买。

我并没有孕吐反应，只是口味变得有点奇怪。比如我突然变得很爱吃番茄，有时候晚上十一点多，我们都上床了，我突然想吃番茄，他立马起床给我买回来，可真等他买回来，我又不想吃了。

怀孕后，我剪短了头发，穿起了孕妇裙和平底鞋。我喜欢的孕妇服，不管多贵，他都会给我买。每穿上一件，他都会夸我好看。只要他有空，都会开车带着我到处去玩，给我拍照。

到年底的时候,我在QQ空间里写下了这样一段话:倒霉的2011年快点过去吧!希望老公从明年开始,知晓一个男人对爱人对家庭的责任,平衡好各方关系,别再像过去一样幼稚了。希望自己对人对事可以更平和宽容一些,当然,在原则性的问题上,更决绝一些。

可是,我的这种平和,一旦遇到他夜不归宿,就一定会被打破,我们必会吵架,关系必会降到冰点。他没办法理解我的睡眠障碍,也没办法理解我为什么一定要求他在晚上十二点之前归家。

有那么几次,我翻来覆去实在睡不着,就挺着大肚子跑去大街上找他,其实我也不知道他在哪儿,我就是想做点什么事情打发我睡不着的时光。

有一次,我打车出去找他,但因为他不接电话,我不知道要去哪儿,就在他家附近的一家酒店住了下来。

那是一家连锁酒店,住到半夜,我听到隔壁传来叫床声。我想:哎,食色,性也。年轻人不讲武德,我忍忍吧。三分钟后,我听到了隔壁开浴室喷头的声音。本以为就这么消停了,没想到凌晨三四点的时候,隔壁的叫床声又开始了。

我突然就哭了,因为我突然想到他经常回家那么晚,应该不是去找哥们儿玩。他不喜欢打麻将,也不喜欢玩电脑游戏,就那几个固定的大老爷们儿,有什么话能让他们聊到凌晨三四点,有什么乐子能让他们消遣到凌晨三四点?

隔壁那个男的,可能不是他,但此时此刻的他,可能跟隔壁那个男的干着一模一样的事情。一想到这儿,我简直对他起了杀机。可是我一摸肚皮,又心软了。此时此刻,我怀着孩子,就算天塌下来,我也必须要等孩子生下来再说。

没几个人能想象出,一个有睡眠障碍的孕妇,遭遇一个经常夜不归宿的老公,是一种怎样的体验。有时候,到了凌晨两三点,王木木不仅没有回家,甚至连通电话也没有打回来过,我的心情又由愤怒转为了担心,害怕他是不是出了交通意外,又或是喝多了遇到了歹徒。我恨他,但是我并不希望他出事,这是真的。

王木木的屡次夜不归宿,已经成了我的一块心病。它就像风湿性关节炎一样,不下雨没事,一下雨就让我生疼。我不希望它疼,但是每隔一段时间,王木木就要夜不归宿一次,让我疼痛难忍。

长期失眠,本就让人变得易怒,加之我又怀孕,体内荷尔蒙和激素急剧变化,我很容易被点燃。长期积累下来的愤怒,简直让我无法自控。

在买房之前,我曾经有过一年的合租历史。和我合租的那个女孩,刚开始也常晚归,但她知道我睡眠极浅之后,就再也没有叨扰过我休息。合租的朋友尚且能如此,但我的丈夫却做不到,何况我还怀着他的孩子!

那时候,我所求的无非只是我的丈夫能体谅一下我在努力克服睡眠障碍的心情,可以在十二点之前回家而已。一次、两次,我尚且可以容忍,五次、十次、三十次呢?

为解决他经常性"夜不归宿"的这一问题,我什么方法都尝试过了,比如,沟通,尝试包容,使出铁血手腕,使出"怀柔"手段,以其人之道还治其人之身,冷战,热战……

我曾经给他写过长达几千字的信,希望他能体谅我的心情。可是,我不知道他有没看,也许根本没有,因为他最后只回复我一句:"胖妞,别胡思乱想了,我是爱你的。"

那封信,我写得言辞恳切,写完后还发给聂琳看了,聂琳看完后跟我说:"不知道你要流多少眼泪才能写得出那么多话来。"

可是,又能怎么着?我越是强调我的苦楚和委屈,王木木越是觉得我侵犯和限制了他的自由。

有时候，我想去跟他说："哪怕你真的觉得找哥们儿玩到深夜是你不可侵犯的自由，但即使不体谅我的感受，也可否为腹中的孩子考虑一下，我睡不好会影响孩子，先让我安稳地度过孕期行吗？"

但是，话到嘴边，还是噎住了。愿体谅的，不用你说也会体谅；不愿意体谅的，说破嘴皮也没用。如果这个问题真能解决，早就解决了。

这是我和王木木在价值观方面的根本分歧，没有调和的可能。给他一杯酒放在我们面前，我想的是和爱人一起品尝，他想的是找哥们儿嗨一次。

我无法改变他，又克服不了一被惊扰就十天半个月都睡不好的睡眠障碍。好多次，到了凌晨五点钟我还在床上辗转反侧，可是七点钟的闹钟一响，我又必须挺着肚子、强打着精神去上班了。

已广发请柬的婚礼被取消，缘起于他夜不归宿；我和婆家原本还算良好的关系变得恶劣，也是因为他夜不归宿；我们之间的感情从美好走向不堪，还是因为他夜不归宿。

他每一次夜不归宿，都会触发我想起这些不愉快的回忆，像是把之前已经结痂的伤疤再次切开，也让我们这段婚姻每隔一段时间就鲜血淋淋。而每一次夜不归宿后，王木木都会道歉，都会在事后加倍补偿我、对我好。可是我怕极了他的道歉、表态、补偿，因为这些只不过是为了下一次夜不归宿赢取更多的筹码。

他的道歉和补偿，也会让我想起小姨夫每次酒醒后向小姨下跪求饶的样子。小姨夫每次喝酒后必打老婆，酒醒后又会对小姨极尽温柔体贴，可后来，我小姨还是死了，说是自杀，但我一直怀疑她是被打死后再挂到房梁上去的。王木木的这种表现，让我想起我的小姨夫。我不想活成我小姨的翻版，要是以前我是断断不能忍的，可是现在我怎么办？孩子已经在肚子里了，我想要这个孩子。

我的肚子越来越大，情绪也越来越不好。我又是头胎孕妈妈，会不自觉地担心自己肚子里的孩子是不是健康，一直处于精神比较紧绷的状态。王木木不顾我怀着孩子、不顾我罹患失眠症却没法吃助眠药的情况，不顾我一个孕妇需要丈夫关心和陪伴的感受……这让我对他的那点爱，也逐渐消磨殆尽。

我再也没办法把他当成自家人了。事实上，自婚礼取消事件后，我再也没法把王木木他爸给他的任何东西，当成他的。

有一次，王木木的车窗玻璃被不明人士砸坏了，车要送修。他们全家都义愤填膺，只有我感到快意。我觉得这是他的报应，而且车是他家里人买的，跟我没关系。所有不是他自己亲手创造的财富，都跟我没关系。可是，这一阵快意之后，我又感到悲哀。从什么时候开始，我竟然产生这种想法了？我们还是夫妻吗？

拍拖时候、婚后甜蜜的那三个月里，我不计较的事情，我现在要计较了。跟他刚结婚的时候，因为感情好，我和他都是谁有心情就谁出钱。那会儿，我们花销少，感情好，自然也就没有什么矛盾。可是我怀有孩子了，往后余生也要这样过日子吗？孩子未来的奶粉钱、尿布钱、保教费，哪样不需要花钱？养过孩子的人都告诉我，孩子就是一个碎钞机。如果孩子出生了，我们在财务上还是这么不清不楚吗？

我对王木木提出要求，他必须每个月给我交一半的家用。我的房贷每个月是四千，我就要求王木木每个月给我四千，用作家用和孩子未来的抚养基金。

黄原万分不解："房子是你的婚前房产，你付房贷天经地义，为什么还要他出同等的家用？你们每个月用不了四千的啊，而且你工资那么高，一个月有两万多呢。"

我说："别扯我工资的事。如果我们现在是租房住呢？一套房子要租下来住的话,是不是得出至少四千的月租和其他费用?那我和他每个月分摊两千房租,然后每个月各出两千的家用,公平吧?我单位有基本医疗险,我自己还买了充足的商业险,所以产检、生产费用不需要他出一分钱。孩子是共同的,但生育风险和成本却是我一个人在承担,他出点花销怎么了?"

我到现在都觉得黄原的思维方式有点问题。王木木的孩子住在我的子宫里,我是拿命、拿职业前途在生养这个孩子。作为孩子的爹,王木木即使承担全部的花销,也是天经地义的。夫妻双方的生育风险和成本,不应该由女性一人承担。

但搞不好王木木也跟黄原想的一样:这个女人工资不低,一个人养家也养得起,却要逼丈夫出家用,而不是全力支持他创业,就是不体贴、不贤惠、不识大体。

刚结婚的时候,我是很体贴、很贤惠、很识大体,从来没有跟王木木计较过钱财。可是,那会儿是什么情况?是我们相处得如胶似漆的阶段,他能给我提供极高的情绪价值。现在又是什么情况?是我肚子里怀着他的孩子,而他屡次三番害我失眠,害我抑郁,害我痛苦,害我看不到未来。

孩子即将出生,家庭花销即将增大,而王木木却依然没有小家庭的概念,跟我言必称"你家""我家"。我们平时聊天抑或是关系紧张吵架时,他无数次讲出"你家""我家"这样的话。他总是把和我一起住的小家称为"你家",却把自己家称为"我家"。

比如,他会说:"你家有个水龙头坏了,得修一下。"这里的"你家",说的就是我们的小家。

他还会说:"这周末我不能陪你了,我得回我家吃饭。"这里的"我家",说的就是他爸妈家。

我质问过他无数回:"谁家?你说清楚,这是谁的家?"他才会改口"我们的家""我爸妈家"。

但是过一段时间,他又说漏嘴。

后来,我发现那其实就是他的潜意识。因为我们住的房子是我婚前买的,所以他心理上一直觉得那是"艾凌的家",而不是"我们的家"。他心理上离不开他爸妈的家,所以他把那边称为"我家"。

还有一次,他竟然说出"将来,给我们带孩子,是你爸妈的义务"这种话来。话一出口,他又觉得这话说得不正确,改口为"不仅仅是你爸妈的义务,也是我爸妈的义务"。

这种巨婴思维,气得我当场怼了回去:"孩子是我们俩要生的,谁有义务帮我们带孩子?他们愿意帮,是情分;不愿意,是本分。"

我也是在怀了孕之后,才意识到我根本就是嫁了一个没长大的男孩。他那时候连做丈夫都不够格,却稀里糊涂地当了准爸爸。我必须让他加大对这个小家庭、对这个孩子的经济投入,以唤醒他为人夫、为人父的责任感。

有一次,我要王木木给我拿四千块出来,王木木暂时拿不出来,就问了我一句:"你觉得我到底欠了你多少钱啊?"

听到这话,我气得脸发绿。他居然把他应该尽的家庭责任和义务,视为是他对我单方面的负债。

我那会儿还不知道,他每个月就从家族公司拿五千元的工资,但他把这五千元中的一大半都用在了和哥们儿吃喝玩乐上,根本给不起这个家里那么多钱。像钻戒抵扣学费事件一样,他再次去借钱,再次因为还不上而被他爸发现。最终,我和他爸迎来了一场激烈的争吵,直至完全决裂。

事情的起因是怎样的呢?

妊娠期我毛病挺多的,体温飙高,汗味变重,浑身水肿,鞋子大了两码,手指缝、脚趾缝里全是水泡,奇痒无比,又没法用药。

我还长胖了十几斤,乳房、腹股沟发黑,身上每天像挂了一个沉重的水袋,走到哪儿都觉得自己不再像是个人,而是一头母兽。

我长到这么大,那是唯一一段我觉得自己失去了做人尊严的时期。我浑身水肿到了哪种程度?原先的鞋子全部穿不下了,脚面肿得老高,随手往脚面按压一下,就能出现一个凹坑,隔几十秒后,脚面皮肤才慢慢回弹回来。

口腔溃疡和湿疹几乎延续了整个孕期。每次出门之前,我都要先坐床上痛快地挠十几分钟。实在忍不了了,我就倒了一盆冷水,加入白醋、盐和冰块。泡脚的时候,我心想要不要加点白糖和酱油,刚好可以做一道凉拌猪蹄。

和婆家人的关系降至冰点后,他们没有过问过一句,只是后来王木木跟家里人提了一嘴,说是玉米须泡开水喝,可以缓解湿疹和水肿,王妈妈才去超市收集了一点玉米须,让王木木给我带了过来。

但是王木木传递给我的,更多的是婆家不待见我的消息。这无形中还是给了我非常大的压力,我每天处在一种婆家人非常讨厌我的情绪压力中。也就是说,王木木是我和婆家沟通的唯一纽带,却是一条"毒纽带"。

在我怀孕七个月的时候,我和王木木又爆发了一次激烈的争吵。而在那儿之前,大着肚子的我还悉心去医院照顾过他一回。

有一天,他生病了,夜里突然发起了高烧。想到他也在我生病期间照顾过我,我就陪他去了医院。在医院里,我大着肚子给他跑手续、给他倒水,陪他到凌晨一点多。他见我这样,也不大忍心,劝我早点回家。

回到家后,我给他留了一盏灯,但还是翻来覆去都睡不着,然后我给他发了一条信息:"为什么你生病的时候,你那些哥们儿一个都不在你身边呢?你可以找你那些哥们儿照顾你啊,可现在为什么是我一个大肚婆陪你在医院输液呢?"

他回复:"老婆,我错了,以后不这样了。"

就这样,王木木消停了两天,又在家里扮演了几天好丈夫、好准爸爸。可是,没过几天,他又出去疯玩了。这一次,他很小心翼翼地把玩乐的地点定在了我们家楼下。十一点他说马上回来,到了十二点还是不见人,我问他在哪儿,这回他没有回避,告诉了我地址。

我那时候并没有意识到,他只有真和哥们儿一起玩的时候,才会让我知道他确切的位置。和别的女人在一起的时候,我是根本没能耐找到他的。

我挺着大肚子,穿着件薄薄的睡衣,蓬头垢面就下了楼,并在楼下的台球室找到了他,看到他正在和几个哥们儿打台球。

他的哥们儿见了我,只是冷漠地扫了我一眼。看到我怒气冲冲走到他跟前,他的哥们儿才意识到这个大肚婆是他老婆,但是没有一个人跟我打招呼,更没人跟我说句话。

我单刀直入问他:"你打算几点才回家?"

他回答:"打完这盘。"

我说:"从晚上八点打到现在凌晨一点,你还没打够吗?"

大概是我出现在台球室的行为,让他很没面子,他烦躁地回答:"没有。"

我叫王木木回家,他不肯。我也怒了,去拉扯他。因为我怀着孩子,他不敢推我,只是一次又一次地避开我的拉扯。我只好挺着大肚子,手叉腰站在他们的台球桌前。我也不说话,也不搭理他的哥们儿,只是死死盯着他。

他的哥们儿见状,可能也觉得很扫兴,脸上露出不高兴的神色,其中一个说了一句:"搞成这样还怎么玩啊,都回家吧。"

然后,那哥们儿抄起放在椅背上的衣服,叼着一支烟,跟王木木打了声招呼，就率先走了。其他几个见状也跟他告别，走人了。

我的言行，大概让王木木觉得自己很没面子。是啊，在他的思维里，真正有面子的男人不是回家陪伴孕妻的男人，而是老婆在哥们儿面前给足自己面子的男人。他们的面子，不是靠自己挣的，而是靠老婆给的。

我明显感到他很生气。他买了单，率先从台球室走了出来，兀自回了家。是他父母的家，而不是在台球室楼上的我们的小家。

他的这个反应，确实超乎我的预料。凌晨两点，我走到了小区门口一个浮雕墙那里。我摸着自己的大肚子，突然感觉到肚子里的孩子踢了我一下。我本来只是愤怒，但孩子这一踢，却让我想到此时此刻，这世界上只有这个孩子在乎我，在提醒我早点睡觉，我开始号啕大哭。眼泪像泄洪一样流了下来，我一个人蹲下身，哭了个天昏地暗。哭够了，我擦了擦眼泪，挺着肚子回了家。

王木木这一走就是半个月。他走得很理直气壮，我甚至能猜想到他的心理活动：我结婚了就不能玩了吗？我跟哥们儿玩到凌晨一点，你就来这样扫我兴，丝毫不给我面子，我受够你了！我跟你结婚，就整个人卖给你了吗？做人控制欲不要那么强。

我跟我爸妈说了这件事，我爸妈担心我怀孕月份大了没人照顾，就从老家赶了过来，陪着我待产。孩子在肚子里已经七个月了，搞不好随时会生产，搞不好会一尸两命。只有父母，会真正把我的死活放在眼里。

我起草好了《离婚协议书》，甚至写好了遗嘱。但是，我没有联系他去办离婚手续。

我怎么办呢？我能怎么办呢？我确实也腾不出手来去思考和处理离婚这事，光应付身体上的变化以及孩子的出生，就已经耗尽我全力。

我必须要忍，至少忍到孩子出生，忍到我有足够的力量去跟他抗衡，忍到我能对生活有多一点掌控感。我现在怀着孕，就是一个"半残废"，真要是来一场地震，我可能连几岁孩子都跑不过。真要离婚，也要等到"卸货"以后再说。

27

那段时间，王木木在自己家待了很久，之所以能待这么久应该也是得到了婆家人的支持。婆家人为什么会支持他？因为他们只相信自己的儿子。哪怕这个儿子撒了谎，又或者只说出了一半的真相。

比如，婚礼被取消之前的那次吵架，他回到自己家里，只会跟自己的父母提及我把他连人带行李都轰了出去，却不会提他自己有多少次夜不归宿的经历。这一次，他回到自己家里又会怎么说呢？可能只会说是我赶走了他，还逼他给家用，而那些家用是他四处借来的。

冷战到了第十天，我先崩溃了。我是一个孕妇，胎儿已经会动了。每次她一踢我肚子，我就心如刀绞。一想到我将来一定会和王木木离婚，现在只是档期没到；一想到孩子日后必定要在单亲家庭中长大，我当时真的有想过把孩子拿掉，然后离婚。可是，孩子的月份毕竟已经很大了，B超都能看出样子来了。她长了一个圆圆的脑袋、一个大大的鼻子，脸型像我，鼻子像爸爸。起初，她在我的肚子里动，像蝴蝶掠过肚皮，后来像是小鱼儿在里面游泳。现在，她已经是个成形的孩子了，会踢我肚皮了。我真的不能把她拿掉，日子再难过，我也必须要咬着牙往前走。

同事那时送了我一个胎心仪，我可以清晰地透过肚皮听到胎儿砰砰砰的心跳声,但是这个声音,我没法跟任何人分享。我的丈夫在他父母家,他不会回来。

我率先绷不住了,内心虚弱成一团泥。我甚至开始反省自己:我是不是管他太多?我是不是得在哥们儿面前,给他留点面子?我觉得对这份婚姻,我没有尽力,我脾气有时候也太坏了。我甚至想跑去告诉他,我不该太敏感、太桀骜、太不能容忍。我想求他,能不能别再和自己家人站在一起,来面对孤立无援的我?

每一次胎动,都是对我内心的炙烤。

我在王木木能看到的 QQ 空间,发了一条信息:胎动让我泪流满面,我其实真的不愿意孩子一出生,这个家里就没有爸爸。

过了一天,王木木自己回家来了。他一回来就抱住我,摸我肚子,叫我"胖妞",像是之前什么事都没发生。他说他还是放心不下家里的大肚婆,他想回家,但他爸不让他回来,为此,他还跟他爸吵了一架。

他说这话的原意,可能是想证明:你看,为了你,我又反抗了我爸一次,我是在乎你的。可是,这话在我听来是什么?是我怀着七个月的身孕,你爸却支持你跟我分居。你回来看我,他不高兴,还跟你吵架。

我没说话,但心里的怒火已经在累积。这一次,王木木又把我对他的怒火,成功地转移到了他爸那里。以前我不理解"坑爹"到底是什么意思,但王木木的表现完美地诠释了这一点。

接下来,因为他作为"双面胶"角色的缺失,我和他爸开启了又一轮的战争。

大概是因为儿子居然不听自己劝,跑到儿媳身边去的这种行为,让他爸意难平。半夜,他爸突然给我爸妈发短信,控诉我的罪状,说我爸妈没把我教好,我从结婚以来就想着敛财。他儿子自从跟我结婚后,就被我当成牛马,我总是让他洗衣服、做饭,甚至连内裤都拿给他洗。

之前,我爸妈用我弟的手机给他爸发过短信,让他爸误以为我弟的手机号是我爸爸的,他爸就把这些信息一股脑儿发到了我弟手机上。

当天,我弟的儿子发烧,两口子又累又烦。我弟接到这样一条莫名其妙的短信,很是无语。我弟立马给他爸打了电话,但对方挂了。我弟就回复了一句:"我从来不管我姐的婚姻,我姐的事情我相信她自己会处理好,你别再发过来了。"

结果,他爸大概是非常生气,还是发了些控诉我的话。我弟忍不住了,骂了回去,说他不想和"满嘴都是屎"的人说话,还把短信转给了我。他爸也不甘示弱,骂我弟是"畜生"。

我憋不住了,哪能容得他们那么骂我家人,也就加入了战局。一开始,我只是在解释,解释我让王木木交家用的原因。

我说:"我理想中的婚姻,是两个人一起买房、买车、分摊家用,这些东西也不该由男方来买。"

结果,王爸爸来了一句:"还想要房子、车子,你配吗?"

这句"你配吗"真的激怒了我。骂战升级,就一发不可收拾。

他爸说我嫁给王木木就是图他家的钱,从进门第一天就开始觊觎他的财产,他还讽刺我结婚前跟多少男人好过了。我简直气得要爆炸,我们结婚一场,房子是我的,家我养,我们办场小婚礼花的都是朋友送的礼金钱,我不知道我抢夺了他家什么财产?!

我说:"我老公睡过多少女人,我不介意,我睡过多少男人,我老公都不介意,你做公公的,介意个铲铲?"

王爸爸骂我"泼妇",我就回敬他"变态"。

我不再像一年前一样,为了赢得尊重长辈的名声,被他取消了婚姻还忍气吞声,如今我不想忍了。我打字很快,反应又敏捷,他爸根本不是我的对手。可能他还在酝酿怎么骂我更合适,我这边的毒箭已经源源不断发射了过去。

憋了一年的气,终于撒出来了,我觉得好快意!即便是离婚,也值了。

而在我和他爸对骂的过程中,王木木一直像个婴儿一般蜷缩在床上。直到王朵朵给他发了一条短信:"你老婆怎么那么不懂事?老爸已经是个六十多岁的老人了,现在一个人坐在床沿边哭。她弟怎么骂老爸的,我记住了!"

这条短信还让我看到了,王木木就回复了一句:"早点睡吧。"

我心想道德绑架谁不会?你侮辱我和我家人的时候,我们就得忍气吞声,我反击了你就搬出你做老人的架子,我还是一个怀孕七个月的孕妇呢。六十多岁的老人和一个身怀六甲的孕妇,谁更有道德绑架的资本?你爱咋地咋地吧,反正我也忍够了,他们不带这么欺负人的。

王爸爸的表现,又一次起了激将的作用,让我把《离婚协议书》藏了起来。我心想你不就盼着我们离婚吗?我就不离,就要以儿媳妇的身份戳在你跟前。

再者,孩子落地之前,我也没想离。我现在离婚能落着什么啊,我还得一个人去生孩子,一个人把她拉扯大。事情再糟糕,也得等到孩子落地以后再说。

就这样,王爸爸又一次充当了这段婚姻的"神助攻",让这门濒临破裂的婚姻,又往前撑了一段。

我爸妈围观了这场骂战,但这次坚决站在了我这边。对他们来说,他爸前一次不顾儿子、儿媳的反对把婚礼取消,本就不可理喻。现在儿媳怀孕七个月了,女婿放心不下大肚婆,跑回来找女儿。做公公的,为什么要生气?是觉得他不该回来吗?是希望两人离婚,让这个孩子"烂"在儿媳肚子里吗?

我实在气不过,但又不想再刺激王木木他爸,就拿了我爸的手机,用我爸妈的名义,给王朵朵发了一些信息,让她转告给王爸爸。

在短信里,我以我爸妈的名义,主要说了以下几点:

第一,既然觉得我女儿是为了钱才嫁进你们家,又是为了钱才肯离婚,您也屡次为给了我女儿9999元彩礼心痛不已,那请列个清单出来,这一年多我女儿到底贪了你们家多少钱财,趁我们还在广州的机会见面交接清单和钱款。我们家虽穷,但不能屡次被人看不起。

第二,这段时间,我们沉默是觉得跟您没有沟通的可能,不是软弱怕事。儿女的事情让儿女去解决,谁家的儿女谁负责教育。您的儿子也不是完美的,但我们从未苛责过他半句。您对您的儿子有意见,觉得他不按照您的意志从事,觉得他很不争气,那是你们父子俩的矛盾,以后请不要再把对您儿子的气,都撒到我们头上。

第三,我们把您儿子视为我们的半个儿子,我们给他们什么,为他们付出什么,从来没考虑过您的儿子配不配,也从来没苛求过他要对我们做到哪些,要服从我家的什么规矩。我们也是有媳妇的人,但我们跟媳妇娘家的关系甚是融洽。日子是他们小两口在过,老一辈的如果不能陪他们走完一辈子,就学会尊重他们的选择和他们的生活模式,否则,为难的只是您自己和您的儿子。

第四,这几日我们在广州,但看您儿子跟我们住一起不自在,所以,决定提前回儿子家住。以后有事情请冷静坐下来沟通,该离婚就离,俩公媳像泼妇骂街一样吵来吵去,没意思。

这些话完全是我的意思。如果这时候,王木木和他的家人要提离婚,没问题,我离。大家把钱财的事情算清楚,早离早超生。

王朵朵大概是觉得这些话若是转给自己的爸爸看,事态会升级,所以把这些信息压住了。后续战火没有升级,这次骂战也就到此为止。

我爸妈觉得他们戳在我们的婚姻里，可能不利于我们和好如初，知趣地去了我弟弟家住，把时间和空间留给了我和王木木。

而我跟婆家那边的关系，僵到直接冻住了。

28

王木木回来后，对我似乎更好了一些。孕后期，我经常半夜抽筋。每次抽筋，王木木都一个鲤鱼打挺坐起来，给我按摩。他那时也挣了点钱，虽算不上殷实，但很舍得给我买价格不便宜的衣服、鞋子，自己则只穿几十块的T恤。他带我出去玩，总是能把行程安排得还不错。我要是想上厕所、想喝水，他一个箭步跑出去给我找好厕所、买好水。

和王爸爸经历一场恶吵之后，虽然吵赢了、吵爽了，但我的心情也坏透了。王木木并没有按照之前的约定给足家用，但他爸爸说的那句"还房子、车子，你配吗""你跟我儿子结婚就是为了敛财"，一直回荡在我的耳边。

我意识到，造成这一切的根源就在于王木木婚后根本没有实现经济独立。他不可能脱离他爸开的公司，那么，经济上的不独立就让他永远没有话语权。我找他拿任何一分家用，事后都会被责难"借婚姻敛财"。

当时，我问过自己，倘若他没有夜不归宿这个恶习，不那么"爸宝"，每个月就在一个小公司上班，就挣个五六千块钱，我会嫌弃他吗？答案是：不会。

他为我提供的情绪价值和生活上的照顾，足以填平我和他之间的收入差距。家和孩子我也可以独立养起来，他只要能养活自己就行，我不希求他大富大贵，只要他能给我家的感觉，无非我们就是过得比周边人清贫一点而已。

我开始劝王木木离开他爸的公司，自谋一份出路，让我们的小家庭在经济上先独立起来。毕竟，经济基础决定话语权，只要他不再依靠父亲而生活，那么我们的事就可以自己说了算。

现在想来，我也真是幼稚。他怎么可能放弃作为继承人的位置？何况，让他做继承人，是他家族利益最大化的选择。对他自己来说，与其受外面老板的气，还不如受自己亲爸的气，毕竟自己爸爸不会真跟自己生气。

我的劝说终究被他当成了耳边风，他依旧每天起早贪黑，但并不是为了我，而是为了婆家，让我心理极不平衡。

我和王爸爸的矛盾，很大程度上是两个人在争夺对他的"使用权"。家族公司需要"使用"他，我们的小家庭也需要"使用"他。公司"使用"他多了，他能被小家庭所用的时间就少了。可这两个家庭的关系根本无法调和，利益也不一致。

王木木每个月仅仅能从他爸爸那里领到一点工资，还得养车，家用基本上是我在掏。把绝大多数时间都拿去工作，少部分时间拿去跟哥们儿狂欢，家里家外几乎都是我一个人在顶着。而且，孩子出生后，家庭开支肯定会增大，这就意味着我的收入将全部用于这个家庭。我一分钱都存不起来，将来如果我爸妈有个病痛，我还得去借钱，而他挣来的钱都在他爸那里，我和婆家相处成这样，他爸爸又那么讨厌我，根本不可能会给他钱养我们这个小家。我跟他结婚一场，情感上得不到温暖，经济上要自己支撑，他对这个家庭的贡献度非常之低，那我到底图个什么？

我曾经有想过跟王爸爸服软、说点好话，去缓和跟他的关系，但真的做不到。幸运的是，因为我的那一次撕破脸的吵架，王爸爸终于下决心不再多管我们的闲事，我也终于可以不必再看他的脸色过活。

也是从那时候开始,我暗下决心:从现在开始,我不会再跟他爸多说一句话,也绝对不会要王家给我的任何东西——当然他们也不可能给,毕竟我整个孕期他们连个苹果都没给我买过,只是送了我一顿大吵。我想要什么,靠自己的努力完全可以得到。

怀孕八个月的时候,我在 QQ 空间里写下了这样一段话:现在怀孕八个月,生完孩子有一两年的时间,我腾不出精力来好好对待事业。但我希望我能通过自己的努力,走出一条道来,让我和我的孩子过上更好的生活。我知道这条路会很苦,但我会坚持。人生无非就是这样,你要么受得了气,要么吃得了苦。很抱歉,我比较擅长吃苦。总有一天,我会用自己的努力走出一条阳光道来,让他想起曾经跟我说过的话就觉得羞愧。有句俗语说的是"莫欺少年穷",我有大把的时间证明我不拿男人一针一线也能活得好。

愤怒让我上进。那段时间,每当我懈怠的时候,我就会想起王爸爸说过的那些话,然后腰杆立马挺直了起来。都怀孕八个月了,上班我和正常人一样任劳任怨,下了班我熬夜写论文。作为一个有志气的寒门子弟,我从来没被人这样看不起过。自己不争点气,不混出个名堂,那还是人吗?

我和王木木还有一个难以启齿的问题,那就是性的问题。自我怀孕开始,我们就很少有性生活了。孕期前三个月,我很小心,不让他碰我。产检查出来黄体酮低,我害怕了好久。这种时候,是根本不敢有性生活的。但是,六个月以后,医生都说安全了,可他还是不碰我。

我告诉自己,哎,男人面对一个大肚婆,心理有障碍,没有欲望也是正常的。

迟钝的我每天忙着上班,忙着硕士论文答辩,根本没把他的屡次夜不归宿和出轨联系在一起。即使偶尔闪过这样的念头，我也自欺欺人地认为这是不可能的，他是那么单纯的一个男孩子。我们俩一起出门，看到穿着暴露的美女，都是我流着哈喇子瞟人家，他连正眼都不看的。倒是他跟哥们儿的那个热乎劲儿，让我总想盘问他性取向是否主流。

有一次，他在家里上QQ，用的是我不熟悉的一个QQ号，还加入了一个"九魅群"。见我走到身后，他飞快地下了线。

我问他："九魅群是什么意思啊？你为什么上这种群？"

他回答："我就帮哥们儿登录一下这个QQ。"

直到离婚的时候，我才知道，所谓的"九魅"指的就是"酒吧妹妹"。

迟钝如我，还跟他讨论过这样的问题："我孕期，你做不了，你都怎么解决的啊？要不要我帮你啊？"

他回答我："你神经病啊。"还露出一副很不好意思的样子。

那时候，我真的没有往他已经出轨了这个方向去想。我还以为，这些事情只会发生在别人身上，离我很遥远。

孕晚期的我脾气一点就着，而王木木任由我骂，几乎从不回嘴。有时候，我也在感慨，如果怀孕的人是他，我可未必能做到像他待我那样。那时候的我，哪里知道这不过是因为人家在外面有了女人，对我内疚了、心虚了，才想方设法补偿我，以减轻自己的罪恶感。换正常的、对孕妻问心无愧的男人，有几个能有这样的好脾气？

临近生产的最后一个月，我爸妈赶来广州照顾我。家里多了两个人，王木木更"害怕"了。他跟我都相处不好，何况跟我爸妈？我爸妈从来没责备过他半句，可他就是会心虚。又或者住在这套我婚前的房子，家里又多了我爸妈这样两个人，让他产生了一种外人的感觉，夜不归宿的频率越来越高，而我们之间的关系也紧张到了极点。

相比我,他实在是太没有扛事能力了。他从小被爸妈保护得很好,没有经受过任何的风霜,因此,当我们的关系发生失衡,他首先想到的是逃避。要么逃到父母那里去,要么逃到哥们儿那里去,要么逃到情人那里去。

他唯一没想过的就是面对和担当。他的成熟度根本没到能结婚成家当爸爸的程度,却还是跟我结了婚、生了孩子。一遇到所谓的重压,他的"阴暗面"就被激发了。

是啊,对不够成熟的人来说,其实并不需要特别事件,婚姻生活中的鸡毛蒜皮以及家庭责任就是重压了。我能扛得住的压力,他扛不住。扛不住,那自然要去外面找补。

后来我才知道,在我生产前一个月,他在外面频繁开房。也许,他只是单纯不想回我们的家,但又不敢回自己家,才在外面过夜。又或者他只是去找了小三,去她那里释放夫妻关系恶劣以及即将当爸爸这两件事给他带来的压力。

我临产前一个月,他几乎已经不着家了,每个星期最多回家吃两顿饭,住两个晚上。剩下的时间,他都在外面。他经常凌晨三四点才回来,然后蹑手蹑脚走过客厅,走过我爸妈住的小房间,再蹑手蹑脚走进我们的卧室。而我,肚子大得像个球,孩子随时会出生,我已经完全没有力气再跟他闹了。

这样的次数多了,我的心也慢慢凉透了。

29

那年七月底,按照医生的算法,还差三天孩子就四十周了,我随时可能生产。梅芳看王木木和我闹成这样子,又担心我爸妈搞不懂医院的流程,就在我生产前一周,住进了我家,随时准备着和我爸妈一起,把我送去医院。

梅芳住进来以后,王木木就更加不着家了。生产之前,为了能够顺产,我有空就挺着大肚子去医院上课,学习拉玛泽分娩呼吸法。而这些,王木木一次都没陪我去过。

最后一次产检,做B超,医生说:"胎儿头不小哦,估计七斤以上,脐带绕颈一圈。"

我问医生:"能顺产不?"

医生摇摇头:"不好说。"

我忐忑地问:"那要顺不出来怎么办,要剖了?"

"九斤十斤也能顺的,顺不出来再剖。"医生回答得面无表情。

那天早上一起床,我的肚子开始有规律地疼,但这种疼痛还可以忍受。到了晚上,见红了,老爸老妈赶紧提起待产包护送我上医院。我给周昆打了个电话,对方一听说我要生了,不到一个小时就赶过来了。在他的帮助下,我正式入院。周昆见王木木不在,觉得这种事情应该要通知一下他,就给他打了电话,他这才赶来交了住院押金。

医生给我做了宫口检查,说开了一指。在做了一系列的产前检查过后,老爸老妈回家休息,留王木木照看我。晚上十一点,阵痛开始加剧,但我一看到王木木就烦,我问他:"这一个月,你不回家,到底去了哪里?我现在怀着你的孩子,你连我的死活都不管了是吗?"

他说:"男人也是需要自由的!"

我说:"去你祖宗十八代的自由!"

听他这么说,我浑身每个毛孔都被愤怒占据。他一听我骂他祖宗,也不甘示弱,问我为什么要骂祖宗。得,他只要抓住我说话中的一点错处,他就能把重点轻巧地转移了。我气得牙齿咯咯作响,想想整个孕期所遭受的薄待,我又是伤心又是愤怒,不知道是该忙着抵抗疼痛还是该继续跟他吵架。

我们坐在医院的长廊上,沉默了好一阵。两个人中间隔了一条长廊,那条长廊宽得像一条银河,又冷,又宽。

他扔下一句话:"明天我要出差,今晚我得回我家睡个好觉。我现在陪着你又不能替你痛。"

我努力让自己把心情平复下来,问他:"这单生意很重要吗?明天我可能就生了,不可以推迟出差吗?"

他说:"可以是可以,但是……"

骄傲如我,不再想勉强,于是跟他说:"你走吧。"

看着他头也不回负气离去的身影,我气坏了,声嘶力竭地冲着他远走的方向大吼:"滚!"喊完,我的眼泪唰一下流了下来,溅到地上。

我想我真是偶像剧看多了。我曾设想过很多种我生孩子的情节,却从未预料到是这一种。

奇怪的是,如今我再回想起那一夜的场景,已不觉伤痛,相反倒觉得有些好笑。到底还是在乎的,所以连生气都那么投入。

那一晚,他没有回我们那个离医院只有一路之隔的家,而是回了他自己家。

疼痛已经让我顾不得难过,我平复了一下情绪,给老爸打了电话。已经睡下的老爸忙不迭赶了过来陪床,我看他气得嘴唇发抖。

当天晚上,我根本睡不着了。疼痛一波波加剧,一开始是每隔五分钟疼一次,后来是四分钟,三分钟,接下来是每隔两分钟疼一次。阵痛来临时就咬住擦汗的毛巾,怕吵醒病房其他人。后来,为缓解疼痛,我索性轻手轻脚爬起来,一个人跑去爬医院的楼梯。爬到顶楼,又坐电梯下来,再爬楼。

凌晨四点多,我看到一个产妇生完孩子被推了出来,丈夫、父母、公婆一大堆人呼啦啦全部迎上去。

她一见老公就嚷："刚才我以为自己要死掉了。"

她老公俯下身，握住她手说："我知道，我知道的。老婆，你辛苦了。"

我倒抽了一口气，像是看完了一场剧，继续扶着腰缓缓向前走。

每次阵痛，都是从腹部向腰部发散并带有便意，我坐立难忍。疼起来的时候觉得身体被拦腰砍成了两段，我浑身发抖，连牙齿都是。

那一夜特别漫长，天怎么也不亮似的。

我轻拍着肚皮跟孩子说话："宝宝啊，妈妈好痛，你能快点出来吗？真的太痛了。"

早上老妈给我送来了鸭绒被，它在我身体上蓬松松地堆起来，轻得好像没有重量一样。我躺在被窝里，一会儿热得脑袋冒烟，一会儿冷得打哆嗦。

我一会儿想尿尿，一会儿想站着，一会儿想躺着，一会儿想坐着，一会儿想走着，一会儿想蹲下来，一会儿想弯腰，一会儿想伸腰……怎么着都不舒服。

我说我不行了，我让医生帮我看看是不是可以进产房了。一检查，医生说开了一指。我傻了，天啊，我疼了整整一夜，还是只开了一指！

接下来是极其难熬的一个上午，我痛到后来都没有力气叫痛了。几个朋友发短信过来，问我生了没有。我看着短信哭笑不得，我也想啊！

我痛得几乎吃不下什么东西。阵痛来袭的时候，我就大口大口呼吸，等阵痛过去了再往口里猛塞汉堡包，阵痛再来又停止进食大口喘气，额头和手心全是汗，流了又干，干了又流。

中午十二点医生来查房，问我昨晚有没有睡好，我说一整夜没合眼。他说如果我确实坚持要顺产,那现在必须要休息。他给我开了点止痛药水,让我先好好睡一觉,睡好了才有力气生。

之前我看朋友的顺产日记,我想着人家身体那么单薄都可以顺产,我长得五大三粗,坚持下也应该能顺下来。再说了,我都挨了一个晚上加一个上午,现在要放弃的话,之前的忍耐都白费了。

点滴打上,以为阵痛会有所缓解,谁知我还是痛得没法入睡。直到下午一点钟,医生检查说宫口差不多开了三指,我才被推进分娩室。当时我心里暗爽,心想进产房是不是意味着我快要生了,暗地里祈祷等下快点生出来,少痛一会儿。

医生态度很好,很温柔地跟我说:"今天是周末,你的主治医生今天不做剖腹手术的,等会儿要自己努力生。"

我说我痛到不行了,有什么办法可以让我快点生下来,我真的没力气了。

医生跟我商量说:"那就人工破水吧。人口破水得家属签字。你老公呢?"

我说:"你让我妈签。"

产房只能进一名家属陪产,老妈闹不懂医院的流程,就让梅芳进产房陪护了。现在需要签字,必须得直系亲属,梅芳出去换我妈进来。老妈也不知道在哪儿签,而护士说的普通话语速太快,她听不懂,急得一头汗。

我已经没力气告诉她该怎么弄,因为每一波阵痛袭来,我就觉得自己身体要被撕裂了。

人工破水,我经历了平时根本想象不到的痛楚,不知道是医生手法不熟练还是怎么回事,一共破了三次才成功,每一次都疼得我快晕厥过去。

老妈全程立在产床旁边,握着我的手,帮我抚摸肚子,看我疼得太厉害,还哭了鼻子。她边哭边跟我说:"这是每个妈妈都要经历的一劫啊,呜呜呜。"

我已经顾不得安慰她,因为我疼得太阳穴都要炸了。

接着,医生给我打上了催产素。催产素真厉害,一挂上去,没几分钟,我就开始掉眼泪了。

"啊,疼!……疼!……疼!……"

一会儿,又开始腰酸、背酸,疼痛加上酸痛像火焰的炙烤一样开始从肚子蔓延到背脊,蔓延到胳膊、腿、脚,蔓延到牙齿、指尖,蔓延到身上每一个毛孔和缝隙里。

疼痛四处炸开,五脏六腑开始互相拉扯,撕裂的声音在身体里一节一节地噼啪作响,我从冰窟掉进油锅,又从油锅掉进冰窟……

没多久,我缩成一团抖得一塌糊涂,眼泪鼻涕全控住不住了,哗啦啦喷涌而出。我觉得我要死了,我还不如去死呢,真想撞墙啊!

医生再来看,说我开了三指。听到这话,我气得差点晕过去,这是在开什么国际玩笑,我都疼成这样了,才开了三指?!旁边又来一个产妇,医生瞬间飘走,只留我一个人苦苦挣扎。就在我疼得想挠墙的时候,我听到一声婴儿啼哭。我一愣,是我生了吗?怎么没感觉啊?

恍惚间,我往肚子上看了一眼,发现自己肚子还胀鼓鼓的,这才意识到是刚才进来的那个产妇已经生出来了。我又是嫉妒又是难过。哎,同是生孩子,人家怎么就那么快呀?

当初我坚持顺产其实就是想产后恢复快一点,这样爸妈就能少受些累,我也可以早日帮着照看宝宝。可现在我肠子都悔青了,当初若是直接剖腹产多好啊。很快,我就痛得什么也喊不出来了。

我满头都是汗,衣服湿透,连睫毛上都是汗珠,眼睛糊得都看不清,眼前重重叠叠的人影晃过来晃过去。我感觉就要死掉了!这万恶的社会啊!妇女的冤仇深啊!怎么没人来救我啊!人都哪儿去了啊?!

旁边监测胎心的仪器开始发出报警声响,一个护士说:"不好了,胎儿心跳变慢。羊水有点浑浊,胎儿可能已经拉了胎粪,还是剖吧。"

我一听,吓得要命。

医生说:"没事,这种情况很正常,你放轻松。"

我上气不接下气说:"我不行了,我真的没力气了,我要剖。"

医生丢给我一句话:"可以,我们可以给你手术,但怎么着也得等中午给你打的药水代谢出去啊。"

我哆哆嗦嗦挤出几个字:"那要等到几点?"

医生说:"大约下午五点。"

我一抬头,看到时针才指向三点。接下来的两个小时,是我一生中经历的最为漫长的时间。我抓着床沿大口大口地呼气、吸气,却无法对抗这剧烈的痛楚。

痛死我了!我要死了!!

很多次,我觉得自己精神快崩溃了,多一秒钟都无法再坚持。终于,医生说可以手术了。一阵惨白的日光灯晃来晃去,明明暗暗七转八转的过道,我被送到手术室。

医生和护士都在喊:"艾凌的家属在哪儿?艾凌的老公过来签字!"

喊了几声不见人来,护士低头问我:"你老公在哪儿?"

我说:"在出差"。

护士再问:"家属呢?我们需要有家属签字。"

我说:"我不知道,你别问我了。我好痛。"

当时我也不知道梅芳和我爸妈跟着我来了手术室没有,当时我已经无暇去考虑这些了。被推进手术室后,我惊了,居然要换床,还要我自己爬上床!咦?这床怎么这么窄?这床怎么那么高?以前没生过孩子,我不知道具体要怎么做啊!

我手上还扎着针，觉得浑身又冷又烫，这身体好像全都造反了，每个器官都被撕裂了！肚子一直往下坠，连一口气都提不上来。

就是这么疼得找不着北的场合，我还得爬起来签字。按照那家医院的规定，产妇做剖腹产手术应该由产妇的丈夫签字，如果丈夫不在，则由产妇本人授权直系亲属签字。我疼得连笔都拿不稳，但还是在一张授权书上歪歪斜斜签下了我的名字，医生说没写清，我又忍着剧痛再写了一遍。

你看，当你没有别的选择，很多我们觉得自己无法再坚持和忍受的事情，再坚持一下下还是可以忍过去的。

一群白大褂在我眼前围成一圈，七手八脚地给我上呼吸机，戴手术帽，极为麻利。我手脚上缠满了输液管和监测仪，动弹不得。医生让我把身体缩成虾状，可疼痛让我控制不住地发抖，抖得无法配合。这么个痛法，果然还不如死了算了！

什么叫求生不得、求死不能？这就是！

什么叫撕心裂肺、五脏俱焚？这就是！

什么叫垂死挣扎、奄奄一息？这就是！

这就是地狱！这冷冰冰、热腾腾的第十八层地狱！

这就是鬼门关！这绿幽幽、白森森的阎王殿！

我用尽最后一丝力气把自己缩成虾子的形状，剧痛袭来也保持着这个姿势，感觉脑袋里唰地腾起一团凉雾，什么都听不见了。麻醉师帮我扎了两次，才把麻醉打成功。对我而言，这打麻醉的痛此时已经不算是痛了。没过多久，麻木的感觉从肚子散布到四肢，我一点疼痛都感觉不到了。苍天啊，大地啊，早点给我麻药多好啊，这感觉简直太棒了啊，这简直就是殿堂级帝王级的享受啊。

我感觉冰凉冰凉的刀子在我肚子上划来划去，医生们聊今晚吃鱼香肉丝还是辣子鸡丁。也不知过了多久，忽然听到手术室里一声清亮的婴儿啼哭。我眼泪一下子就下来了，我沙哑着嗓音问："男孩儿还是女孩儿？"

医生说："等会儿你就知道了。"

过了一会儿，一个女医生把一个小肉球抱了过来，分开她的小腿，问我："男孩女孩？"

我说："女孩儿。"

她抱着小宝宝，用她的脸贴了我的脸一下，柔柔的，软软的。这一贴，就把我心都贴化了。可随机一个念头闪过，哎呀，女孩儿啊，那以后也得跟我一样承受生产之痛啊。

医生把孩子抱出去给家属看，我后来听我爸妈说："那么小的人儿，抱出来也不哭，就睁开眼睛，好奇地看着。别的孩子生出来脸上都是皱巴巴的，就她圆圆润润的，真好看。"

之后，我感觉医生在按压我的肚子，缝针时有牵拉感。手术完，医生把我推出手术室。经过几个过道，头顶一排惨白的灯光。我觉得又感动又难过。心如死灰，又充满希望。

很不凑巧的是，当天产妇特别多，我被安排睡在比过道条件更恶劣的大厅，空调还是坏的。要知道，那可是热得流汗的七月啊。剖腹产后不能睡枕头，六个小时内不能动。我流了一夜的汗，头发就没干过。其间护工还帮我压肚子，麻药劲过后每一次按压都疼到我感觉身体要断裂了。

身体恢复知觉后，我开始练习翻身，难受无比。按理说，麻药劲没过应该很好睡，可我却热得一秒都没睡着，那叫一个度秒如年。好不容易熬到天亮，可谁料出太阳了更热。我床位在走廊大厅最靠窗的位置，更是热得不行，相当于完全躺在露天环境下。你想想看，广州最热的夏天，一个刚动完手术的产妇躺在没有风的露天环境下是什么滋味。我就像是被汗水浸成的腌菜，然后又被放到蒸笼里蒸，浑身上下散发着热气腾腾的雾。我整个人处在半昏迷状态，分不清是梦境还是现实。

第二天医生来查房，叮嘱旁边的助手说："这产妇挺可怜的，生孩子老公都不在，你多来看她几趟。我看了下她属自费而不是生育保险范畴，你在开药时尽量帮她省点费用。"

其实我当时选择这家条件并不很好的医院，只是因为离家近，方便父母照顾，并不是支付不起更高额的手术费。付费方式上我选择自费，只是我的生育保险报销方式和社保不大一样。我听见医生的话，躺在一旁，哭笑不得。

我不记得王木木是在孩子出生后的哪一天出现在医院的，只记得第二天他的两个朋友来医院看过我，他们比他更早看到我女儿。他们坐在病床边跟我爸妈聊天，我处于半昏迷状态根本不知道他们在聊些什么。

生完孩子后两天，我都没看清女儿长什么样子。直到我的床位从大厅转到了有空调的病房，我才忍着伤口直起身子戴上眼镜看清了女儿的样子。她的样子一点都不丑，也不像有的刚出生的婴儿一样皱巴巴的。她的额头、下巴、腮帮子都很圆润，嘴唇红彤彤的，眼睛紧闭着，长了一双软软的小耳朵，头发湿润地贴在小脑袋上，四肢蜷曲着，小手握得紧紧的。我看着她，突然觉得之前的疼痛、汗水和忍耐都显得那么微不足道，再痛也是值得的。

出院那天，我拿到了出院通知单，上面清晰地写着，胎儿左枕后位。一个医生说这个位置，顺产的确是很难生出来。我像是为自己无法坚持到底找到一个借口，但心里还是觉得有点委屈，遭了两重罪，早知道就不逞能，直接挨一刀算了。

因医院床位紧张，我只能住院三天，在伤口还疼痛、人还不能下蹲的情况下就得出院。出院前，王木木每天来医院看孩子一会儿，拍几张照片，跟我聊聊长得像谁。我没有力气生气，所有的精力只想放在把身体养好、把孩子养好上，心想有天大的事等出了月子再说，所以对他很和善。他像做错了事的孩子一样，每说一句话都要看我脸色，还不停给我承诺：

"老婆，我回头送你一部新手机，你那部旧手机就给我用好了。"

"老婆，你想减肥的话，就去美容院减吧，我出钱。"

"老婆，孩子长得可真像你啊，你看她那么漂亮。"

婆家听说我生了孩子，破天荒地对我伸出了橄榄枝。我还在住院期间，王妈妈听说我爸妈不大会煲汤，就给我送了过来。我听不懂王妈妈的方言，王木木替他妈翻译并解释说，他妈妈晕车，坐了一个多小时公交车，才把汤送过来的。

可是，我根本没办法消化这种好意。我满脑子想的只有一件事：如果他们真的在乎我，真的关心我，为什么在我生孩子前夜，依然收留自己的儿子在家里睡觉，第二天又派他出差？如果我爸妈要是养了这样的儿子，儿媳都已经躺在医院即将生产了，儿子却跑回家睡觉，那我爸妈一定会把这个儿子赶去医院的，可是他们并没有……

现在想来，我这种恨意毫无道理。那是王木木的选择，他都已经不在乎我了，他家人为何要在乎我？又或者，以王木木的脾性，他可能根本没有告诉自己的父母，那天晚上我已经开始阵痛，孩子第二天就要落地了。

一个男人知道自己的妻子马上要生产了，居然还能跑回自己家，居然还能睡得着，这也是最让我寒心的。

如果说，之前我只是想离婚，那这一次过后，我知道了我必须要离婚。可是，不是现在，现在我没法离，剖腹产的伤口还在疼，我连自由走动都不能。我甚至都不能生气，不能吵架，因为伤口会疼。我只能尽力地让自己情绪平和，假装什么都没发生过，对王木木和他的家人和颜悦色。

可是，出院当天，我还是忍不住了。短暂来医院晃荡两天后，他又忙工作去了，出差了。是啊，家族生意才真正离不开他，我和孩子算什么？

更令人心寒的是，那段时间，王木木依旧住在自己家里，这绝对不是"住不下"就可以解释的，我们的婚床一直是空着的，而婆家也欣然接受了他这种住在家里的行为。种种这些，让我在离婚后一年内，都没办法释怀。

我出院那天，王木木依然在出差，没回来。他打电话过来说："我工作忙，接不了你们出院。"

我说："你以为我现在还会在乎你来不来接吗？"

他没再搭话。

我家那时就在医院对面，过个天桥就到，但以我当时的身体状况，根本无法走天桥。我妈抱着孩子，我爸拿着住院用的物品，梅芳搀扶着我一步一挪地走到大街上，打了一辆出租车，绕了个大圈，回到了家里。好在我买的房子是电梯楼，不需要爬楼梯，不然以我当时的身体状况，我的伤口一定会崩裂。

很多年后，我去那家医院看病，依然能记起这些细节。我只能感慨，幸亏这一切都发生在几年前。那会儿我爸还没中风，也没有痛风症状，不会像现在一样走路一瘸一拐，一到晚上一只胳膊就疼得抬不起来。我妈身体也还算康健，不像现在一般老态疲显。梅芳那会儿还没出嫁，可以住在我家帮着照顾我和孩子。

30

出院后，王木木的妈妈、姐姐和弟弟，带着礼品和红包来我家里看了一下小孩。他们来的那天,王木木照例出差了,毕竟他是大忙人。这世界上有什么东西能比他的家族生意更重要?王爸爸是不可能来的,毕竟我们吵得那么凶。真要见面了,也只会给彼此添堵。

我爸妈对于王木木不陪产的事情非常愤怒,既然婆家人都找上门了,那有些事该说开就说开吧。

我问他们:"我们都领证了,请柬都发出去了,为什么还要取消婚礼?为什么公公说我贪财,我贪你们家什么钱财了?你们知不知道,我们从结婚到现在,他夜不归宿多少次?为什么你们要劝他离婚,你们就那么希望我们离婚吗?为什么他能做到我生孩子了都不陪产,你们也能容许这种事情发生?"

王妈妈否认了"他们全家希望我们离婚"的话。

我说:"他亲口跟我说的,说了很多次,他说你们都在劝他跟我离婚。"

王朵朵则劝我放下,说如果我一直揪着这些事情不放,那么我和王爸爸永远没有和好的可能。同时,她也叫我反省,为什么我们婚姻会走到这一步,为什么王木木不愿意回家。

她说的都是正确的话,但在当时的我看来却是无比刺耳。我觉得王爸爸取消婚礼、说我贪财、包庇自己的儿子夜不归宿,那就是他的错,为什么不是他道歉,而是要我放下?还要我为老公夜不归宿而反省?我一个孕妇需要怎么反省?反省我怀孕了,不能给老公提供全方位的跪式服务,导致他夜不归宿?

两家人的会晤,就这样闹了个不欢而散。事实上,事已至此,伤害已成,我需要的只是一点"被看见"。哪怕他们跟我说一句"婚礼被取消了,我理解你的感受,你受委屈了",或是"他不陪产,是他不对,你受苦了",抑或是"那么多回他夜不归宿,你一个孕妇挺不容易的",我可能都会因为自己的感受"被看见"而释怀。

但是,很遗憾,没有。他们只能看见自己的亲人王木木,却"看不见"我。只有王果果，为这件事情表达了抱歉："嫂子对不起，我是真的不知道。如果我知道，我就代我哥哥出差了。"从与婆家交恶以来，婆家人给过我的宽解的话，大概也就这一句。就这一句话，让我记了他很多年。

在我和王木木婚姻存续期间，只有王果果没有跟我闹翻。曾经一度，王果果还跟我讲心里话，我就耐心地开解他，因为那时候他也被父亲粗暴地干涉自己的事情，他的父亲是我们共同的"敌人"。离婚后，我跟婆家人再也不相见，也不想见。但是，王果果，我不避讳，因为他曾经在我那么难、那么委屈、那么疼痛的时刻，有那么一瞬间，"看见了我"。

而我那时的天真就在于，我以为婆家人真的会站在我的立场上去思考哪怕一分钟，可是这些都没有；又或者他们也考虑过，但没有表达给我听，所以，我自始至终没有感受到。

现在想来，这也不怪他们。能脱离身份和立场，看到事情本质的人，是很少的。

我曾经跟黄原聊天，聊及王木木对我的种种，他说："他是挺过分的，但问题不算大。"可是，后来黄原的妹妹未婚先孕，男方还挺负责的，提出来要结婚，但黄原还是气得想打爆男方的头，因为他觉得自己的妹妹被欺负了。

我后来又问黄原："如果让你妹妹、你女儿，嫁给王木木这样的人，你愿意吗？"

黄原差点从原地跳起来："还是别了吧。"

你看，他站哥们儿的立场时，觉得王木木"问题不大"，可如果让他妹妹或女儿遭遇这样一个男人，他就觉得"问题很大"了。

某些男人特别懂得维护自己的铁哥们儿，但你要让他真正关心和在乎的女眷嫁给自己铁哥们儿那样的人，他一定会竭力阻止。

同样地，有的父母也特别懂得维护自己的儿子，但你要让他们把自己的女儿嫁给那样的儿子，他们也是绝对要反对的。他们大多只是单纯地希望自己在乎的人能有个老婆，至于那个老婆嫁给那个人后过得如何，根本不重要。重要的是，给他当老婆的人不是自家人就行了。

我那时就在想，完全不双标的人有吗？应该是没有的。每个人都有自己的立场。也正是这样，我单方面理解和原谅了婆家所有人，虽然他们并不需要。

期待婆家人"看见"自己，本身是一件很难的事情啊。毕竟，要不是王木木，我和他们原本就不认识。婚礼延期，他们只"看见"了自己生病的女儿，"看不见"我兴冲冲为婚礼做的所有准备；婚礼取消，他们只"看见"自己的儿子，"看不见"我已经广发了请柬，被取消后颜面扫地；王木木夜不归宿，他们只"看见"他痛苦了，不爱回家了，却"看不见"我挺着大肚子等他回家的煎熬、"看不见"我正承受着失眠症的困扰、"看不见"我生孩子却没有老公陪伴的苦痛。

我要的，甚至都不是抱歉，只是我的委屈和苦痛能被"看见"，哪怕一次就好。"看不见"，那就算了，也只能算了。时过境迁后，这种"看见"，我也不需要了。

我不知道王木木会如何回忆这些，也许由他和他的亲友来讲述这个故事，将是另一个版本，但我相信每个人心里都有一杆秤。孰是孰非，每个人心里都跟明镜似的。

生产过后，我觉得那个叫作"艾凌"的妻子、儿媳已经死了，活下来的只是一个孩子的妈妈。我跟王木木的关系再次降到冰点。究其原因，我确实无法接受一个连我生孩子都不在场的丈夫，而且只是为了一单可以推迟的生意。

孩子生下来后,摆在我面前的第一件事就是:养精蓄锐,再把孩子带好。孩子刚出生,身体就有黄疸、湿疹等问题,我自己奶水也不通畅。新手妈妈要坐月子,要照顾孩子,还要调适心情,我忙得不可开交,根本没空去想我自己,更没空去思考我的婚姻该何去何从。

对我来说,王木木也早就不是我的丈夫,他只是孩子爸爸,而我,允许他做一个孩子爸爸。

有一回,我妈看电视,看到两个互相搀扶着去看病的老人,她说她当时就在想我和王木木能不能走到那一天。我直截了当地回答:"我们走不到那一天的,时间早晚的问题。他生病时我在他床前,而我生孩子时他都不在。凉薄之人,如何偕老?"

我的确是想好了,等孩子大一点就离婚。可是,王木木的表现又让我觉得他好像变了。孩子的出生给他带来无限的新奇感,家里多了这么大一个"活宠物",他初为人父,确实兴奋了一段时间。每天出门上班之前,他起个大早,跑去菜市场买好一整天的菜。晚上回家,他抢着带孩子,调奶粉。梅芳看到他变乖了,也从我家撤走了。撤走前,她跑来劝我:"他应该会变好的吧。为了孩子,你们好好过吧。"

为了孩子,就是从孩子出生后到离婚前,我和王木木过下去的唯一理由。

当了母亲后,女人都有护崽本能,不到万不得已,我真的不想让孩子一出生就看到一个爸爸不在的家。更何况,相比过去,王木木似乎确实有改变。

我生产前,他一个月可能有十几天跟哥们儿玩到凌晨两三点才回家;孩子出生后,他一次夜不归宿的行为都没有,偶尔周末要约哥儿们踢场球,还会征询我的意见。

他会跟我说:"你和孩子现在是我奋斗的最大动力,我现在努力赚钱,将来给你们更好的生活。"他还说:"从现在开始,我发誓要做一个好丈夫、好爸爸。"

产后没多久,我要去外地参加毕业论文答辩,他也能配合我妈,把孩子照顾得还不错。孩子满月后,我们还一起去摄影机构拍了一张全家福。

我心想:如果他真的变了,那就既往不咎了吧。过去,他对我实在不算好,但现在对孩子,他的确足够好啊。

可是,因为王木木没有陪产,我爸心里始终过不了这个坎儿。看着酣睡的孩子,想着伤口疼得无法坐卧自如的自己,我左思右想,还是想先把我爸和王木木隔离开。

我爸一看到王木木就生气,我担心岳婿俩会因为这个事情闹矛盾,就劝我爸回了老家。我爸回老家当天,王木木跟我说要不他去送一送,我爸托我转话:"你转告他,不必花任何心思讨好我,好好对你就是对我最大的讨好。"

就这样,还在坐月子的我,只能伤感地看着我爸拎着大包小包的行李,一个人赶去火车站。

日子还是这么过下去了。之后的生活趋于平静,王木木也开始变乖,开始主动给家用,不怎么出去玩了,对我和孩子也算上心,只是我还是感到忐忑,因为不知道他能乖多久。

我很清楚,没有人会一夜改变,孩子的出生也不会让一个不靠谱的男人真变成一个靠谱的父亲。但是,在一切尚未明朗的情况下,我还不能轻举妄动。

孩子出生后,家里突然多出很多事,我真的很需要人帮忙。这根本不是我要清算恩怨、大算总账的时候。过去一路上的伤口只是草草地遮盖了一下,来不及负责任地处理,我就得匆匆上路,这没什么可指责的,这是我遭遇危机时近乎唯一的选择。所有选择,都只是走到了岔路后,两害相权取其轻的结果。我甚至觉得,那些励志书里说的"目标明确"简直就是扯淡,乔布斯一开始哪会想到做苹果,卡梅隆一开始哪会想到做导演,大学辍学后还去做过一阵卡车司机。

再者,当了母亲,我的心态改变也比较多。有很长一段时间,女儿是不是每天正常排便比王木木是不是够在乎我重要。如果王木木的表现能让我逐渐淡忘过去那些惨痛的回忆,那么,我选择淡忘。未来会怎样我不知道,我只能尽我所能,尽我的智慧,保持适度的沉默和热情,学会用脑子而不是情绪去经营一个家庭,因为我想给孩子一个好的成长环境,这胜过了一切欲望。

因王木木的努力以及我的放下,我们的关系开始好转。

我开始自我催眠,一遍又一遍地告诉自己:或许和任何人的关系都像一棵树,是有生命的,有时它看起来已经枯死了,完全没有生机,可其实它的根还在那里沉睡着。如果一直给予它阳光和水,假以时日,你会看到一个嫩绿的新芽从干枯的树枝上冒出来。我们要相信爱的力量,要相信"相信"的力量。把自己的幸福力培养起来了,那你不管遇到谁,都会幸福。

我给聂琳打电话,告诉她:"我觉得我自己终于要苦尽甘来了。"

岂料,聂琳那边,又是另一番光景。

31

与产后抑郁搏斗半年后,聂琳的情况大为好转。那段时间,聂琳周一到周五都住在自己爸妈家,周末才跟杨帆住在一起。有一天,她在网上看了一个关于测试老公是否有出轨的段子,就照着那个段子测试了一下杨帆。结果呢？杨帆人在家里，杨帆的哥们儿却告诉她，杨帆在他家。

聂琳假装什么也没看到，次日跟踪了杨帆，才发现了杨帆嫖娼的事实。她人都冲到了杨帆和小姐办事的酒店房门外，却又生生忍住了。她想报警，但又想给杨帆留几分薄面。她愣是在酒店门口站了有十几分钟，才终于忍不住敲了门。

开门的是裹着浴巾的小姐，聂琳见了她，先来了一句："辛苦了啊。"

她三步并作两步走进酒店房间，看到了慌乱整理着装的杨帆。小姐大概明白了怎么一回事，迅速穿好衣服、拿了包就撤了。

聂琳看到杨帆慌乱的样子，开始大笑。她哗一声把窗帘拉开，边拉边说："多见光，人才不会发霉。"

聂琳挑着眉毛看着他说："你是带人家来这里做爱啊，怎么能选这么差的酒店？你看看这被子，这么脏，你也睡得下去？"

杨帆整个人在发抖，一句话都说不出来，也不知道是气的还是怕的。

当天晚上，聂琳就起草了《离婚协议书》，让杨帆签。杨帆不肯，聂琳差点把防狼喷雾拿了出来。

就这样，两人离了婚。而聂琳在离婚后又陷入了新一轮的抑郁。我给她打电话的时候，她已经有足足一个星期没出过门，也没有见过太阳了。而我是在离婚后才真正明白了聂琳遭遇背叛时的心情，也很遗憾那段时间我没能陪在她的身边。真的没法想象她刚过完"胎死腹中"这个坎儿，又迎来"丈夫出轨"的坎儿，她到底是怎么扛过来的。

在电话里，聂琳跟我说："艾凌，咱俩总得要幸福一个。"

"你一定要幸福啊！"她几乎是用尽全力喊完这一句，才挂了电话。

聂琳的遭遇，也让我怀疑王木木之前那么多次夜不归宿，是不是真的出轨了，但我不敢往那方面想。怎么可能呢？我是我，聂琳是聂琳，杨帆是杨帆，王木木是王木木。我们不可能有一样的命运。

我认真地问过王木木："你会出轨吗？"

他斩钉截铁地回答："不会。"

我说："等你以后有钱了，你会不会就出轨了？"

他摸了摸我的头发说："等我以后有钱了，我只会对你更好。"

那时候，智能手机刚刚兴起，微信软件也是。我清晰地记得，我给各位亲友们报生孩子的喜讯，用的都是彩信。微信兴起后，我想要一个好点的智能手机，王木木就把仅有的积蓄全部花光，给我买了人生中第一部苹果手机，而他自己用的还是只能打电话、发彩信的手机。后来，我们经济条件好一点了，他才买了另一台便宜一点的智能手机。

我们住的房子太小了，我希望能换个大点的，但房价高企的广州，拥有一个带书房的房子简直成了奢望。我说："我们有奋斗目标了，要买丫头的学位房。"

然后，王木木屁颠屁颠地跑去买彩票。

就因为这些，我忘记了我是怎么样咬着牙挨过漫长的孕产期，忘记了自己是如何熬过无数个等他的夜晚，忘记了他在我生孩子当天跑去出差……

女人真是健忘啊，尤其在你当了母亲之后。

看到父女俩并排躺在床上玩游戏，看到王木木抱着孩子猛亲，我竭力让自己不想以前发生过的事情。我安慰自己：哪家夫妻不吵架？哪家烟囱不冒烟？过去的事情就让它过去吧，算了，不计较了。

夫妻感情不好，婆媳关系很难变好；夫妻感情变好了，婆媳关系就不是个大麻烦。这是铁律。跟王木木关系好转后，也让我终于愿意主动缓和跟婆家的关系。

缓和婆媳关系,孩子是最好的纽带。那年春节,我带着小豆丁去了王木木他老家,算是给婆家放出了一个很明确的信号:过去的恩怨,就这么算了吧。

见了王爸爸,我没打招呼,也没跟他说话,但那是王爸爸第一次见我女儿小豆丁。他一见就喜欢得不得了,抱着她亲来亲去。他的这个行为,也让我的敌对感大大减轻,我甚至有点内疚:老来得孙,他一定是很想见孙女的,我应该早点带孩子来。

用单反给孩子拍照的时候,我主动让王爸爸停顿一下,给他和孩子拍了几张合影,事后再让王木木把照片传给王爸爸。

在王木木老家的那几天,王木木对我照顾有加。他没去找哥们儿玩,也不让我干任何家务,随时随地响应我的需求,陪我出去吃特色小吃。吃饭时候,他也会全程背着孩子,不让孩子打扰我吃饭。他老家人见了这副情形,个个都在夸他是个好丈夫,说我很有福气。

担心回程时遇上大塞车,我们提前两天回了广州。到了广州,他给女儿买了最好的安全座椅,还破天荒地主动要求跟我来一次性生活,这是我们婚姻生活中少有的事。我当时还以为是苦尽甘来,我哪里想得到,他之所以主动给我发这次难得的"性生活福利",不过是因为那个女人也回老家了,我这个"备胎"暂时可以派一下用场。

我开始愿意去王木木家吃饭,和婆家人的关系也大为缓和。对王爸爸、王妈妈,我叫不出口"爸爸""妈妈",就叫"豆丁爷爷""豆丁奶奶"。得知王爸爸陪着王朵朵来我家对面的那家医院看病,我抱着孩子去了医院,让孩子跟爷爷打了声招呼。换而言之,几个月后我们离婚,当真跟双方家人一点关系都没有。

有段时间,我妈生病的时候,我又把我爸从老家叫了回来。这次，我爸的愤怒终于平息，他是很希望王木木能好好收心，跟我好好过日子的。王木木很少回家吃晚饭，偶尔回来几次还比较晚，但不管等多晚，我爸妈都坚持等他回来再开饭，说："这才像是一家人。"

有一个周末，王木木踢球回来，我爸看他的球鞋好脏了，就拿刷子给他洗了个干干净净，还拎着那对鞋乘电梯到楼顶晾晒，晒干以后用塑料袋包好，放回鞋柜。

那些王木木给的漠视和伤害，我早就释然和谅解，但每次想起关于我爸和前女婿相处的几个细节，总让我泪流满面。

也许对于王木木来讲，我并不是一个可爱、值得疼爱、值得珍惜的人，但在我爸眼里，我永远是最珍贵的那一个，所以他愿意不计前嫌，他愿意像对待自己的儿子一样对待这个女婿。

那段时间，为了让生活有点仪式感，我和王木木还一起出去吃了好几顿饭。王木木全程带孩子，让我吃好喝好。看到我垂涎某款食物的样子，他说"你怎么那么可爱"，还用力地拥抱了我一下。

回到家里，我在QQ空间里写一段很长的话：

"我是在经历了一段身心俱疲的感情后才遇到他的。那一阵子的我，并没有完成心灵的重建。我只是告诉自己我想结婚了，然后他就出现了。在一段无果而又筋疲力尽的爱情之后，在我觉得自己一无是处的时候，是他把我从杂乱而现实的世界里一把拉出来，拍去我身上的灰，拍去卑微，给我温暖和继续做梦的空间，让我做平凡而坚定的自己，所以我嫁给他了。

"当然，现在我依旧一无是处，只是有了他的存在，我似乎逐渐有了一些安全感，慢慢地恢复了对生活的信心和对未来的期望，哪怕遇到了各种不公也有了看淡的豁达，遇到困难也有了克服的勇气。虽然，我们曾经有过那么多不堪的往事，他不陪产的伤痕还在，而且生活中还有诸多似乎还要继续磨合却不知道能否磨合成功的事情,虽然那些事情对很多女人来说无法容忍,但我还是感到高兴,我们在摸索的过程中似乎初步找到了一些与对方相处的方式。

"我也有我自己的问题,那就是——对于伤害、抛弃、鄙视,我像竖起耳朵的哨兵,一有风吹草动,身体立刻进入战备状态,这些事好像能一下子扎到我心里的最深处。这就是我的人格底色,就像在一个房间里打开了一盏带颜色的灯,所有进入我这个房间的人与事,都笼罩在这个色彩之下。但也许我看到的不是客观的事实,而是我眼中的世界。

"一个接纳自我、信任自我的人能够快乐地独立生存,也就更可能拥有良性的亲密关系,而一个不能全然接受自己、缺爱的人总是在向外索取,只看到那些不安全因素,最终容易将亲密关系引向紧张乃至窒息。这一点,我要改。

"我也是通过他才逐渐明白,男人是要去理解的。每个男人都有他独特的方式对你好,你要去懂得。若是两个人能在物质而浮夸的时代中看清楚对方身上美好的品质,能明确婚姻的目标是让自己成为更好的人,心里能清楚对方对自己的各种陪伴、包容和照顾,这一年,我们在婚姻中就是在成长的。

"今天是我们结婚两周年的日子,我感激我遇到了这样一个人。未来的一年,我们要养育新的生命。朴素地说,我希望未来的我们会更好,虽然我完全不知道未来会怎样。

"还是那句话,幸福的人们啊,千万要幸福下去。也许幸福不是终点站,然而在去往终点站的路上,我们的手至少曾经紧紧交握。"

看得出来,我那时候也在努力说服自己:忘记过去,跟他一起创造一个好的未来。

可是,真正的幸福是不需要你自我说服的。

更令人感到讽刺的是,我趴在电脑前写这些话的时候,王木木正在和那个女人在微信上打情骂俏,而我自始至终被蒙在鼓里。

他走过我电脑前,我还把笔记本电脑合上,怕他看见,怕我被他看穿了心事。

王木木已经出轨的蛛丝马迹,当然是有的。

孩子两三个月的时候,他有一次出差回家,没有直接进家门,而是把我单独叫到了外面,主动跟我解释他脖子上的红痕,说是头天晚上他喝醉了,他不知道发生了什么。他请我一定要相信他,他绝对没有做对不起我的事情。

我坐在他的对面,看着他的眼睛,什么也没说。你说我信吗?怎么可能信!但区区一个红痕,算是实锤吗?这个红痕,可能是别人吻咬出来的,还有可能是被挠伤的、抓伤的,抑或是被硬物刮的。捉贼捉赃,捉奸捉双。作为一个法学毕业生,我不想为没有硬核证据的事情虚耗精力。

那时候,我的心情是很复杂的,但清楚自己这么做的原因:一来孩子小且我还没有重返职场,没有过硬的证据,我不想打草惊蛇;二来我多多少少还有点自欺欺人的心理。我实在不想在这个阶段,为暂时没找到实锤的事情大动干戈。

所以,在看到王木木脖子上的吻痕后,我没说话,也没有好奇细节,只是笑了笑。既然你把我当傻子,那我就配合你。然后,还按之前约定好的时间,带着小豆丁去爷爷奶奶家吃饭。

席间,豆丁奶奶问王木木:"你脖子怎么回事,那么红,还破了。"

王木木回答:"被挠破的。"

豆丁奶奶还意味深长地看了我一眼。那个眼神里的信息,我完全读得懂:你们俩又吵架了吧?你挠他那么狠。

我闷头吃饭,继续装傻。我其实一直知道他为什么跟我几乎没有性生活，也隐约能猜到他出差或者找哥们儿玩的背后实际上都在干什么，可我不愿意闹。

时机未成熟，我还得忍。

有的女人一抓到老公暧昧的蛛丝马迹就开始哭天喊地、撕心裂肺地闹，而她们实际上并不想离婚，也没有离婚的勇气。这样做的话，只会打草惊蛇，使得自己以后侦查难度变大，还可能被旁人嘲笑，说你大惊小怪。

真正理性点的女人，在对老公产生怀疑后，大多先是假装什么也不知道，等掌握了硬核证据后，再一击致命。到时候，闹或不闹，和平离还是撕破脸离，主动权都在你的手里。

婚姻真的不是桃花源，两个人关系恶化后，它就是一场战争。届时，感情这玩意儿用不上了，你需要用的只是脑子。所以，发现王木木脖子上的吻痕后，我没有闹，我只是不再对他付出感情，开始防他。

那段时间，我心血来潮跑去郊区买了套房子，买房子时还留了个心眼，没把房子放在我名下，而是放到了我妈名下。

当时，我的考虑有二：第一，如果将来我要买二套房，那这个宝贵的买房名额，我不想被占用。当时广州还没开始限购房产，但我预先想到了这一步；第二，我们的婚姻走向不明，我真的不知道我们会不会离婚，房产放我妈名下，会比放我名下要少很多不必要的纠纷和麻烦。

王木木对我把房产放我妈名下的行为没有异议，毕竟买房的钱款几乎都是我出的，他的贡献就是下定金的那三万元。

王木木"乖"了没多久，又原形毕露了，他再一次没有逃脱"三个月定律"。结婚后，我们甜蜜了三个月，他就开始频繁夜不归宿。产子后，我们过了三个月正常的家庭生活，他的老毛病又犯了。江山易改，本性难移。

结婚后、产子后，他表现出来的"顾家"，不过是因为新鲜。新鲜感过了，乏味感就来了，他还是要投身自己心之所爱。他又开始频繁参加聚会，经常不回家吃饭。

我生完孩子后，单位工会代表带着礼品来家里看望我，他不在。我的同学结队来探望孩子，他也不在……那段时间，我接待了很多来探望新生儿的客人，但他都不在。

我的同学直接说："艾凌，我觉得这男的不靠谱，我对他的印象非常不好。"

他唯一一回在家里接待来看新生儿的客人，是他舅公来的时候。舅公可能是他整个家族中最有文化的人，儿女们都去了国外发展。来到我们家以后，舅公详细又非常有分寸、有礼貌地询问了我的学历、我的工作单位、我什么时候买的房子等信息，最后告诉王木木一句话："你老婆才到这个年纪就已经有这样的成绩，她比同龄人要优秀、有本事，你要珍惜。"

只不过，这话很快就被王木木当耳边风了。他经常不回家吃饭，说是"男人要应酬"或是"找哥们儿聚会"，但最终到底去了哪里，只有他知道。

他的那些哥们儿和朋友，我当然也有见过的。有一回，有几个朋友到我家附近来找他，他邀我一起去吃饭。

席间，一个女性朋友当着我的面夸他："他现在很乖啊，我们叫他去夜店，都叫不出来了。"

我一愣，问他："你去夜店？"

他慌忙遮掩："没有没有，就是哥们儿几个唱唱K。"

当着他朋友的面，我不想深究，只是觉得这种聚会超级无聊。无非就是一群人聚在一起，说另外一个人的闲话，开一些在我看来毫无意义和营养的玩笑。我坐了一会儿，说要回家带孩子就撤了。

我真的没法理解王木木怎么能从这种聚会中获得快乐，还能玩到流连忘返。饭局上，他们谈论的话题在我看来明明非常肤浅甚至是低级。比如，一个男的讲个笑话说："你骑摩托的时候，是不是总是故意急刹车，让女朋友的胸一遍又一遍地贴到你的背上？"说着，这个男的还会模仿女人坐在摩托车后座遭遇急刹车的情形。一群人哄堂大笑，笑得乐不可支。可是，他们的笑在我看来非常油腻、低俗、不尊重女性。我不知道他们在笑什么，我宁肯回家自己一个人看一场电影或是翻几页书。

　　想来也是啊，我跟王木木虽生活在同一个屋檐下，但在精神领域就像是两座孤岛。我们是真的聊不来。我感兴趣的领域，他完全不懂。他感兴趣的领域，我嫌太肤浅。跟他聊天，我很孤独。站在王木木的立场上，跟我这种人在一起，他可能也很孤独。

　　甚至于，我们的焦虑方向也不一样。孩子出生后，我开始觉得钱不够花。广州的房价和物价都不便宜，单身时候我一个月花三千绰绰有余，有孩子以后每个月家庭开销一万五根本不够用，我都不知道钱花去哪里了，虽然我每天吃穿都很简朴。我也嫌我们住的房子太小了，因为那是我婚前买的小两房，可现在却住了四口人，孩子的东西又多，家里的鞋子都快堆到门外面去了，我希望能换一套大点的房子。但是，我的这些忧虑不是王木木的忧虑。他的忧虑只来自他的家庭，他每天烦恼的主题是：他姐姐的病怎么治不好，他家公司的业务怎么扩大不了，他弟弟怎么那么不懂事……

　　他把很小的心力放到我们这个小家，当然让我感到万分不爽。家里有事的时候，他经常不在家，所有大大小小的事情全是我一个人扛。我们开始吵架，一吵，他就说我"不顾大局、不识大体"。可到底要顾全谁的大局、要识谁的大体呢？反正不是我的。

　　慢慢地，我们这个小家对王木木而言，更像是一个小旅馆。每天回到家里，他最常干的事情就是脱鞋、吃饭，然后上床躺着，到了该洗澡的时间就爬起来洗澡，然后睡觉。

我想找他聊聊天，他说自己没精神；我想让他周末陪我和孩子去郊区走走，他说他想休息；我跟他说我们好久没有性生活了，他说太累了。但是，一旦有哥们儿的电话打来，再晚他都会忙不迭跑出去赴约。每次赴约的理由都是不同的，今天这哥们儿心情不好，明天那个哥们儿好不容易来趟广州。

到后期，我们几乎不再沟通，动不动就长时间冷战，而他"应酬""出差""找哥们儿玩"的次数，也越来越频繁。

后来我发现他把手机收得很紧，连上厕所、洗澡都要带在身边，睡觉时也要压在枕头下。除非手机要充电，不然他绝不让手机离自己超过一米。

有一回，我妈话费没了，想借他手机打个电话。电话打到一半，我妈嫌家里吵，走到门外。王木木很紧张，立马站起来也去门外看，担心我妈翻看他的手机。

给孩子拍百日照后，照相馆送了有孩子照片的钥匙扣，我扣在王木木的钥匙上，可是，过几天，他跟我说弄丢了。我当时还在怀疑，扣得那么紧的钥匙扣怎么可能会滑出来？他的朋友圈也从来不发任何内容，更不会有我和女儿的照片。直觉告诉我，在什么人面前，他需要假装自己单身。

他的这些表现，我都尽收眼底，但是我需要等一个实锤。

离婚前两个月，王木木跟我说他要回一趟老家，因为爷爷病重，要我在家好好照顾孩子。我哪里知道，他不过是带着那个姑娘去三亚玩了。

离婚前一个月，我跟单位请了假，抛下孩子，一个人去了深圳海边。我坐在海滩边，任由海浪冲刷着我的脚，我告诉自己：我要离婚。

我给王木木发微信，我要离婚。王木木没有回答，只是问我在哪儿、有没有钱花。我没回话。过了几分钟，卡里多了几千块钱，是王木木转过来的，转款附言是：注意安全，早点回家。

我那时候并不知道，这是出轨男人向老婆表达内疚的方式。他之所以能一次又一次地用他的热脸来贴我的冷屁股，只是因为内疚。而这种"包容"和"忍让"的背后，藏着一个非常不堪的真相。

那时王木木的爸爸决定给所有的孩子们买学位房，都买在同一个小区。我心想：他爸不害怕我们离婚吗？不怕我届时离婚了，分走他这套婚后房产的一半？

但后来我见他爸把新房子的地址选在离我上班单位不远且所带学位相对好的地方，我知道他一定是有考虑到我和女儿的。这一点，我心知肚明。不然，广州那么大，他们随便去哪个地方买房，能买不到更好的？

担心我看不上那里的房子，王木木求着我去看，用一种几近于讨好的神色。他还让我挑选了楼层和户型，说是一切要看我是否喜欢。我去看了样板房，但说实话，我并没有很憧憬将来搬进去的生活。我并不喜欢和他家人住那么近，一家子住在同一栋楼里只是他家人的生活理想，并不是我的。

房子下定之后，王果果也要举办订婚宴了。作为一个给王木木撑门面的"道具"，我出席了这场饭局，吃饭地点依旧是选在离我家和单位近的地方。也就是说，那么一大家子人连吃一顿饭，都在将就我的时间、我的便利。经历过决裂，我"怕"他们，他们也有点"怕"我，大家都不想破坏这种来之不易的和平。但是，王家人再努力再小心翼翼又有什么用？我和王木木的婚姻，在他们看不到的地方，早已经摇摇欲坠。

离婚倒计时还有半个月的时候，王木木又凌晨三四点钟才回家。在外面等了很久，我才给他开了门。到了房间，他就开始找寻自己的钱包，但遍寻不着。随后，他又跑去门口找，但还是没找着。

我冷笑着对他说："可以再玩晚一些回来啊。你不觉得你去的地方，是一个破坏财运和姻缘的地方吗？为什么你那么热衷呢？我们把日子都过成这样了，干脆离了吧，不然我连觉都睡不好。"

他不正面回答，只是说要找爸妈拿户口本，回头要去补办一下身份证和银行卡。

谢天谢地，也正是因为这一次他丢了钱包，他才顺利拿到了户口本……这也为我们后续顺利办理离婚手续而不必告知他的家人，奠定了良好的基础。

32

鸟儿在天空中飞过，都会留下点痕迹的，更何况是一个男人出轨。男人出轨的痕迹当然是有的，只是因为每个男人的反侦察能力和伪装欺瞒能力不同，只是因为每个女人对这些事情的敏锐度和关注点不同，每个人的表现不一样。

有天晚上，我们因为争吵闹到凌晨一点，身心俱疲之时，突然他电话响了，他不小心按了接听，我清晰地听到那边传来一个女声："喂，喂，你睡了吗？"

哪个女人会在凌晨一点钟给他打电话？两个人看起来还很熟，对方上来就问他睡了没。什么样的女人会这么开口说话？答案呼之欲出。

但是，仅凭这一通电话，我如何能给人定出轨的罪行？

我问他:"这个女人是谁?"

他没回话。

我说:"你把她号码给我,我给你打回去。"

他说:"是她打错了。"

我说:"给我看看。如果真是打错了,我把手机还你。"

他不肯给,我拼命抢他手机,他用尽全身的力气按住手机,不让我碰触到丝毫。

一对很少在床上做爱的夫妻,为了抢夺一个手机,此刻竟疯狂地在床上消耗卡路里。我也是那时候才发现,女人想要跟男的比拼体力,简直就是用胳膊去拗大腿。我预感到,他的手机里一定有重大的秘密,但是我只能眼睁睁地看着他把手机护得紧紧的。

从那以后,他的手机更不离身,连去厕所都会带在身上。有一次,他大概要去厕所里排便,人都蹲下来了,突然想起手机还在卧室,竟从厕所里起身,把手机带了进去。

也是从那儿以后,直到我发现真相之前,我再没有查过他的手机,甚至都没主动朝他的手机看过一眼。我没有查男人手机的习惯,因为在我的价值观里,动不动就去查男人手机是一件很不自信、很不可理喻的行为。

女人在婚姻里不该疑神疑鬼,把男人当贼一样防着。我自己也不会这样去做,因为我觉得提升自己、去赚钱、吃美食、看美景、陪老人孩子,哪一样不比盯着男人重要?更何况,革命靠自觉,保持对伴侣的忠贞也是靠自觉,出轨并不是靠盯得紧就能防止得了的。

可是,当我起了疑心,我就想抓票大的。想要抓票大的,就不能动不动就咋咋呼呼,为一点风吹草动打草惊蛇。你只有先麻痹敌人,取得敌人的信任,才能做一个优秀的卧底。当你的婚姻需要你去做这个卧底,你就得付出足够的耐心。

感谢我的耐心,让我终于等到了那一天。事实也证明,只有抓到证据，做好证据保存，才能一剑封喉，一招制敌。

七年前的那个夏夜，我到底还看到了什么呢？

就在他谎称爷爷病重、要回老家一趟，但实际上带着情人去三亚的那一次，黄原在微信里问他："在三亚，你都自己开车吗？"

王木木回答："是的，要泡妞，没办法。"

我无声地笑了。是的，没有车没有钱，哪个女孩子愿意和他好？像我一样愿意跟男人一起吃苦的姑娘，世界上不多的啊。

他带她去三亚游玩、开房，他的手机拍了几十张她穿泳装的照片以及两人的合影。讽刺的是，我曾经提议让他带我和孩子去海边游玩，可他跟我说，他工作太忙了，没空带我去，让我安心在家带孩子，等孩子大点一起去。

他的手机里存了很多她穿泳衣的照片，他时时欣赏，还不忘把这些照片通过微信发给她。照片里，他的嘴唇都被她咬破了。他还带她吃西餐，让她开他的车。

那姑娘比我小8岁。从照片上看，她确实比我年轻、漂亮，而且会化妆，口红、腮红、眼影、假睫毛、吊带装……当然，她浑身上下散发着一种庸脂俗粉的气质，一看就知道学历不高，而且没读过什么书。这一点，她和王木木一样。

我真的很感谢他们在情到浓时拍下这些照片，不然也许我还要被蒙在鼓里很长一段时间。

他们的很多合影，是那个姑娘用他的手机拍的。这多讽刺啊！他把他的手机拿给她用，可他的手机几乎没让我碰过。也就是说，那个姑娘更能让他交付信任。

虽然站在那姑娘身边的王木木，在我看来极其恶心和猥琐，但我不得不承认，他给那姑娘拍照的水平还是比较高的。不知道从什么时候开始，王木木不再有耐心给我拍任何一张照片。

谈恋爱的时候，他用相机给我拍照，会抓拍我最好看的角度。每一张照片拍出来，都不会太难看。再后来，他用手机帮我拍的照片，总体也还过得去。离婚前几个月，他给我拍的照片则简直惨不忍睹。他不再有耐心好好帮我拍照片，不过就是敷衍式地拿手机随便按两下。我要是嫌他拍得不好，他立马接口说："那就不要让我拍，我不会拍。"

看到他手机里的秘密后，我明白了，他不是不会拍，他只是没耐心帮我拍。他拍那个姑娘，可非常有耐心呀。人家站着、走着、坐着、躺着的样子，他都能拍得不错。那姑娘摆的每个姿势，他一拍就是十几张，总有一张是像样的。

看着女孩的照片，我突然想到我21岁的时候在哪儿呢？那时，刚刚本科毕业的我，背着简历奔跑于广州招聘会找工作。我那会儿认识的男人没有一个是有车的，我更不可能在工作日跟着一个已婚男人飞去三亚。

有一张合影里，女孩身上穿了他的衣服，而那件衣服还是我给买的。多讽刺啊，我给他买的衣服，居然穿在了另一个他睡过的女人的身上。

平常，他把衣服丢在家里，我不知道他有没有穿过，判断方法就是拎起他的衣服闻闻有没有汗味，有的话就扔洗衣机里洗，没有的话就帮他把衣服收起来。可是，我竟没有闻到过其他女人的味道。怪不得，他每次"应酬""出差""找哥们儿"回家后，第一件事情就是去洗澡、洗衣服，这反侦察技能挺厉害啊。

王木木"出差"以后，他一般会给我发个定位、打个电话，并且告诉我说，今天办事情很累，要睡觉了。没跟他冷战的时候，我会给他发一张孩子的照片，然后哄孩子睡觉。而在同一时间段，他和别的女人在一起。他和她一起去逛酒吧，一起去旅游，还相约一起去看演唱会。

原来这个男人挺有空的,他只是没空陪老婆、孩子而已。

原来这个男人挺有钱的,泡妞不需要花钱吗?开个房一晚上也得好几百,而我居然还傻乎乎地为他省钱。

王木木的手机里,还有一张照片是这样的:一场男欢女爱之后,那姑娘赤裸着上身,坐在电视前陪他看NBA。他则躺在凌乱的床单上,拍下了那姑娘的背影照片。他把照片发给黄原,问黄原"这身材是不是很正点"。

或许,那位姑娘也知道他有老婆孩子,或许是他在人家面前假装单身,可不管是哪一种,我都知道自己抓到实锤了,可以离了。

不离婚,我都没法面对这个无原则、无底线的自己。这不仅涉及我怎么看待自己的问题,也涉及女儿怎么看待我的问题。女儿一定也不希望,她的妈妈为了她,和这样的爸爸凑合着过下去。我想用实际行动告诉她,一个女人,可以宽容,可以大度,但不可以无底线地纵容男人的恶习。

已经做了离婚这个决定,并且我也立即执行了。从发现真相到最后领到离婚证,没有超过三天。

虽然,我的内心还是充满了委屈,我打心眼里为自己感到不值得,真的不值得。

换季了他衣服没的穿了,我会提前买好。内裤、袜子我从来没让他缺过,牙刷每隔一段时间就给他换新的。生孩子没有陪产,我很伤心,但我最后选择了原谅,并站出来安抚了我愤怒的爸妈。家里的柴米油盐酱醋茶没了,我提前准备好,无须他费心。他酒精过敏后身上起红疹子,我第一个发现,给他找药膏。球鞋脏了,我爸给他刷干净拿去楼顶晒……

有多少次,家里马桶坏了,我不修就没人来修。家里停水了,而他又在出差,我不一趟趟下楼去提水就没有水用。孩子的准生证、出生证、户口等证件的办理,我不操心就没人管。我妈生病了,而他在出差，我只能把孩子背在背上，一个人在家里医院两地奔忙，实在扛不住了就叫来我爸爸。我爸来广州，他都告诉王木木不用来接，说是年轻人上班也很辛苦，没必要专程跑机场一趟，然后，我六十几岁的老爸就自己坐公交大巴来回……

感情好的时候，我的确把他当成和我一起走到最后的人。那时候，我真的认为我们应该是一体的，我珍视他的身体、时间、精力和金钱，就像珍视我自己的一样。可是我哪里知道，我这么做的后果是：他休息好了，有时间、精力和金钱了，不是把这些用在我和孩子身上，而是尽数贡献在了别的女人的石榴裙下。

是我大包大揽，导致他出轨的吗？拜托！别再往女人身上找原因了！在这段婚姻里，我明显是付出更多的一方，而婚姻破裂的原因也不在我。

我难过的原因是，我曾经那么渴望有一个幸福的婚姻，但是这个愿望还是像肥皂泡一样，被他戳破了。曾经，我真的有想好好珍惜这段缘分，并努力让它有一个好的结果，但造化弄人，这次我选错了对象。

我和王木木不同的是，我失去过太多，经历过太多，吃过太多的苦，我太想要一个家，太想好好爱一个人，才不敢太过出格和造次。我今天所有得到的一切，包括我婚前买的房子，都是付出很多汗水、流过很多泪水才得以拥有的。比如，我省吃俭用了那么多年才攒够了一点点首付，然后装修，一样一样买家具，添置用品，每天打扫、清洁。

一套房子，都要我们付出很多，它才能成为家的载体，更不要说一个家了。成一个家，真的很不容易。我以为，只要熬过这一路各种皮扯着筋、筋连着肉的磨合和疼痛，我们就能走到白头，可我那个关于建立美好家庭的梦想终究还是破灭了。

我知道婚姻和人一样，也会生病，也会感冒甚至需要动手术，我可以忍受婚姻中这些病变，并且一旦出现问题就努力沟通和挽回、抢救，可是，面对这样一个男人，我还能怎么救？谁救谁有病！

离婚的时候，我是一个29岁的女人。我怎么可能跟他认识的那些二十岁出头的女孩子一样潇洒？她们都还没有到上有老、下有小的年纪，不需要供楼、不需要考虑孩子教育问题，可以花大把的时间去学习穿衣、打扮、化妆，做男人身上的寄生虫，找男人要钱花。可是，我一个出得厅堂、入得厨房、买得起房子、带得了孩子的高知女性，在他那里，居然还不如一个没什么正经工作、没什么文化水平、只是有几分姿色的年轻女生！

怎么会这样呢！

我只能将其理解为这是他的自卑。从认识我开始，一直到跟我结婚、生子，他潜意识里一直觉得自己配不上我。他知道我无法忍耐什么，于是就使劲儿在这件事情上"作"，目的就是为了逼出我最歇斯底里、最不可理喻的一面。这样，他就觉得我降格了，我们就门当户对了。后来，哪怕买了房子、买了车子、开了公司，他还是自卑。他大概觉得只有那样的女孩子才和自己相配，而我带给他的，更多的是压力，无形的压力。

自始至终，哪怕我们已经成了夫妻，精神上都没有平等过。即使我不俯视他，他也还是忍不住觉得有压力。处于更低阶层的女性，才能让他放松，让他做自己。换而言之，当初他选择我，是一种功利性的选择——搞定这样一个女性，会让他觉得有面子。

他对我有爱吗？有真正的欣赏吗？很难讲。

所以，即使他没有出轨，我们最后也一定会离婚的。这一点毋庸置疑。

他离了我，也许可以遂他意，重新找个二十几岁的年轻貌美的小女生，何况他现在已经不是我刚认识他的那会儿了。他有房子有车有公司有钱，有多少女孩子会趋之若鹜，再说那类文化水平不高的、见男人愿意给自己钱就往上扑的女生，大抵也知道男人是靠不住的，她们拿了钱就变乖，一般不会因为老公出个轨就要离婚。这样的婚姻，对他来说可能更稳定。

有时候，那些为名、为钱、为地位结合的婚姻，反而更容易长久。只要物质不灭，金钱永固，地位不变，婚姻就可以存续比较久，但为了感情的，多半没有好下场，因为感情是个多么虚无缥缈的词啊，说没就没了。

这一路走来，真的很难啊。两个不合适的人在一起，只剩下彼此折磨，那这两个人都很难。他跟我在一起，应该也很痛苦吧？好在，我们离婚了，我们都解脱了，我们都会过上自己真正想要的生活。

每个人有每个人的选择，选择自己能承担的、承担我们自己选择的就好。

下部

藏下星辰大海,

跨越万里山河

33

在我看来,离婚有两个过程:一个是心理上的,一个是手续上的。

有的人,在心理上已经离成了婚,但手续迟迟没办,拖到大家都没脾气了,再约个日子去民政局把手续给办了。有的人,是手续上已经离了婚,但心理上要适应离异生活,需要很久的时间。我算是后者。

办离婚,是我情急之下的断尾求生,是为了避免自己遭受更多的伤害。就像是一个被毒蛇咬了手指的人,紧急情况下你只能通过断指的方式,避免毒液蔓延至全身。切断手指的时候,你的注意力都在阻断毒液上面,你不会感觉自己有多疼,但当你确认毒液不再蔓延,自己的小命已经没有大碍之后,切断手指的痛才真正袭来。

我听说,那些死了亲人的人感受到的丧亲之痛,也是类似的。初闻噩耗,你只是觉得很突然、很难过,但你并没有深切体会到某个亲人不在了到底是什么感觉。接下来,你回家奔丧,开始跟家人一起料理那位亲人的后事,忙着招待前来吊唁的亲朋好友,忙着葬礼和送别……等你真正办完了这些"手续上"的事情,你开始有了独处的时间和空间,真正的丧亲之痛才会来临。

你走到某个地方,想起这位亲人曾和你走过,但现在只有你一个人在走了。你看到一件物品,想起你这位亲人曾经用过,但是它的主人已经不在了。你吃到某一口食物,想起这位亲人曾经为你亲手做过,可以后你再也吃不到他亲手做的了。你听到某一段音乐,想起这位亲人听到这段音乐时的音容笑貌,可他现在已经不在这个

下部

世界上了……你的悲伤,会像海啸一样,把你整个儿淹没。

离婚这事,对我而言也是一样的。我已经脱离了"危险",但还是心有余悸,因为我心上有伤。

从发现真相那一天开始,我就吃不下饭,吃什么我都觉得味同嚼蜡。像我这种吃货,一旦开始厌食,那一定是生活中出现了重大打击,让我对食物都不感兴趣了。我妈变着法地给我做好吃的,也鼓励我下馆子,可是我就是对食物没兴趣。我一提起筷子,就会想起王木木和那个女人在餐厅里的合影,然后就吃不下。

就这样,短短半个月,我居然瘦了有十斤。

离婚后有一天,我破天荒地失眠了一整晚,但这已经令我欣喜不已了,因为那么长时间才彻夜失眠一次,这频度还是比没离婚前少了不知道多少倍。

我照例是失眠以后就不停地跑厕所,但动静太大,吵醒了我妈。她半夜爬起来给我冲了一杯红糖水,然后跟我说:"专家说掐掐虎口、揉揉鼻梁骨有用,你试试。"

我"嗯"了一声,然后倒回床上安静地躺着,回想自己这一路走过来的历程,眼泪吧嗒吧嗒掉下来,湿了一枕头,心酸得无法自拔。

我曾经那么掏心掏肺地爱过别人,没出息地经历过了那么煎熬而漫长的两段无眠时光,可现在人生已经快过完一半了,到头来我才发现真正关心我睡得好不好的,只有自己的父母。而时间过得这样快,我真怕来不及孝顺他们。

有很长一阵子,我时常会哭。白天我装得跟没事人似的,可是一到晚上,我就很难过,眼泪就不争气地掉下来。离婚后的半年内,我可能把一生中要流的眼泪额度流尽了80%。我睡的那个枕头大概吸收了我几公斤的眼泪,后来我又换了一个,可另一个枕头也被我哭脏了。

有人说，人失恋一般要经历五个阶段：

第一阶段：否认，希望复合
第二阶段：愤怒，攻击对方
第三阶段：后悔，过度反省
第四阶段：抑郁，放纵堕落
第五阶段：接纳，重启人生

就我自己的体验来说，离婚也会这样。第一个阶段，我也否认，我甚至拒绝接受他早就出轨的事实，我总觉得他跟那个女人不是来真的，他只是身体上开了点小差，他最爱的女人还是我。虽然我们在一起生活的时间只有短短两年，但在这两年的时光里，我已经习惯了他在我的生活中。

有时候，我站在家里的阳台上，还幻想着他哪天会回来，会跟我说对不起，会抱着我，说他看到了我的伤口，说他很心疼我吃过的苦，说他以后会好好补偿我。

有时候，我还是能从家里翻出一些他在我生活中存在过的证据。比如，他的一双袜子、一把用过的牙刷，然后，我会捧着这些物件呜呜痛哭。有时候，走在小区里，想着某个长廊我曾经和他一起坐过，心就开始猛烈地疼起来。

真的办了离婚手续后，我才意识到，我还没有习惯没有他的生活。我甚至一度想回到他身边，告诉他只要他以后愿意跟我好好过日子，以前的事就当没发生过。

不是还想爱，不是舍不得，不是感情没破裂，我纯粹是不习惯。一种旧生活、旧秩序被打破，而新的生活、新的秩序没有被建立起来，我有失控感、痛苦感，全是因为不习惯。

下部

事实上，人类很大一部分痛苦来源于不习惯。失恋了，离婚了，你痛苦，不是因为多爱那个人，也不是因为被那个人伤得有多深，只是不习惯。失业了，破财了，你痛苦，不是因为少了多少物质享受，更多还是因为不习惯失业的、贫苦的生活。

难过的时候，我也会喝酒。某天晚上，我心里实在太痛了，我背着我妈和孩子喝了一点酒，然后跑到了小区中心花园里给他打电话。电话通了，那头传来的是震耳欲聋的音乐声。

他找了个僻静的地方，问我："这么晚了，你在哪儿？身边有没人陪着？"

听到他的声音，我眼泪又掉下来，我说："我在小区里，一个人。"

他听了，似乎稍觉放心，对我说："还是早点回家吧。"

我说："我想你，你在哪儿？"

他没回答。

我再问："你是不是又在酒吧？"

他还是没回答。以我对他的了解，不回答就是默认。

"酒吧"两个字一闯入我的脑海，我的怒气就上来了。那是他和那个女人认识并发展出奸情的地方。此时此刻，他一定就在酒吧，不然哪儿来那么大的音乐声。无数个我大着肚子等他回家的夜晚，他就在这种地方和一群不三不四的人推杯换盏。

我开始冷笑："呵呵，你果然离不开这种地方啊。"

他大概是察觉到了我的情绪，开始急着挂电话，但又不敢真挂，只是连声说："好了，你赶紧回家，别胡思乱想了，孩子还等着你。"

不提孩子倒好，一提孩子，我更来气了。我用嘲讽的口吻说："嚯，这时候你想起孩子来了？当初你早干吗去了？你跟别的女人在酒店开房的时候，咋就没想起孩子来呢？"

话说到这种地步，就不再是理性的沟通了。这场通话，慢慢变成是我单方面的情绪发泄。他匆匆挂了电话，不再搭理我。可我并没感觉到报复的快感，相反我觉得满心的悲哀。

与此同时，我又有一点庆幸，庆幸自己做了离婚的决定。如果没有离婚，这样子的对话可能将成为我们俩沟通的常态，那这日子还怎么过？

离婚后，我的"不习惯期""想复合期"，结束于和黄原的一次对话。

领了离婚证后，我没有立即把王木木所有发小、好友从我的通讯里删除。难过至极的时候，我甚至会找黄原倾诉，倾诉我的痛苦、我的愤怒、我的悲伤，甚至我伪装的强大。

在黄原面前，有时候我会袒露我的脆弱，像是一只刚刚逃脱了猎人追踪，却还是中了一箭的受伤的小鹿。也有的时候，我会在黄原面前表露出很积极上进的一面，但我清楚地知道，那是我强行装出来的。

我跟黄原说："我告诉你，哪怕我现在离异带娃，但以我的条件，我也是皇帝的女儿，根本不愁嫁。"

我说："他以为没有他，我就活不好了吗？大错特错！是他配不上我！"

我说："他就一个垃圾！我当初真是瞎了眼，才会看上这种垃圾！"

很有可能这话说了才一天，我第二天又跟黄原倾诉："我好难过啊，昨晚我一直在哭，我就是觉得很委屈。"

我也不知道为什么我老找黄原倾诉，大概在我的潜意识里，黄原是王木木身边最亲近的朋友，我想通过他，探听到王木木的消息。换而言之，我想知道王木木跟我离婚后到底过得怎么样。他有没有和我一样难过,和我一样伤心,和我一样不知所措?

黄原就这么静静地听着,任凭我发神经。也许他不明白我和他保持频繁联系的真实动机,也许他也知道我的动机但是不想告诉我任何有关王木木的消息。看我状态不大好,黄原劝我:"你早点走出来吧,开始新生活。"

有一日,我又找他倾诉我内心的伤痛,他突然给我发来了一张图,是王木木和另外一个女人在公园里玩碰碰车的照片。黄原大概是想告诉我:人家都有新欢了,你也快点走出来吧。可那会儿我们才离婚一两个月而已,看到照片,我第一反应是:呵,换女人了,你们终究没有在一起。

离婚时,我就预感到,他和她不大可能再在一起。既然他们享受的是"偷",那么我把这块布给扯了,让他们俩光明正大在一起了,这种"偷"的乐趣就没有了,他必定也会觉得索然无味了。

偷情之乐,从来不在于情,而在于偷。明知不能在一起还在一起的男女,每一次见面、上床都像是最后一次,能不动人心魄、激情四射吗?偷情并非全因为固定伴侣不漂亮,或与固定伴侣性生活不和谐,很多偷情者追求的,无非就是一种刺激。当两个人不再需要背着人谈恋爱、上床,可以天天厮守在一起时,那份专属偷情的刺激感也就失去了。就这样,朝思暮想的爱恋变成了无休止的埋怨与指责,风花雪月的浪漫变成了无法忍受的厌烦和鄙夷,双方不过就是把自己厌倦的日子又重新过了一遍。

其实,正是因为有了婚姻或固定伴侣,婚外情才多了很多刺激。一旦婚姻没了,偷情还有意思吗?因此,被戴绿帽的人选择离婚,有时也算是一种釜底抽薪的报复。就拿王木木来说,可能也是这样:有老婆的时候在外头搞得起劲,老婆跟他离了,他顿时蔫了,跟情人也玩得不尽兴了。

偷情是什么呢?我觉得它就是一个劣质冰激凌,有着齁甜的味道,让人吃一口就起腻。人们喜欢吃冰激凌,图的是冰的感受,却不知道那种冰爽只是暂时麻痹了你的味觉,你真正吃到胃里去的,就是那些齁甜的、吃多了可能会对身体有害的糖分和各类添加剂。

当"偷"的乐趣不存在了,小三的魅力也就减弱了。男人既然能厌倦结发妻子,同样也会对她"食之无味,弃之可惜"。这就是为什么很多出轨男人最终没有选择小三的原因之一。如果他们本身并不想离婚,而小三是造成他们离婚的人,那他简直会恨起小三来。因为自己出轨而被离婚,对他们来说,终究是一件不光彩的事情。

看到王木木和另一个女人在一起玩碰碰车的照片,我有一种类似大仇得报的快感,但随之而来的是无尽的失落。

我这也太阿Q精神了,这只是弱者的反抗。

我为自己因为不习惯没了他的生活,继而对他有过复合的想法而感到羞耻和愤怒。

我生我自己的气!人家都已经有新欢了,我还迟迟走不出来!

离婚之后,我一直要求他常来看孩子,带孩子出去玩,但他一次都没有带孩子出去玩过。他没有空带孩子,却有空带另一个女人去玩碰碰车!最重要的是,离婚之后,他迅速找了新女友,他根本没有因为和我离婚而感到伤悲!

这张照片,像是一阵暴雨,直接浇醒了我。

也是从那一刻起,我算是正式结束了离婚后的第一个必经阶段:否认期、不习惯期、期待复合期,正式进入第二阶段——愤怒期、攻击对方期。

34

第一阶段的"否认期"过了以后,我的心突然不再柔软,整个人也战斗力爆表。一想起对方欺我、瞒我的劣迹,我内心深处仇恨的火焰就熊熊地燃烧起来。

我想要报复,不想让他安生,不想让他日子过得那么逍遥。凭什么呢?离个婚,我痛哭无数场,掉了十斤肉,而他却有美人在侧,好不快活!从前他伤害我的种种,难道就可以因为离婚一笔勾销?这世界上哪有那么好的事!他,必须要为犯下的恶行买单!

以前,我读《柳毅传》,觉得那里面最可爱的形象是钱塘龙王,得知侄女受委屈后暴怒,前去解救。

君曰:"所杀几何?"
曰:"六十万。"
"伤稼乎?"
曰:"八百里。"
"无情郎安在?"
曰:"食之矣。"

看看人家这负心成本,直接杀你六十万人、踩踏你八百里庄稼、把负心郎给生吞活剥吃了。

我不要做期期艾艾的怨妇,我要做复仇女神!

可是,婚都离了,我还能怎么报复他呢?财产已经分割清楚了,不可能再让他肉疼了。孩子也归我抚养了,人家抚养费照付。搅黄他的事业?这可是杀敌一千、自损八百的事情。他若是没钱了,我女儿也没有抚养费了。

　　跑去告诉那个女人,他在前段婚姻里是一个怎样的人?人家可能只会把我当成神经病,找来两个保安把我架出去。再一想要找到那个女的,我还得花出去不少时间、精力,我又觉得不值当。

　　我唯一能想到的报复方式,就是找人打他一顿,而且不能让他知道是我干的。一想到他被打得鼻青脸肿,我简直兴奋得要笑出声来。

　　念头一起,我就开始付诸行动。我先是上网找打手,但没找到合适的。没办法,我只好跑到附近的城中村,找了几拨常在路边打牌的混混,跟他们说明了我的来意。我说我老公跟我结婚后,就一直吃我的软饭,可后来他出轨了,还跟别的女人合伙把我的财产骗走了一半。法院拿他没办法,但我心里气不过,想找人打他一顿,不用打残,打伤就行,别打狠,打得他三天见不了人就行。钱不是问题。

　　我找了好几桌人,在第一张桌子边打牌的人听了我的诉说,像看神经病一样看着我。我转战去了第二桌,把故事讲得更可信一些,第二桌有人信了,但还是有人迟疑。

　　我说:"我是律师,这种情况,法律不会追究你的,也很难查到是谁干的。"

　　到了第三桌,我直接主动报了价:"帮我打个人,打到他鼻青脸肿就行了,不用打伤。谁愿意干,我给钱。"

　　没人敢接这种活儿,但我看得出来有人蠢蠢欲动。那是一个一米八的胖汉,平头,脖子上戴着金链子,身上有刺青,年龄大概二十三四岁,虽然我不知道他的战斗力如何,但我知道他一定很缺钱。对付王木木这种没武打和械斗经验的人,应该够了。

　　我趁大家都不注意,往那个人兜里塞了一张卡片,上面写了我的电话。回到家里没多久,他来了短信,说他有意向。

　　我立马给他打了电话,我们在电话里砍了价。他要一万,我只给八千八。我当时想着，如果他要超过一万，这事我就不干了。像我这种守财奴，我能为自己出口恶气承担的成本就是一万，多了我就觉得划不来了。

　　胖子同意了。我们在电话里初步做了分工。胖子的任务就是负责点到为止地打人，我的任务就是要把王木木给约出来。

　　首先，我需要选择一个合适的地点。大庭广众下肯定是不可能的，胖子可能会被满大街的摄像头拍到，若是人家职业操守不好，说不定会把我给供出来。隐蔽的地方，王木木肯定会起疑，然后不愿意去。我唯一能想到的地方，就是酒店房间。

　　先开个房，让胖子事先戴着帽子和墨镜进入酒店，潜伏在房间里，我再找个借口把王木木约出来。等他进了房间，胖子就在那里办了他，他还不好意思报警，围观群众也只会当这是一起情感纠纷，以为是他睡了胖子的老婆。胖子最后会跟他说，自己打错了，然后逃之夭夭。事后，我再假装不知情地出现，跟胖子演一出双簧，把他送去医院。

　　虽然这种剧情太拙劣了，虽然我可能最终也会被怀疑，但只要我坚决不承认，这事就会变成一起"罗生门"。

　　万事俱备，就差执行。

　　我给王木木发微信："我对你有个要求。"

　　他回复："什么要求？"

　　我说："我想和你回床。你敢不敢和我去酒店开房？"

　　王木木回绝得斩钉截铁："不去。"

　　那一刻，我觉得自己受到了侮辱，是对我性魅力的侮辱。他宁肯睡遍天下女人，也不肯再睡我，是觉得我有毒吗？

　　特别值得一提的是，自从离婚后，王木木很懂得跟我避嫌。有的周末，我们交接小孩，不小心碰触到对方的手，他会像触电一般缩回去。

有次，我不在家，我让他到家里来接一下小孩，毕竟小孩还那么小，没法单独下电梯。他来了，但小孩后来进了我房间拿东西，喊爸爸进去帮忙，他坚决不进。真不知道他这是敬我怕我，还是嫌弃我。

复仇计划的失败也让我意识到自己智商的下降。我曾经为自己想到这么一个损招而兴奋，可是在他的一句"不去"中，我感到了自己的低智与幼稚。

我约他去开房，他就去？我哪里来的自信？我这是被愤怒冲垮了理智吧？我怎么居然会想到这么低智商的方案，而且还真的付诸了一半的行动？

如今，我也不敢说"他那时候定然想不到，他的拒绝免去了一场皮肉之苦"之类的话，因为以我对自己的了解，即使他真的答应去酒店，我也会叫停这次报复行动。是的，我就是这么一个没出息的女人，而没出息的原因，不是没胆量，而是要考虑后果。

换而言之，我的理性一定会战胜我的本能和冲动。

如果他在跟我"开房"的过程中，被人打了，我肯定是脱不开干系的。如果胖子只是想骗我钱财，他根本没想出力，那我真是偷鸡不成蚀把米。如果胖子穿帮了或是被他收买了，这事要如何收场？它可能只会沦为一场彻头彻尾的闹剧。

我堂堂一个曾经的高考女状元、一个金融圈里的职场女精英，居然干出这种事！要是被人知道了，这可太丢人了，显得我有多在乎他似的，因为被他戴绿帽了，我就要发疯了。

王木木的一句"不去"，让我立马清醒、斗志全无。

我给胖子发了短信："我约前夫约不出来。"

胖子回复了一句："姐，那就算了吧。"

当天夜里，我做了一个梦，这个梦分两个片段。上半个梦里，我梦见王木木被胖子打得皮开肉绽，我心里暗爽。下半个梦里，我一见到他就心虚,就紧张,最终我承受不住内心的煎熬,向他坦白之前打他的人是我指使的,希望能得到他的原谅。

醒来之后,我很懊丧,因为我发现如果我真的付诸了行动,那么我人生中的后半段,一定会像我梦境中的后半段一样发展。明明是他负了我,可因为我找人打了他,却搞得像是我负了他。道德优势也是优势,我不能连这个也丢了。

论城府,我真比不上王木木,因为他能把一个秘密藏那么久。如果我脚踏两只船,我会忍不住自己先说出来。我这种人,即使渣,即使坏,也会渣得、坏得坦坦荡荡、明明白白。

我的报复之旅,就这样夭折在了半路,但是我内心的愤怒却没办法马上平息。

打人这条路是行不通了,我只能骂。我想起来就骂他一顿,但我没有打电话骂,只是发微信。相比打电话,发微信有两个好处:第一,他没办法挂断我,只能任凭我把我想说的话都发泄完;第二,我不会因为自己情绪不佳,而打扰到他。是的,哪怕走到了这一步,我依然在考虑我发泄恨意的行为,会不会打扰到他。

让人欣慰的是,不管我怎么骂他,他从来没有拉黑过我。至于是否有屏蔽我,我就不知道了。他从来不针对我对他的谩骂,做任何的回复,他只会回复那些我正儿八经跟他讲孩子事情的微信。从某种程度上来讲,他这种"随便我骂,不拉黑我"的处理方式,也让我平缓地度过了"愤怒期",没有让我做出更进一步的过激举动。

很多离了婚的夫妻,都会经历分离创伤。双方都处于愤怒期的时候,如果一方开骂,另一方不受着而是对骂,那事态往往会升级,最终双方反目成仇,没办法再为孩子和平共处。如今回想起来,我感谢他的这份随我发泄的沉默。

那时候，王木木曾经发过一条朋友圈，不知道是从哪儿抄来的，但看得出来，他对这些话非常认可：女人想搞定一个男人，只需要做几件事情，一是把他喂饱，二是陪他睡觉，三是给他安静的空间，四是不查他手机，五是不打扰他的活动。

每一条都看得我冷笑。写这种段子、认可这种段子的男人，都把自个儿当什么了？真以为全世界都得围着自己转？如果男人想要的幸福就是这样，那他们还结什么婚呢？作为一个出轨被抓包的男人，这时候还在朋友圈写这种"不查手机才是好女人"的话，是觉得自己被抓包很委屈吗？

如果我们把性别互换，女人出轨了，然后她对丈夫的要求就是：把她喂饱，不打扰她回家睡觉，给她安静的偷情空间，不查她手机，不打扰她的活动。我想问男人们会不会炸锅，一定会！他们中有的可能恨不能把这种女的游街示众、凌迟处死，还要让她在历史上遗臭万年。

我直接在那条朋友圈下回复：除了妓女，这世界上大概没有哪个正常女人能满足你这种需求。你可想得真美啊，古代皇帝都不敢这么想。他一个字都没有回复，甚至都没有删除我的评论。

另一条朋友圈里，他给一个女生回复："美女，你可真是空中飞人啊。"我实在抑制不住想嘲讽他的冲动，直接跟了一句："合着你不止一个女人啊。"这一次，他回了我五个字："变态！神经病！"

激怒他之后，我再一次觉得自己很可笑，都已经离婚了，我管人家朋友圈发什么呢？再之后，我屏蔽了他，不再看他朋友圈，也不让他看我朋友圈了。

35

那是一段情绪极其不稳定的时期。

有时候,我觉得自己人可好了,王木木错过我这么好的女人,是他的损失。有时候,我觉得自己糟糕透顶,想着自己是不是上辈子造了什么孽,才会被他视若垃圾。我甚至开始反省自己,是不是不够贤惠,不够温柔,不够包容,不够体贴,把他管得太紧,他才叛逆心顿起,才要出轨?是不是我长得不够漂亮,身材不够好,脾气又太差,他才不愿意碰我?是不是我让他感觉这个家如同冰窖,他才要去外面找寻温暖?

我真的错了吗?在能量那么低的当下,我真的会认为他出轨的责任在我。我甚至觉得,被他这么对待,是我的报应。我一定是以前也辜负过别人,才会有这种报应。

我想到上大学期间,我因为赌输了一场牌局,就跑去跟一个男生表白的事情。我表白完以后,出于好奇,还贼心不死地问了人家一句:"你喜欢我吗?"对方回答:"暂时没有。"我的好胜心立马就来了。嚯!你居然不喜欢我,那我就非要让你喜欢我。我的表白确实引起了他对我的注意,再后来,人家貌似真的喜欢上我了,我又退缩了。

那年我十七八岁,我喜欢的男生是我的高中同学,但他跟我不在一个城市,上了大学后也迟迟不敢跟我表白。我觉得自己闯了大祸,最后决定跟我主动表白的那个男生说了实话。听说他后来挺伤的。有很多年的时间,我都不敢正面看他一眼。有时候,在学校里,我看到他迎面朝我走来,宁肯临时变道绕更多弯路,也要避开他。毕业吃散伙饭的时候,我很想跑过去跟他说声"对不起",但我没有勇气。我只能怯懦地假装什么都没发生过,假装我没有跟人表白过,人家也没有被我伤过。

可是,就在离婚之后,这事却突然涌上心头。一想到当年我可能因为造过这样的孽,今天才有被王木木伤害的报应,我心里竟觉得轻松了起来。

夜深人静的时候,我边哭边暗示自己:你活该!真活该!你就是造孽造太多了,才会有这种报应!

刚离婚那段时间里,我一直在重复着这种自我内耗,伤痛有增无减。那些被辜负和被伤害的往事,还是频繁地被我想起来,一遍又一遍地刺伤了我。

就拿性这个问题来说,我每每回想起来都觉得屈辱。自打我怀孕后,他就不再碰我,连拥抱、亲吻都很少。孩子都过了半岁,他才开始跟我恢复性生活,但就像是他实在过意不去才给我发的福利,但次数少之又少。

我曾经问过他为什么对我没性趣了,他说可能年纪大了,性趣减了。这怎么可能呢?还不到 30 岁就没性趣了。那时候,我不停逼问他是不是外面有人了,是不是身体出毛病了,他都不直接回答,或是转移话题,或是保持沉默。到后来,他被我逼问得受不了了,就回答我:"我觉得你怀孕了之后,体味变臭了。"

我问他:"你刚和我在一起的时候,怎么不嫌我臭?"

他回答:"那时候你没怀孕,以后你喷点香水吧。"

这是一句多么伤人的话啊!我怀了他的孩子,生了他的孩子,可最后却因为怀孕这件事情,被他嫌臭。他这话的言下之意是,我只有靠喷香水,才能争取到他施舍给我的性福利。

那是凌晨一点钟,听到这句话后,我立马把他从床上踹了下去。他被我一脚踢下床,头磕在床头上,大声喊痛。我也被吓了一跳,看到他无大碍后，心里的担心荡然无存，心里的怒火像是烧到了天边，又补踹了他一脚。

我把家里的香水瓶全部拿了出来，朝着他的眼睛猛喷："现在香了吗？你就喜欢这种吗？"

他避开了，没说话，只是默默地爬上床，背对着我玩手机。

孕妇汗腺发达，体温比正常人高，我的体味确实比过去更重了，以至于有时候我都嫌弃自己。而他这时候居然告诉我，他和我无性是因为我臭。当然，对于出轨的男人，体味不过就是他找的借口之一。如果他愿意，他可以随口说出"生过孩子，乳房下垂，阴道松弛""你太胖"等一万种借口。毕竟，欲加之罪，何患无辞？

但是，在这个事情"破案"之前，他的回应确实带给我莫大的伤害。

我的体味，随着孩子逐渐长大，也在逐渐变淡，但我真的有好几年的时间，拒绝用任何香水，就是因为他说过这句话。那时候我固执地认为，我要是用了香水，就是认同了他的这句话，是接受了他的精神打压。

直到有一天我真正地从心里放下了这个人，放下了他曾经给过的伤害，香水在我的眼里才不再是一个有特殊含义的东西，它又成了香水，而且只是香水。

36

我清晰地记得，离婚前王木木曾经跟我说过一句话："我最遗憾的事，是没有给你买成带书房的大房子。"我的眼泪差点夺眶而出，但想离婚的心丝毫没有动摇。

一个带书房的大房子，一直是我的念想。对于一个兴趣爱好单调到差不多只有读书和写作这两项的人而言，有一个安静的读书和写作空间是刚需，但是广州的房价太贵了，以我当时的经济实力根本买不起。离婚前一个月，我们去看房，看的就是带书房的样板房。我相信，在他对未来生活的设想里，一定包含有"我们全家都搬去那套大房子住"这一项，他只是没想到他的秘密会那么快就被我发现，没想到我真会毅然决然地跟他离婚。换而言之，他不是在后悔自己出轨，而是在后悔被发现。真要后悔，他就不会做那些事情了。

在他说这句话的当时当下，我相信他的内疚是真的。就像当初他说他会爱我一辈子，说他有钱之后只会更爱我一样，当时当下是真的，连他自己都被感动到了。只是男人的誓言和内疚，也就说出来的那会儿有点效力。时过境迁，那些誓言和诚意，就当个屁放了吧。

我不再是 25 岁那个失恋之后整整几年走不出来的女孩了。离婚时，我已经快 30 岁了，已经是一个快一岁孩子的妈妈。我是该有一个 30 岁女人该有的样子，该有一个孩子的母亲该有的样子。

也是这个时候，我开始理性地审视我们这段婚姻。我发现我们价值观、生活目标，根本就不是一致的。我看过他和哥们儿打电话的样子，那亢奋的神情，至少在我面前从未有过。我大部分时间看到的他都是满脸疲惫，回到家就剩上床睡觉这一件事情，以至于有时候我觉得家只是他的酒店。好不容易抽出点时间陪妻女去公园逛逛，我也能看出来他的心不在焉、百无聊赖和极度不耐烦。

我觉得所有关于幸福的场景，譬如夫妻一起去看场电影、去郊区亲子游、陪孩子去水上乐园，在他眼里都是束缚，是他不得不去应付的任务。所以，有时候我从他的角度去想，遇上我这么一个热爱家庭生活的人，何尝不是热爱夜生活的他的不幸呢？离婚，实在是对我们双方本性的解放。我们对幸福的定义，压根儿是不一样的。

王木木的一部分朋友，也就是婚前他介绍我认识的那一部分，听说我们离婚，都是一脸的震惊和惋惜。再听闻真实的离婚原因，更是露出不可置信的惊讶神情。

有时候，我会忽然同情起他来，一个能在人前把戏演得那么好的人，内心一定非常孤独，才需要借助酒吧的喧闹、酒精的刺激、狐朋狗友们的笑声、新鲜姑娘的肉体，来驱散孤独，打发寂寞。但这能起什么作用？我相信，身体的疲累之后，酒精的麻醉之后，他只会感到更大更多的空虚，然后陷入恶性循环。

人一定要活成高层次的动物，就是因为当你的思维进阶到了一种较高的水平，你就会追求更高阶的东西，不会再被低级的东西诱惑了。很多时候，人生对谁来说都是鄙陋的、寡淡的、乏味的，但总有人能在无聊中追求有趣，这考验的是一种与自我相处的能力。

《瓦尔登湖》的作者梭罗说："经常独处使人身心健康。"在我看来，一个无法独处的人，灵魂必定是不够充盈的，心理是不够健康的。可是，人本质上就是孤独的。

孤独是撒向人生的清冷月光，是滴进情感的夜露。它是人生中不可分割的一部分，就像死亡一样。我们只能拥抱它，不能回避它。也只有那些真正拥抱过孤独和心酸的人，才会更加珍视生活中有限的温存。可王木木显然不是这样的，我们根本不是一路人。

我们离婚后，黄原曾经问过我："你相信浪子回头吗？"
我说："我信，但我不稀罕。"
"浪子回头金不换。"在我这里就是一个天大的谎言。虽然身边的人都这么说，但是有多少人去问过，跟浪子生活在一起的人有多伤？伤口又是怎么痊愈的？

浪子为什么会回头呢？最大可能只是他玩累了、玩腻了，或者玩大了兜不住了、慌了、怕了。有些男人到了40岁，才终于"浪子回头"，成为一个靠谱的丈夫和父亲。为什么？因为属于他的巅峰时代已经彻底过去，他的体力、精力在下降，玩不起了，玩不动了。再那么玩下去，病了可能没人伺候，死了可能都没人收尸。

可是，中间被他伤害过、辜负过的女人呢？注定只是他生命中的炮灰。"浪子回头"这事，就跟炒股似的，基本遵循"七赔两平一赚"定律。能收割"浪子回头"红利的人是很少的，大部分人只会被浪子碾压得连渣都不剩。

浪子回头为什么金不换？因为稀少啊。真要是那么容易回头，"浪子回头"这四个字后面加的字就不是"金不换"了。很多小说里，不都是这么写的吗？一个浪荡公子，因为遇上了一个"命中克星"，从此只对那个人好，秒变专情男。

就连琼瑶剧《又见一帘幽梦》里的费云帆，也是这样一个角色：之前他对婚姻非常草率，有多个前任，跟每个前任都不长久。遇上紫菱之后，他突然变得无比痴情、有担当，不管紫菱怎么作，他都陪着她作。关键是，他还是成功企业家。而我们都知道这部剧完全脱离生活，现实生活中，哪个当老板的有空陪一个小妻子作天作地？

有些女人为何会有做"浪子终结者"的念头？这种心理跟男人劝妓从良差不多。他们是因为爱那个人爱到骨头缝里，希望能拉对方上岸，与自己一起过上美好的生活吗？并不全是，很多人只是想赢。浪荡的人，总是比良家妇女、老实男子更能激发人的征服欲和拯救欲。他们像是一座常人攀不上去的山，总有人想试一试，以证明自己才是有能力拯救失足男女的救星。

想象一下：如果一个所谓的"失足女"和一个"浪子"为了你从此归心了，从此不问江湖世事了，你是不是挺有成就感？就像一个老师把一个差生改造成功，助其考上了清华北大。

人们都喜欢这样的反转故事,也都希望自己能成为那个"敢教日月换新天"的人,可是,"江山易改,本性难移",所以,清醒点,别太自恋了。

37

和所有遭遇出轨并且果断离婚的女人一样,我也需要疗愈自己的伤口。那段时间,我看了很多书,上网看了很多故事。

在一个论坛上,我看到了一个男作者写的真实故事。

故事的女主角叫梅,她贤惠、漂亮、知性、能干、通情达理而不失情趣,而且她顾家,对丈夫也很好。但是她跟丈夫在一起生活了七年,七年,到了该"痒"的时候了。她的好已经让他觉得枯燥和厌烦。他觉得自己的生活中,需要一些新鲜的刺激,所以,他开始出轨。他的心、他的钱、他的身体一旦不再放在家里,两个人的关系就开始失衡。家庭关系变得越糟糕,他就出轨得越厉害。

起初,他被发现,痛哭流涕,真心忏悔。女人还爱着他,暂时也没法适应没有他的生活,选择了原谅。时间一久,他又觉得妻子对自己的好是理所应当的,再次选择出轨。

如此反复,她累了。他也终于在和情人周旋的过程中,知道谁才是自己最应该珍惜的人,但她已经不会再原谅他了。

他呢,一直不敢面对自己变了心、背叛了妻子的事实,各种为自己找理由。在出轨过程中,他还把自己跟那些逢场作戏的人区分开来,觉得自己的出轨是与众不同、独一无二的。

可是,在这个故事里,梅才是家里真正的脊梁骨。人到中年,她努力建设家庭，为丈夫的身体着想，为父母公婆的养老着想，为女儿的未来打算，可他都做了些什么？他在拆散一个家。

妻子焦虑的事情，对他来说不值一提。他把家庭的重担都扔给了妻子，让妻子负重前行，却依然觉得全世界都欠了自己。

我心疼故事中的梅，是因为我也是女人，我也曾经是别人的妻子，我也遭遇了和她一模一样的事情。虽然我看的是她的故事，但想到的却是自己的婚姻。

我和王木木也曾经相扶相依，曾经发誓要和对方一起白头，我们从同一个起跑线出发，可最终却像两列不同方向的火车，渐行渐远。我原想着"白首不相离"，最终却只落得个"心碎了一地"的结局。我只是有点遗憾，对孩子而言，父母一人一手牵着她去逛公园、父母躺在双人床两边而孩子躺在中间的场景，此生不会再有。

几乎每个家庭、每对夫妻，都有痒的时候，可每每这个时候，付出忍耐的往往是女人。

婚后的男人，刚刚摆脱了二十几岁的稚气，又有点经济基础，很容易膨胀、自大。外面的莺莺燕燕，香甜诱人。面对这种诱惑，有的扛住了，有的又陷入所谓的真情了，有的随便寻花问柳了。妻子呢？感受到的是来自丈夫的漠不关心，她们想改变这种冰冷的家庭氛围，或许也曾像我一样，尽过沟通挽救的努力，但终究只是徒劳。东窗事发，男人因为不愿意面对自己朝三暮四，不愿意承认自己德行有失，就可以给妻子安强势、不解风情、性冷淡等的罪名，用来给自己开脱：你看，我不是一个坏人，是妻子的所作所为，逼得我受不了了，我才出的轨。

可是，妻子有这样那样的毛病，你最应该做的事情是离婚啊。你既然要享受婚姻给你的安稳，又要享受情人给你的刺激，两头瞒骗，只是为了让自己利益最大化，这算个什么事？

下部

都说婚姻有七年之痒，但实际上，谁没痒呢？只要活着，人生就有痒。任何人长期待在单一的生活状态下，都很容易厌倦，这个非常能理解。如果因为厌倦，就一定要去外面寻找新鲜刺激，只能说明你没有吃过真正的亏。

一个个的，房贷都没还完，却幻想自己是古代的皇帝，想要左拥右抱，俨然自己再不及时行乐就要老去了，可这类男人大多根本不知道幸福为何物。

是啊，你现在孩子健康，没有身体缺陷；父母健在，没有得癌症或瘫痪在床；你的老婆没有出轨，还在尽心尽力做家务、带孩子；自己一切都还不错，没有遭遇失业或者破产。这一切就已经非常难得了。如果一个中年人遭遇上述变故中的一个，马上就能迎来灭顶之灾，谁还有余力去出轨？但出轨男人没有遭遇这些，在婚姻围城里他举目四顾，总觉得自己还缺点东西，那就出轨找刺激好啦。

他们拥有的再平凡不过的生活和婚姻，其实已经是别人跳起来也够不到的，但因为他们内心深处的空虚和匮乏，不具备知足常乐的能力，不具备与自己相处的能力，才需要通过出轨这种方式去找乐子。可是，人到中年，时间各种不够用，大家谁不是在负重前行？就你高级？别人都得走路，你要坐轿！

谁都会有厌倦感，但有的人克服厌倦的方式是换兴趣爱好、换地方旅行、换房子、挣大票子，而有的人克服厌倦的方式只是换个人做爱。恕我直言，他们只是把人生中所有快乐的可能，都建立在伴侣身上。如果说换人是唯一让他们感到快乐的方式，何其可悲啊！

相看两不厌的，唯有敬亭山。只有自然的魅力不会让人厌倦，所以我热爱旅行，乐于去研究大自然的智慧。书中自有黄金屋和颜如玉，所以我热爱阅读，乐于攀登知识的高峰，这是永无止境的乐趣；还有人热爱运动、热爱做公益……哪一个都可以让你找到无数乐子。

每个人都有骚动的时候,每个人都有卑劣的想法,是否会把这些想法变成现实,只取决于你是一个怎样的人,于是,有人立地成佛,有人化身为魔。

我没有出轨,是因为我品德更高尚吗?不是,我只是多了一份"不忍心"。我只是觉得,人都是脆弱的,所有人和人的关系乃至整个人生都是脆弱的。当我们意识到这种脆弱之后,就更应该温柔、更应该敬畏。

经营婚姻,就像是端着一个鱼缸在人群中前行。你知道它容易碎,你知道自己需要它,那就更应该小心。这是你自己的责任,也应是你的乐趣和成就感的来源。

但我们的这个鱼缸,被王木木打碎了。

离婚一个月后,我竟然想去看看王木木去过的酒吧,那里是他和她勾搭上的地方。之所以去那个酒吧,一方面是好奇,好奇这个地方到底有多大的魔力,居然让他无数次夜深了都不肯回家;另一方面,我希望在酒吧里看到更多人的丑态,继而逼自己从心底里真正放下那个人。

像我这种从小就比较懂事、上进的女孩子,学生时代一直闷头读书,参加工作后就努力工作,我几乎从来没有去过这种场所。出去旅游,我也会泡一下酒吧,但我去的清一色是清吧。台上有民谣歌手在唱歌,我和朋友坐在台下轻啜饮料,听完了,喝完了,也就起身走了。喧闹的迪厅和闹吧,我连路过的时候都想快步走过。像我这种人跟这种环境是格格不入的,但是为了逼自己尽快放下,我还是去了。

干这种略带"冒险"的事情,我的安全意识当然是在线的,我叫上梅芳陪我一起去。梅芳不大能理解我的这种行为,但还是很仗义地陪我去了。为了让自己表现得像个老手,我们还特意化了浓妆,穿了条吊带裙。

可是,我一走进那家酒吧就后悔了,这根本不是我们这种人该来的地方。场内喧闹繁杂,音乐开得震耳欲聋,到处闪烁着暧昧的霓虹光,身边人的长相你都很难看清。

舞台上,有女人在跳钢管舞,是性挑逗意味很浓的那种。吧台边站满了穿着随意的大叔,他们边喝酒边在场内寻找合适搭讪的猎物。酒单上的酒非常贵,像我这种给小孩买鞋都会货比三家的妇女,只觉得那里消费很高。

在里面,人和人想要说话得用吼的。我大概能够想象得到,王木木长期跟这帮人打交道,他的价值观会变成什么样子,为何他会对我说出"我结婚了,就不能出去玩了吗"这样的话。

眼前这一切,让我感觉自己像是去到了另一个星球,我不明白这个星球上的人们都在嗨什么,他们为什么能在场子里头玩得这么开心。我也没法想象,一个人怎么能在这种地方爱上另一个人?即使真爱上了,只有一种可能——先性后爱。

我在里面待了不到二十分钟,就感到恶心、想吐。我抓着梅芳的手,逃也似的从酒吧里冲了出来。

我对梅芳说:"我觉得我要放下了。"

梅芳的眼睛里闪着星星,她回答我:"恭喜你啊,亲爱的。"

安妮宝贝说:"后来我知道,必须接受生命里注定残缺和难以如愿的部分,要接受那些被禁忌的不能见到光明的东西。在这世间,有一些无法抵达的地方，无法靠近的人，无法完成的事情，无法占有的感情，无法修复的缺陷。"

对离婚这件事，我本该安然接受，可是我还是有点悲伤。在过去很长一段时间里，我自欺欺人，沉溺在造梦的乐趣里，像个孩子一样，固执地守着沙做的堡垒，并寄希望它能为我遮风挡雨。现在想来，多多少少有点天真。

电影中有很多女人，在遭遇难关的时候，总是能遇上一个"渡"她的人，因为人们就喜欢看这样的反转故事，这样的剧情能给人诸多的安慰。可是，生活不是电影，生活远比电影无助和冷酷。生活，总是一出戏接着一出戏，世界这么大，不是所有的戏都能让人落泪。也有一些花，"开错了颜色，吻错了春色，扮错了角色，只尝到苦涩"。

我只能怪罪给命运。

人的一生，幸福或者不幸，有时与性格有点关系，与大时代背景下的小环境也略有关系，而命运这只手，大概也难辞其咎吧？不然，我们没法解释，那些含着金钥匙出生的人，要风得风，要雨得雨，而我奋斗十八年也许也没法和他们坐在一起喝咖啡。我也无法解释，我不懂事的时候，我身边那些闪婚了的闺蜜也跟我一样不懂事，但是为什么我们都勇敢地闭着眼睛一赌，她们就跳进了温暖的草地，而迎接我的却是痛苦的泥潭？在情感路上，我已经在很努力地调整自己的心态，反思并修正自己的言行，却依然不得善果。那么，到底是什么在决定人生的走向？不就是命运吗？

我也知道，人生艰难，吃苦和享福并没有必然联系。吃苦就是吃苦，享福就是享福，不是你吃多少苦就必然能享多少福。活到这个岁数，面临着上有老、下有小的压力，经济上、生活上无人分担，精神上也没有。觉得心酸至极的时候，我甚至不能抱住谁痛哭一场，但这是我选择的路，这都是我要走的路，谁都无法责怪。我早就不

下部

再相信什么苦尽甘来、否极泰来，现在只是学会用快乐的心态去吃苦罢了。

　　人生哪里有什么低潮啊？再艰难的日子，你过着过着，也就习惯了。既然这些事情你根本无能为力，那么就臣服命运好了。而我，再也没有了年少时那样"即便命运把我打倒一千次，我也第一千零一次站起来"的锐气，如果命运站在我对面，我只想跟他求饶：如果你一定要给我几棒子，请下手轻点吧。

　　再一想当初那个尚在襁褓里的小豆丁现在已经长这么大，总喜欢抱着一瓶牛奶屁颠屁颠地跟在我后面，我竟有种"世事一场大梦，人生几度秋凉"的感觉。

　　除了生死，人生哪有什么大事？哪件事不是一场大梦呢？眼睛一睁一闭，梦做完了，也该走了。

39

　　离婚后，我切实感受到了社会对离异女人的恶意。我把我自己的故事写出来，发到了网上，却收到这样一些评论：

　　"看到手机内容才知道伴侣出轨！如果不是偶尔发现，还不知要傻傻地等到何时呢。典型的高智商低情商，心性迟钝。"

　　"这女的太单纯了，对她男人又太过信任，那么久才发现伴侣出轨，简直不要太蠢。"

　　把优越感用在这种地方，我真不知道该说什么。你能及早发现丈夫出轨，就能证明你厉害了？发现了，然后又能怎样？你能和我一样离得起婚，离婚后也能活得漂亮吗？

　　我那时候也曾遭受过一个朋友的这种嘲讽，后来我果断和她疏远了。打脸的是,很多年后,她也遭遇了类似的人生变故:丈夫包养小三,瞒了她将近五年。我没有幸灾乐祸,只是觉得人自信可以,但狂秀优越感的话,大可不必。

伴侣出轨这事,很多人其实事先有预感,但因为不愿意相信或者没有抓到实锤,所以选择了自欺欺人。这种自欺欺人,你很难将其定义为单纯或者愚蠢,甚至如果自己没有亲历过,便完全没法理解。

如果有人非要说我属于心性迟钝的姑娘,我也不否认,可这种被人鄙视的"心性迟钝",却也让我受益。"革命靠自觉",伴侣出轨不是我们心性敏锐就防得住或是及早察觉得了的。人的时间、精力是有限的,你花在这一方面的时间、精力多了,花在另外一方面的时间、精力必然会变少。越是独立、清醒的姑娘,越愿意把时间、精力拿去赚钱、提升自我,而不是用来防贼和抓奸。

就拿我自己来说,在孕期和哺乳期,我几乎都在准备硕士毕业论文。那是一个庞大的体力活,需要你付出很多时间和精力。我怀孕六个月的时候,改论文第二稿,改到凌晨五点多还不能睡觉。孩子不到一个月的时候,我飞去另外一个城市答辩,去之前查阅了大量的资料,以便更从容地应对答辩考官提出的问题。

比起抓奸,我觉得怀好孩子、带好孩子、让自己顺利拿到硕士学位和学历证书,显然更重要。从这种意义上来讲,在抓奸方面的心性敏锐,没有也罢。

前几天,一个网友问我:"离婚后,负能量爆棚怎么办?"

我回答:"正常,但把时间花到自我提升或赚钱上面,会好很多。"后来我想自我提升和赚钱好像更难。而且离婚后的负能量爆棚期,对绝大多数离异人士来说,都是一个必经阶段,几乎没有人能前脚离了婚,后脚就活得枝繁叶茂。

离婚就类似于一场手术,你把一个恶性肿瘤从身体里挖了出来,又给自己缝了针。手术之后这种疼痛，几乎是必经的，无人可以幸免，麻醉剂所起的效果也有限，你唯一能做的，只是挨着，熬着，扛着，等它慢慢过去。

离婚后，责怪自己当初没眼光，也是没必要的。

离婚后有一天，我在家里削土豆，清洗、刮皮的时候那个土豆看起来都是好的，但切开两半才发现内里全烂了。当时我就感慨，我妈这样有三十几年买菜经验的厨娘，也会有挑错土豆的时候。

有的土豆就是这样，你把它买回家、洗白、刮皮，它和别的土豆看起来都一样。直到最后你切开它，才能看出来它内里是坏的。厨艺再高超，你也没法把烂土豆做出好味道来，不丢弃只会损失更多。

我们每个人在选择土豆的时候，都不可能切开来尝尝，选择人的时候也一样。也许过上十年八年，生活没有给你更大的考验时，你也发现不了枕边人的另外一面。所以我最终原谅了自己的不够慎重，体谅了自己当初太渴望在这个城市有个家的心情。

我们这一生会面临很多选择题，没有人保证自己一辈子不会选错。你可能认为遭遇渣男的姑娘都不够聪明，但我觉得能勇敢承担自己的选择并无怨无悔笑对未来的她们，连同她们的选择，都应该值得人们尊重。

不得不说，谁对你不怀好意，离个婚你就知道了。

有个男熟人当年追过我，被我婉拒了，我转头就嫁给了王木木。我离婚后，他竟觉得大快人心。有一回，他跟别人谈起我的八卦时，说我"活该"，说我当初"狗眼看人低"。我一听到他的表述就乐了，如果时光倒流，在他和前夫之间，我还是会选前夫。相比处处透着油滑、猥琐气质的他，前夫当真比他清爽一百倍。

离婚那一年的年底，我的心情有点糟糕。糟糕的一个原因是，周围真有男人不断骚扰我。他们都是以前我认识的熟人，大多数已婚。在我名花有主的阶段，他们不敢造次，现在看我离婚了，就突然联系上我。

比如，有一个男士隔空在微信上对我进行性骚扰，屡次表达想跟我上床的意思。我把他发给我的微信聊天记录截了屏，然后告诉他：你再这样，我就把这些截屏都捅到你上司和你老婆那里。

对方终于消停了。后来，我从别人的口中听到他这么评价我：一个带着拖油瓶的离婚女人，还把自个儿想得那么金贵。

我真想冲他翻一万个白眼：离婚就贬值了？你也不看看自己什么货色！

还有的男士会突然给我打来电话："我在哪儿哪儿，出来坐坐吧！你有空吗？我一个人，等你。"要不就是在我下班前，发微信问我："美女，晚上有什么活动吗？要不要我陪陪你？"

每一次收到这种信息，我都有点生气。难道我让人感觉我很性饥渴？让他们都想跑来为我灭火？

还有一次，我好端端坐着工作呢，一个男同事突然向我伏下身来，靠得很近，我身体连连回避，对方却步步紧靠过来，问我周末要不要一起出去玩。

实在受不了这类男人的骚扰，我直接站了起来，大声回答："周末我要带娃，你不要约我了。"

对方自讨没趣，只说了一句"开个玩笑，不至于"，就灰溜溜地逃开了。

我甚至遭受过一个已婚快递员的骚扰。快递员大概四十几岁，之前我简单跟他聊过，知道他的老婆孩子在老家。送几次快递后，我加了他微信，想着有时候我需要寄件的话，可以很方便地联系到他。

不知道从什么时候起,他发现我家里没男人,就开始给我献殷勤。他第一次送我鲜花,是一朵康乃馨,我笑纳了,心想:现在的快递服务真贴心啊,还会给女士送花。第二次,他给我送玫瑰时,我开始觉得不对劲,想问他为什么要送,可他把玫瑰和包裹递给我之后就溜走了。

之后,他时不时就给我发一些文章的链接,大多与爱情有关。我当他是分享知识,没搭理。有一天,他开始发暧昧消息,说他知道我单身,刚好他也单身,这个城市很大,如果有两个人一起面对就不孤单之类的话。

他甚至还说到他不嫌弃我带个孩子。我很疑惑他什么意思,他有嫌弃我的资格吗?

我只回复了他一句:"康乃馨和玫瑰的钱,我现在转给你,以后请不要再来骚扰我。"随后,我转给他20元钱,把他拉黑了。

世界总算清静了,没有发展出更糟糕的情况。

有意思的是,这种情况不是只有我这样的离异女士会遇到。

那时候,我开始在网上写文章,并且收到过这样一条私信:

"艾凌姐,我也离婚了。离婚之后,日子虽然过得清苦,但身心比过去没离婚之前舒畅了太多。我觉得离婚对我而言,是一个正确的选择,但令我颇为烦恼的是我要承受一些男人的骚扰。他们当中,有的是我的领导、同事、朋友、老同学,但大多是已婚男人。我离婚之后,他们总是时不时给我打电话、发微信叫我出去坐坐,说他一个人在哪里等着我。还有的人直接问我会不会寂寞,有没有性需求。说真的,离婚后感到最难熬难过的,不是难以走出离婚阴影,而是无穷无尽的性骚扰。我长得还可以,而且没有孩子,但难道就因为我离了婚,这些人就认为我很空虚寂寞,很性饥渴,很需要他们解救我于水深火热之中吗?"

想来也是啊，离异女性有时候比未婚、单身女性更容易遭受到某些已婚渣男的骚扰。这些已婚渣男，对于未婚、单身女性以及有婚姻的女人，多多少少是有点顾虑的。未婚、单身女，他们怕沾惹上以后甩不掉，怕惹火上身给自己找麻烦。已婚妇女，他们怕被对方丈夫察觉，然后挨一顿胖揍。离异女性呢？在他们眼里是掉价的、不值钱的，因此，若是一个结过婚的女性在酒桌上抗拒猥琐男们的黄色玩笑，很有可能被斥责"你装什么纯情啊"，言下之意，你都被人用过了，能有多金贵。他们会认为，这时候的女人最好上手，因为她们需要安慰，因为她们很饥渴。

这类专撩离婚女人的男人，大多无来由地认定：跟离异女人上床，自己不需要负责。不用给钱，不用结婚，可以纯粹享受性爱的快乐。你委婉拒绝，在他们眼里是欲拒还迎，是害羞，是不好意思表达自己的需求；你严词拒绝，那就是不识抬举，是不懂事，是情商低。还有，向离婚女人下手的已婚渣男，大多认为离婚女人就是不值钱的二手货，所以把离婚女人看得比其他女性更轻贱。

若是一个女人带个孩子，他们更是觉得这类单亲妈妈的价值低到了谷底。甚至在他们的潜意识里会认为，你一个离婚带孩子的女人，有人肯撩你，你就该赶紧感恩戴德。你能被看上，是你的福气。每次遇到这种人，我都像是看到苍蝇一样，真想把他们一脚碾碎，再把鞋子烧掉。

在他们的映衬下，我觉得阴沟里的蟑螂都显得伟岸了起来。

40

离婚后，我还拉黑了周昆和他的老婆。事情的起因，起源于一场他老婆的"出卖"。

我产检以及生孩子住院期间，没少让周昆帮忙，两家人也因此走得比较近，我慢慢也认识了周昆的老婆，加了她的微信。

孕期，王木木凌晨两三点钟都不回家，我不知道他到底和哪些人混在一起，但我知道，这些人中间很可能有周昆。也正是因为这样，我对周昆的老婆向来有一种"同病相怜"的感觉。想到她可能也和我一样，在那段婚姻中过得并不幸福，我也愿意跟她交心。

离婚后某日，我忽然跟周昆的老婆聊了起来。在她跟我讲述了一大堆她婆家对她的薄待之后，我也跟她说了一些对婆家人感到万分愤懑的话。她跟我说，如果她生的不是儿子，她和周昆也早就离婚了。她还说我离婚离得太亏了，我前夫的家产至少有几千万，我居然一分没要，真是便宜他了。

跟她在微信上深谈之后，我已经完全对她放下了戒心，把她当成了我的核心"闺友"。跟她聊完后，我在微信分了个"仅十人可见"的"闺友群组"，把她也放在里面，然后发了一条表达对婆家人不忿的朋友圈。

不料，几个小时后，王木木突然把我那条发在"仅十人可见"的朋友圈里的信息截屏给了我。他再次骂我是"神经病"，说我怎么骂他都可以，可是扯什么他的家人。

这件事情直接引起我和王木木的一顿恶吵，我不明白他为什么要拿我是问。此时此刻，我恨你，恨你的家人，自然是不假，可把话传给你的人，是真心对你好吗？他到底安的什么心？不就是看热闹不嫌事大，不就希望我和你反目成仇吗？

我也是这时候才知道，我发在"闺友群组"里的朋友圈，被人泄密了。那个群组，只有十个人，排查起来非常容易。里面六七个闺友都不认识王木木，甚至都没跟他见过面，也没有他的联系方式，可以排除。有两三个是玩得很好的同事，以我对她们的了解，她们绝对干不出这种事，毕竟这对她们没有任何好处，何况我们还要在职场相处多年。

唯一且最大的嫌疑，就是周昆的老婆。我后来几乎可以确定，就是周昆老婆把我们俩的聊天记录以及我发在"闺友群组"的朋友圈，发去了王木木和他的朋友能看到的地方。

但我还是不愿意相信，我打电话给周昆老婆，她直接回复："我都不认识你前夫，也不认识他的朋友，怎么把这些信息传给他？"

我说："周昆不是他的朋友？"

她回答："我老公怎样，我管不着。"

我又打电话给周昆，质问他怎么回事，周昆说："我没那么无聊。你要是不说别人坏话，就不会有这事。"

那一刻，我按捺着怒火，问他："你没说过别人坏话？今天这个事情，换作你被出卖，是什么心情？"

他说："我从来不说别人的坏话。"

给周昆打电话的时候，我站在一片青草地上。青草刚被割草机割过，散发出一片草香，可我当时的心情简直糟透了。

那是一种被全世界的人联合起来欺负的感觉。

我掏心掏肺跟周昆的老婆说那么多话，可现在我感到自己被出卖和愚弄了。可就是被气成这样，我依然没有把周昆老婆对她婆家、她老公的恶评都转告给周昆，也没有把她说的离婚时你不分点财产太可惜之类的话当一回事。

在她坚决不承认自己对我的"出卖"后，我说："哦，那可能是我的微信不小心被人破解，所以聊天记录和朋友圈都泄露了。"

让我意想不到的是，周昆老婆居然跟我说了这样一句话："你前夫早都找到女人了，你还在这里在意这些事情。你觉得有意思吗？你不觉得自己活得很失败吗？"

她轻巧地将她对我的出卖轻轻抹去，转而讽刺我的放不下。我倒抽了一口气，默默拉黑了她。事后还找了个无人的地方，大哭了一场。不为别的，哭自己蠢，找老公的眼光不行，交友的眼光也不行。

哭完以后，我擦干眼泪，给周昆发了最后一通短信，感谢他曾给我提供的帮助。

他回复我："我没空看你写的那么多字。"

是真没空看，还是纯粹心虚？但看到短信，我当场愣住，觉得自己更蠢了。

王木木和我的关系，因为这起出卖事件紧张了一段时间。他看孩子的频率明显变少了，这让我感到不安。我觉得是我自己在朋友圈的口不择言，害得女儿也被父亲冷落，竟兀自又攻击起自己来。

如果是现在，我根本不会把这个事情当一回事，因为现在的我已经有了极其坚强的精神内核，王木木来不来看女儿，那是他们父女之间的事，跟我无关。如果一个父亲因为前妻对自己不够温柔谦恭而对孩子不好，那是他当不了一个好父亲。可是，那时候我就是无来由地感到不安。

下一次王木木来接孩子的时候，我慎重地向他道歉，请他原谅我口不择言，请他看在孩子的份上不要和我交恶。我说，离婚已给孩子带来巨大伤害，如若我们交恶，会让孩子更感痛苦。

不得不说，这番道歉是极其不情愿的，它让我感到屈辱。

好在自从那件事后，王木木大概也明白了那些看客们的心态，不再将我置于对立面。他大概终于明白没有人会真正站在孩子的立场上考虑问题，除了孩子的母亲。

也就是那一次过后，我决定再不跟周昆这对夫妇来往。都不是一路人，以后只会添堵吧。真要是维系下去，也只剩虚情假意和互相利用了。人生那么短暂，我真不舍得把有限的生命耗费在这种关系上。

那以后，我又见过周昆夫妇一回。我买了新车后，开得不大顺手，一开始老是出事故。某回我从一个商场停车场把车开出来时，不小心剐蹭到了一辆货车，我的车头灯都掉下来了。我着急走人，直接承担了全责。在去找交警开具责任认定书的路上，我遇到了周昆夫妇。周昆那天应该是和他老婆一起去逛那个商场，他见了我的车挂了彩，就从自己的车上下来，走过来询问了我一下，他老婆也跟着下了车，但就站在车旁边，没走过来。周昆问我要不要帮忙，我说不用，自己搞得定。然后，我们双方道别，从此果真江湖不再见。

周昆夫妇联手往我伤口上补刀的行为，让我开始认真审视我是不是真有必要再和王木木的朋友们保持联系。他们到底是他的朋友，屁股本身就是歪的，根本不可能站在我的立场上考虑问题。而我的生活中，是不是真的需要有这样的朋友？没有这样的朋友，我的生活质量会有很大的影响吗？答案是否定的。

至于黄原，我曾经跟他天天在QQ上聊天，他曾经那么近距离地围观过我的那场婚姻，我也曾经把他当成一个好朋友，但随着"出卖事件"发生后，我终于下定决心不与王木木的任何朋友再有任何来往。

人海茫茫，以前我们本就不认识，以后似乎也没有再聚的必要了。

不是所有人都会对你的不幸持善意态度。总有那么一些人，只是等着看你笑话，等着你给他演一出好戏，以满足他的看客心态，点缀和丰富他无聊平淡的生活。他们假意关心你，让可能正处无助的你以为遇到了懂你的人，但实际上，你的幸与不幸并无关他们的痛痒，他们不过是拿你来做茶余饭后的谈资罢了。

少了这些"朋友"，我的耳根只会更清净，我的生活只会更轻松。对他们来说，甩掉我这个"朋友"，人生也会变轻盈。

下部

41

离婚后一到两年,被离婚影响的所有人,在心理上都会经历一个动荡期,大家都会因为曾经熟悉的人和事变得不可控而产生应激反应,容易对彼此产生敌对情绪。

我和王木木,当然也经历过这个阶段。

确切说,是我怀疑他,对他全然不信任。他说某个周末没办法来看孩子,要出差,我第一反应是:去找女人了吧。哪个月他给孩子的抚养费迟了一点,我就怀疑:把钱都拿去养外面的女人了,所以没钱养女儿了吧。

他要办房产手续,找我借小孩的户口本、出生证,我要求他给我写个保证书,保证自己不把证件用作其他用途,并且能按时归还。

有很长一段时间,我怀疑全天下的男人都出过轨,包括我爸、我弟,我认识的所有的男领导、男同事,只是有些人没有被发现。每看到一个已婚男人,都怀疑他们曾背着伴侣干过见不得人的"好事"。

以前,我看到街边相拥的情侣,只会觉得他们好甜蜜。可那时候,我看到他们在一起,脑子里只会涌现这样一句话:谁知道他们是不是奸情呢?

我对身边出现的对我抱有某种想法的男性充满警觉,浑身散发着"男人勿近"的气质。

我不再相信有人会无条件爱我。我觉得,只要我不再开始一段亲密关系,我现在的满足和幸福就可以长久留存,没有大着肚子等候夜归人的深夜痛哭,没有躺在产床上要动手术了却找不到配偶签字的害怕和慌乱,没有手起刀落离婚后的漫漫痊愈路。

"一朝被蛇咬，十年怕井绳"，这看起来很没出息，但其实它也是一种心理救助机制，以避免伤害会降临到自己身上。

伤痛倒是小事，再万箭穿心，习惯就好。对我而言，那时候最难的是重建三观。

每一个遭遇伴侣出轨的女人，都会经历心理上的一场大地震。你一直坚信会存在的世界，在你眼前轰然坍塌，片瓦不留。你站在一片废墟之上，不知道接下来还能相信谁。在大地震过后的废墟上站起来，对眼前的世界建立相对客观不偏颇的认识，重拾对未来的信心……这到底有多难，只有当事人知道。

有很长一段时间，王木木在我眼里就是一个可耻的骗子、小偷，我甚至认为，我们的婚姻可能从一开始就是一场骗局。说不定，还在跟我谈恋爱的阶段，他就脚踏两只船了。

面对他的时候，我心里矛盾极了，一方面，他是伤害过我的前夫，我真想把他大卸八块。另一方面，他是我女儿的父亲，孩子是无辜的，我们虽然离了婚，但孩子和父亲的亲情不应该断。

每个周末，他来看女儿，我都要做足心理建设。我不停告诉自己：过去的事情都过去了，这个人只是孩子的父亲，你得多想一想孩子……

那时候，女儿根本不可能知道我和她爸之间发生了什么事情。她应该也感受不到什么分离创伤，因为在她爸妈离婚之前，她爸也经常不回家。

女儿一岁生日的时候，我邀请了王木木过来给她庆生。大概是有一小段时间没见爸爸了，孩子见到她爸，竟有点怕他。

我心里一阵心酸，不停跟女儿说："傻妞儿，这是你爸爸呀。你可以跟他撒娇，可以扯他头发，可以坐到他背上骑马呀。"

可女儿还是怕他，他来抱她，她就往我怀里躲。

下部

女儿一岁多的时候，学会走路了。那是一个春日，我带她在公园里玩，她甩开我牵着她的手，自己颤颤巍巍地往前走了几步，又往前走了几步。我兴奋得大叫，拍下了视频，分享给了王木木。可是，下一秒钟，我又感到有点悲伤，正常家庭都是什么样的呢？孩子这种重要的成长时刻，爸爸妈妈都会陪着吗？

在女儿面前，我是一个妈，我必须要佯装大度和坚强，当负心郎对我的辜负和伤害统统不存在。这种装坚强的日子，我过了有好长一段时间，我动不动就伤春悲秋，动不动就觉得委屈和被辜负。不得不说，这种滋味真的很难受。

我当然也有复盘过我们那段婚姻，深入反省过我自己的问题，并且向王木木表达过歉意。可是，更多的时候，我是意难平的。即使我在前段婚姻中也有毛病，可相比他倾注在我身上的恶意和伤害，我那点臭毛病实在微不足道。

人们都说，"伤透心然后成长起来"的女人遇上"玩够了然后成熟起来了"的男人，这样的婚姻比较容易幸福，而我们不过就是"伤透心的女人"和"没玩够的男人"的结合。这场婚姻走到尽头不足为奇，只是苦了孩子。

我记得一个电影演员在节目里被问到择偶标准时，说过一句话："希望他是内心成熟的，已经看过世界的人。我不喜欢对世界还蠢蠢欲动的男生。"而我很不幸，当初选择的就是一个对世界、对其他女人还蠢蠢欲动的男生。我甚至一度怀疑，他当初选择和我结婚，是不是仅仅想摆脱管着他的父母，为了能寄居在婚姻这个壳儿里，和其他人玩够、玩饱。如今，我们已经人到中年，连去 KTV 都会嫌吵，我不知道他会怎么回忆过去，会不会后悔那时候自己整夜整夜在夜场和那些人疯玩而把我独自留在家里……

也许，他根本不会后悔吧。毕竟，人们大多只会为自己没做过的事后悔。如果时光倒流，我相信他也还是会做一样的选择。

现在，在我接触了大量离婚案例之后，我发现这些婚姻的散场，70%是男的出了问题。在经济水平低的农村地区，这个比率怕还要往上升。在大多数家庭中，但凡男的稍微做得到位一点，婚姻都很难散场。我们这个社会对男性在婚姻里的要求，相比对女性的本就很低。

结婚才需要两个巴掌都拍响，离婚只需要一个巴掌拍得响就够了。

也正是因为女性离婚后出路、退路窄，绝大多数女性在婚姻里不会乱作，选择离婚一定是因为受够了。而这种体会只有同类才能明白。

离婚后，有很长一段时间，我不敢再翻出当初发现的那些证据。我觉得那些照片和截图，会刺痛我的心。但当我的心情逐渐平复后，我居然又把它们翻了出来。我一张又一张地看着他和她的照片，发现心里的痛感已经大大减轻，只觉得有点搞笑。照片上和那个女人相拥着的王木木，眼睛是笑着的，但在我看来，他的气质极其猥琐。

一个人撒谎撒多了，偷偷摸摸的事情干多了，人会变得心虚，气质真的会变猥琐。

平心而论，王木木对我产生内疚感之后，其实待我还是不错的。孕中期，我想吃的东西他就是跑断腿也会去给我买。孕后期，大半夜我腿抽筋，他立马惊坐起给我做腿部按摩。

那时，我跟乔桑讨论过这样一个问题："如果你老公瞒着你做了伤害你的事情，却待你比以前更好了，你会安于这种好吗？"

乔桑的答案是："只要他有本事能瞒我一辈子，那我会安于这种好。"

下部

我的答案是:"不,比起这种虚幻的好,我更想要真相,哪怕真相是血淋淋的。"

我觉得夫妻两个人在一起,就该是彼此最好的朋友,而朋友之间最需要的是坦诚和信任,是有福同享、有难同当。如果别人有事瞒着我,把我当金丝雀养着,我会以为他这是在蔑视我的能力和智商,认为我不配得到他的坦诚,这对我而言是一种侮辱和冒犯。对方这么做,是把自己置于高处,而把我置于低处了,可我想要的,是一种平等、真诚的关系,是我们彼此能看得到对方的伤痕和痛楚,是我撑不下去时有个信得过的肩膀可倚靠,是对方有难时我也可以帮扶一把。

选择清醒地痛苦,还是麻痹着幸福?每个人的答案都不一样。

我也不愿意因为内疚而对别人加倍好,心虚会让自己也杯弓蛇影,活得分裂。

仔细想来,有好长一段时间,其实王木木并不敢直视我的眼睛。为了享受"家里红旗不倒,外面彩旗飘飘"的待遇,他真是用心良苦。何必呢?这样太累了。对他而言,被我发现真相,也是一种解脱吧。

这样真挺好的,都挺好。

"意难平"当然是有的。

某天,我听说了一位企业家的离婚故事,听完难过了很久。为了追求事业的成就,他曾恨不得一天工作 18 个小时,工作对他而言大过天,他几乎完全没有休闲生活,回到家里还忙不迭地接打各种电话。前妻生病、孩子幼儿园有活动,他从来抽不出时间参加。

创业期间,他不过周末,不参加家庭聚会、全家旅行,每天累到回到家就只想睡觉,性需求也彻底萎缩。他忙于竞争,忙于升职,忙于去机场接送客户,忙于在酒桌上建立人脉,甚至忙于陪客户嫖娼。后来,他的确够成功,但这种成功只是他一个人的成功。他赚来的钱,也大多作为启动资金,又投到别的项目里去了,没多少用于家庭生活。他的事业像滚雪球一样,越做越大,但对妻子来说,这一切毫无意义。

妻子跟他离婚后,他终于学会节制自己,在工作和生活中寻找平衡点,并重新组建了家庭。这一次,生活和家庭并没有成为他干大事的牺牲品。可是,他的前妻和孩子呢?他们又做错了什么?

世间很多事都是"前人栽树,后人乘凉"。有的人,不走到那一步永远不会停下来反思自我。反思过后,再在他生命中出现的人绝对比之前出现的人要幸运得多,没公平可言,没道理可讲。这就是为什么很多家庭里,二媳妇永远比大媳妇少受委屈,因为大媳妇早就做了第一个吃螃蟹的人,等二媳妇娶进门的时候,婆家人已经在和大媳妇的冲突中吸取了教训,知道该怎么和媳妇相处能让彼此都感到舒服了。

王木木和他的家人也一样。他再婚后,未必会像对待我那样去对待新媳妇。新媳妇感受到了更多的爱意和温暖,自然也就不会跟他们对抗。而我,只是不够幸运,恰巧成了他和他们家的"练兵场"。

离婚多年后,一个离异的男性朋友说他现在的娇妻比前妻脾气好、情绪也更稳定。了解他过往的我听了,立马"前妻附身",劈头盖脸就对着他一顿输出:"有没有可能不是人家脾气好,而是你现在有钱了,你们的家庭压力可以外包给保姆等人分摊,她感受不到太大的生活压力,加之你经济条件比她好很多,自然就能对你脾气好？可你前妻跟着你的时候，过的都是什么日子啊？那时候你连房子都买不起，更不要说买车，你们租住在城中村一个狭小的房子里，空调还隔三岔五就坏。你前妻大着肚子的时候，哪有私家车坐？每天都是大着肚子挤公交车上下班还没人给让座。你大女儿出生后，她还要被迫跟你妈朝夕相处，我记得你妈那时候可是很挑剔人家的，连她晒袜子时把两只袜子夹在同一个夹子上，都要跟我们这些外人抱怨个不停……而你呢？忙着拼事业，要么出差，要么应酬，你自己都说那时候你一周在家吃饭不超过两顿，回到家里就是个甩手掌柜。你让她的脾气怎么好得起来？你让你现在的老婆过几天这种日子看看，她脾气能不能好起来？哦，如果你过的还是这种日子，你现在的老婆可能都不会找你。"

可我就是把他怼成这样，我们居然还没友尽。他愣了一会儿，回复我："我以前真没从这个角度想过这个问题。"

是啊，如果一个男人永远只会从自我的需求出发，拿着自己的尺子去丈量女人到底是否符合自己的需求，那的确很难想到这一层。

还有一段时间，我看不得任何关于女人怀孕生产的消息，一看就会哭，因为它让我想起了自己的创伤。在我最需要伴侣照顾的时候，我的伴侣却跟别人在一起。

女人怀孕产子一场，至少有一年的时间像个半残废，无法正常工作和生活。这时候男人出轨，无异于是往别人的伤口上插刀。你被插了刀后，只能自己把刀拔出来，自己清洗伤口，自己等待它慢慢愈合。而那个插你刀的人，早就左拥右抱逍遥去了。想想确实挺不公平的，是不是？

这种时候，女人还是不要相信"负心汉会有报应"之类的话吧，毕竟那只是文学和影视作品讲出来宽慰人心的。你曾经遭受过的痛苦，他们不可能感同身受，不然你们也走不到今天。即便他们遭遇你的遭遇，也不会像你一样痛苦，因为他们和你就是不一样的人，他们永远最爱自己，所以更懂得保护自己。

我也想过报复来着，可怎么报复啊？不管采用哪一种报复手段，都显得我多在乎他似的。如果真有，那也只有一条：把自己的日子过得比他好。

人生短到只够我们相依为命、彼此取暖，我哪里还有多余的精力去伤害和报复别人？人生每走一步都好艰难，前方还有死亡的威胁，谁有资格狂妄？

对我而言，被背叛也好，离婚也罢，都是一个事故，但在别人那里，这不过就是一个故事。白头偕老始终是太过艰难的事，需要天时地利人和，还得足够幸运。

人生苦短，生命无常，年少意气风发时老想着能改变世界影响他人，现在才发现很多事情半点由不得自己。

我只能告诉自己，这段婚姻，我也是有责任的。当年失恋后，我并没有真正走出来，就快速投入了一场恋爱和一场婚姻，结果呢？把自己弄得遍体鳞伤。

我不过是延迟了失恋之后的自我痊愈和自我完善的这个过程。我觉得生活给我这些教训，是让我补这一课。这是我欠生活的，所以它必须让我把这一课给补及格了，老天才会给我发幸福的通行证。

那时候，一个朋友见我离婚了，跑来问我："你为什么不要一笔精神赔偿啊？"

我说："我根本没觉得自己是受害者，那要什么赔偿？"

是啊，受害者心态几乎是所有不幸的根源，它会使人习惯性地拒绝反省自身的责任，总感觉自身很无辜，然后理直气壮地要求别人为自己的命运负责。有了这种心态，人会变得刻薄、偏激、不平和，实在是没有必要。

以前，我失恋一场就痛苦很久，究其原因，是心里留了太多的怨念。可我离婚的时候都快 30 岁了，如果还拿 25 岁的心态处理问题，那么连我自己都会鄙视自己。

人生不如意事常八九，挫折难免，遇到不可理喻的人和事情更是在劫难逃，那么，遇到这些劫数该怎么办？

你有三条路可选。

第一条：愤懑不已，牢骚满腹，最终肝肠寸断，伤身伤心。

第二条：失去理智，与小人、敌人针尖对麦芒，结果是将自己降低到他们那一层次，得不偿失。

第三条：从别人身上学习生活智慧，领会战略思维的真谛，增强奋斗的勇气。

这三条路，代表的是不同的台阶。

也许，每个人遇到这些事情，都会经历类似的心路历程，只不过不是每个人都能走到第三级台阶。而我，要努力走上这个台阶。

43

我离婚时，才 29 岁。那会儿我的心态无法像现在这样平稳，内心也不如现在这么强大，人们都说"忘记一段感情最好的办法是找到新欢"，我一度也有这样的想法。

他以为他有多了不起？我分分钟可以找一个比他更优秀更有钱的人。所以，我又去相了亲。

对方是一个学历不低、个子很高、家庭条件也不差的未婚男。他是我一个要好的朋友介绍的。我们先是加了微信聊了聊，对方后来还认认真真看了我写的所有文字，算是很有诚意了。聊了几次，我们在朋友的撮合下见了面。

我略施粉黛，穿着高跟鞋和长裙就去了。29岁的我，比今天要年轻、貌美、身材好。对方一看到我，突然整个人变得局促起来，说话语无伦次，但极力掩饰自己的紧张。我知道，他是喜欢上我了。再后来，我们在网上有一搭没一搭地聊，都是他主动找我聊天，我礼貌式地回应一下。

某一回，我们聊及王木木。早就了解我故事的他，对王木木做出了极低的评价，比如"衣冠禽兽"什么的。这种词，我自己拿来骂王木木是可以的，但是，当这话从另一个人口中说出来的时候，我心里却不是滋味。

我提醒他："可他再怎么样也是我孩子的爸爸。"

对方直接来了一句："他就是一坨狗屎，你也试图从这坨狗屎上找出点优点来。"

我那时候意识不到他是在吃醋，只是觉得这话太过刺耳，于是，我直接怼了回去："你自己也是有过前女友的人，我要是说你前女友是坨狗屎，你心情如何？"

两个人就这么不欢而散。事后，他又努力想找回之前我们的谈话氛围，但我拒不配合。不配合的原因，倒不是他说的话多有杀伤力，而是像我这么好色的人，倘若男方的长相不是长在我喜欢的点上，我是没办法动心的。

当年我之所以选择王木木，也不过就是他的颜值长在了我喜欢的点上，可我都因为好色而栽了这么大跟头了，离婚后去相亲依然改不了好色本性，这实在也是一件没有办法的事。

某日，我注意到一个海归。对方家世良好，学历不错，个子挺高，年龄也和我相当，我们多年前在论坛里就认识了，不过后来他出国深造了几年，现在又回了国。

我看上的也纯粹只是人家的外在条件，想着自己若是能把他搞定，将来带他出去定能给我长脸，至少可以让我在前夫面前扬眉吐气。这种想法当然是错误的，因为他只是被我当成了一个合格的攀比工具，而不是一个活生生的人。现在想来，这是一个多么愚蠢而可笑的想法。可在刚离婚的那个情绪极度不稳定的阶段，我确实有过这种想法。

再次遇到他，我心想：我要不要约他出来见个面，说不定能有发展呢？

说干就干，我直接单刀直入地邀请他出来吃饭，没想到他婉拒了，说是那天已经有约，只说下次他再请我。我有点没面子，但想着人家可能真有事，也就没再说什么。

请我吃饭的事情，他后来没提，而我还没等到和他再见面，就已经对他没兴趣了。没兴趣的原因，是某日我发现从来不给我朋友圈点赞的他，某日破天荒地给我一条朋友圈点了赞，而那条朋友圈我写的内容是我做了一桌子的饭菜。

什么意思？我唯一值得你赞赏的地方就是我会做饭？

这让我变得高度警惕了起来。又过了两天，我看他在朋友圈转载了一篇文章，内容写的是"男人是天，女人是地；男人要自强不息，女人要厚德载物。做女人，千万不能强势"。

那一刻，我对他兴趣全无。像我这种桀骜不驯的女人，怎么可能会和一个只欣赏我会做饭的男人在一起，又怎么可能和一个认可"男人要自强不息，女人要厚德载物"这种传统价值观的男人在一起生活？我可以为家人做饭，也可以为我爱的人洗手做羹汤，但是，这一切全凭我自愿。再者，自强不息和厚德载物，是人应该有的品格，这种标准不该男女有别，女人也可以自强不息，男人也应该要厚德载物。

那时候，我身边还是会有一些人，想要努力帮我结束单身，有好多人自告奋勇给我介绍对象。从媒人给我介绍的对象身上，我基本上能获悉我在媒人心目中到底处于什么水平。

我离婚那年的外在条件是这样的：29岁，硕士研究生学历，长得比现在好看，身材比现在苗条，有个不到一岁的女儿，在广州市中心有房有车有稳定工作。虽然那会儿收入不是很高，但在同龄人当中，我已经算是佼佼者了。

有个熟人见我离婚了，自告奋勇给我介绍了一个62岁的大叔。对方是大学退休老师，离过两次婚，第二次离婚被前妻几乎分走了所有财产。他那会儿租房子住，急需一个女人填补他的寂寞，为他养老送终。

熟人跟我说："我问过他了，他不嫌弃你是离异带娃的。"

说真的，听到这话，我当场想和他绝交，因为我没想到我在他心目中只配得上这种男人。

当时，还有人建议我考虑下因为前妻不育就离了婚的男人，理由是"可以互惠互利"。对此，我真是无语至极。

真要这种"互惠互利"，我干吗还要离婚？前夫经济条件比他好、比他年轻貌美、愿意把赚来的钱都拿给我和孩子钱花、出于对我的内疚他还很勤快地干家务，唯一不足的是他时不时要回一趟家还称我为"老婆"。如果在前段婚姻里，前夫能做到一直不回家，即使回家了也是做完家务就主动消失，而且不把我当老婆、不干涉我找谁谈恋爱的话，我是不愿意离的。但是，世界上哪有这样的好事啊？拿了人家的好处，我就得当人家的老婆。掐指一算，这太不划算了，所以我才揭竿而起离了婚。如果我想要的是"互惠互利"的生活，那我压根儿都不会离。

更有甚者，劝我跟前夫复婚，以至于我觉得对方是不是对我有恶意。再后来，我也想明白了，有时候，我们所丢弃的负资产，在别人看来是价值连城的珍珠。他们自己够不上，就总替我惋惜。可问题是，我已经用丢弃行为说明了我的态度。你觉得惋惜，你可以去捡，干吗要劝我把自己亲手扔出去的垃圾再捡回来呢？这真的不是在替我惋惜，只是在表达对我所丢弃的东西的垂涎。你之蜜糖，他人之砒霜。别人认为的幸福窝，在我看来可能是火坑。别人认为我单身是活在水深火热之中，可我自己觉得风景这边独好。我的生活，当然只能以我的感受为准。

还有一个熟人，给我介绍的是一个离异男。我再三推辞，可她还是在微信上把对方的情况说明白了。

她说："他条件很好的，有房有车，工作稳定。虽然离过婚，但在上段婚姻里没孩子，他不嫌弃你带个女儿。"

"不嫌弃你带个女儿"，这话本身就透露出浓浓的嫌弃味。真不嫌弃的人，这个念头都不会有，更不会说出来。

我问："他离婚的原因是什么？"

她回答："女方不育。"

接下来，我连看男方照片的兴趣都没了。

这位熟人不知道的是，虽然我离异带娃，在婚恋市场上属于婚育价值大打折扣的人，会被很多"只看得到我是母的、看不到我是谁"的男人嫌弃，但是，我也嫌弃他们啊。

换而言之，虽然我是个被人挑剔的离异女，但是我其实也很嫌弃想找生育工具和家庭保姆的男人。至于那些费心帮我张罗对象、找一堆我压根儿看不上的男人来给我添堵的人，他们的心态其实很好理解：你一个离异女人，就只配打折贱卖了，只配得上这样的男人，难不成你还想上天？

对不起，我就是想上天。女人活这短短一辈子，不努力往上飞升，难道要钻进下水道跟蟑螂生同衾、死同穴吗？

当然也有小男生追过我。对方先是在网上发现了我，觉得我非常有趣，就老来找我聊天。他几次表达了对我的崇拜之情，跟当初王木木撩拨我的情形也差不了太多。后来，他提出来见面，我想反正闲着也是闲着，就见见吧。初次见面，我看到他，就想到了初次见面的王木木，心里多少有点排斥。他长得倒是挺端正的，不是我讨厌的类型，谈吐和气质也还算清爽、礼貌。

对方大老远跑来见我，我只请他喝了杯果汁，因为我着急回家带孩子。看对方局促不安的样子，我说："没事，我不会吃了你。"

之后，他就老是给我寄礼物，其中还有一样看起来价值不菲的首饰。我心想他工资也不高，送这么个首饰估计得花小半个月工资吧，顿时感到有点过意不去，马上给他在微信上转了账，他不肯收。

过了一段时间，对方跟我表白了。

我直接问他："你想结婚吗？"

对方回答："想的。"

"你想要孩子吗？"

"想的。"

"你爸妈希望你早点结婚生子吗？"

"当然。"

然后，我直截了当地告诉他："我是打定主意不会再结婚、再生子的。你看，我们俩供需不匹配，我不想耽搁你的青春。"

对方犹豫了好一会儿，回答说："这种东西，就是得看缘分。"

我一亮明态度，就把对方吓退了，而这正是我希望的。如果对方也没有结婚生子的执念，并且真有想好好和我走一程的想法，我倒愿意尝试，但如果是奔着跟我结婚生子来的，那我真是半点兴趣都没有了。

之后，我想办法要到了他的收款码，还了他首饰钱，了却了这段缘分。我不能耽误人家，男人的青春也是青春。男人老了以后，若是兜里没点钱，择偶的选择面也会变窄的。

值得一提的是，随着我那颗被王木木捅了个大窟窿的心慢慢痊愈，我对找男人这事也逐渐失去了兴趣。我深刻剖析了下自己，认为自己实在不适宜开始一段感情。我需要时间去整理自己、认识自己、提升自己，需要时间弄明白我是一个怎样的人，到底想要怎样的生活，到底能为想要的生活付出些什么。

我觉得自己就像是一只大笨鸟，在飞往一座叫作"婚姻"的山头途中，刚飞不久就不小心折了翼。我需要时间疗伤，等伤口愈合，等我的翅膀变得更有力量，等我更懂得飞翔技巧……至于以后，有机缘就再次飞向那座"婚姻山"，若没有机缘，就飞往别处。

一只鸟的价值，并不一定要体现在有没有交配、会不会下蛋、会不会孵崽，也不是体现在它能不能飞过某座山头。世界那么大，山头那么多，每一座山头都有风景，人生浪费在哪个山头上都是浪费，也都会有不同的收获。不管怎么飞，不管飞向哪儿，我都觉得充实而幸福，这就够了。

44

离婚后大概半年，某天夜里，我突然收到一个陌生人发来的短信。内容只有几个字："你是王木木的女朋友吗？"

这话看得我一脸蒙。这人是谁？为什么会给我发这种短信？我迅速回了电话过去,却被对方挂断了。看得出来,对方并不想接我的电话。我马上把短信内容截了图,发给王木木:"这人是谁?"

他自然是假装不知道的。

我想了想,给对方回复了一条短信:"我不是他的女朋友,现在是他的前妻,我们是因为他有女朋友而离婚的。我不知道你是谁,和王木木有什么关系,但我跟他已经没有任何关系了,请你以后不要骚扰我。"

那个电话号码再没有给我发过短信。现在再想起这事时,我只能这么揣测:这个女人可能是我们离婚后他交的现任女友,这个女友同样在他身上感受到了强烈的不安感,故而通过这种方式去探听他的底细。而我庆幸自己甩掉了一个负资产,现在换别人去烦恼了。

我曾经因为王木木在跟我离婚后迅速找到了女友而愤愤不平,那时候我在想:凭什么?老天是瞎眼了吗?传说中的因果报应呢?

可很多年后,我发现这样一个事实:两个曾在一起生活过的人,不管最终是因为什么人、什么事分道扬镳的,都会产生分离创伤。面对离婚这种分离创伤,有的人会硬生生一个人挨过那段艰难的时期,有的人则会通过迅速找到下家,好让自己避开痛苦。擅长独处的我选择了前者,而王木木选择了后者。

看起来,仿佛后者是更快走出了这种创伤,实则不然。你回避掉的那些痛苦,终有一天会带着"利息"卷土重来。这就是为什么很多夫妻离婚时,男人很快找到了下一任,女的则日夜痛哭。看起来男人似乎更看得起放得下,可很多年过去之后,你会看到完全不一样的场面:女的越活越丰盛、越活越自由,而男的却还是老样子,甚至有可能掉到另一段更糟糕的感情关系之中。

就拿我一个男性朋友来说,离婚不到半年,他换了三个女朋友。而他的前妻独自带着孩子熬过那些分离创伤,一开始过得很忧郁,可是三年过后,我再见到他们,发现两个人的状态完全不一样:男的酒后提起自己当初怎么对不起女方的往事，依然会号啕大哭，而女的早就云淡风轻笑对未来了。

敢于独处疗伤的人，心理能量大过那些无法独处、身边一没人就感到孤单的人。这是定律。最后决定一个人内心幸福感的，绝不是你身边有没有人陪着，而是即使身边没人陪着，你也能亲手创造自己的幸福。

现实中有些女人，存有这样一种观念：我老公是好人来着，他的人品是立得住的。他之所以会出轨，全是外面那些女人勾引的。

恕我刻薄，我觉得这么想的女人，脑洞可能已经开到脖子了。

原配们需要意识到的一点是，小三没有义务为你的婚姻负责。真正有义务为你们婚姻负责的，是你们夫妻双方。缔结婚姻关系的是你们，谁违约了，你应该找谁去算账，把所有气都撒到小三身上，真的有用吗？

很多人把小三偷人和小偷盗窃等同，可性质上还真不一样。小偷盗窃东西，盗窃的是无自主意识的物件。可你的老公不是物件，而是一个有行动力、有意志力的活生生的人。他若是对婚姻不忠贞，不把你当回事，那么，他不是被小三撬走，就是被小四、小五带走。你打倒了这个小三，会有无数个小三站起来。与其把时间、精力花去打小三、斗小三，不如提升自己，远离出轨男，又或者研究下法律法规，让自己的利益最大化，这也是正解。

我从来没有骂过小三半个字，因为我觉得她扮演的角色不过就是一张试纸、一个照妖镜而已。被戴了绿帽后，我也从来没想过要找小三算账。这种念头，半点都不曾有过。绝大多数的堡垒，几乎都是从内部被攻破的。同样的，男人出轨了，问题只出在他身上。而最终，是底气决定了你是主动掌舵，还是被动挨宰割。

当然了，我之所以能做到这么佛系，还有一个很大的原因是小三可能根本不知道我和孩子的存在。当然，这只是我的猜测。因为从他们的聊天记录来看，王木木是以单身汉的名义和她在一起的。

我再伤再痛，也恨不到小三身上。如果这个小三是"被小三"，而且拥有和我一样的觉悟，我甚至愿意和她结为"一起收拾渣男"的盟友。只可惜，想让一个在夜场里认识的女人有这种觉悟，似乎有点难。

不过，人生有时候真的很奇怪，你越是没想过要去招惹的人，越是被命运推送到你面前。我遇到小三，大概是离婚半年以后了。那时候通过黄原，我早就知道王木木又换了女友，不再是原先那个女人了。

那天，我进到一家便利店买东西，还给孩子挑选了一个奇趣蛋。准备把东西拿去买单的时候，迎面走来一个女的，让我觉得特别眼熟。不到两秒钟，我就从脑海中搜索出了她。是的，我见过她，就在王木木的手机里。她的样貌，化成灰我都认识。

可是，见到真人的那一刻，我半点受伤的感受都没有，只是好奇她到底是干什么的，为什么会出现在这家店里。

她低着头挑选东西，我趁势挪步到了她的对面，隔着货架偷看她。王木木曾给她拍了很多泳装照，还和她一起拍了很多合影。在照片里，她浓眉大眼的，挺漂亮，身材也不错。当然，卸了妆之后的照片，就一言难尽。她也不是不好看，就是气质很俗。这种气质，我不知道怎么去形容，如果一定要找个我认识的人去对标，那她真有点像我十八年没联系过的、初中毕业就去夜总会上班的小学女同学。

在离婚后最抑郁的阶段，我曾经一度自卑，因为看人家化了妆后的照片，确实比我年轻、比我漂亮，而男人不就喜欢这种女人吗？可是，当我看到真人的时候，我半分自卑感都没有了。她是比我年轻，可是，真的，也只剩年轻了。

下部

她找服务员问话，拿着一件"买一送一"的商品问人家："只想买一件，你可不可以给我算半价？"服务员当然是不同意的。她又站在那里挑来拣去，时不时撩一下掉到额前的头发。她周身散发出来的那种俗气的气质，让我几乎可以断定：她学历不高，不爱读书，自身经济条件也不大行。

后来，她电话响了，看样子是很亲密的人打来的。她边接电话边出去了，什么也没买。

我看着她的背影，哑然失笑，我竟然被这种女人给绿了，男人的口味果真是变幻莫测啊。即使你们才是天造地设的一对，那倒是一直相爱下去啊，这样也算是"为民除害"了，可为什么后来都各自换人了呢？是发现没了我这个绊脚石，这种感情就不香了吗？

多年后，一个同样被老公戴绿帽的离异女性跟我说："我就想不明白，他怎么会看上那种货色的女人？哪怕出轨，也找个让我服气点的，不行吗？"

我回答她："出轨男人跟哪个女的好，不是因为那个女的多好、多优秀。他基本上就只看一点——那个女的提供给他的是不是刚好是他需要的。如果那个女的肯给钱、给性、陪聊，任何一点能满足他当时当下的需求，他就去了。你永远不要跟她比，因为标准不同。如果是按他选了谁作为评判标准，那就相当于你把自己的价值建立在了他的评判上，他选了谁，谁就值钱。可是，你自己的价值应该由你说了算。"

45

离婚后的前几年，痛苦时不时就会来袭，每当这时我就告诉自己:来吧来吧,看是你痛死我,还是我能熬死你……就这样,每一次的疼痛都比上一次少一点,刚开始疼痛的级别是十级,后来是九级、八级,现在是一级,而我也慢慢地感觉自己痊愈了。

看来,人的心,真的会在眼泪中泡得更坚硬、更强大。

我们终将——要么被别人治愈,要么被自己治愈。治愈不了,那就不去治愈,也不影响我们追求别的,比如梦想。人不要老是想着去治愈创伤,一旦心里有了这个目标,它就会变成你的执念。相反,当你不再想着要完全治愈,而是打算带着伤口活下去的时候,你会发现自己康复得更快了,反而可以很快走出来。创伤会反复,但不会再困扰你太久。身体的康复是如此,心灵的治愈也是如此。

我还为自己感到庆幸,在三十岁到来之前发生这些事情,而不是四五十岁,不是等到人生走完大半,才遭遇到生活的重大变故和失败打击。因为那个时候,你的希望、你的可能、你的变数、你的能量,已然不多了。但我还是相信,人生中最艰难的时刻,不是艰难本身,而是我们放弃自己、放弃希望的那一刻,它可能会发生在人生任何一个时刻,而不仅仅是二十多岁的时刻。但是,如果我一直没有放弃,那么最艰难的时刻就不会到来。

这话听起来有点像鸡汤,但我真是这么想的。很多事,终究会过去、我们会看淡,它没想象中的那么恐怖。最重要的是,我们要支棱起来,重启人生。

为此,我除了本职工作外,还找了一份兼职,专门给人写商业文案,也因此结识了一家集团公司的老板和行政负责人,和他们成为朋友。

一开始,被那家集团公司的运营人员刁难的时候,我也觉得有点委屈,心想自己干吗非要来赚这个钱。可是,慢慢地,我用我的专业素养和对工作负责任的态度,赢得了他们的认可和好评。这是比钱更重要的东西。

　　有一天,我从一家公司里走出来,刚巧碰上大雨。我一个人站在大街上,却一直打不到车。那会儿,我在想:王木木在干吗呢?这种天气里,他是不是开着他的车,去接送某个女人?

　　那会儿,网约车也还没流行起来,而我一直没有买车。有的时候,我带着小孩出去玩,去的时候打车还算方便,回来的时候却没有出租车经过了。我在烟尘四冒的地方等公交,但一直等不到。去搭地铁和公交吧,站点又比较远……我闻着从我身边绝尘而去的私家车的尾气,看着那些车屁股恨恨地想:王木木在干吗呢?他的车里这次又坐着什么样的女人呢?

　　那时候,我真的会控制不住地想起这个问题。想到后来,我做了一个决定:买车。

　　之前我一直不买车,不是因为没钱,而是因为我不敢开车。我老早以前就考了驾照,但因为考驾照过程中,屡考不过的经历给我留下了很大的心理阴影。我拿到驾照六年之后,依然不敢碰车。

　　王木木出轨而我不知情的那段日子,或许是因为补偿心理作祟,他也曾耐心陪我练车。在他的指导下,我在停车场练习倒车、停车,可我总是学不会。现在想来,我之所以学不会,是因为有人可以依赖。家里有人给开车,我那么努力学干吗?可离婚之后,我知道从此往后,我只能靠我自己了。

　　既然已经把车买回来了,总不能一直让它停在那里吧,哪怕是为了孩子,我也得硬着头皮把车开上路。上路后很长一段时间都免不了各种闹笑话以及剐蹭。比如,我分不清雨刮器和转向灯;比如,下雨天我不知道该开哪组灯;比如,第一次停车,我就把别人的车屁股给撞了;又比如,去地下停车场停车,我把车别在了一个拐弯处,进退不得……那段时间,我没少修车,也没少赔钱。

王木木有时候来看孩子,看到我剐蹭车的狼狈样,突然说:"我觉得你不适合开车。"

我一听就来气了,回怼他:"哦,开车多点剐蹭,就不适合开车了?那照你这逻辑,你还不适合结婚呢。"

有了车以后,我带孩子出去玩就方便多了。我妈晕车,不一定能时刻陪我们出去,我就独自开车带着不到两岁的女儿出去玩。回程的路上,我把她一个人放在后座的安全座椅上,她有时候会哭闹,而我正开着车,只能任由她哭闹,直到把车开到服务区,我再停下来哄哄她,哄好了再继续开车上路。

每次看到别人家车里的小孩,大多数都是爸爸开车、妈妈陪在后座照顾,我也会觉得心里有点微酸。好在,绝大多数时候,女儿很乖,我在车里给她播放她爱听的音乐,她就边听边唱,或是兀自睡着了。

有一回,我在前面开车,喊女儿的名字,她却不应答。我从后视镜看了看她,发现她已经睡着了,是扭着脖子睡的。我开车经过一个小坎儿的时候,后座一颠簸,她的头也跟着颠簸,还传来咚一声撞击座椅的声音……那一刻,我的眼泪差点掉下来。

我也会带着女儿去学游泳。整个游泳池里,我是陪孩子游泳的时间和频次最高的妈妈。看别的孩子有爸爸陪,而我们家一直都是我在鼓励小孩往水里钻,我没点小情绪是不可能的。但是,总体而言,我的精力都花去了解决问题,并没有太多时间去矫情。

现在想来,如果没有孩子,我恐怕很难那么快走出离婚阴影。孩子占去了我很大部分的时间和精力,也让我在很多事情上变得豁达,至少在想起前夫的时候,我会顾虑到他是孩子爸爸的身份。

做个单亲妈妈,当然也有很累的时候。

带父母孩子出游,老妈因为晕车,她只能照顾自己,我爸则负责照管行李，我负责吃住行和带孩子，每次都累到腰酸背痛。最崩溃的一回是：我爸在老家，老妈生病，我一个人又带孩子又照顾妈，背着女儿在医院楼上楼下跑，快把自己给整崩溃了。

虽然王木木跟我说过"我们现在算是半个亲人了，你有困难随时可以找我"，可我很少向他求助。法定份额之外，他主动给孩子的，我们都纳入囊中；不主动给的，我们也不会去求。

时至今日，过得再辛苦，我都没有为离婚这件事后悔过。人是我选的，路是我走的，婚也是我要离的，怨不得谁。

我曾经也收到过这样的评论："单身妈妈在中国并不好当，试想你现在生下这个小孩，过两年你突然遇到了你很爱的男人，可那个男人的家人很计较你生过小孩，你要怎么办？或者，你嫁给了你很爱的男人，可是他对你的小孩并不好，或者小孩完全不能接受继父的出现。这些问题你都想好了吗？"

这个问题，我想很多单亲妈妈都恐惧过。虽然社会留给女人的退路很窄，但路窄并不等于没有。看待这个问题的关键不在于你是不是单亲妈妈，而在于你是谁。

一个人带孩子哪有大家想象的那么艰难，很多时候我们是被自己想象出来的困难给吓倒了，也高估了男人在这其中的作用。靠谱的、能帮上忙的男人是有的，但不是每个人都有运气能遇到。而古往今来，能独立把孩子带大的女性，多如牛毛。

46

在不断疗愈自己的这个过程中，我感受最强烈的一点是：兜里有点钱，你承受起痛苦来，也会比别人多一个缓冲带。就像是我做剖腹产手术后,伤疤疼得很厉害,在医生的推荐下,我使用了镇痛泵,这个镇痛泵价格不算便宜,但确实减免了我很多痛苦。钱不会让你的痛苦变少,但它会在你承受痛苦时,让你手头多一点安慰剂。

离婚后,我去了好多地方旅游。孩子不到两岁,我带上孩子会很麻烦,而且我需要散心,就让我妈在家帮我带。

我先是和乔桑去了韩国,我们在济州岛玩得不亦乐乎,在京畿道拍了很多照片,在首尔狂买了很多东西。我还在一家小酒馆喝得微醺,手舞足蹈地讲笑话,笑得乔桑花枝乱颤。她说她从来没见过我那么可爱。

我去了韩剧《大长今》的拍摄地,心潮澎湃。

《大长今》不是宫斗戏,而是职场戏。徐长今是个孤儿,她的母亲曾是御膳房的宫女,受冤屈后死里逃生生下她。长今进宫后,靠着聪明、勤奋不断进步,但她屡遭暗害,掉入谷底。之后,她以女医师的身份再次进入宫廷,成为皇帝身边最出色的女医师。

即使最亲的人都被陷害致死,她的内心也没有被仇恨占领,她没有因此变成一个阴毒、凶狠的人。对待那些曾经的敌人和对手,她持宽恕和怜悯的态度,最终也获得了对手的尊重。她的这种宽恕和怜悯,绝不是所谓的"圣母",她只是格局宽大。她一直在捍卫自己的价值观,还多次冒着生命危险去拯救百姓。

高山挺拔,草木景仰;大海辽阔,江河来归。我觉得长今就是高山,就是大海。我们之所以觉得她那一套不现实,更多时候是因为我们没有那么坚定的信念,没办法像长今一样一直有一颗对世事投入的、单纯的心。

长今说:"我不要像那些人一样滥用饮食来累积自己的势力,也不会选择滥用医术来消除自己心中的愤恨。所以,请您协助我走正途,让我走正确的路来胜过他们!"我曾经想过用阴损的手段报复前夫,但最终还是拍了拍身上的灰尘继续往前走,就是因为我想成为像长今一样的人呀。

我一个人飞去莫斯科、圣彼得堡。去之前，我叮嘱王木木帮忙照看一下我家里，如果小孩生病或有其他特殊情况发生的话，帮我处理一下。

他问我："为什么要去莫斯科呢？"

我回答："因为莫斯科没有眼泪。"

那几天的俄罗斯之旅，我听得最多的音乐就是那首《莫斯科没有眼泪》。

年轻时候，我曾真真切切为阿娇和阿Sa唱的歌感动过。歌者唱得极其动情，让我觉得她们是相信自己唱的内容的，不然也不会唱得那么动人。

那个年纪，歌者也好，我们也罢，都在认真爱，认真伤，认真痛。可到了中年，我们每个人身上都发生了很多故事，我们都像是被风霜雨雪打过的叶子，每个人的人生都有疮孔。

中年是收获的季节，也是翻车的季节。翻车的时候，有时候是自己开车造成的，有时候是被操作不当的司机牵连的。这一生太漫长了，我们都得发生点故事或事故，以遣有涯之生。

所以，离个婚又有什么大不了的呢？天根本没有塌下来。

我也曾单枪匹马跑去澳洲，住在嫁去澳洲的闺蜜家，这样难免会和她那个老外老公打交道。在相处的几天时间里，我觉得她老公非常懂得避嫌。

某天傍晚，我提出来想去看袋鼠，但袋鼠经常出没的林子，需要开车过去。我暂时还没有国际驾照，没法开闺蜜家的车。闺蜜当时忙不过来，就叫他老公带我去。我第一反应是带上她家三个孩子一起去，结果她老公说不能带孩子。

我心想：我跟闺蜜老公单独去看袋鼠，这不大好吧？

我踌躇着，搜肠刮肚地想要用英语表达等闺蜜忙完了再一起去看袋鼠。

她老公大概是猜到了我的顾虑，认真地跟我解释："单独由我带你去的话，确实有点尴尬，但如果带孩子们去，他们看到袋鼠会尖叫，这样袋鼠就被吓跑了。"

我这时才会意，坐上了车后座，跟他一起出去看了半小时的袋鼠。

在闺蜜家几天，她老公从不会出现在只有我一个人的房间。他也会教我们玩桌游，但自始至终都有闺蜜在场。他也写书，我问到澳洲出版业的情况，他准备打开电脑演示操作给我看，但他家放电脑的房间离客厅比较远，如果我要跟着过去，就不可避免地单独跟他待在一个房间。但他是怎么做的呢？带我去之前，他先跟闺蜜打了声招呼，说明要带我去电脑房做什么。我们进到电脑房，他自始至终是把房间门打开的。

那一刻，我心想：什么叫素质啊？这就是！

懂得跟爱人以外的异性避嫌，是一个有素质的男人必备的修养，这也是他爱惜羽毛、尊重伴侣的表现。

很多出轨男人之所以会"走火"，是因为他先给了自己"擦枪"的机会。

生而为人，这一生可能会面临这样那样的诱惑，异性的诱惑显然也是一种。而一个真正想掌控自己人生的人，不会想当然地认为自己能抵挡住诱惑，而是愿意正视和承认自己的软弱，说白了就是——我不相信自己能抵挡住这些诱惑，所以我选择远离。

很遗憾，我没有运气遇到这样一个人，但这不是我的错。

我一个人还去过柬埔寨。在柬埔寨一家酒店电梯里，我看到两个中国男人结伴把当地的应召女郎带去酒店开房,其中一个男士一只手搂着女郎,另一只手接着老婆打来的电话:"喂喂,老婆,喂喂,哎呀,滋啦滋啦的,啥都听不清。老婆,我这里信号很差,我先挂了,等会儿到信号好的地方,我再给你回过去……"

他的另一个同伙很默契地选择了沉默。

电梯开了,我目送着这两对男女走出电梯,一方面替那个男人的老婆感到不值,另一方面替自己感到轻松。

等孩子大一点之后,我带着孩子走了国内很多景点,还去了帕劳、尼泊尔、日本以及其他几个东南亚国家。如今,这个旅行目的地的名单还在持续增加。

不得不承认,旅行确实有疗愈人心的力量。你会发现,世界那么大,而自己的那点悲喜,那么小,那么微不足道。想想也是啊,我们去另外一个地方旅行,不过就是为了感知到世界之大,感知这世上存在着与你认知的世界截然不同的人、事、物。你与其说是通过旅行发现了另外一个世界,不如说是开阔了眼界,认识了自己的局限,觉察出了自己以及自己所经历的事情,相对而言竟是如此之小。

47

我和聂琳都遭遇了背叛,都离了婚,但我们俩走上了两条不同的路。我开始把更多的关注点放到孩子身上、自我提升上;聂琳呢,也注重事业,但她开始游戏人间,放飞自我。

有段时间,她频繁更换男朋友,差不多每隔一两个月就换一个,找的男朋友还一个比一个高大威猛,但是,她对谁都只走肾,不走心。在我面前,她说得最多的一句话便是:"男人嘛,床上用品而已。"她还劝我:"你还年轻,可别委屈自己啊,这么年轻就过上寡妇一般的生活。女人也是需要性和爱的滋润的。"

可我不觉得性对我来说是滋润,我也做不到像聂琳一样去游戏人生,没办法跟男人玩玩就好。手机不好玩吗?看书、看电影不好玩吗?孩子不好玩吗?我要去玩男人。

我回复聂琳:"玩玩比认真活还累。我只活这一辈子,所以想认认真真地过,不愿把时间花在逢场作戏上。人生要演戏的地方实在太多,能少演一点是一点。"

聂琳说:"你不必演啊,你就当个渣女就好了,就像渣男一样。"

我回答她:"可臣妾做不到啊。"

快乐唾手可得,但幸福遥不可及。想要快乐还不容易?花钱就行,逢场作戏就行。男人找性,还得花钱;女人找性,只要你不挑食,大把人排队。而幸福婚姻就像房子,在幸福稀缺的年代,你获得它的代价一直在猛涨。

聂琳说她不再相信爱情和婚姻,但我相信啊,我只是不大相信它还会发生在我身上——确切地说,任何事情都需要你付出努力,而我认为我宝贵的时间和精力花在这种事情上,投产比太低。其他方面,我通过努力可以达成,而爱情与婚姻却需要相当的运气。

这不是悲观,只是知天命。每个人的天命是不同的。你在哪里得到的正反馈更多,那就把时间和精力花去哪里。比如,有事业运的人,要去拼事业;有婚姻运的人,可以努力去经营婚姻……你有什么运,就去乘这种运气的风,而不是跟自己的霉运死磕。

聂琳是真的能做到只把男人当"床上用品"。这中间当然也有人对她动了真情，比如有一个小她9岁的小男生，被聂琳迷得神魂颠倒。

聂琳后来觉得这男生实在太幼稚，不想和他玩了，就提出了分手。但是，小男生受不了了，跑去酒吧喝酒，喝醉后边哭边给她打电话，求她不要分手。

聂琳不为所动，小男生干脆去找了个临时女朋友。就在两个人颠鸾倒凤的时候，他拨通了聂琳的电话，聂琳当时正在敷面膜呢，一恍惚就接了。电话那头传来了两个人的叫床声，小男生还叫得特别大声。他试图用这种方式刺激聂琳，没想到聂琳遇到这种场面完全波澜不惊，她干脆把两个人叫床的声音都录了下来，发到了两个人都在的社交群里，直接让他实现了社死。

这个操作看起来非常解气，但也暗藏危险。倘若小男生想不开，要用极端手段对付聂琳，我还真的为她感到担心。

好在，被聂琳那么一治，小男生再也不敢招惹她了。

聂琳跟我聊起这事时说："算了，你这人走不了我这种路线，你的警惕心和道德感都太强了。"

对这一点，我是承认的。我根本不可能随便跟男人上床，一方面是觉得这样做太过肤浅，另一方面是因为我怕对方隐瞒自己有传染病的事实，或者给我下药、拍裸照之类的。

看电视剧《三十而已》里的王漫妮跟操着港普的高富帅谈恋爱，我都捏了把汗。两个人不过就是在邮轮上聊过几次天，之后高富帅去王漫妮工作的门店找她并递给她一张房卡。她顺着名片地址找到男方，一进门就一顿乱啃。

而我看到这一幕的第一反应是，男方要是有能通过唾液传染的疾病，怎么办？

我对陌生人的警惕心非常强，但对那种处心积虑想骗我几年的熟人的警惕心才会降低。让我穿戴整齐，花时间从家里跑去酒店，找个陌生男人开房？我想想都觉得麻烦且没意思。谁知道对方是否有口臭？是否有传染病？是否是个偷拍狂？是否有我忍受不了的性癖好？即使做足了安全措施，谁也无法保证他是否会让我怀孕。

做爱这玩意儿，最大的快感其实不是来源于物理运动，而是来源于想象。换而言之，脑子才是最强性器官，手、脚、生殖器都不是。对我来说，我只能对我爱的人产生这种想象。

即使口臭、性病、偷拍、性虐、怀孕等以上风险都没有，那像我这种能躺着绝不坐着的人，也嫌出门一趟很麻烦。有那个劲儿，开个西瓜吃多好。从冰箱里把西瓜拿出来，用刀一切，拿个勺子盘腿坐在沙发上，边吃西瓜边看肥皂剧。第一勺就从瓜瓤最肥厚的西瓜心里一挖，汁液四溅，口舌生津，可不比睡男人有意思吗？吃菠萝也行，就泰国进口那种小菠萝，十块钱一小个，不撑肚子，甜而不腻，又不似普通菠萝那样扎嘴，不浸泡盐水也不会过敏，超好吃。吃荔枝也行啊！剥荔枝皮可比剥男人的衣服更能让我感到喜悦和甜蜜，吃完荔枝后只需要洗手就行，可剥男人衣服你可能得洗澡，太麻烦了。更不要说还有麻辣小龙虾、羊肉串、北京烤鸭、水煮牛肉、酸菜鱼、蟹黄丸、椰子鸡等做替补了。我宁愿去餐馆排队两小时吃一道自己喜欢的菜，也不愿意花半小时跑去酒店跟陌生男人开房。

如果感到难过了，吃一顿火锅就能解决。解决不了？那就再吃一顿。人到底好哪一口，真是改不了的，所以才会有"甲之蜜糖，乙之砒霜"之说。

与聂琳不同的是，我27岁结婚，28岁生小孩，29岁离婚之后就一直没谈过恋爱。有了孩子后，桃花运似乎就离我而去了。

主观上，是因为不再觉得爱情是人生之必须，且真正懂得享受单身的好。客观上，是我太忙了，没时间、没条件，又特别挑嘴。

我连"性关系"都不想开启,更不要说"爱关系"。

有时候,我也会想如果就这么过完一辈子,似乎也有点亏啊。人生中最后一场爱情开始和结束于 27 岁那年,这桃花会不会凋谢得有点早?但一想到我一个女性好友的生命因病结束于 27 岁那年,想到我还有朋友 28 岁就想离婚,但因经济条件所限,跟出轨不断的渣老公凑合到了 38 岁也没把婚给离成,我又觉得现在我所拥有的一切都是侥幸。

想来,每个稍微活得长一点的人,都像是一片活得稍微长一点的叶子。每一片活得长的叶子都是残缺的,甚至是千疮百孔的。人也是这样的,可就是那些残缺,构成了你的"特点"。"有特点"的人生,只会比"看起来完美"的人生更带劲。

那段时间,我看完了张爱玲写的《连环套》。女主角霓喜半生靠自己的美色狩猎男人,也被男人狩猎……她屡战屡败,屡败屡战,生命力看起来顽强得很,结局也触目惊心。霓喜以为某个前任的弟弟向自己示好,是想向自己表白,她以为自己又可以凭美色拿下一个男人,结果人家看上的是她已经长大的女儿。此时,霓喜终于意识到自己已经老了,属于自己的时代过去了,自己的生活中可能不会再有爱情故事发生了,她也没办法再依附谁了。

我当然不想也不会活成霓喜,但有时候看着女儿从女婴长成女童再逐渐长成少女,也会有"我已经老了"之感。往后余生,我也不期待自己身上能发生什么爱情故事,就只想为她的成长护航。如果真有故事发生且我可以选择的话,那我首选变富婆。这可是一个比爱情故事更激动人心的故事啊,光想想都像苍蝇搓手般兴奋。

在感情方面,就安心做一只不再鲜活的鱼吧。鱼有鱼命,虾有虾运。我们都是鱼,但鱼的价值不只有"趁新鲜卖个高价"这一条,不是吗?

南丁格尔、香奈儿等名女人，一生不婚，但她们要么事业成功，要么受人尊敬，不被世人诟病。我等普通女人若没个伴侣，舆论可能就说你"眼高手低，不懂包容"，但是，只要我不在乎，这种言论完全困扰不到我。

我觉得现在这样就挺好的。该有的都有了或者都有过了，还有了孩子。我手头不宽裕，但经济独立，不必依附谁而生活。我思想自由，比过去更有主见，知进退。有一份跟自己兴趣沾边的工作，有几个高兴了可以笑谈到深夜、郁闷了可以抱头痛哭的闺蜜，还有看书、写字这个半专业的爱好可以打发时间，一晃一辈子也就过去了。

命运给你一场劫，其实也是给你一场大恩。虽然我有时候还是希望能有机会将婚姻这门课修及格，但它不再是人生所必须。

48

很多人离婚，必须干仗，必须结仇，都离了几十年了再见面还要互相翻白眼和吐唾沫，眼神里都含有杀气……不得不说，一离婚就结仇的现象，在社会上实在是很常见的现象。

我从来没有跟前任联系的习惯，但有孩子之后的离婚又不大一样。我和王木木一开始相处得也不是特别好，我们都有过很不信任对方、无时无刻不防备着对方的时刻，甚至也有过恶语相向，但最终我们发现，只有为了孩子和谐相处，才是三赢的选择。

刚开始，当看到女儿跟王木木相处的状态时，我会无可避免地为这种父女关系感到哀伤。王木木不是不爱女儿，女儿也不是不渴望父爱，但是，他们的父女相处模式就是这样了，也只能这样了。即便我"改头换面"，王木木"重新做人"，我们也都回不去了。何况，碍于价值观的根本分歧，我们根本不可能有这种"即便"。

有一两个了解我们过去的朋友，有时候劝我说："你别让孩子见他。"他们认为，我可以借此报复他，也担心孩子跟他感情太好了，以后不利于我再嫁。

我听后只是笑着回应"哦"，然后该怎样还是怎样。都是成年人了，别人说的话，你可以听，也可以不听，只要明白自己在做什么就行了。

有一段时间，我收到很多单亲妈妈们给我的留言，言辞间她们对前夫的怨恨颇深，哪怕都已经离婚了两三年甚至十几年。

她们的处境，我没法感同身受，我也想象不出来如果自己处在那种境地下又会变成怎样。

我一直认为，真正能治愈我们的，不是时间，而是我们自己，但我不确定别人是不是也这么认为。经历的事情多了，也见识过人类的多样性，我觉得一个人想要成事、跨越障碍，有时候还是需要有点悟性、能力和运气的。

我只能告诉她们，一开始的我也不是现在这样的。我现在的云淡风轻完全是无数次深夜痛哭、狼狈不堪换来的。我相信随着时间的流逝，你或许也可以治愈你的伤，变得和我一样坚强。如果对今日的生活不满意，我们真不能怨别人，毕竟是我们的选择让我们一步步走到了今天；又或者不怪自己，怪只怪造化弄人，命中该有这么一劫。

离婚后，我和王木木的成长频道不一样，这也是一件悲哀且无奈的事情。明明我是受伤害更大的一方，但最终还是由我先去宽恕他、放下他，再去悲悯他、引导他。

刚离婚那段时间，只要有空，不管他是否回应，我几乎每天都会通过微信给他发一张孩子的照片。我会引导他怎么跟孩子互动，跟孩子沟通时应该注意哪些问题，像老师引导学生，他也挺配合。

我们相处时斯抬斯敬，一起打车送女儿回家都抢着付钱，不小心有肢体接触会争说"对不起"。爱恨全消之后，我们对彼此而言，就像是在同一家酒店吃自助餐的两个陌生人，客气而疏离。

有一次，他都走出去好远了，女儿还扭着头看他的背影。看到这一幕的我，觉得有点哀伤。到底是什么，让曾经火火热热过着日子的一家三口变成了今天这副模样？我们的心，要承受多大的伤害才会冷却下去、不复热忱？我们的生命，能承载多少这样无法用言语表达的离殇？

我只能一遍遍告诉自己：我感恩，并且悲悯。感恩遇见，悲悯人性的贪婪与恐惧。人生就得学着忍住眼泪，去体会人面对命运时的无能为力，进而尝试着去原谅全世界，包括自己。

我真的是在离婚一年半以后，跟前夫相处得像"半个朋友＋半个亲人"的。我们聊天内容，除了孩子外再无其他。极偶尔地，我搭他的顺风车，只是不再坐副驾驶位。我爸妈也从不抱怨前夫的任何不是，见到他也表现得很客气。

离婚不是孩子造成的，我自己也有识人不明、经营不善的责任，所以，永远不该把孩子爸爸放在我们和孩子的对立面，这样孩子会感受到一种拉扯和撕裂的关系，这无疑会影响孩子的成长。

有一次，我看到一段女儿在幼儿园拍球的视频，随手分享给了王木木，还不忘调侃了一句："据说女儿的智商一半遗传自父亲，别的小朋友拍球只是弯弯膝盖，只有你女儿是跳起来拍的，她的智商怕是被你拉低的吧？"

王木木不甘示弱但很善意地回了一句："你想想你上学时候的

体育成绩就知道原因了。"

这些对话,就像是对曾经的一个老朋友说的一样,彼此都很平静,淡然。

离个婚就反目成仇甚至老死不相往来的,都是在和自己过不去,也不利于孩子的成长。我们应该树立一种正确的认知:离婚并不等同于受害,它只是一种选择。离婚只是离婚而已。一对夫妻的婚姻生活走到某一刻,方向和目标都不再一致,确实没办法再在一个锅里吃饭、躺在一张床上睡觉了,那离婚就是最好的选择,真不必搞得跟世界末日似的。我们离婚的目的是一别两宽,各自欢喜,不是抱着过往带给你的怨恨过一辈子。

如果你要问我是怎么放下的?我只能说,当你不是从道德角度而是从心理学角度去衡量一个人的言行时,那你会觉得再荒唐的事情也不是人品问题而只是心理问题,是原生家庭和过往创伤打在每个人身上的烙印。只是不是每个人都能从这个角度去思考,并有能力去摆脱。

而我们,因为爱过,所以慈悲。

49

离婚后第三年,小豆丁长大了,家里堆满了各种玩具和书本,还有她的衣服鞋袜。我婚前买的那套房子,两个成年人住的话,面积不算小,但塞进一个孩子后,顿时觉得房子很拥挤狭小。于是,我萌生了想换房的心思。

我想卖掉我住的那套房子,再买一套大点的。毕竟,我确实也不想再住这里、不想再睡这张床了,我也想借卖房的机会,把我们残留在这个家里的所有痕迹全部清理干净。

卖房的时候,我明确提出:我要等新房子装修好了才能搬走,过户后到搬走前这顶多三个月的时间,我会按天付房租。如果买家能接受这个条件,那就交易;买家不能接受,着急着要住进来,那我这套可能不适合卖给他。

意向买家接受了,我们开开心心去过户,但我忘记把这个条款写进合同里。过完户没多久,我新房子还没办好过户手续呢,买家就反悔了,以业主名义逼我搬家,还上门来跟我大吵。

对方说了很多"天雷滚滚"的话,我就记住这么两句:

"我们也是看你一个人带个孩子可怜,才让你多住几天的。"

"我每个月要还一万多的房贷,还要支付两千多的房租,而你只需要支付这么点租金就能霸着这套房子,你还觉得委屈是吗?"

那一刻,我简直怀疑这位仁兄是不是神经错乱了。

首先,我按事先的约定以及那一片区经济型酒店的价格,按天给你支付房租,是你我之间的合意行为,可你居然说是看我可怜才给我住的?我哪里可怜了?我买的房子比这套要贵三倍,谁要你可怜?再者,你要还房贷,那是你和银行之间的信贷关系;我租你房子,是你我之间的租赁关系。这两者之间有什么关系?我不租你的房子,你就不需要还房贷了?

某天,他又给我发微信:"这房子现在是我的了,你还死赖着不走。你信不信我分分钟可以报警,让警察把你们轰出去!要不是看你离婚可怜,我昨天晚上就报警了。"

我当时真是被气得两眼发黑,也不知道对方会不会做出过激的举动,我把这个事情跟王木木说了一下,他立马回复:"你别怕,有我在。"接着,他又加了一条:"如果他们胆敢动你们母女俩一根汗毛,我让他们吃不了兜着走。"

虽然我不知道真要发生这种事情他会怎么做,也许他也只是喊喊口号，但这话在当时的我听来，还是挺受用的。至少我心里觉得在自己虚弱的时候有个人会罩着我。这样一来，我和女儿都不算是这个城市里可怜的孤儿寡母了。

我心想，既然和买家协商不成，那就只能开战了。

确认买家没有录音取证，我跟买家说："很好，不想和平解决这个问题是吧？你是不是觉得，你现在出尔反尔不遵守口头约定，我就找不到方法治你了？你们不是着急把户口转进来，将来好给孩子上户口吗？你去查查相关的规定，如果我拖着不把我的户口从这套房子转出去，你的户口能不能转得进来？我的孩子离上小学还早，我一点都不介意拖你个两三年。对了，跟我要多在这个房子里租住三个月一样，转户口这事当时也没有签署协议，也只是我们之间的口头约定。还有现在房子是你的了，水电费、煤气费、物业费我统统不交，到时候我搬走了，这里停水停电、你被物业三天两头上门催缴费，可影响不到我。我可以马上搬走，但你要把我惹毛了，我想找你晦气很容易，因为我知道你住在哪儿，但我住哪儿你知道吗？要无赖谁不会？我奉陪到底！"

对方一听，就着急了，当晚就跑我家里来跟我协商，态度大为缓和，只不过有些话在我听来还是很刺耳："姐姐，你一定要这么斩尽杀绝吗？现在我家里也是有特殊情况，老人家想早点帮我们把房子装修好，你不搬出去我们就搞不了装修。你看我们对你多好，还送了你一盆绿植。"

我说："当初你要是不同意让我在这儿多住三个月，你可以不买这套房子啊。买房的时候说得好好的，现在是你反悔。你自己没点愧疚之心，倒说我赶尽杀绝？还绿植？谁稀罕你的绿植？我现在就可以还给你。"

那之后，买家时不时就跑到门外来观望。成天面对这号人，我再在这儿住下去也会不开心，就提前搬走了。搬家的时候，我想起这些不快,把以后用不到的家具都搬走了、丢掉了,之前准备留给他们的窗帘也都卷走了,之前准备赠送给他们的剩余几年的宽带费也以最便宜的价格转卖了,一样都没给他们留。当然了,我留下了他们曾经送我的那盆绿植。

那盆绿植有多大呢?其实就是一棵大概二三十公分高的小发财树。

认真回顾了下跟买家之间发生的这起不愉快事件,如果对方态度稍微好一些,以协商或请我行个方便的口吻提出自己的诉求,我未必不会同意。谁让我是个耳根一软就恨不能对别人掏心掏肺的热心肠呢?可对方完全无视当初我和他们的口头约定,上来就说我死赖着不走,说是同情我是个单亲妈妈才让我多住两个月,我立马就产生了对抗情绪,内心里隐藏的恶意就上来了,这事自然也就没法善终。

我买房子的时候,因为房子迟迟卖不掉,我也迟迟买不进来,而当时股市正好,我就抱着三十万装修钱进了股市,结果就遭遇了罕见的股灾。等到我把房子买好,准备要装修的时候,我发现自己投进股市里的钱已经蒸发掉了一半。买完房子,急着要还钱、用钱,怎么办?我只好忍痛割了肉。

这样一来,装修钱就不大够了,我只好求助王木木,问他能不能借我点。他很爽快就答应了,很快就把钱打到了我的账上,助我度过了买房后最缺钱的那段时光。整个过程,他都没问我借钱干吗用、什么时候还,都是我主动打了借条并很快偿还了债务。

王木木再一次伸出援助之手,是我爸在老家突发脑梗住院的时候。

那年夏天,我爸回云南避暑,准备回广州前,找几个老朋友喝了点小酒,结果睡到半夜,忽然觉得左半边身子麻痹,左手也抬不起来,口齿不清。他赶紧给他的朋友打电话,朋友把他连夜送去医院,但我知道消息的时候已经是第二天早上了。

之前,我几乎每年都坚持带我爸体检,他身体的一切指标都还算正常,这次他突发脑梗,把我吓得够呛。医生说情况不是很严重,已经在慢慢恢复中,但我还是决定马上请假回老家。

我爸一听就怒了,叫我不要回来,说是情况并不严重。我知道,他其实就是舍不得我为他花钱。作为一个寒门出身的人,每次遇到事时看到父母有这样的反应总是有点难过。我们现在的经济条件比过去不知道改善了多少,但关于"穷"的记忆却依然深植于父母的内心。即便你把存款亮出来给他们看,他们内心深处还是会对"穷"这回事充满恐惧和焦虑,所以他们囤积物品,不敢花钱,然后,因小失大,省小钱吃大亏。

我没有听从我爸的意见,而是直接买了票准备回家看他。

那两天,我忙得恨不能长出三头六臂。我得提前把下周的工作做完、交接好,定好行程和路线,收拾好行李,并通知王木木我要带女儿回老家。

出发当天,因为工作事宜太多了,我忙到喝水、上厕所的时间都没有,就连航司给我发短信说航班取消了,我都没空仔细确认,只习惯性地以为这是诈骗信息。一下班就带着老妈和女儿直奔机场。

王木木见我们赶飞机的时间够呛,就主动请缨,开车把我们送去了机场。一去到机场,我才发现航班是真的被取消了,我之前收到的手机短信并不是诈骗信息,我赶紧退票重新买票,却不巧遇上当天航班大面积延误,高铁也没票了,我只能改订了第二天最早一班的航班。

第二天我凌晨五点半就爬起来去赶飞机。飞机一落地,我一分钟都没耽误,租了车就往医院开,路上连水都没顾得上喝一口。去到医院，一见到老爸，我鼻子开始发酸。之前他向我们隐瞒了病情，现在才亲眼看到他半身不遂的样子，我大为震惊。

我找医生问询情况、答谢照顾我爸的亲戚、安排好他们的住宿，跑了大半个县城才买到一辆价格高得离谱但修了三次才勉强能用的轮椅，再把我爸的检查报告和片子发给一线城市的几个医生朋友看，他们有人建议原地静养，有人建议最好转去一线城市的大医院看看。

当天我忙了一整天，一分钟都没能休息，以至于临睡前我累到头痛欲裂，内心却一片迷茫，不知道如何是好。我想问问王木木的看法，但话到嘴边又觉得不妥。他是我的什么人呢？我拿什么立场和身份去跟他商量。离婚以后，只要是与孩子无关的事情，那都是我自己家的事，跟他无关了啊。

我关了手机，一扭头就睡了。

人到中年可能都是这样的：遇到再大的不幸，也最多就难过一会儿。接下来，我们会把捉襟见肘的时间、精力，以及有限的金钱和资源花到最能解决问题的地方去。你开始懂得省着点用自己，集中火力去解决主要问题，没力气闹情绪，也懒得矫情。

次日醒来，我心中已经有了明确的计划。我迅速办完出院手续，再回老家简单收拾了下老爸的行李，一个人连续开了八个小时的车，在亲戚的帮助下把老爸运送到了昆明，再坐高铁去广州（之前有医生说坐飞机可能会出现脑梗塞合并脑出血，我只敢让他坐高铁），我打算让老爸住进广州诊疗脑梗病水平比较高的医院。

搬运无法独立行走的病人比搬运行李难度大，我只好再次请王木木来高铁站接一下站。他爽快地答应了，和我弟一起合力把我爸抬上了车。

幸运的是，转院到广州后，我爸病情有所好转，虽然落下了一瘸一拐的毛病，但好歹生活还能自理。这是不幸中的万幸了。

下部

我爸病情好转后,我开始认真考虑给父母买养老房的问题。他们不愿意在广州养老,还是想回老家,我就把地点选在了老家市区。这样一来,不管是他们就医,还是我从广州回去看他们,都比较方便。

我带着全家回老家看房,但我只有大概一周的时间,加之当时工作又很忙,导致有些重要的买房资料落在了广州,需要在广州找一个人去我家里,把这些重要资料找到,再给我寄过去。家门钥匙是放在门口某个角落,那些资料和我的离婚证、离婚协议放在一起,我想来想去,发现只有王木木是最佳人选,就又向他发出了求助。

他在自身工作非常繁忙的情况下,还是帮我办妥了这件事。

每个周末,只要王木木有空,他都会来接孩子。如果豆丁生病,他也会及时出现,去医院陪护孩子。而我,也得以在无数次累到不行的时候,喘一口气。

也是因为有过这些经历吧,我在看《我的前半生》时,看到陈俊生,总能想起他。时不时地,我和一些单亲妈妈聊起他,也会给他一个"中国好前夫"的称号。当朋友,他确实没的说;做丈夫,那就是谁用谁知道。如今我们换种身份相处,也挺好。

50

也并不是所有的时刻,我跟王木木都没有分歧。比如,在教育孩子的方面,我们就存在分歧。

王木木对豆丁是比较放任的。豆丁爱吃高热量、上火的东西,他就给买。可是，孩子吃太多上火的东西导致便秘、喉咙发炎，处理这些事宜的人还是我。

只要孩子要，他会给孩子买无数同质化的玩具、文具、物件，但他又没空陪孩子玩，于是，家里这些东西堆积如山，而一样东西泛滥成灾后总是不被珍惜，就没法物尽其用。我每隔一段时间就得带着豆丁去清理这些不丢占地方、丢了可惜的物件，很是懊恼。

我个人其实是很反对用买东西等方式安抚孩子的，这暴露的不过是大人懒得陪伴孩子，索性拿物质安抚孩子的懒惰，但因为跟王木木达不成共识，我索性睁只眼闭只眼了。

平常，我会观察女儿是否有上火症状，会限制她吃垃圾食品。我会限制她玩 iPad 的时间，会督促她完成作业，会跟她一起阅读。

我不给她买同质化的玩具和文具，而是要求她尊重和珍惜每一个到手之物，让它物尽其用。久而久之，我就变成一个"讨厌的妈妈"，而她爸永远是"令人快乐的慈父"。

这倒也不是单亲家庭的特色了。在很多家庭中，妈妈不就承担了这个恶人角色嘛。慈父多好当啊，迎合小孩的喜好就行。母亲们负责春耕、夏种、秋收、冬藏，父亲们则只需要在粮食丰收后检验一下成果。他们似乎总能用极少的代价，获得孩子的亲近和感激。物以稀为贵，孩子也因平日里缺乏父亲陪伴，而更懂珍惜那一点点父爱。

这当然是不公平的，而我只能告诉自己，如果不离婚，也许我们会为这些事情争吵，所以，还是离婚大法好，对孩子的成长也好。孩子在我这儿，你管不着；去到你那里，我也懒得管。咱们各自对各自付出的父爱、母爱负责，泾渭分明，互不干涉。

王木木当然是爱豆丁的，我也是爱豆丁的，但在很长一段时间里，我能清晰地感知到我们给豆丁的爱，浓度不一样。

有了孩子后再离婚的男女，本就只是育儿合伙人。这种合伙，本质上跟开公司是一样的。在这门合伙生意中，我投资了70%的股份，他投资30%。情感收益部分，将来很有可能是我60%、他40%，甚至是五五分。

我给孩子的投资，几乎是我能拿出来的全部，我的积蓄、我的房子、我的一切，将来统统可以给她，只要她需要。但是，王木木做不到，我觉得他是有所保留的。

当然，我也理解他这种心理。孩子抚养权归我，长期跟我生活在一起，跟我也更亲密。这种亲密让他很没安全感，他担心自己的亲职投资都被我收割，怕他到头来为我做嫁衣裳，所以，在涉及孩子的事情上，他才会每给一点就计较一点。

虽然，孩子孝顺与否，跟父母做出多少亲职投资没有必然的联系。这世界上有大把孩子，因为从小缺乏父爱、母爱，长大后反而越想赢得父母的认可，表现得越孝顺。

前一段婚姻里的过失，加剧了他内心的这种不安全感。他觉得我应该恨他入骨，但是我没有。他觉得我可能会给孩子洗脑，让孩子站到他的对立面，但是我也没有……这些，都让他感到不安。他或许很想做个好父亲，弥补离婚对孩子造成的伤害，却也担心自己精心营造的父亲形象在某年某日会突然崩塌。他没法处理内心这些矛盾和冲突，所以在孩子的养育问题上，总表现得首鼠两端，既不愿完全撒手不管，又不愿意全力以赴。

可是，他忘记了一点：面对他，我是育儿合伙人；面对孩子，我是一个母亲。在孩子的问题上，我从没计较过公平不公平。怎么做对孩子更好，我就愿意怎样做。孩子将来是否孝顺我，我根本不在乎。如果他有能耐把孩子照管好，而不是扔给他爸妈了事，我甚至愿意让渡出抚养权。这种权利，在他看来可能不仅仅是和孩子居住在一起的权利，还包括对离婚这件事的解释权、对孩子将来是否会孝顺自己的把控权。只是一堆权利背后附加的义务太沉重、太烦琐了,他估计也不大想接,也接不住。

　　对孩子来说,她由亲妈带大,总比名义上给爸爸但实际上是由爷爷奶奶来承担抚育职责,要成长得更好。对一个单亲妈妈来说,明白对方的这点小心思,对解决问题是没有什么帮助的。只要对方没法解决自己内心的冲突和不安感,就没办法放下小爱、拿出大爱,这种矛盾就会一直持续。我倒是愿意和他比赛谁愿意为孩子付出更多,但人家或许根本不上这个牌桌。

　　很多次,我工作比较忙或者要出差或者生病了,提出让他多带一天小豆丁,他也会答应,而且不会在孩子面前表现出任何的不快,但是,对我的那股子怨气和不满,他压都压不住。我非常明白他心存怨气的原因:每个人的时间都那么多,而带孩子需要付出巨大的时间和精力成本,这的确会耽误我们赚钱。带孩子产生的未来精神收益,是孩子父母共同享有的,但是,工作产生的收益则完全属于自己。他承担了陪孩子的责任,可能就会导致他少赚,而我多赚。

　　有段时间,我和豆丁被隔离在家。我每天一个人在家带孩子、做家务,还要兼顾工作,而孩子像一个永动机、垃圾制造机、吃喝拉撒机,我每天围着她的需求转,隔离期间我花钱都买不到家政服务,我每天搞完家务再把孩子弄到睡着,就只剩下两个小时的工作时间,每天工作效率低到我觉得自己像是一个"职场废物"。没办法,我只能牺牲睡眠和锻炼时间,把工作勉强应付下来。有几天,我每天只能睡五个小时。后来,王木木破天荒地带走她两天,我在两天内完成了近一周的工作量。

　　更多的时候,因为孩子需要人带,我不得不放弃承接一些项目、参加一些培训的宝贵机会。没办法,如果注定有一个人要为孩子牺牲,那个人首先是妈妈。

有一次我生病,请他帮忙多带一天孩子。他当时工作也很忙,对我很有怨气,我也发了一通飙:"如果你觉得你给了抚养费就可以什么都不管,那好,从她出生开始,你给她多少钱,我同样拿出相同的份额存到她的银行卡里。将来,我名下的房产、积蓄全部可以给她,你敢不敢也跟我一样做?如果不敢,那我们是不是可以来好好谈一谈陪伴孩子的问题了?"

我心里有气,但我无可奈何。从法律上来讲,人家已经尽到义务了,比那些离婚后对孩子不管不顾的父亲已经好太多。孩子跟她父亲的感情、缘法,也轮不到我指手画脚。他能否做个好爸爸,我做前妻的真是一点办法都没有,因为这种事纯靠自觉。而我绝大多数时候不得不挑起培养孩子的责任,也为此放弃了很多自我提升的机会。作为一个前妻,很多时候只有你把对孩子爸爸的期望值调整到最低,才能保持愉悦的心情撑下去。你就当那个人是一个陌生男人,而不是孩子的父亲。一个陌生男人愿意对你的孩子好、给你的孩子钱、花时间陪伴你的孩子,他不会伤害你的孩子又不需要你付出其他回报,你不得赶紧烧高香吗?这简直就是天降横财,不然你还能苛求什么呢?

对于有孩子需要共同抚养的男女来说,这种博弈、角力可能要延续半生。本来嘛,前夫前妻,就是亦敌亦友的关系。在某些事情上,我们永远无法达成和解,是彼此的敌人。在另外一些事情上,我们又是利益共同体,是并肩战斗的战友。

那阵子,一个网友找我咨询这样一个问题:孩子爸爸跟我离婚后,根本没管过孩子,现在孩子对父亲根本没概念,每次我听到孩子问我"爸爸在哪儿"的问题,都心如刀绞。我该怎么做,才能弥补孩子的父爱缺失?

对这个问题，我是这么看的：

你是妈妈，干吗要由你去弥补父爱缺失呢？给孩子母爱，这是你的事情。给孩子父爱，是孩子父亲的事情。我们需要先分清楚哪些事情是你自己的，哪些事情是别人的。

对自己能做到的事情，尽力而为。对该别人做的事情，放弃自己想让他人按照自己意愿说话、做事的掌控欲。比如，你可以做好母亲这个角色，还可以给父亲爱孩子提供条件、给父亲伤害孩子设置障碍，但是，没法逼一个父亲按照你认为的方式给孩子父爱。

孩子父爱缺失，那是孩子与他父亲之间的事，也是孩子自己的宿命，跟你没关系。离婚不是造成孩子父爱缺失的原因，"他父亲是怎样的一个人"才是造成这一切的主因。你没有义务也不必为这种缺失负责。

再者，缺失是人生常态。很多孩子没有出生在富豪家庭，这算不算是一种缺失？可面对这种缺失，为何你就不会心如刀绞？别把"父爱缺失"这一点放大。也有一些孩子，若是摊上了一个劣迹斑斑的父亲，那他还不如没父亲。

潜意识里，你觉得自己有能力弥补父爱缺失，所以你才会攻击自己。可这种潜意识何尝不是一种自恋呢？作为女人，永远不要幻想自己是"全能圣母"。接受事物本来的样子，分清楚每个人的边界，放下对他人的掌控欲，非常重要。

还有，人的时间、精力、价值、资源有限，你把该别人操的心操了，你自己的事可能就做不好。把你的洪荒之力放到研究"如何做一个好母亲"上，你的孩子会因此得益。注意：是"如何做一个好母亲"，而不是"如何做一个好的单亲母亲"。在做母亲这件事上，"单亲"是个没有意义的干扰项，跟"职场母亲""军人母亲"中的"职场""军人"没有差别。单亲家庭一点都不特殊，只是万千家庭形式的一种而已。

51

某天上网时,网页右下角忽然弹出一个视频:《爱情保卫:24岁小伙娶46岁大妈,生娃后悔闹离婚》。我点进去,就看到一个视频片段,基本明白了这个故事的脉络:

所谓的46岁大妈,不过就是一个孩子归前夫抚养的离异女性。她前夫出轨,她提出离婚,离婚后没多久,就遇上这个26岁的小伙子。小伙子从小就没了母亲,家里人也不十分疼爱他。刚开始,他只是想跟她玩玩,可后来他生了一场病,女方对他嘘寒问暖、百般照顾,他也需要一个温暖的家庭,两人就在一起了。再后来,女方怀孕了,小伙子慌了,女方坚持要把这个孩子生下来,小伙子就跟女方结婚了。婚后,因为要照顾孩子,女方就再也没出去工作。小伙子觉得压力很大,又觉得自己被迫娶这样一个二手老女人实在太亏了。他后悔了,想离婚。

他找了很多借口,说女方还跟前夫纠缠不清,说女方以照顾孩子为由不出去工作而且花钱大手大脚,导致他经济压力很沉重。可事实上,女方跟前夫根本没有什么联系,只是她跟前夫生的女儿得了大病,她回去照顾了两天。小伙子每个月收入只有两三千,也不知道女方能大手大脚到哪儿去。我觉得他大概是觉得,自己以前一个人可以花那么多钱,现在忽然多了两个人花他的钱,心里很不爽。

他问女方:"你以前都可以把你跟前夫生的孩子托付给街坊照顾,你自己出去工作,现在为什么不行了?我经济压力很大的,你知道吗?"

男主持人看到这样两个人结合,质问了女方一句:"他不懂事,你还不懂事吗?"

视频下方，几乎全是对这位女性的冷嘲热讽：

"都那么大年纪了，还找年轻小伙子，太自不量力了，典型的癞蛤蟆想吃天鹅肉！"

"这小伙子当然很亏啊，以他的年纪应该找个二十来岁的未婚女性啊。被这个结过婚还有孩子的老女人骗婚，还生了个儿子，好可怜！"

节目现场和网络上对女方的问责，看得我浑身不舒服。

诚然，女方屡屡说自己渴望幸福温暖的家庭，有"病急乱投医"之嫌，但我觉得她不应该受到如此严重的苛责。小伙子嫌弃她的理由，几乎每一条都是借口。他责备得理直气壮，似乎他才是天下最委屈、最吃亏的人，而这位离异女性脸上却是满满的疲惫感。

小伙子已经理直气壮地提出想离婚，而她还在期待着他能回心转意，给她一个幸福温暖的家。她不停在现场说"我很喜欢他，真心爱他"，可我清楚，她未必真喜欢他、爱他，只是需要向现实低头，毕竟如果她再次离婚，面临的将是更加被动的生活。

你可以说她拎不清，说她愚蠢，可那一刻，我忽然觉得有些悲哀，不仅仅为这位 46 岁的女性，更为所有身处底层的中国女性。

离婚当然是需要资本的，不是谁都能拥有不婚自由和离婚自由。这世界上，真的会有一些人离不起婚，或者暂时离不起。很多女性之所以不离婚，真的不是因为还爱，而是没钱。

因为没钱，只能看男人的脸色生活，低眉顺眼地过日子，甚至想生个孩子拴住男人。

因为没钱，哪怕在婚姻中过得很痛苦，也不敢离开那个能给他一口饭吃的男人。

真的，钱，尤其是自己赚来的钱，是女人的底气，也是勇气的来源。

钱能买来物质，而物质对我们来说是不能缺少的一张假面，它替我们保护了自尊、良知以及我们的同情心,让我们可以追逐梦想。即使遇到了伤害,钱也像一块柔软的垫子,让我们不至于摔得太疼。如果把人比喻成蜗牛,那么钱就像是我们坚硬的壳,能帮我们渡过很多难关。

我敢摆脱一段僵死的婚姻,是因为我有一份相对稳定的工作,虽然并不太富裕,但是至少不困窘;离婚后,我能买车、旅行乃至于后来换房,是因为我有一定的积蓄。哪怕离了婚,我的生活品质也没有因为离婚而下降。

女人,任何时候,都不要轻视钱的重要性。对我们来说,有时它比男人重要。

这一点,离婚后我也是贯彻到位的。

离婚之后,我时常用笔抒写自己的心情,写了上万字的文字。

某天中午,我写的一篇文章又成为互联网上的爆文。随后,我被出版商发现,接二连三地出版了几本书,并成了一个自媒体人。我这个从小酷爱写作的文艺女青年,终于有了自己的第一批读者,这令我颇感兴奋。

与此同时,我也遇到了自己的职业瓶颈。在体制内工作了很多年,我对原先的那份工作越来越感到倦怠。我开始想寻求转变,但是一直没有得到什么好的机会。业余时间我就一直写字,我不停地写,写完就发到网上,因此还有一些稿费收入。虽然比起我的工资,这点稿费非常低,但我还是感到很兴奋。毕竟对我来说,写作才是我真正热爱的事情。

后来,我供职的单位开始搞改革裁员。我自己业务能力还可以,不在裁员名单里,但是,一夜之间,我身边三分之一的同事都不见了,去了基层。这个事情给我带来很大的触动。我心想:我所供职的单位,在很多人看来是铁饭碗,但是当变革来临之时,饭碗依然可能被砸。每个人都以为自己做的工作可以为自己养老送终，可是时代想要淘汰你的时候，连招呼都不会打一声——就像男人想要出轨的时候，也不会给你任何心理准备。

我开始思考，目前我做的那份工作，的确是能够养活我和孩子，让我过上比较体面的生活。但到后来我做得不是很开心，那我是不是要在这个单位干一辈子？刚好，我有一个朋友已经辞职出去创业一年，我看他还活得好好的，心里也开始跃跃欲试。

辞职之前，我有很长一段时间的犹豫期。

那时候我还找了一个朋友吃饭，聊我辞职的问题。我送了两本我自己写的书给她，并且跟她说："我害怕辞职以后我养不活自己呀。"

朋友哈哈大笑，她让我看一下餐馆里吃饭的人，然后问我："你觉得来吃饭的这些人中间，有谁是可以有能力写出你这两本书的？"

我说："应该有很多人吧。"

朋友说："我觉得你就是被那个体制的笼子关傻了。你知不知道在这个世界上很多人写个通知都写不清楚，更不要说写一本书。其实你只要身上长了本事，上哪儿都饿不死。"

对我来说，从待遇不算低的体制内金融单位辞职，应该也算是人生中一个大变故。为此，我也跟王木木沟通了一下。我说我想辞职，但我没法保证孩子的生活水平不会下降，他说："你自己决定。孩子的花销，我管够。"

我想，短期内他应该能做到吧，那我只需要考虑我能不能养活自己的问题了，好歹我也是一个高知女性，在自己擅长的领域深耕了十几年，还是一个有一定读者群体的作者，我还比一般人勤奋，怎么可能会养不活自己呢？房子、车子我已经有了，还有一套在郊区的、当初买来投资的房子算是我的退路，银行卡里也还有上百万的积蓄……哪怕我辞职之后没有任何的工作,也能活下去了。

我的辞职举动把我身边的人吓了一大跳,因为大家都觉得,作为一个单亲妈妈和家里唯一的顶梁柱,求稳才是最重要的。

对此,我倒是很不以为然。离婚让我意识到,这世界上没有稳定这回事,世间万物都在变化之中,而敢于打破自己、迎接变动、无畏挑战的人,才能在真刀实枪的生活面前少点被动。

这也算是离婚送给我的礼物。

就这样,我辞职创业,并加入了合伙人的公司,同时成立了自己的电商公司。大概是情路不顺,财路顺,我遇上了一个小小的风口。那几年,哪怕我还只是处于创业的起步期,我的收入都没有因为辞职而降低。我合伙的公司业务发展顺利,我自己的公司业务也快速增长,我所担心和惧怕的生存困难并没有到来。

在正式启动我们的创业项目前,我做了大量的调研并花钱去跟业内大佬学习专业知识和技术。为节约成本,在项目启动后的半年内,我们都没有租很大的办公室,因为我们提供的多是线上服务、上门服务。

一开始没有客户,我们就印刷了很多小卡片和折页,带着员工挨家挨户去发小卡片,一天扫一二十栋楼是家常便饭。有时候大中午的天气热,人又困,就直接坐在楼道里休息。后来,我们终于等到了第一个订单,接着是第二单、第三单……

拿到营业执照后的第三个月,我们就接了一个大项目。这一单让我们收回了投资成本并实现盈利。后来,这位客户又给我们转介绍了其他的客户,我们慢慢就上了正轨。当然,做这些订单也不是一帆风顺的,有好几次我大半夜带着员工去返工,凌晨三点多还在山路上奔跑,其中的艰辛不堪回首!

在公司面临转型的时候,我们果断开展异业合作,砍掉了一些不赚钱、风险高、工期长、回款慢的业务，切入了更"轻资产"更"小而美"的行业。

不得不说，那两年我"双线作战"，自己的电商事业和合伙的事业两手抓，真的很拼。我每天工作十六个小时，经常是晚上十点才回家吃饭。我没有节假日和周末，出差旅游都得抱着电脑，甚至有时候连做梦都在解决工作难题。因为缺乏运动时间，我开始"过劳肥"。我的腰椎和颈椎，也因为伏案工作太久，纷纷出了问题，甚至有时候连例假都不再准时了。

旁人只看到了我的成绩，却没有看到我的辛苦，但总体来说，那几年我过的是比较惬意和满足的，我终于可以在一方舞台上真正发挥自己的主观能动性，从以前的"被动迎接风浪"转变为"主动冲浪"了。

创业的路上，我们当然也吃过很多苦头，但一直在不断纠错。创业几年学到的东西、认识的贵人，比过去十几年在体制内接触的还要多。这些对我而言都是很宝贵的财富。

在贵人的提点下，我靠房产增值和做黄金投资赚到了一大笔钱。物质上有了相对丰富的基础后，我终于不那么害怕面对未来了。

有一段时间，我真切感受到了"被钱追着跑"的感觉。

我突然领悟到一点：人想要搞钱，还是得靠创造。所有你创造出来的"作品"，几乎都能给你带来钱，钱是创造的结果和附加值。现在好多人都知道赚钱的重要性，但却不知道要怎么赚钱，绝大多数人赚不来的钱的核心原因是：把赚钱的逻辑搞反了。很多人追求的是钱本身而不是创造，结果自己辛辛苦苦追着钱跑，还赚不到钱。而懂创造的人，他们先贡献出来的是"作品"。"作品"搞出来了，钱就会追着他们跑。文字作品、绘画作品、影视剧作品等，都是"作品"。厨师做出来的"菜"，是"作品"。企业家做出来的某个符合市场需求的产品，也是"作品"。创造一种新的模式、新的渠道、新的服务、新的产品、新的技术等,都是"作品"……甚至于,把孩子培养成才,孩子有出息了,也算是父母的"半作品"。

直接向财神爷要钱的,财神爷一般懒得搭理你;你拿创造出来的"作品"跟财神爷交换,财神爷才能注意到你。

52

这几年,总有陌生的网友问我,自己要不要离婚。可是,我觉得这个问题真的不是"要不要"回答得了的。

婚姻的五大功能主要是:性、经济、情感、家务、育儿。正常的婚姻能给人以安全、便捷、易得的性。两个人合伙过日子,经济上可以发挥众筹功能,双方的支出都会变少。比如,一对中产夫妻没离婚前,一年的养家费用大概是五十万;离婚后,两个人各养一个家,各人每年需要支出至少四十万,每个人的经济压力都更大了。情感方面,好的婚姻确实能给彼此情感抚慰、心理支持。夫妻是最亲密的好朋友,有福一起享、有苦一起担。有孩子的好婚姻,夫妻俩通力合作,一起做家务和育儿。毕竟,一个人做家务、育儿也是蛮累的,而且这些劳动是无偿的。

一桩婚姻,到底要不要离,取决于你自己拥有什么,以及你在婚姻中能被满足什么。比方说,有的女人自己有钱,也比较独立和能干,过去过的也都是丧偶式育儿的生活,而丈夫出轨,他已经无法满足自己对性、对情感的需求,那她一定会离婚的。有的女人自己没钱,在经济方面对丈夫依赖度大,而丈夫有时候在家务和育儿方面确实能搭把手,那么,哪怕丈夫出轨,没法再给自己提供性和情感,她们可能也不会选择离婚。

丈夫一出轨，然后去掰扯些有的没的，根本没意义。决定你离不离、离了以后能否还过得好的，不是"爱来恨去""道德标准"这种形而上的东西，而是"我有什么，我缺什么"。

我们倡导结了婚的女性也要独立和强大，当然不是奔着离婚去的，而是一旦婚姻发生变故，你还有选择权。换而言之，你可以忍也可以不忍，多一个选择总比"一忍到底"要好。靠男人是行不通的，你必须要放弃依附思想，必须要独立，必须要站在废墟上亲手为自己创造一个未来。

我觉得离婚就像离职一样，只不过是离开了一种不大适合我的生活，开启了一种更能让我感到轻松、幸福的生活。再者，女人情路不顺的话，大概率财路会顺一些。当你放弃"等靠要"的思想，不再手心向上讨生活，你就会迸发出独立自主的能量，遇到问题了也会想办法去解决，遇到困境了就薅着自己的头发把自己从沼泽地里拔出来……而这些，是和赚钱的内在逻辑是相似的。

你肯拼命，就不会过得太差。

当然，我也会有很难的时候。有段时间，我就觉得诸事不顺，但我相信这不是离异女性独有的。许多身处婚姻中的女性，也会有很多感到疲惫不堪的时刻。

每每这种时候，我总能收到建议说："艾凌，家里家外都你一个人。找个男人吧，有时候看你确实很难啊。"

我想了想，这可不就是"男人、婚姻包治百病"的思维吗？如果最近发生的事情都发生在离婚前，那么，有男人其实真没什么用，因为天塌下来了也还是我一个人硬顶，说不定受完外面的气后还得受家里人的气。

人生有时候真的很难啊。很多时候你根本指望不上任何人，只能硬顶、硬扛。真顶不住、扛不住了，再考虑撂挑子。疫情在全国蔓延之前,我妈跟我闹脾气回了老家,我爸为了向我妈证明他没有和我联起手来欺负她,也跟着回去了。春节,我也不想和他们一起过,就带着孩子飞去了国外过年,留保姆阿姨在家照顾橘猫。

回国后,才发现疫情蔓延了,各地开始对小区实行半封闭式管理,外来人员(包括保姆)不让进小区了。于是,我一个人做家务、带孩子,还要工作。我每天买菜,做菜,洗衣服,打扫卫生。厨房下水道堵了,外来维修人员进不来,我就每天端着洗菜水、洗碗水去洗手间倒。送水工把水送到大门口,被拦住了。我抬不动桶装水,就一路用脚踢着水桶,让它滚着回家。路上遇到个大叔,帮我搬抬了一小段,我感激涕零。后来,孩子开学了,各种网课,学校各种要求,各种打卡。我自己也开始有大量的工作任务……搞定这些,全靠我一个人。

那天,我坐在电脑前工作,孩子在一旁玩着 iPad。我突然觉得好累啊,我觉得自己从出生以来貌似就没过过几天好日子,永远在承担责任。小时候,家里穷,我懂事很早,很小就被送去外婆家。小学时期,一到节假日还得下地干农活。上了中学,我觉得我要给全家人争口气。父母学费都拿不出来,我就考第一,去挣点奖学金。上大学以后就再没用过家里一分钱。毕业后一直反哺家庭,之后纯靠自己买了房、买了车,一步步在广州扎根、立足。失恋过几次,经历很多狗血剧情,好不容易结了场婚,可才过了三个月甜蜜日子,就进入了炼狱,连生孩子时丈夫都不在。再之后,我头顶绿油油的帽子离婚,当了单亲妈妈。在体制内单位遇到职业瓶颈,我只好"自我革命",辞职创业。

我越想越觉得自己好累,越想越觉得委屈,仿佛全世界都辜负了我。我开始旁若无人地哇哇大哭,越哭还越起劲,涕泪横流。

女儿吓坏了,因为她没见过这种阵仗。她不知道怎么办,只是低着头、缩着脖子,一言不发地看着 iPad 屏幕,不敢跟我说话,也不敢过来安慰我。

我心想：果然是她爸亲生的，她爸当年也这样。我强人的时候，乐观的时候，他靠近我，给我锦上添花。我脆弱的时候，崩溃的时候，哭的时候，他只会躲得远远的，绝不会雪中送炭。哎，算了吧，她也只是个孩子。

哭得差不多了，我狠狠擤一把鼻涕，跟女儿说："你被吓到了吧？妈妈就是觉得很累，压力很大，想哭一下。你肚子饿不饿？妈妈给你做蒸水蛋。"

后来，女儿问我："妈妈，你为什么要哭啊？"

我说："有时候我压力大，就是想哭一哭。"

"大人也会哭的吗？"

"大人也是人。"

"那我抱抱你吧。"

得，这一抱，我觉得她还是我亲生的，跟她爸不一样。

后来，我爸妈主动提出要过来，我就给他们买了机票。疫情当时还没缓和，我怕增加感染风险，不想让他们乘坐公共交通工具来，但当时我右胳膊已经累得有点抬不起来了，试开了几百米的车以后，我发现自己没办法坚持把车开到机场，就打电话请王木木代劳。

王木木的车当时还不能进小区，我就用左手转动汽车方向盘，把自己的车开出了小区，开了一公里左右，让我爸妈坐到我车上，再把车开进小区。

这时候，我还是没有先去治病，而是贪近、省时间，在楼下随便找了一个社区医院的庸医帮我针灸、按摩了一下，就急匆匆赶去外地出差。

为什么这么拼？因为疫情对公司业务有很大影响，若是老板不努力的话，团队成员也吃不上饭。我觉得自己对他们是有责任的。

当天晚上很晚，我才到了H市，但因为庸医的误操作，我右胳膊已经彻底抬不起来了，整条胳膊发青、胀痛。在车上，我直接痛得当着员工的面哭起来。当晚我去看了急诊，但也只能开点止疼药。晚上住酒店，我连换睡衣的这个动作都做不了，都是同行的女同事帮我换的。次日，我居然靠着止疼药的帮助，完成了出差任务，拿到了一个订单。回到广州，我疼得在床上打滚，疼得眼泪吧嗒吧嗒掉，这才在我妈的陪伴下进了医院。先去打点滴，没效果。次日找了医生打了止痛针，疼痛才逐步缓解。

有人说，生病的时候你才知道谁最爱你。于我而言，这个答案还是我爸妈，虽然他们做得不那么完美，但有他们在，我会心安。

那一年，我无数次跟远在上海的助理说，长期伏案工作，我腰椎已经坏了。我觉得自己要累死了，我要撑不下去了。但是，每次再撑一下下，坎儿又过去了。

53

某天，梅芳找我借钱。她说她那段婚姻维持不下去了，她需要找我借点钱，先把女儿的幼儿园学费交上，再出去租房子、找工作，要为离婚做好准备。我二话没说借给了她。

我只是觉得唏嘘，因为梅芳的人生在结婚之后就急转直下，而这个结局在很多年前就埋下了伏笔。

早些时候，她做着一份收入不很高的销售工作，但养活自己绰绰有余。被着急卖房的房东赶走后，她搬来跟我住了一段时间，直到后来又找到合适的房子才搬走。之后，我们俩各自恋爱，我找了王木木，她则跟一个成熟男士谈了场恋爱，后来才发现那男的已经有老婆、孩子，恋情告吹。梅芳当时是信奉"嫁汉嫁汉，穿衣吃饭"这一套价值观的。那会儿，除去每个月的房租，她还能存下点钱，但这些钱几乎都被她花到了参加各类"相亲会""脱单派对"上。但也就是那一年，她妈妈确诊了癌症。每次她妈妈要去医院动手术、化疗，她都得请假回家照顾。假请得多了，老板自然不乐意了，就把她劝退了。

为什么她妈病了，她就得回家照顾呢？她爸呢？

从她记事以来，她爸就出轨不断，风流韵事一箩筐，连下楼买个小笼包都能跟早餐店老板娘滚一张床上去。她妈是国企职工，受不了她爸屡次出轨，就跟她爸离了婚。

后来，她妈找了一个人品还过得去的叔叔同居，日子过得不富裕，但还算安稳。她爸则跟婚外情人厮混在一起，但没过两年就被婚外情人骗光了钱，最后连住的地方都没有。

梅芳的奶奶看到自己儿子沦落到这种地步，很着急。自己就那么一个宝贝儿子，好不容易找到个靠谱媳妇，怎么就给他作没了呢？这个家还是得靠梅芳妈妈这个儿媳妇来撑。

可梅芳妈妈已经有了对象，梅芳奶奶就天天跑来跟才十来岁的梅芳说："家庭还是原装的好，你不希望你爸爸妈妈在一起给你一个完整的家吗？"那时，梅芳年纪也不大，更不了解她爸是个怎样的人、她妈过的又是怎样的生活，只是看别的同学的爸爸妈妈都在一起，她很是羡慕，就觉得奶奶出的这个主意还不错，不停跑去撮合爸爸妈妈复婚。

梅芳妈妈经不住她的软磨硬泡，也经不住她奶奶三天两头来诉苦，就跟那个叔叔分手了，跟她爸爸复婚。梅芳爸妈复婚后，梅芳爸爸依旧是风流习性不改，她妈后悔莫及，但一切木已成舟，那个叔叔已经再婚，她妈妈也觉得自己结婚离婚又结婚折腾了太多次，实在不想折腾了，就凑合着跟她爸过了下去。

梅芳爸妈在同一个屋檐下住着，却经常吵架。吵架的缘由，大多是她爸频繁出轨、对家庭和孩子不负责任。吵到后期,两个人也不吵了。家里两个房间,她爸妈每人住一间,两人相处得就像是合租人。

那时,梅芳已经去外地上学,后来又留在外地工作,很少回家。每次回家,她听到妈妈的唉声叹气,就非常痛恨她爸,也痛恨自己小时候不懂事,居然撮合爸妈复婚。她觉得她爸才是这个家庭的侵入者,甚至很讨厌她爸霸占她的房间,导致她每次回家都只能跟妈妈挤一张床。再后来,她妈妈得了癌症,可她爸还是不怎么管,所以每次她妈妈化疗或是动手术,她只能放下工作回家陪护。陪护的次数多了,工作也就丢了。

那时,她妈妈或许是知道自己将不久于人世,就死命催她结婚。她妈妈说,她最放不下的就是女儿,希望她能找到一个靠谱的人托付终身。梅芳当时也觉得,自己也是大龄剩女了,身边的人都结婚了,她也该找个人嫁了。

她开始出去相亲,但总是高不成低不就。相亲时,她还是挺看重男方经济条件的。她自己也说过:"我都穷成这样了,再找个穷的,这日子可怎么过?"

一开始,她谈了个比她大十几岁的男人。那男人经济条件还可以,美中不足是离异有孩。她妈见了,很喜欢,要求她快点跟人家"有进展",以免自己活不到女儿结婚的那一天。可是,男方似乎一直只想谈恋爱,不想结婚。到后来,男方一听她提结婚,干脆就玩消失。

这门亲事黄了,她妈妈当然着急啊,就又给她张罗对象。就这样,她认识了现在的丈夫孙洋。孙洋结过婚,跟前妻育有一女,女儿随他生活,但都是孙洋的父母在带。据孙洋说,他离婚的原因是前妻出轨,至于这是不是事实,梅芳也无从考证。

梅芳妈妈觉得,孙洋是自己老同学的儿子,虽然离过婚,但人长得还算端正，人品看起来不差，而且听说他们家在一线城市有房子还开有店铺，经济条件应该也还不错，就督促梅芳和他发展一下。很快，梅芳跟孙洋开始约会，两人相处下来，都觉得对方也还行，很快就确定了要结婚。

梅芳跟孙洋结了婚之后，就去了孙洋所在的城市。随后，她很快怀孕，就再也没出去工作，因为她时不时地也得抽时间回老家探望一下得了癌症的母亲。可是，孩子快要出生的前三天，她突然得到噩耗：她妈妈跳河自杀了。

据说，投河前一天晚上，她爸爸还为一些琐事跟她妈妈大吵了一架。也许是受不了癌症带来的痛苦，也许是受不了情感上的折磨，她妈妈就这么没了。

那天，我还在上班，梅芳给我打来电话。电话一接通，她就在那边哭。我问她怎么了，她说她妈妈跳河自杀了。她补充说："我妈应该是半夜跳河的，可是我爸第二天中午才发现她不在家。这个季节，老家天寒地冻，零下几度，这么冷的天，那么冰的河，我妈……"

梅芳临产在即，没办法回去奔丧。很快，她边哭边进了产房，把大宝生了下来。大宝出生后，我去她家里看望过。一进房子，我惊呆了：她和丈夫、丈夫跟前妻生的女儿、公婆、小姑子和妹夫一家三口挤住在一套三房里。一套不到一百方的楼梯房，住了整整10口人。

闺蜜告诉我，她结婚以后才知道孙洋根本没有房，也没有店。房子是小姑子的，店铺也是小姑子的，孙洋就是在店铺里给妹妹打工。他们全家都靠小姑子一个人养活，甚至连孙洋和前妻生的女儿的学费，也都是小姑子付的。小姑子曾经想过把店铺交给自己的丈夫和哥哥打理，但自己的丈夫只会维修电器、不会管理，孙洋也没什么本事，他太重哥们儿义气，总是收不回货款，差点把店开垮。

下部

没办法，小姑子只好拿回了经营权，每个月给自己的丈夫和哥哥开六千元的工资。

梅芳想着，等孩子大一点，她就出去工作。结果呢，孩子刚满两个月，孙洋就忍不住要跟她进行性生活。过性生活也就罢了，他懒得出去买避孕套，说是刚生完孩子，没那么容易怀孕，梅芳也就信了。结果，梅芳又怀孕了。梅芳气得要疯了，跟孙洋大吵了一架，但是，孩子已经在肚子里发芽了，怎么办？毕竟，怀孕这事是不可逆的。

孙洋说他已经有两个孩子了，实在养不起第三个了。可梅芳舍不得，执意要生，气得孙洋跟她大吵了一架。一年后，梅芳开启了一只手带大宝、另一只手带小宝的二胎生活，出去工作更是变得遥遥无期。后来，梅芳的小姑子也生了二胎。一大家子人住在一起，摩擦在所难免，加之家里常年有五个孩子在闹腾，房子又小，家里所有人的情绪都变得很烦躁。

老公挣不来钱，自己没工作，一家子都得靠小姑子养着，膝下两个孩子，还得跟公婆一家、小姑子一家挤在一个房子里，梅芳没有一天不觉得自己快要爆炸了。婚后，孙洋的种种习性也慢慢显露了出来。他连自己的三个孩子都养不活，却总跟着一堆小老板做公益，说是那样可以拓宽他的人脉圈。无数个夜晚，他跟一堆狐朋狗友在大排档胡吃海喝，说是男人都需要朋友帮扶，他准备要跟朋友一起合伙干大事。他禁止梅芳出去工作，禁止她和我们这些朋友交往，希望她每天在家当好全职主妇。

有一次，梅芳来广州，竟让我替她接了一个她老公打来的电话，帮她证明她当晚确实住在我家，没去别的地方。她带来了她的两个孩子，大女儿非常听话、聪明，但是小儿子有点残疾倾向。她走了以后，我收拾了一大包小孩能用到的东西，寄给了她。孙洋筹划的"大事"当然没有干起来，但大女儿的幼儿园学费却险些交不上了。

梅芳问他要，他竟丢给她一句话："你找我妹拿。"梅芳跟我说："啃妹啃到这份上，他也是无敌了。于情于理于法，我怎么跟他妹妹开得了这个口，只好先找你借了。这个婚，我是一定要离的。"

我说："你先别着急提离婚。你先出去找工作，把路走稳了再说。你现在离了能去哪里？你连住的地方都没有。离婚是一场战争，不必急于一时。心理上离成婚了，程序上只是早晚的问题。"

我之所以说梅芳离婚后连住的地方都没有，是因为她妈妈名下的房子，一直由她爸住着。可她妈尸骨未寒，她爸就又找了一个女朋友。梅芳问我，她妈和她爸当年复婚时并没有领证，那个房子是不是只有她有继承权。我说，是的。

但是，她一听我介绍办理继承手续的种种麻烦，一想到如果她强烈要求继承那套房子的话，她爸一定会闹得她心力交瘁，加上那套房子真要卖掉可能也就值二十万，就打了退堂鼓。再后来，梅芳跟我说，她跟她爸也谈妥了：房子给她爸住，以后她爸也别找她养老，这样就算是两清了。但我知道，她和她爸两清不了，梅芳和她妈一样容易妥协和心软，即使两人把"两清协议"落实到纸面上，法律上也是无效的。

老家，她肯定是回不去的了；婆家，她几乎也快待不下去。婆家看她没钱、没工作、娘家又没人，有点轻视她。孙洋呢？只希望她在家当老妈子，可是他又没有养得起全职太太的能力，孩子上幼儿园的钱都没有了，还要她去想办法。两个孩子呢？年纪尚幼，请不起保姆，她要是出去工作就只能让公婆帮带孩子，她要是选择自己带孩子就没法出去工作。我当真觉得她好被动，也不大理解当年她妈为何一定要逼她早点结婚。她妈妈本身就是一个在婚姻中享受不到任何好处、只承受了一辈子心酸和痛苦的女人，何苦一定要让婚姻也成为女儿人生的标配呢？或许，她只是把自己对婚姻的期待都寄托到女儿身上去了，可结果也并不理想。

下部

梅芳已经40岁,婚姻不幸,身无分文,身边却多了两个孩子。我也不知道她将来能不能实现逆袭,怎么逆袭。我最后一次见梅芳,发现她的脸上呈现一种认命的神色,这种神色我在她妈妈脸上看到过。

我为梅芳感到可惜。如果把梅芳比喻成一条河流的话,她面临的外界环境以及她自己的性格、认知、价值观,就像是河床,只等着她这条河往下流。水流到哪儿,似乎都是"框"死了的,她几乎没的选。

这命运就像是水面的涟漪一样,一圈扣一圈,人像浮萍一般漂浮在上面,一点一点,就走到了现在。人生中很多选择,放在人生长河里并不显得很重要,但某几个关键点的选择,还是会影响你一生,因为人生也是一场蝴蝶效应,一环扣一环,是无数个当时当下的选择共同决定了你命运的走向。

你说梅芳不够独立吗?好像有点。那么多年来,她确实没什么事业心,骨子里还是期待着靠嫁人改变命运。但是,有这样心思的女性,何止她一个呢?

你说她不能吃苦吗?也不见得。她是我所有闺蜜中最勤快的一个,做家务是一把能手。我刚生下豆丁不久,她帮着来照顾。豆丁一拉屎,作为新手妈妈的我先是"啊啊啊"大叫,再寻思着到底要怎么处理,而她早已经扑过来,手脚麻利地把豆丁抱去洗手间里洗干净再包好纸尿裤放回我怀里。

她不是那种只等着男人给自己幸福生活的人,而是愿意跟男人一起创造幸福生活的女人。在知道孙洋既没房子也没店铺后,她略有些失望,但还是鼓励他独立,不要再啃妹,无奈她丈夫就是"烂泥扶不上墙"。再后来,她甚至想,如果丈夫能帮把手带带孩子,她可以出去工作。

当所有的愿望全部落空时,她无奈地想到了离婚这一步,但我也知道,以她目前的状况,她暂时还离不起婚。很悲哀是不是?离婚原来也是需要资本的。

围绕着梅芳的生活,我看到了四个女人进入婚姻后的状态。

第一个女人是梅芳的妈妈。若当初她坚决不肯"为了孩子"复婚,那她是不是就不会得癌症,又或者,即使她还是不可避免地得了癌症,是不是也能得到那个叔叔的悉心照顾,那梅芳就不必丢掉工作。

第二个女人是梅芳。若当初她不把婚姻当成自己的港湾,拒绝接受妈妈的逼婚,抑或是考察清楚丈夫的品性再决定是否跟他结婚,或许就不会有后来发生的这一切。

第三个女人是梅芳的小姑子。她是那个家庭里最能干、最愿意奉献的女人,几乎是以一己之力养活了全家10来口人。为了挣钱,她早出晚归,把自己活成一个冲锋陷阵的战士,几乎都顾不上自己的孩子,但丈夫、哥哥还是会对她有微词,嫌她太强势。

第四个女人是梅芳的婆婆。她任劳任怨,帮儿女做家务、带孩子,舍不得在自己身上花一分钱。虽然她没有离婚,忙起来的时候丈夫也会帮忙搭把手,但她因为婚姻而过得更幸福了吗?似乎并没有。梅芳的公公每天都有空去遛弯、下棋、钓鱼,可她每天围着家人转,连跳广场舞的空闲时间都没有。

也正因为如此,我常常在想,我们应该怎样看待婚姻?

长久以来,人们都有这样一种观念:女孩子长大了都要结婚的、都要当妈的,然后,旁人看你到了适婚年龄还没结婚,就给你施加很多压力。但是,大家都忽视了一点:我们和另外一个人结婚是为了幸福,而不是为了完成所谓的这个人生大事、人生任务,或完成谁的遗愿。

如果我们在对待婚姻时,能够对它保持基本的敬畏,能充分权衡自己和对象适不适合踏入婚姻围城,想清楚了每一个决定的后果再做选择,而不是盲目跟别人看齐,会不会就少许多悲剧?

现在,我时常会想起多年前和梅芳一起度过的那些个晚上。那时,我们都还很年轻,都在挑选恋爱对象。下班后,我们就坐在小客厅里谈天说地、互相打趣,一起看综艺,笑得前仰后合。我请她去电影院看重映的《泰坦尼克号》,头一次发现梅芳的笑点好低。杰克和露丝在船舷上吐口水,她哈哈大笑;杰克和露丝被露丝的未婚夫追赶,她还是在笑;杰克沉入海底,她终于哭了……电影散场了,我踩空了一个阶梯,差点摔倒,她又在那里捂着肚子、拍着手掌没心没肺地笑。

她那时候真的很爱笑,动不动就笑得前仰后合。那些往事回想起来,依然栩栩如生,倒显得如今的一切像是一场梦。俨然一觉醒来后,我们又能回到一起看综艺、看电影的那些个晚上。我们没有婚姻,没有孩子,没多大压力,我们父母也没老没病没死,我们都还年轻,满脸的胶原蛋白,笑起来没心没肺,我们还有大把的青春可以挥霍,还有大把的出路摆在面前让我们选。

而今,只剩一声叹息。

54

乔桑是我们当中过得相对比较圆满的。

她人长得不错,脑瓜子也不笨。谈过几次恋爱,但每一段感情都无疾而终。到了 30 岁,她家里人开始催婚,而她根本不恨嫁,反而冒父母之大不韪把国企工作给辞了,开过客栈,开过餐馆。家里人不停给她介绍对象,她心血来潮也去相相亲,但每次都没什么进展。

乔桑跟我不在一个城市,我当了妈、创了业之后,忙得不可开交。她忙活的事情也多,我们联系就变少了。

乔桑开餐厅之前,要去港澳考察当地的茶餐厅,经过广州时跑来跟我见了一面。

我问她:"你还没男朋友吗?"

她说:"影儿都没有,也没空谈,爱咋咋吧。"

可到了那一年的年底,她突然给我发一请柬,说要结婚了。

我一阵诧异:"八月份不还没有男朋友吗?"

她回答:"九月份相了个亲,相处到现在,我觉得就是他了。"

我带着女儿去到了她的城市参加了她的婚礼。新郎长得高大帅气,人很有涵养,工作稳定收入高,当然,家世也还不错,对她也很好。

我悄悄跟她说:"唉,你老公不错,比你谈过的每一任都好。"

她回答:"我也很不错的,好不好?"

我说:"有空给我讲你们的故事啊,我最喜欢听故事的开头了。"

原来,乔桑跟她老公相亲的时候,她的茶餐厅刚开起来没多久,根本没心思谈恋爱。之前她也相亲过太多次,每次都是失望而归,她确实没什么意愿要找男朋友。但是,那次相亲,她实在架不住媒人的热情,只好去了。去以后,见到现在的老公,她应付式地跟他聊了聊,接着匆匆道别。她说自己当时对他完全没感觉,加之餐厅有很多事等着她去处理,她全程表现得特别敷衍和冷淡。没想到,男方后来光顾了她的餐厅,点了几个菜,希望她作陪。那一次,两人开始聊得比较投缘。之后,两人就顺理成章在一起了。

乔桑后来问男方:"我看你,条件也不差,怎么也是三十好几了没女朋友呢?"

男方回答:"你不也这样嘛。"

乔桑也是在和他交往后才知道,在他所供职的单位,他简直就是择偶市场上的"香馍馍"。每天都有很多人盯着他,希望能帮他结束单身。而之前和他相过亲甚至主动追求他的女孩,一个赛一个条件好,连乔桑都自愧不如。

乔桑问他:"那你干吗看上我了?和你相亲的,还有主动追求你的那些女孩哪个条件不比我好、不比我优秀啊?你看我,要学历没学历,要姿色也一般,我的家世、经济条件也不如她们,而且还没有固定工作。开个餐馆吧,到现在还是亏损的,哈哈哈。"

男方回答:"和她们出去相亲,她们看我的眼神,让我害怕。在她们面前,我觉得自己像是一块肥肉。只有你看我的眼神不是这样的。"

乔桑乐了,问他:"合着是因为第一次见面我对你爱搭不理,你才对我感兴趣的?"

男方回答:"是你对我无所求的姿态,打动了我。你记得吗?第一次见面我们吃完饭,我说要送你回去,你连看一眼我开的车的兴趣都没有,匆匆忙忙就走了。我觉得你是我相过亲的女孩中,最特别的一个。"乔桑跟我讲这个细节的时候,他们的孩子已经半岁了。我翻看她朋友圈,时不时还能看到她晒出来的她老公参与育儿的照片。

我跟她说:"那些曾经追你老公的女孩,看他那么快跟你闪婚了,岂不是要气疯了?"

乔桑回答:"有一个确实是这样。那个女孩追了他一年多,连他去国外出差都追着去,可他一直没搭理她。婚礼那天,那女孩也来了,我当时不知道她是谁,只知道是他的同事,还热情地给她派糖。但是,后来我才知道,我们的婚礼根本没请她,她是自己来的,据说只是为了见识下我长什么样。在婚礼上见到我的样子、打听到我的消息后,她觉得我样样不如她,据说当天晚上回去以后,她就找朋友去酒吧买醉,喝酒喝到胃出血。"

我接话:"人哪,都喜欢带点挑战但挑战又不那么大的东西。不管经营什么关系,都别太不把别人当回事,但也别太把别人当回事。否则,真是过犹不及啊。"

我觉得一个女人想要过得幸福的话,最紧要的就是情绪稳定,其次就是不要把情爱看得太重,如果能把这两样做好的话,人生有百分之七八十的概率会过得不错。结婚前夕的乔桑正是这样的人。

但乔桑也不是一开始就这样的。

我们这一代出生于八十年代的女性,很少能破除把男人当归宿的情结,因为我们从小接受的教育和熏陶都是这一套东西。乔桑也不例外。

她有过一个前男友,两个人在大学里就认识,毕业后异地恋,后来努力争取到一个城市工作、生活。25岁时,她谋划结婚,但男方并不积极。听她说出"要么结婚,要么分手"的话后,男方也怕失去她,答应结婚。毕竟,八年的时光里,两个人都已经习惯了彼此的一切,不是亲人但胜似亲人。可是,这段恋情却在她筹备婚礼的过程中,戛然而止。

某天,她出差杭州,在那里买到一份结婚用的喜糖盒样板。她提早回来,想给未婚夫一个惊喜,就没有提前跟他打招呼……可是,当她打开家门的一瞬间,却看到未婚夫和别人在沙发上做爱。一丝不挂的一对男女,看到她突然出现,惊愕得连衣服都来不及穿。她人都已经站到了客厅,未婚夫才仓皇失措地从那个女人身上爬起来。

她说了句"打扰了,你们继续",就提着行李离开,来到了我家里。整整三天,她一直哭一直哭,粒米未进。男方找到我家楼下,我问她要不要去谈谈,她说没什么好谈的,让我把他轰走。就这样,我也就没告诉他房间号,更没让他进门。那一个月,乔桑瘦了十斤,连看我的眼神都是灰的。

事实上,乔桑各方面的条件远在那个女人之上。那个女人初中没毕业就去混夜场,还曾经当过酒吧里的托儿。而乔桑长得端庄、为人处世大方、学历高、工作能力强,对待男友也很舍得付出,没有一样比不过那女的……如果说她有什么致命短板的话,那就是——对未婚夫而言,她"不再新鲜"。

而她那个未婚夫,在两人分手后一年就结婚了。结婚对象当然不是原先那个酒吧妹,而是"乔桑低配版"。看来,男人在选择逢场作戏对象时可以很随便,但选择结婚对象时可是很现实的。

大概过了两三年,乔桑才回归到我当初认识她时雀跃的样子。经此变故后,她破除了对男人的幻想,从此坚定了用自己的脚走自己路的志向。从国企辞职时,乔桑的老领导跟她说:"女孩子别老想着挣钱,找个男人嫁了才是正经事。"她回答:"就兴许你们男人趁年轻多想点赚钱的事啊。"

乔桑跟她现任老公结合的时候,经济和思想方面都已经很独立。不像我,我当年和王木木在一起,像是在寻找"创可贴"。换而言之,我那时候真的是在寻找"另一半",而不是"自成方圆"。

有这样一种很流行的说法:爱是两个缺失的半圆合成的幸福整体。我们问别人有没有找到对象时,也总在说:"找到另一半没有啊?"

可现在啊,把择偶形容成"寻找另一半",这种说法我已经不认可了。一半,对应的是另一半。它表达的是一种缺失的概念,只有找到另一半才算圆满。可问题是，我们可以自己独立成圆，不需要别人来补齐。

你看动物世界和植物世界，雌雄配种就很简单，不存在谁是谁的另一半。大家都是独立的个体，遇到异性了，就各取所需，相伴着走一段。

人类择偶，就非得是一个半圆遇到另一个半圆吗？就不可以是一个球体遇到另一个球体，大家一起往前滚吗？滚向未来，滚向光明。

你只有最大限度地解决好自己内心深处的匮乏问题，解决掉自己内心深处那个会吞噬一切、吸食别人能量的空洞，达到能与自己和谐相处的境界，变成一个成熟的、情绪稳定的人，并在此基础上去寻找一个相似的人，两个人在一起才会长久。

当然，即使你是一个能对自我的情绪、健康、选择、承诺、志向、生活、未来等负责，能自我兜底的人，也不一定能遇到合适的人。毕竟，爱是天时地利的迷信。

55

一个人的想法，可以在几年内变得很快。刚离婚那阵子，我不习惯单身生活，特希望能遇到一个人携手走完余生。又过了一两年，我已经完全从离婚心理创伤中走了出来。有时候，我也会想，如果遇到个爱我的男人，再跟他组成一个家庭、生育一个孩子也还不错啊。

又过了一两年，我已经过了生育孩子的最佳年龄，也完全习惯了并且享受单身生活。有恋爱谈，就谈一谈；没缘分，也不强求。

再后来，我辞职创业了，一下子成为"时间贫困户"。孩子还小，需要我照顾和陪伴；有那么多未知的知识和技能，等着我去学习和探索；我自己还要多赚点钱，给自己、父母、小孩留点后路。一想到谈恋爱得付出时间，我就觉得这事很麻烦。

我想再过几年，我估计连性欲都不会有了，会更加不需要男人。男人们多半也不会看上我这款挑剔的半老徐娘。"看上我的，我看不上；我看上的，看不上我"的供需矛盾会更加突出。得，那就死了这条心吧。毕竟，敞开自己去谈恋爱，有时候是一件风险挺高的事。在其他领域，我们付出十分努力，至少会有五六分的收获。爱情这事不是，它完全不讲逻辑，更多靠运气，虽然这种不讲逻辑、无规律可循，恰好就是它的精彩之处。我当然相信这世界上有纯粹的爱情，但只相信它发生在别人身上。

离婚这么多年，我只有在深夜到达火车站、飞机场但没人接站、接机又暂时打不到车的那二三十分钟，会脆弱地觉得有个会跑来接站的伴侣可能挺好，但这种情绪也就维持那十几分钟。一旦打到车，这种情绪就消失了。

现在，很多人谈起离婚女人再婚难，总觉得是离婚女人条件太差，才找不到相匹配的对象，可我觉得，这不一定是离异女性没人要，而是离异女性再婚意愿低。都说离婚后女人在择偶市场上不如男人吃香，可大家有没有注意到一个现象，离婚后还愿意出来找对象的男人，数量上比女人多很多啊。

男人对婚姻的需求度，可能比女性要大。这一点，从男性女性丧偶后的表现中，也可以看出点端倪。男性丧偶后，大多需要找个女人来照顾自己；而女性丧偶后，却可以寡居很多年而怡然自得。

男性的抗打击能力，其实并不比女性强。你以为只有离异女性才会面临舆论的羞辱？男性也有的。在职场、官场、生意场上，流行着一种比较不客观的言论:"连老婆都搞不定,还搞得定员工(生意、工作)?"很多离异男人为了展示自己"搞得定",可能会在离异后快速开始下一段婚姻。

女性大多情感外露,离异后可以通过倾诉、流泪等方式宣泄婚变带来的不良情绪,而传统社会对男性的要求是"男儿有泪不轻弹",导致他们当中很多人更难自我消化,更容易求助外界的力量。比如,很多男人离婚后有一种羞耻感、挫败感,所以想尽快以再婚的方式雪耻,以结束这种感觉。

再者,男人再婚时,择偶要求并不高,能凑合着过就行,而女性则相对比较挑剔。

很多女人再婚难,不是因为没人要或找不着,而是经历过一段失败的婚姻后,大部分离异女人对第二段婚姻的质量要求更高,也更不愿委身将就,因为自己一个人也能把日子过得挺好。其实啊,女人要是愿意将就,想找个男人还不容易?而男人找女人?若是没点综合实力,真的蛮难的。我身边离过婚的女人特别是单亲妈妈们,要么就踏实安稳地带着孩子过,要么就去进修学习或创业赚钱,要么游历世界,要么追求兴趣爱好或精神提升去了。

现实生活中,如果一个离异女性没有谈恋爱也没有再婚,很多人会揣测说她是"一朝被蛇咬,十年怕井绳"。其实,有没有这样一种可能:这些离异女性是发现了生活中原来还有很多比婚姻、比男人更好玩、更有趣、更有意义、更能让自己快乐的事,所以对于曾经尝试过的东西兴趣度没那么大了?有钱的话,手机就挺好玩的,而无趣的男人,现实中有那么多。

城市里的大龄剩女、离异女性很难找对象,主观来讲是因为她们乐于拥抱单身,客观来讲则是个结构性问题、社会问题。被偏爱的总是有恃无恐,而不被偏爱的只能奋发图强,这就导致"渣男率"远高于"渣女率"。

比如，我曾经说过"我弟不抽烟、不酗酒、不赌博、不嫖娼、不出轨、不吸毒、不混夜店、不瞎炒股或搞投资、不家暴，性取向主流，遵纪守法，有份正经工作能养房养车养娃，回家愿意做家务带孩子……"，一些网友说，这已经超过市面上 90% 的男人了。可是，如果性别互转，拥有上述品质的女人，市面上可能占到 90% 以上。男人们闭着眼睛都能找到个还不错的老婆，而女人必须要睁大眼睛、提着灯笼才能避开渣男。

女的想要找到个好男人，难如淘金。你得走很多路、绕很多弯、等待很久、付出很多努力、有好运气，才能淘到一小粒金沙。大部分时间，你淘到的就是石头。但男的找好女人，就是去成熟的苹果园里摘苹果，稍微付出点诚意、耐心或是稍微表现得正常点，踮踮脚就能够到大苹果。

所以，每次有离异女性问我"离了之后还能找到更好的吗"，我就告诉她："离婚不是为了再婚，离婚只是为了止损，只是为了结束一种痛苦。如果你抱着找个更好的男人的目的去离婚，大抵会失望。整个社会对离异带娃的女性还比较歧视，本就不好找。而且基本盘就那样，你能不能找到更好的，看你，更看命。一切可以顺其自然，天地豁然开朗，你可以横着走，甚至飞上天，跟太阳肩并肩。这就叫，无欲则刚。"

我的异性缘比较薄，但我真不觉得这是个遗憾，因为每个人都有他的"阿喀琉斯之踵"。有的人缺财富，有的人缺健康，有的人缺爱情，有的人缺父母之爱，有的人孩子不好……每个人都有所圆满，但也有所缺憾。

于我而言，感情不顺或许就是我的阿喀琉斯之踵。但是，我还有父母，有孩子，有诸多关心我的人们。

一想到每个人都是阿喀琉斯，谁也不能避免，我也就释然了。

学会接受缺憾，并和人生中的每一个缺憾相处，也是生而为人的必修课。

这一门课，希望我们每个人都能及格。

56

有段时间，女儿豆丁老是问我："爸爸是不是谈恋爱了？最近去爷爷奶奶家，我发现他们家多了一个来蹭饭的阿姨，那个阿姨肚子好大了，像是有了宝宝。"

我说："这何止是谈恋爱了，是要结婚了吧。"

女儿会这么说，是因为有段时间王木木神神秘秘的。

哪天，我要是不能陪女儿或是要离开家一阵，会跟她解释清楚我具体是去干什么。在孩子面前，我几近于坦诚、敞亮，几乎从不说谎，而王木木不能按照约定的时间来接她，永远只有三个字："爸爸忙。"女儿要是追问，他就又是三个字："有点事。"

离婚之前，我跟王木木的对话模式就是这样的。现在，他又这么跟孩子对话，让我觉得他很不尊重孩子。

孩子对家庭里发生的事情是有知情权的。有时候，我跟合伙人打完电话，女儿会问我发生了什么事，然后我就会用她能听懂的方式，解释一下公司发生了什么事。我觉得这是很好地让孩子开阔眼界的机会。孩子在跟你交流的过程中，也会有一种"妈妈把我当朋友"的安心感。但是，我只能用这个理念去管好我自己。

一般来说，在王木木语焉不详地说"有点事"的时候，可能就是去谈恋爱了。后来，我实在忍不住跟王木木说："即使你去谈恋爱，你也可以跟小孩明说的，我不会怎样，小孩也不会怎样的。"

有一天，女儿问我："爸爸为什么不来接我啊？是不是又背着我偷偷谈恋爱去了？"

我说："可能吧！我也不知道，你爸一直神神秘秘的。其实，实话告诉你也没关系的吧？"

女儿说："是的啊，有什么好保密的。那妈妈你什么时候谈恋爱啊？你也谈啊。"

我说："妈妈没空，而且暂时遇不到合适的人。要不等你长大了再谈？你谈一个，我谈一个。四个人，刚好组成一桌麻将。"

女儿问："那如果你谈了我没谈，或者我谈了你没谈呢？"

我说："那就斗地主。"

女儿问："那如果都没谈呢？我们都是单身狗。"

我说："那就下围棋、下象棋。"

女儿又开始唱她以前编排的歌："妈妈是个单身狗，我也是个单身狗，两个单身狗，一起往前走……"

我预感到王木木一定会在四十岁来临之前再婚再育，所以，在女儿还很小的时候就给女儿打预防针了。早在她六七岁的时候，我就认认真真跟她讲了我和她爸爸分开的原因。

我说："起初你爸爸对我挺好的，所以我决定跟他在一起一辈子。但我怀了你以后，你爸爸就对我不大好了，我就很伤心，经常哭。我们俩开始频繁吵架，只要一住在一起就吵，妈妈觉得这样下去对他不好、对我不好、对你也不好，所以我们就商量着分开住了。"

女儿插话说："可我只有一个，所以你们俩玩石头剪刀布来决定谁有资格和我住的，是不是？妈妈出了剪刀，爸爸出了布，妈妈赢了，所以我和你一起住。"

我说："是。你上小学后，会看到很多同学的爸爸妈妈都住一起而你没有，会很羡慕对吧？"

女儿说："是。"

我说："这世界有很多种家庭。有的家庭里父母住在一起，很恩爱。有的家庭特别富有，家里甚至有私人飞机，只是爸爸可能经常不在家。有的家庭父母住在一起，但天天吵架、互相怄气，甚至还有父母打架的，吵完打完就打骂小孩出气的。有的家庭里小孩的爸爸或妈妈去世了。有的家庭的小孩，不是父母亲生的，但父母很爱他。有的家庭很穷，小孩缺衣少食、上不起学。有的家庭里有残疾人，要么是爸爸或妈妈残疾，要么是小孩残疾……这个世界上有很多家庭，每个家庭都不一样，父母不住在一起的家庭一点都不特殊。如果有人因为这个嘲笑你，你可以说他不礼貌。嘲笑别人也是一件不礼貌的事，我们也不能因为别人穷、残疾、学习成绩差而嘲笑别人，是不是？"

女儿说："是的。"

我继续说："以后啊，你爸爸可能会有跟他住在一起的阿姨，阿姨是帮着来照顾爸爸、帮爸爸分摊压力的，不是要替代妈妈的，如果她很友好地对你，那你也要很友好地对她，因为咱们要做一个有礼貌的小朋友。妈妈这边呢，将来可能也会出现一个叔叔来帮妈妈的忙，比如带你出去玩时，就不需要妈妈再开车了，有人帮着开车，妈妈就可以陪你一起坐在后座。他呢，也不是来替代你爸爸的。这个叔叔一定会对你很友好，不友好的人妈妈根本不会让他出现在你面前，那你也要友好地对他。当然，也许这样的阿姨或叔叔都不会出现在你生活中，但你记住，不管出现不出现，爸爸妈妈会一直爱你，就行了。"

女儿说："我明白了。"

我也不知道她听得懂多少，不过，有些道理，早灌输早好吧。与其等感染病毒后再医治，不如提早打预防针。我只希望她能明白

下部

两点:第一,被人嘲笑不一定是因为自己应该被嘲笑,而是因为嘲笑你的人没素质、没礼貌。第二,《白雪公主和七个小矮人》里的后妈,只是童话故事里的角色,而现实生活中的后妈各不相同,咱们得以善报善。

  王木木后来都要再婚生子了,还一直瞒着豆丁,后来实在瞒不住了,在豆丁几次追问下,他才承认。但自始至终,他都没有跟孩子敞开心扉聊一聊这个话题。

  我让他抽空找孩子聊一聊,因为这种生活变动肯定会对孩子有影响,她已经问了我好几次"爸爸再婚再生孩子以后,会不会就不爱我了"。

  他答应了,但他跟孩子是怎么聊的呢?他先是提示让再婚妻子给豆丁送了点小礼物,接着问豆丁:"阿姨对你好吗?"豆丁回答:"还行。"

  这就算聊完了。

  我惊讶这也能叫"聊"?我希望他能跟孩子好好谈谈,但他不知道怎么回答或是暂时没法确定就选择装死,和离婚前一模一样。遇到问题,不表态,不负责,当没听到。他的态度让我逐渐丧失了跟他沟通的欲望。站在我的角度,我这就是热脸贴冷屁股,如若他不是豆丁的爸爸,我早拉黑他一百回了。我一度只能安慰自己,豆丁已经是个少女了,再有几年,革命就胜利了,我就不需要以监护人的身份,代表她跟她爸爸沟通了。

  再一次找王木木沟通,对方毫无回应之后,我就把他删了,只留了一个微信群作为沟通渠道,还给他发了一段话:

  "豆丁爸爸,你好。进入第二个叛逆期的豆丁,身上有很多您不知情的毛病,她的心理健康也是我尤为重视的,但她在您面前伪装得很好。我又忙工作又顾家,管教不过来时,内心深处有很大的育儿压力。

"以前想着这世界上只有您和我身份类似,我还可以找您商量和沟通,两个人合力面对和解决,或哪怕只是知道一下,可能也会好一些,但我确实掌握不了沟通尺度,不知道要遭受多少次发出信息后,信息石沉大海以及热脸贴冷屁股。

"我是一个吃得起苦但受不得气的人,拉黑您,不是一时冲动,而是思虑再三的结果。对其他人您应该能保持最基本的、看到信息会回复的社交礼仪的,所以,您专对我的傲慢无礼,会让我想起以前被你们全家厌弃的心理创伤。到这年纪,我几乎已经斩断了一切让我感到不舒服的关系,不愿意再增加无谓的心理负荷了。

"我对您的新家庭毫无妒意,只是有时会隐约担心后人再吃我吃过的苦,隐约担心豆丁得到的父爱浓度大幅降低。您的妻子也好,豆丁也罢,她们都该被善待。其他的,您实在是多虑了。你们已拥有天时地利人和的一切条件,不必担心我会从中作梗,真心希望你们幸福。

"往事不堪回首,但不管这一路走来有多难,那都是我和女儿的命运。从今往后,我会进一步与您的生活做切割,以后只在非常有必要且有第三人在场的场合下跟您沟通。除涉及孩子身体健康甚至生命安全的事宜,我私下不再与您有任何的联络,想必这也是您所乐见的结果。

"相逢无悔,过往不愧;众生皆苦,各自珍重。"

他回复:"有时候是不知道该回答什么,所以就没回复。我给女儿的爱不会变少,你辛苦了。"

那是我们最后一次在私下里沟通了。王木木再婚再育后,我连女儿一年一度的爸妈都在场的庆生活动都取消了。女儿本身也不大喜欢这样的氛围,我也乐得清静。

有一天，我妈跟我说："你要改改你的脾气。王木木就是做得不对，也别怼他。将来我们、你和女儿要是有个三长两短，还得请他帮帮忙的啊。"

我说："妈，你想多了。女儿有个三长两短，他一定会帮忙。你们和我？你可千万别抱什么指望。他现在已经是别人的女婿、别人的老公，他有自己的岳父母要帮、有自己的妻子要照顾，横竖跟我们没关系啦。他现在在钱财方面还算尽责，一方面是他就不是一个对孩子抠搜的人，另一方面也是因为我赚的比花的多，也舍得给孩子花钱，而且我没有再婚再育。不然，你试试？这世界上从来都没有稳固的关系和相处模式，都是要根据情况适应和调整的。这世界上很多事情是很现实的，咱们永远别指望别人，只有自己靠得住。"

是这个理啊。王木木再婚前，我跟他依然能和平共处，完全是因为我们有个共同的孩子。一旦一方或双方都再婚生子后，这种和平共处模式一定会发生改变的。

有一天，豆丁问我："爸爸结婚了，你会嫉妒吗？"

我回答她："我只关心他给你的爱和钱，会不会因为再婚而减少。"

如果跟前夫没有孩子，那么，作为前妻，他再婚了，"没态度"就是我的态度。不祝福，不诅咒，也不关心，顶多好奇一下，但这种好奇，跟好奇"小学班长的近况"没什么区别。

如果跟前夫有孩子，那我的心态就有点复杂了。我考虑问题的时候，时时刻刻会想到孩子的利益。让孩子利益最大化的方案，当然是前夫发大财并且一辈子不婚不育，他大部分的财产、时间、关心都留给孩子。

但这只是理想状态，前夫们真要能做到这样，当初就不会出轨或搞出这样那样的幺蛾子了,所以,他们再婚再育是大概率事件。这种时候,作为前妻,我就希望他能找到一个知书达理的老婆,生的孩子也不败家。如果多一个明事理的阿姨关心自己的孩子,孩子也多一个同父异母的弟弟或妹妹,那也挺不错的。怕就怕,前夫找的对象不明事理,他自己又处理不好这么复杂的关系,把日子过得鸡飞狗跳。前夫的再婚对象在这种关系中若是感到不幸福,就很容易找事,而前夫的孩子可能首当其冲会受到这种不良关系的影响。想象一下,后妈把孩子当成假想敌,孩子爹又不会处理这么复杂的关系,那孩子得有多闹心。

我自己在这种事情上,是"发上等心愿,持中等努力,设下等底线"的。

所谓"发上等心愿",是衷心希望他能找到一个明事理的老婆,改掉在那段婚姻里种种不靠谱的毛病,过一份安稳幸福的生活。他们夫妻俩过得幸福了,才有余力关照我孩子的感受。

所谓"持中等努力",是绝不给孩子灌输仇恨,让孩子明白父母再婚是很正常的一件事,并敞开心胸去接纳新成员,包括后妈和同父异母的弟弟或妹妹。但是,一切仅以人和人之间正常的相处为限,保持尊重但不迎合,保持善意但不软弱。

所谓"设下等底线",是指对人性的自私与恶有充分的认识和准备。如果孩子在与那边打交道的过程中感受到非常多的不愉快,那么,我一定会做好让孩子从这种不良关系中全面撤退的物质准备和精神准备。

我觉得我已经做到了这三点。接下来的事,只能交给老天。

57

聂琳曾经问过我一个问题:"你觉得,王木木再婚后,会因为自己曾经伤害过你而内疚吗?"

我说:"不知道,这你得问他。对我来说,这种内疚不重要,我们的恩怨早就随着离婚一笔勾销。我只是希望,他能意识到,如果不是当初他的种种言行,女儿本可以比现在更幸福。我希望他对女儿有点内疚,但是不要太内疚。凡事过了度都不好。因内疚引起的过度补偿,对孩子的成长来说,是一剂毒药。"

我一直觉得王木木就是"渣但不坏"的那种人。婚姻存续期间,我相信他是看得见我的感受的,也相信他出轨的当时对我怀有内疚。但是,内疚归内疚,他还是无法控制。就像我,明知道熬夜刷手机不好、不对,但还是改不掉这种毛病。

他渣,是我们离婚的起因;他不坏,也是我们到现在还能做"育儿合伙人"的主因。

梅芳对这个问题的看法则不同,她觉得王木木就是渣、坏,他当初追我时,隐藏了自己的一部分朋友圈子,就是处心积虑想骗婚。从一开始,我就进入了他的圈套。

可是,即使后来孕期、生产时、哺乳期,我过得都不像是正常人过的日子,但我依然相信当初王木木跟我说的山盟海誓,在说出口的那一刹那,是真的。他给过我的关心、疼爱,在给出来的那一刻,也是真的。伤害?当然也是真的。因为内疚而给我补偿,也是真的。这些都出自同一个人。他不大可能处心积虑,拿自己的婚姻、幸福和孩子当筹码骗婚。我也没有那么大的魅力,能让一个男人一开始就处心积虑把我当成猎物。

梅芳说的那些话,我脑海里不是没有过,但每次这种念头一出现,我就会觉得人性很可怕、世界很黑暗。这种想法,明显会让我感到不开心,以至于会影响到我和王木木的相处。你想啊,你若是在心里把对方定性为一个处心积虑骗婚、十恶不赦害你的人,对方也是能感知得到的。你若是一直抱着这种想法跟人家相处,这关系好不了。

人会变,事会变,这是令我感到舒服的想法。不同时期,每个人的心态不同,面临的情境也不同,表现当然不同。人性是复杂的,人生就是一个动态的过程,我们真不能以连锁反应产生的结果去推导别人的动机。

至于前夫再婚后,会不会因为曾经伤害过我而内疚这种问题,我真的懒得浪费脑细胞去想,因为这个问题的答案,不管是怎样的,对我都没有意义了。

聂琳会问这个问题,是因为她知道我和王木木的所有故事,她对王木木的人性还有点指望。她想知道,如果王木木再办婚礼,会不会想起当年都没能给我一个像样的婚礼。他现在的妻子怀孕,他会不会想起当初我怀孕时过的是丈夫夜不归宿的生活。如果他陪着妻子生产,他会不会想起当年我生孩子时,他根本都没出现。如果他和妻子在照顾孩子的过程中感到焦头烂额,他会不会想起这么些年我独自带大一个孩子的艰辛。

我跟聂琳说:"你想什么哪,如果他老是这么想,那他不会幸福的,他的妻子也不会幸福的。再说了,内疚又怎样呢?不内疚又怎样呢?横竖跟我的生活没有任何的关系。我们都是对方淘汰下来的人,早就没了情,只剩下点对彼此的仗义。"

人到中年,每个人身上都有很多担子和责任,我们每个人都要为生计奔忙,谁有空为谁内疚呢?再者,王木木再婚后,也需要面对他自己以及老婆的七大姑八大姨,也会迎接新的生命。一家子围绕着一个新生命转,每个人忙得焦头烂额,谁还会记得以前伤害和辜负过的某某?我只是希望,他能记住对孩子的那一点内疚,然后别忘记给孩子抚养费,不要忘记他还要履行一个父亲的职责,并且对他所有的孩子们尽量一碗水端平。

如果孩子长大成人,我都懒得再管这些事了,那都是他们父女的恩怨,跟我没关系。我能做的,只是尽力给足孩子母爱,给她一个爱的港湾,仅此而已。

聂琳又说:"王木木现在的妻子应该不必再过你以前过的苦日子了。"

我哈哈大笑,回答她:"前人栽树,后人乘凉"也是人生常态啊。

我有个女性朋友,当年跟前夫离婚,闹得一地鸡毛。两人婚后不久就有孩子了,她父母来照顾她,两代人就住一起了。她不像我,对自己的生活有完全的话事权,她是那种从小被父母安排惯了的人。她父母看这个女婿各种不顺眼,天天指责他这里不对、那里做错了,而她又没法充当缓冲垫的作用,终至矛盾越来越深。男的后来也觉得在这种家庭中待下去没意思,选择离婚。到了离婚的时候,她父母才慌了。他们并不想让女儿离婚,沦为所谓的"二手货",也不希望外孙女成长在单亲家庭中。但是,日子已经过得千疮百孔,三方积怨已很深,没法再勉强。

离婚后,这位朋友很快又找了一个男人再婚。这回,她父母对新女婿好到简直是谄媚。曾经对前女婿横挑鼻子竖挑眼的这对父母,现在每天见新女婿下班回来,都会去门口摆好拖鞋。一方面,他们是意识到对女婿不好会影响女儿的婚姻;另一方面是确实老了,对"年轻"充满敬畏,不敢再造次,怕没人给养老。

我只能感慨,真的有很多人结婚后,会遭遇长不大的"妈宝"

以及挑事的老人。你在"妈宝"没成熟的时候、在挑事老人战斗力最强的时候撞上了，就很容易沦为炮灰。这就是命，没法讲道理，更没公平可言。

我和王木木结合的时候，他是一个尚未脱离他父亲羽翼的小男孩，而我却误以为他和我同龄，就必定和我一样独立，能自我负责。我也是离婚后才知道，从小居住在父母屋檐下的他，和我这种外地姑娘结婚，可能就是对他父母最大的一次逆反。

我们的婚姻就是一块试验田，不仅是他的，也是他家的。我是他家第一个媳妇，第一个"入侵者"，可他们似乎都没有对此做好准备。我出现得太早，改变了他家的人口结构，大家都表现得不大适应，对我们干涉甚多，而那时候的我确实也不够成熟。直到婚姻结束，我带着累累伤痕离开，每个人才开始反省自己，他家人似乎也才明白了越界的代价。后来，他父亲待二儿媳似乎就很友好，给足了诚意和尊重，至少没有让她受我受过的委屈。

这一场破碎的婚姻对王木木是有影响的，他终于开始变得沉稳和靠谱了一点。如今，他应该也玩不大动了，对夜生活也不那么感兴趣了。他发了福，身体也变懒了，女儿说他得空就回家休息、睡觉，偶尔也会陪陪孩子，所以，他现在的妻子怀孕，他应该不会再夜不归宿，不会从不陪她去散步、产检。现在，他的事业也到了收割期，也不会那么忙，不会把家里的事情都扔给他老婆独自去面对了。至于老婆生孩子时都不在这种事，我相信有过前一次的教训后，他绝对干不出来。他的父母开始老了，管不了儿女那么多了，手不会伸得太长。他的兄弟姐妹各自有家庭、孩子，懒得再去围观他的生活，客观上也会给他和妻子一个宽松的、不被指手画脚的家庭环境。他还有机会去另外一个女人那里补足自己再为人父的成长课，

下部

但我可能再也没有机会体会做剖腹产手术不需要自己亲自签名、出了产房就有丈夫围在身边的温暖了。

过了那么多年，我相信每个人都会成长的。更何况，他现在的经济条件比我认识他那会儿好了好多个重量级。我陪他挤过公交，过过苦日子，曾因为他给我买的头冠超过两百块就嫌贵而跟他吵了一架，而他的妻子住进了他原本买给豆丁的学位房、坐他的新车出入，无须像曾经的我一样焦虑住房问题，而且一过门就受他全家人的认可和欢迎……他的这份新的婚姻，起点就是好的、顺的、接近圆满的，而好的开始便是成功的一半。

他大概也会亲力亲为参与第二个孩子的出生、成长。而对豆丁，他可能都不知道她是怎么长大的，不知道她什么时候会爬、什么时候会走路、什么时候打预防针、什么时候发烧生病然后痊愈，他只会觉得小姑娘怎么突然长大了。

这种状况，对我和豆丁来说，当然是不公平的。细细一想，我也会为自己感到唏嘘，但人生很多事就是这样，你没法跟命运讲公平。那些不好的事情，你遇到了就是遇到了。

我们每个人或多或少都在前人栽好的树下乘过凉，今天我们享受的一切，也是先人奋斗的结果。大家想想那些为国捐躯的战士，若是没有他们，哪有今天我们的幸福生活？如果每个人都想乘凉，谁去栽树啊？仔细想想，我也曾把别人当成试验田和练兵场，才有了后来相对成熟的自己。

所以，我觉得栽树也是一种修行，它比乘凉更有成就感。总有一天，你栽下的树也会成为你生命的一部分，反哺给你，或者反哺给你的后代。

我会感慨这些不是嫉妒，更不是旧情难忘，而是一种很复杂的情绪。情感上，我觉得造化弄人。理智上，我还是希望他持续发财，能待他的妻子好，这样他妻子才会对豆丁友好。被爱着的女人会爱屋及乌，友善对待他的家人，包括与前妻生的女儿。

人的真实情绪是很复杂的，不是只有一种，而且每一种都是真的。我用了很多年的时光，才把这些伤痛一口口咽下去、消化掉。但是，即使时光倒流，我也还是会做一样的选择，花七年时间等一个人长大，不是我这种性格的人能做出来的事。我也没法接受被污染了的男人，百忍成不了钢，只会千疮百孔、灰飞烟灭。恐怕，还没等到这一天，我就已经起了杀心。再说了，没有妻离子散的这种家庭变故，有些人根本不会成长。

到头来，我们都只能说，这就是命运。

王木木再婚后，曾经做过两件让我感到有点愤怒的事情。

第一件事是，王木木在老家办婚礼没让豆丁知道，甚至也没提前打电话跟她解释为什么那个周末他不能来接她。

豆丁好奇问他，他就语焉不详地回答："爸爸回老家了。"

豆丁是后来才知道她爸是回去办婚礼了，而且这个结论还是她主动侦查出来的。她在她爸的车上发现婚礼上才会用到的礼花碎屑，偷偷地藏在自己衣兜里，拿回来问我。我们俩分析了一下豆丁爸爸那段时间的表现，才确认他应该是回老家办婚礼了。

她有点生气，问我："为什么爸爸不肯告诉我实话呢？他结婚也不邀请我，我可以当他的小花童啊，我好多年没参加大人的婚礼了。"

我虽然也有点生气，但还是平静地劝孩子说："如果你当小花童,妈妈会把你打扮得漂漂亮亮地去,但你爸可能怕他老婆觉得不舒服,所以不让你知道也不邀请你吧。这不是你的问题,是你爸爸的问题。"

这已经不是王木木第一次不给女儿知情权和家庭事务参与权了。

我们离婚后的两年,王木木按惯例每周日来接女儿。但某个周日,他只是来看了女儿一眼,就说自己有事要先走。

我看他也不是很急的样子,就问:"去办什么事啊?你看女儿也挺想和你多待一会儿的。如果你带着她去,没什么不方便,晚上再送她回来就行。"

他答:"去对面的医院办点事。"

人家都这么回答了,我也就没再问。他向来都神神秘秘的,而且认为办 A 事和陪伴 B 是冲突的。

我是在这个问答发生两年后,才知道王朵朵生了个孩子。再推算一下时间,她生孩子的时间应该就是他说"去对面的医院办点事"的那个周。我几乎可以断定,那个周他就是去医院看王朵朵。我至今不明白他到底为什么不直接跟我说他姐在医院生孩子。难道他是担心我由此联想到当初我生孩子时他不在,然后找他算账?可是,我们的恩怨早就随离婚一笔勾销了,不是吗?

平时王木木也不这样,但凡遇上点他觉得应该要瞒着你的事情,就开始遮遮掩掩。一遮掩,原本可以靠坦诚沟通就解决的事,事后全部往不可控的方向发展。

这么多年过去,我真的觉得他一点都没变。一个事情发生了,别人还没怎样呢,他自己就先心虚了。一心虚,做人、做事就不够敞亮。这真的会额外给我们增添许多沟通成本以及不必要的矛盾和误会。我怕极了这一点,但无能为力。

豆丁同父异母的弟弟出生后的那个春节，豆丁破天荒地被邀请去王木木的老家，还是豆丁爷爷邀请的。在那之前，我时常提醒豆丁平时不要光顾着玩，时不时也要给爷爷奶奶发个消息问候一下，爷爷奶奶待她不薄。

豆丁接到邀请，一开始听说要坐四五个小时的车，而且要离开妈妈那么多天，不大想去。我鼓励她去，跟她说："你也需要多增长一些见识，见识不同的文化。如果待得无聊了或是有任何不愉快，妈妈会来接你。"

豆丁考虑到要给那边制造一个"我跟妈妈商量过了"的时间差，隔了一段时间才回复爷爷说："我妈同意了，但让我问一下回老家过年具体的时间段，她好安排时间。"嘿，这妞儿比我沉得住气，也知道"上赶着的不是买卖"。

豆丁从去她爸老家开始，就一直待在家里，没有出去过，周围也没有任何同龄小朋友跟她一起玩。周围人说的方言，她都听不懂，又不敢一个人去外面，无聊到天天玩 iPad……我有预想到她会过得比较无聊，提前让她把 iPad 带在身上，但我没想到这个春节她会百无聊赖到这种程度。

某天，她爸和阿姨去阿姨的娘家拜年，居然把她一个人扔在了家里。这个细节惹怒了我，我护犊子的心一下子就上来了。如果再婚再育的是我，我怎么可能会让我跟前夫生的第一个孩子这样过春节？我去到哪儿，我的孩子都必须跟到哪儿。

对我来说，我与王木木生的孩子是我的历史荣耀，是自己生命中不可割舍的一部分，她是必须要出席自己婚礼的，是必须要成为我所组建的新家庭的一分子的。如果我再婚再育，一定会注意两个同母异父孩子的融合，而不是人为制造差别、对立和撕裂。

可是，为何对王木木这样的再婚爸爸来说，与前任生的孩子就成了自己婚礼上的"尴尬物"，是自己有过失败婚史的"例证"，是影响自己幸福的"不和谐音符"?

父亲对孩子的态度,也决定了后妈对孩子的态度。孩子在后妈得到的所有关爱,都是后妈做给孩子父亲看的;孩子在后妈那里得到的所有冷遇,也都是父亲默许甚至是鼓励的。王木木这种行为会产生怎样的影响?很有可能他的现任及其家人一看:"哎哟,你对待豆丁是这态度?那我知道怎么待她了。"

其实,王木木要带老婆和儿子去岳父母老家拜年,把豆丁一个人撇在家里也不是不可以,但至少你得把她当成一个人,征询下她的意见,问她要不要一起去阿姨的娘家拜年吧。如果豆丁明确回答不去,她爸才做这种安排,那我完全没意见。又或者,豆丁未必稀罕跟着去,但哪怕你提前跟孩子说一声,也至少说明你在乎她的知情权、选择权和她的感受,把她也当成那个家庭的一分子。

我平时跟王木木有商有量,没特别的事不会起任何冲突,但那一次,我是真的生气了。

也是那个春节,我刷到一个短视频,看到了这样的场景:一个男人春节回到老家,先看到了自己的孩子,就一把搂住孩子不放,剩下他的外甥一脸尴尬地站在旁边。舅妈发现了落寞的外甥,赶紧让舅舅也去拥抱了一下外甥。

孩子还小,未必真会把这个拥抱当回事,但这些细节会营造出一种氛围,这种氛围会影响一个孩子的心理。我小时候到亲戚家住几天,亲戚都是给自己娃儿夹多少肉,就给我夹多少肉;他们带自家娃儿去哪儿玩,也会带上我。如果亲戚厚此薄彼,那原本就处在陌生环境下的我,此时会更有寄人篱下之感。

在我不在的场合,王木木就是豆丁最亲的家人。可他都做了什么?他居然把她单独当成"外人"隔离开,他鬼鬼祟祟地瞒着她去岳父母家拜年,怕她的出现破坏三口之家的完整性,她亲妈还没死呢,你们就这么欺负人。

我当即把豆丁接回了家。

聂琳听我讲了这件事,也有点生气,但她劝我:"后妈对男人与前妻生的孩子比对陌生孩子有敌意,是因为这孩子是来瓜分家庭资源的。男人若是不向着后妈,自己就娶不到老婆或是家庭不稳或是老年没有好果子吃……所以,对前妻生的孩子出现排异反应是正常的。"

我当然理解,也不是不明白这一层。这种案例我见得少吗?但我不希望它发生在我女儿身上。如果会发生,那也一定是她爸爸没处理好。

孩子是无辜的,与大人的恩怨无关,这是作为"人"应该拥有的最起码的良知。比如,我跟豆丁视频时,她同父异母的弟弟突然在视频里冒出一个萌萌的小圆头。我看了,跟看到邻居家同龄小孩的心情是一样的,还笑着跟他打了声招呼。小孩子不熊的时候都是很可爱的,不管这孩子是谁生的。孩子就是孩子,无权选择自己的父母,无法解决父母的恩怨,也不该卷入父母的因果,更不该成为争夺资源的工具。

从离婚第一天开始,我就发誓,即使王木木一分抚养费不给,我也要让豆丁过上更好的生活。离婚五年后,我做到了。他给的抚养费,对我们来说不是生活必需,而是应该给的,是锦上添花,是他给自己留的后路。

我的时间、精力,应该花去开拓、去创造,而不是跟谁争抢。创造,是有复利效应的,像雪球一样越滚越多。整个过程你完全可以自主,不受制于任何人。我的征程是整个世界,而不是在某个家庭里,在某个男人身上。我也希望自己和女儿将来都能成为财富的创造者、分配者,而不是瓜分者。

而且,到我这个年纪,哪怕是亲戚、朋友的孩子,只要值得,我都想提携，因为我会老，我会退出历史舞台，未来属于年轻人。我希望能与晚辈多结善缘，也希望豆丁能与她的兄弟姐妹形成互帮互助的关系，不要竞争和撕抢。谁愿意拥有糟糕的人际关系呢？

我非常不客气地给王木木发了一大通短信，最后质问他："你是不是觉得豆丁碍事？放心，作为一个护犊子的妈，我不会允许我捧在手心里的宝儿去别人家做二等家人。"

可是，我怀疑，他到最后也没弄清楚我真正生气的点是什么。

我的意思是，将来你想让这个女儿和后妈关系好、跟同父异母的弟弟关系好，那就从现在开始，要制造融合，而不是制造割裂和对立。而他可能只是觉得，我为这么小的事情上纲上线，是心情不好了想找个缘由骂他，是干涉他的家庭内政。

以后，为了避免这种麻烦，他大概率会采用的应对方法是：做好保密工作，不让我知道。

他的种种操作，在我看来是为日后豆丁和那边的人相处埋下了地雷。

为什么我和王木木无数次因为这些事情无法沟通？归根结底，可能还是因为我和他完全活在不同的价值体系里，我们对同一个人、同一件事的判断分析南辕北辙，但人又都习惯以己度人，导致我们对彼此的人品、心胸、情绪、反应均存在误判。

王木木再婚的时候，可能会觉得，他再婚生子会给我和孩子带来伤害，我会嫉妒、悲痛，所以，有了这样的生活动向后，他依旧瞒着女儿，不让她知道。可实际上，我为何要嫉妒、悲痛啊？他过得好，对孩子来说，难道不是好事？如果多几个人关心和爱护我女儿，我感激都来不及。如果承办他婚礼能让我公司赚到钱，我亲自搞婚礼策划都行。当初被他背叛后，我的伤心难过是真的，但对他彻底放下以后，我只当他是"育儿合伙人"，只关心他给女儿的爱和钱有多少，也是真的。

有时候，看那些男名人跟前妻生的孩子和后妻生的孩子的缘分，只想感慨一句：万法皆空，因果不虚。

年轻时候，他们拼命追求自己配不上的女神，到手后出轨糟蹋……那时候，他们清贫，正处于创业打江山阶段，长子长女就出生于这种清贫且父母感情动荡的时期，父爱几乎是缺席的。等到他们功成名就，再娶再生，已经到了盛年。此时他们什么都有了，也想要找回自己失去的天伦之乐，但长子女已经大了，缺失的父爱也无法弥补，就把所有资源和关爱都倾斜到幼子女身上。

再过二十年，你就会发现，因果是如何在他们命运中运转的。长子女小时候最受牵连、最受苦，但是，这些长子女如果有个勤恳、明事理的妈，他们长大后，大多诚恳、沉稳、懂感恩。幼子女呢，一来到这个家庭就是来享福的，但也需要背负和承载与长子女不同的命运。

而我，也只能感慨造化弄人，感慨命运曲折离奇。我告诉自己，既然人一直活在变动的关系中和变动的世界中，生活不会时时如自己所愿，那就一起看看命运会给我们安排怎样的剧本吧。

59

最后，我想交代下这个故事里每个人的近况。

不管我结婚、离婚还是离职创业，我组织的草根助学活动一直都没有断过。突然某一日，我公布的那个账户收到了一笔钱，是黎山转过来的。这不是给我的，是给那些贫困的孩子们的，我欣然收下并且记录在案。

我当时就觉得奇怪,他为什么突然会往我助学账户里打一小笔钱。再后来有一天,我闲着无聊,翻看了以前记在 QQ 空间里的日记,意外翻到了那个李护士的 QQ 空间,接着再访问进去看她的动态,我才发现:哦,李护士已恢复单身。

再一计算两人离婚的时间,大概就是黎山给我打这笔款的时候,我哑然失笑,现代人的婚姻都这么脆弱?!

我只能自作多情地揣度,黎山之所以会给助学账户打那笔钱,也是因为在跟李护士离婚的时候,想起人生中某个时候确实对不起我,这才靠花出一笔钱的方式,来让自己良心稍安吧。

黎山捐钱之前,我们没联系;捐钱之后,我们也没有再产生任何交集。

夏宇的消息,我也有从共同认识的朋友那里听说一些,无非就是买房了、换车了、生二胎了,是中年人常见的几大喜事。我觉得自己再没有和他产生交集的必要,只是听共同认识的朋友说他们建了一个把我排除在外的群,还取了一个特别滑稽的群名。我听了会心一笑:哎,真是为难老朋友们了。

人到中年,谁还会牢记年轻时候发生的那些荒唐事啊?你甚至没有时间、精力去想起哪个人,更不要说记恨哪个人。到这年纪,很难再面临"生离",余生仿佛只剩"死别"。身体都开始不听使唤,命运之轮更不会听你使唤,我诚觉众人万事均可原谅。

聂琳还是单身,但对男人的兴趣逐无,开始一心搞事业。之前她交过一个比较固定的男友,后来跟男方分手了。男的痛不欲生,派出自己的哥们儿去当说客。聂琳想着自己跟他的哥们儿没什么仇怨,再说人家都找上门了,那就见一见吧。

聂琳泡了一壶茶招待他,那哥们儿聊着聊着突然来了一句:"你看,你们俩也成不了了。要不这样,我每个月给你一点钱,你帮我生个孩子?"

聂琳气得不轻,瞪大眼睛:"你说的是人话?"

对了,要补充一下这哥们儿的背景资料:已婚,经济条件极其一般,只在长沙有套小房子,里头住着他老婆、孩子。聂琳在广州买了房,资产是这哥们儿的四五倍。

聂琳跟我说:"你说说,到底是谁给他的脸?正常的男人,谁会去招惹兄弟的女友,哪怕她已成前女友?而且他这话的意思就是包养我,他每个月六千的收入,拿什么包养我?我当时真不应该把他赶出去,而是问问他打算每个月给我多少钱。"

听完聂琳讲的这个故事,我笑得四仰八叉。我跟聂琳说:"人类高质量男性,大多已经被婚姻收编了。我们年轻时候择偶内卷就很厉害,有幸胜出的话就捞一个回家。不幸的话,就直接掀桌子不玩了,专心赚钱去吧。同样的精力,花在赚钱上面,投产比更高。"

聂琳听进去了,大力去赚钱。疫情期间她以超低价收购了两家美容机构,疫情结束后转手了一家,净赚几百万。剩下一家,她自己经营,现在业务网络基本铺设开了。

只是,每次看到豆丁,她就母爱爆棚。她认了豆丁做干女儿,还想自己也生一个,但是,孩子爸爸太难找了。她看得上的,大多已婚;看上她的,她又不想要。

某天,她列出了一大堆条件,让我帮她征集一下供精者。我也曾认真地帮她发过征集帖,尴尬的是,符合应征条件的男性,性取向不那么主流。

前不久,她踏上了赴美做试管婴儿的旅程。

乔桑的父亲后来出车祸去世,她的婆婆也患上了乳腺癌,但这些变故让她和丈夫联结得更紧密了。乔桑丈夫的身体也出了点小问题，他终于不再那么工作狂，而是刻意放慢了生活节奏，抽出更多的时间陪伴妻儿。我只能感慨，这世界上根本没有完美的叶子，更不可能有完整的人生，每个人的人生都有疮孔，所不同的只是疮孔的大小。

梅芳最终没有离婚，她后来还是出去工作了，也把从我这儿借的钱还了，但在还我钱之前，她问我是否可以再欠我一段时间，她想先把钱拿给每天逼她给钱的父亲和丈夫。

我当下就有点生气，跟她说："梅芳，你这么做不大对啊。你爸说你不孝，你就忙不迭给他钱，证明你很孝顺；你老公说你出去工作了就不管孩子，你也忙不迭给他钱，证明你不是这样的人。你爸、你老公对你那么坏，可你挣了钱第一反应是把钱给他们，只是为了让他们闭嘴，不再逼你。那你有钱干吗不先还我呢？虽然我目前暂时不需要，但我好歹是真心实意在帮你的。合着谁对你好，你就坑谁？谁对你坏，你就滋养谁？你这么做，是把所有愿意帮你的贵人都得罪光，反而耗尽自己的所有去饲养吸附在自己身上的蚂蟥。以后你身边留下来的，只是对你坏的人。这样你会越活越被动的。"

梅芳回答："你这么一说，我也觉得是啊，我真的想简单了。你也别生气，我真的没想到这一层。"

我相信梅芳不是特例，很多人都有向别人证明"我是好人"的倾向。别人每向你泼一盆脏水，你都要努力证明自己不是。可是，亲爱的，为什么我们要向这种人证明自己呢？永远不要试图向那些"本身就很有问题的人"证明自己"没问题""是个好人"。你在乎的人、在乎你的人知道你是什么样子，就可以了。其他人都是干扰项，他们的看法、评价不重要。永远不要陷入没完没了的自证中。

还有，人应该要对"对自己好的人"好，鼓励他们继续对自己好；对"对自己差的人"差，遏制他们对自己更差。而不是反过来。

我依然在用我的方式，教育着我的孩子。

豆丁有时候也会好奇地对我发问："妈妈，我发现爸爸只要一有空就会去照顾弟弟。我小的时候，他也是这样的吗？"

我说："不是这样的，那时候他很少在家，有点空就要出去玩。而且，他的改变何止这一点啊！以前他连洗澡、上厕所也要把手机带身上，不让任何人碰，现在居然允许你玩他手机了。以前他只把爷爷奶奶家当成自己家，现在他会跟你说那是爷爷奶奶家。以前他连你出生的时候都不在，现在他会这么对你弟弟吗？他类似这种改变，实在太多了。"

豆丁继续问："那他对你比对阿姨差多了，是因为阿姨比你年轻漂亮吗？是你不如阿姨好吗？"

我说："我认为，他对我差是因为那时候他不想对我好，跟我是不是不够年轻漂亮没关系。你爸爸不是我和阿姨的人生考官，我们好不好，也不是由哪个男人说了算的。以后请你记住——任何时候，男人都不是女人的评判官，所以永远不要把自己置于被别人挑选、评判的角色。我们女性看待和思考问题的视角，永远、必须要从自我立场出发。还有，人和人的资源分强弱，但人格是平等的，大家都在双向选择、双向评判呀。得到一个男人的爱，并不是多了不起的事。我们的生命可以很宽广深邃，不一定要局限于小情小爱，也别想着依附于任何人，努力去拥有自己的信仰和梦想，拥有更丰富的思想，努力去热爱、去坚持、去精彩。"

等豆丁再大一点，我会亲自带她去一趟或者几趟夜店。我会跟她讲，女孩子混夜店可能会遭遇的种种风险，并且教她如何防范。这甚至被我视为是她成长路上的必修课。好多女孩子去夜店，纯粹是好奇，好奇心得到满足了，也就觉得没意思了。再者，带她去几趟夜店，观察一下喜欢泡夜店的男孩子大概是什么样子，想象下他们结婚后会怎么对待伴侣，将来说不定也能帮她避开一部分坑。

我还要教给她独立自主、向上拼搏、承受低谷和绝处逢生的能力。希望老天能给我足够的时间、体力和智慧，陪伴她的成长。

自王木木再婚再育后，我很少再因为豆丁的事去麻烦他，几年也见不了一面。豆丁有时候会跟我讲她弟弟叫什么名字，讲起王木木、王朵朵和王果果一家的近况，但这类信息我总是转头就忘。人到中年，我的大脑 CPU 处理信息的效率变慢了，缓存不了太多新信息。把快节奏的生活慢下来的时候，我所能忆起的还是他们从前的样子以及从前的故事，感觉一切都像是上辈子的事了。龚自珍有句诗"忽有故人心上过，回首山河已是秋"，说的大概就是这种感觉吧。所有的故人从我心上经过，只能留下了一道痕迹，最终回首的时候才发现一切已是重峦叠嶂，往事如烟。

60

最近，我总是越来越频繁地想到一个问题：如果父母走了，我怎么办？在这个世界上，我又少了两个亲人，那么，我人生的温度会下降两度，并且再也不会回升。

今年以来，我真是感受到父母乃至我自己，都在以肉眼可见的速度在衰老。金钱确实能延缓衰老，但它只是表面的，不是长久的。这种时候，人就像是被浸泡到开水中的铁皮石斛干花，看起来像是又盛开了，又活过来了，但你知道那只是伪装的年轻，作不得数的。

没有人能跟岁月对抗，在它面前，大家都是输家。

觉察到时间不够用了，我真正体会到了"时不我待"这四个字的含义。

二十来岁的时候，大把的时间不知道该拿去哪里挥霍；三十几岁的时候，时间不够用了，体力、精力也是。如果让我穿越回去，告诉二十岁出头的自己一句话，我会说：趁年轻，别虚度光阴，好好学习、提升、打基础，这样你三十几岁时会过得稍微从容一些。

张爱玲说，对于三十岁以后的人来说，十年八年不过是指缝间的事，而对于年轻人而言，三年五年就可以是一生一世。这里的"一生一世"，真不一定指爱情，它指的可能是每一项选择所产生的连环效应。

事实上，我们在20岁到30岁之间遇到的人、发生的事，基本奠定了我们后半生的人生基调。而中年人现在所做的一切，大多是在为年轻时候的选择买单。为什么小说、影视剧等几乎都在讲20岁到30岁之间年轻人的故事？就是因为这个年龄段最容易发生故事。之后的年龄段，我们大多在处理事故。

陈奕迅早就在歌里唱过了："应该怎么爱，可惜书里从没记载；终于摸出来，但岁月却不回来……我知日后路上或没有更美的邂逅，但当你智慧都酝酿成红酒，仍可一醉自救。谁都辛酸过，哪个没有。"

当初王木木出轨的时候，我恨得咬牙切齿，可如今还不是云淡风轻了？时间过得越久，对那些曾经给过我难堪的人，我越是恨不起来。人生苦短，即便我们不能有幸遇上待见我们的人，但若是能离开不懂欣赏我们的人，其实也是人生幸事。每个人拥有的时间都不多，我们要尽力把时间花在那些喜欢我们、我们喜欢的人和事上。

如今，再回首看来路，我只觉得那些恩怨情仇、那些消耗滋养，早显得微不足道。命运做出这样的安排，就是最好的。我不会再因为自己没有美满的婚姻而自怨自艾，我甚至认为，所谓执念即匮乏，承认自己匮乏也没什么不好。

假如终其一生，我们都找不到最适合自己的伴侣，也没有幸福的情感关系，好像也没什么好懊恼的，说不定，上苍之所以不愿意给你那些，是怕它把你变平庸、变渺小；又或许，冥冥之中它安排了更大的彩蛋等着你去敲开呢？

如今的我平静地带着孩子生活，真不需要任何安慰。早在很久以前，我过的就是这样的日子，所以现在并没有太多不习惯，只是稍微比以前自信了一点、睡得好了一点、变得更爱写字、袭上心头的是忧伤而不是痛苦了而已。

我还是感到庆幸，因为不是每个人都能找到适合自己的生活方式，明白自己想做一个怎样的人，形成自己的一套思想体系，可以自圆其说，可以帮助自己在遇到困难的时候走出思想困境，但我找到了。往后余生，我也不知道自己身上会发生什么故事，但不管是好的，还是坏的，我都要安然接受。

我是一个积极的悲观主义者，似乎一生都在贯彻尽人事听天命这套价值观。一方面，我比身边所有人都悲观，我认为人的命运轨迹皆由天定；另一方面，我比身边所有人都积极，我觉得人活这一辈子，就像花朵活一次盛放和凋谢一样，每个人都有大限，我们唯一能做的，就是在大限将至之前，只争朝夕地尽力成长和盛放，让自己活得漂亮和自由。

每个人都该是西西弗斯，明知道把巨石推上山顶，它又会滚落下来，但一定要全情投入，把这场游戏玩尽兴、玩到底。

人们总是把婚恋、育儿、事业等当成一棵果树。树种下后，你浇水、施肥、捉虫，然后就等着它发芽、开花、结果。一旦这棵树不结果，或者树上结的果不是你想要的，就沮丧得像个洒了牛奶的孩子。可是，如果我们只把这些经历当成是一段旅程呢？你走过，路过，爱过，恨过，最后离开。那个人陪你走过一程，后来你们走散，各自赶路，奔赴远方，就像河水流过河床，奔入大海。

所有的爱人、仇人，终成故人。

只有命运是赢家，只有时间是赢家。

而我坚信，这世界上不是只有一条道路通向幸福。我所经历的一切，都是为了踏上这灿烂光辉的旅程。

这些我相信过的、迷恋过的、记恨过的、祝愿过的，那些爱、理想、温暖，那些候鸟、落叶、雨露、笛声，都鲜亮地存在着。

直到永远。

不结果，或者树上结的果不是你想要的，就沮丧得像个洒了牛奶的孩子。可是，如果我们只把这些经历当成是一段旅程呢？你走过，路过，爱过，恨过，最后离开。那个人陪你走过一程，后来你们走散，各自赶路，奔赴远方，就像河水流过河床，奔入大海。

所有的爱人、仇人，终成故人。

只有命运是赢家，只有时间是赢家。

而我坚信，这世界上不是只有一条道路通向幸福。我所经历的一切，都是为了踏上这灿烂光辉的旅程。

这些我相信过的、迷恋过的、记恨过的、祝愿过的，那些爱、理想、温暖，那些候鸟、落叶、雨露、笛声，都鲜亮地存在着。

直到永远。